HANS MEYER
ZU DÜTTINGDORF
Unsere Seite
des Himmels

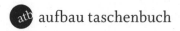

HANS MEYER ZU DÜTTINGDORF wurde 1967 in Bielefeld geboren. Er ist Musiker und Unternehmenscoach und wurde für seine deutschsprachigen Chansons bereits mehrfach ausgezeichnet. Durch seinen Partner, JUAN CARLOS RISSO, lernte er Argentinien lieben. Gemeinsam entwickelten sie die Idee zu den Romanen »Das Bandoneon« und »Unsere Seite des Himmels«. Die beiden leben in Berlin und in der Küstenstadt Necochea am argentinischen Atlantik.

Eine Jugend in Küstrin Anfang der 30er Jahre. Trotz der unterschiedlichen Milieus, in denen sie aufwachsen, der Arztsohn Hans, das Arbeiterkind Karl, Charlotte, die Tochter eines städtischen Beamten, und Henriette, das Kind einer jüdischen Kaufmannsfamilie, sind die vier unzertrennlich: Sie sind die Kleeblattbande, teilen alle Geheimnisse und kleinen Nöte und vor allem eins, den Schwur, immer aufeinander aufzupassen. Doch dann kommt Hitler an die Macht. Je mehr sich die politische Lage zuspitzt, desto schwieriger wird es, ihre Freundschaft aufrechtzuerhalten. Und schließlich bleibt Henriettes Familie nichts anderes übrig, als zu fliehen.

Am Ende ihres Lebens wagt es Henriette, sich den Erinnerungen zu stellen: Gemeinsam mit ihrer Urenkelin Rachel reist sie nach Deutschland. Aber nicht nur der Schmerz wird wieder lebendig, sondern auch das Glück einer längst vergangenen Liebe.

HANS MEYER
ZU DÜTTINGDORF

Unsere Seite des Himmels

ROMAN
IN ZUSAMMENARBEIT MIT
JUAN CARLOS RISSO

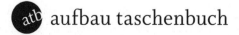

Jederzeit bequem zwischen Buch und digitalem
Lesen wechseln. Anleitung siehe letzte Seite des Buches.

ISBN 978-3-7466-3379-4

Aufbau Taschenbuch ist eine Marke
der Aufbau Verlag GmbH & Co. KG

1. Auflage 2017
© Aufbau Verlag GmbH & Co. KG, Berlin 2017
Umschlaggestaltung www.buerosued.de, München
unter Verwendung von Motiven von © SuperStock / Getty Images
und © ullstein bild – Reinke / Dephot und Kontributor
Gesetzt in der Sabon durch die LVD GmbH, Berlin
Druck und Binden CPI books GmbH, Leck, Germany
Printed in Germany

www.aufbau-verlag.de

PROLOG

—

Die Sonne meinte es heute gut mit Küstrin, und die Stadt genoss den tiefen Frieden eines Sommertages, zwischen Sonntagsbraten und Nachmittagskaffee. Am Fuße der Stadtmauer floss die Oder glitzernd und in aller Behäbigkeit, eine laue Brise streifte die Ziegeldächer und verlor sich an den Fassaden, die Fahne über dem Stadtschloss wehte sanft.

Das fröhliche Geschrei der vier Kinder, die auf dem Platz zwischen Kirche und Schloss spielten, wurde selten unterbrochen. Heute am Sonntag mussten sie nur wenigen Pferdefuhrwerken das holperige Pflaster überlassen, auf das sie mit Kreidesteinen ihr Hüpfkreuz aus Kästchen und Zahlen gemalt hatten.

Die vier, zwei Jungs und zwei Mädchen, spielten Himmel und Hölle. Geschickt warfen sie einen Kiesel auf die Kreidekästchen am Boden und hüpften auf einem Bein hinterher.

Die beiden Jungs, Karl und Hans, waren nicht ganz so bei der Sache wie ihre Spielgefährtinnen. Sehnsüchtig schauten sie immer wieder zum Schloss hinüber. Sie wussten, im Hof in einer Garage stand das Automobil der Kommandantur, aber heute am Sonntag arbeitete Charlottes Vater nicht, da kamen die Kinder nicht hinein.

Henriette lüpfte ihr Kleid und versuchte den Kiesel vor sich aufzuheben.

»Henriette, pass auf!«, kreischte Charlotte und klatschte vergnügt in die Hände, »… man kann deine Unterwäsche sehen!«

Reflexartig zog Henriette die Rüschen übers Knie und verlor unvermeidlich das Gleichgewicht. Sie ruderte einen Moment mit den Armen in der Luft, bevor sie auf den Po plumpste. Während sie sich wieder auf die Beine bemühte, skandierten die anderen drei lachend:

>»Henriette muss in die Hölle!
>Henriette muss in die Hölle!
>Henriette muss in die Hölle!
>Henriette muss in die Hölle …«

Kapitel 1

Obwohl sie ihre Augen noch nicht geöffnet hatte, spürte Henriette, dass sie beobachtet wurde. Sie lächelte und zwinkerte mit den geschlossenen Lidern.

»Ach Mensch, Oma, woher weißt du, dass ich dich ansehe?«

»Weil ich dich lieb habe.«

Henriette liebte diese Vertrautheit zwischen ihnen beiden. Dabei war Rachel streng genommen ja nicht einmal ihre Enkelin, sondern die Ur-Enkelin. Aber was spielte das schon für eine Rolle? Sie spürte einen sanften Druck auf ihrer Hand.

»Oma, sie haben gesagt, dass wir schon im Landeanflug sind. Bald sind wir in Berlin.«

»Tatsächlich?« Henriette öffnete blinzelnd die Augen, das Kabinenlicht blendete sie. »Das wird aber auch Zeit.«

Rachel half ihr, sich aufrecht zu setzen und fegte die Sandwichkrümel von ihrer Decke. Dann streckte sie sich. »Oma, mir tut alles weh.«

»Na, was meinst du wohl, wie es mir geht? Ich bin immerhin fast achtzig Jahre älter als du!«

»Ach, du überlebst uns noch mal alle«, grinste ihre Urenkelin.

»Willst du mir etwa Angst machen, Rachel?«, antwortete Henriette mit einem Augenzwinkern.

Was für eine Ironie des Schicksals, dass sich ihre Enkelin für ihre Tochter ausgerechnet einen so typisch jüdischen Namen ausgesucht hatte.

»Was hast du dagegen? *Rachel* – klingt doch toll«, hatte sie damals kopfschüttelnd gemeint, und Henriette hatte nur hilflos mit den Schultern gezuckt.

Jetzt schaute sie sie von der Seite an. Wie schön sie war: diese Ebenmäßigkeit der Züge, die sich noch ausprobierten, die glänzenden Augen, die glaubten, schon jetzt alles zu verstehen, und eine Haut, die noch nicht einmal ahnte, dass sich die Geschichten eines ganzen Lebens auf ihr niederlassen würden.

Elsa, Henriettes Tochter, also Rachels Großmutter, sah das alles nicht. Sie ließ sich stattdessen über Rachels Kraftausdrücke aus und verpasste keine Gelegenheit, darauf hinzuweisen, dass es sich für ein Mädchen ihres Alters nicht zieme, Löcher in der Jeans zu haben.

Henriette konnte über diese kleinen Streits zwischen ihrer Urenkelin und Elsa nur schmunzeln. Wenn das alles war, worüber sie sich aufregte – Löcher in der Jeans ...

Meist endeten diese Auseinandersetzungen damit, dass Rachel wutentbrannt die Tür hinter sich zuschmiss und die Treppe hinauf in ihr Zimmer stürmte. Nicht aber, ohne vorher noch »Oma Elsa, du verstehst einfach gar nichts« zu brüllen.

»Ach, Mutter, was soll ich denn bloß mit diesem Kind anfangen?«, wandte sich Elsa dann mit ratlosem Blick an Henriette. »Lass ihr einfach ihren Freiraum. Das hat bei dir auch immer ganz gut funktioniert.« Elsa schüttelte daraufhin immer missbilligend den Kopf und drehte sich brummelnd von Henriette weg. In Wirklichkeit sollte Henriette wohl einfach nur nicht das Schmunzeln in Elsas Gesicht mitbekommen.

Nur einmal war die Antwort auf »Was soll ich denn bloß mit dem Kind anfangen?« nicht einfach so unproblematisch zu beantworten gewesen. Damals, als dieser Polizist an der Tür gestanden hatte und den Blick nicht vom Boden heben wollte. Damals, als ihnen die Nachricht überbracht worden war, die ihrer aller Leben verändert hatte, diese Nachricht, die man nicht hatte glauben wollen, bei der man auf den Nachsatz »Aber es ist nicht so schlimm« oder »Es wird schon wieder« wartete. Aber es *war* schlimm und es wurde auch nicht wieder.

Rachel hatte gerade Laufen gelernt. Sie war noch viel zu jung gewesen, um irgendetwas mitzubekommen. Sie sollte sich später an das, was *vor* Oma Elsa gewesen war, nicht einmal mehr erinnern können.

Henriette schüttelte die Gedanken ab und wandte sich ihrer Urenkelin zu. »Ich bin so froh, dass wir gleich da sind, Kind. Ich hoffe, Elsa behält nicht doch recht damit, dass ich viel zu alt für einen Flug nach Europa bin. Ich fühle mich wirklich schrecklich.«

»Oma, mach dir keine Sorgen. Der lange Flug war furchtbar anstrengend. Jeder ist danach erschöpft, mir geht es doch auch nicht anders.«

»Ja, meinst du?«

»Aber natürlich. Schau mal: Wie lange sind wir denn mittlerweile schon unterwegs? Ach, da fällt mir ein, soll ich dir deine Uhr auf die Berliner Zeit umstellen?«

»Bitte mach das.« Henriette nestelte an der Metallschließe des goldenen Armbands und reichte ihre Uhr hinüber.

»Erst mal der Flug von Montevideo nach Buenos Aires: eine Stunde. Dann von dort nach Madrid, zwölf Stunden. Von Madrid nach Berlin noch mal drei Stunden …, mit den ganzen Aufenthalten sind wir jetzt über dreißig Stunden unterwegs. Das haut doch jeden um.«

»Na, wenn du meinst …« Henriette legte ihre Uhr wieder an. Ein Geschenk ihres Mannes zur goldenen Hochzeit. Kurz danach war er gestorben. Henriette seufzte. Sie hatte schon so viele Menschen in ihrem Leben verloren.

»Ich hoffe, ich werde dir nicht lästig werden, Rachel!«

»Wie kannst du nur so etwas sagen«, Ihre Urenkelin versuchte sie zu umarmen, was gar nicht so einfach war, da beide angeschnallt waren. Sie kicherten.

»Oma, mit keinem lieber als mit dir würde ich diese Reise machen. Ich bin dir für dieses Geschenk so dankbar.«

»Ach meine Kleine, du bist wirklich lieb.« Henriette drückte ihrer Urenkelin die Hand und fügte etwas leiser hinzu: »… aber vielleicht habe ich diese Reise viel mehr mir selbst als dir geschenkt.«

Rachel schaute sie fragend an. Aber Henriette winkte ab.

»Ach, nicht so wichtig.«

Rachel hielt dem Taxifahrer die Adresse ihres Hotels unter die Nase, der nickte brummelnd. Henriette hatte sich von ihm in den Sitz helfen lassen, sie fühlte sich matter, als sie es sich selbst und vor allem aber Rachel eingestehen wollte. Die Häuser Berlins, die im Mix von Altbaufassaden und modernen Neubauten an der Autoscheibe vorbeihuschten, nahm

Henriette schon nicht mehr wahr. Sie hielt die Augen geschlossen. Im Schlaf tauchte dieses lang vergessen geglaubte Gesicht vor ihr auf und lächelte ihr zu. Eine halbe Stunde später klopfte Rachel ihr sanft auf die Schulter:

»Wach werden, Oma, wir sind da!«

Ein Baldachin spannte sich über den roten Teppich, an dessen Beginn ein livrierter Mann die Taxitür geöffnet hielt. Er schnippte kurz mit den Fingern und ein Kofferkuli wurde herangerollt.

Henriette stützte sich schwer auf den ihr dargebotenen Arm.

Die riesige Hotelhalle atmete gediegene Vornehmheit: dunkles Holz, glänzende Lüster und dicke Teppiche, die jedes Geräusch dämpften. Wie ruhig Deutschland war.

»Herzlich willkommen, Señoras«, begrüßte sie ein junger Mann an der Rezeption in perfektem Spanisch.

»Oh, wie schön, Sie sprechen Spanisch«, entgegnete Henriette erfreut.

»Ich bin aus Madrid.«

»Und wie hat es dich dann nach Berlin verschlagen?« Rachel zeigte sich auffällig interessiert, und Henriette glaubte ein Glitzern in den Augen des Mädchens zu entdecken, das nur eines bedeuten konnte: Sie würde ein bisschen auf ihre Urenkelin Acht geben müssen.

»Reisen ist ja nicht ungewöhnlich in unserer Branche ...«, antwortete der Rezeptionist mit breitem Lächeln, »... aber entschuldigen Sie, Señora«, er wandte sich wieder Henriette zu, »... anstatt Sie hier unnötig aufzuhalten, sollte ich Sie wirklich zu Ihren Zimmern bringen lassen. Sie müssen doch furchtbar müde sein nach Ihrer langen Reise.«

Der junge Mann war in der Tat äußerst charmant. Rachel hat wirklich einen guten Geschmack, dachte Henriette lächelnd.

»Wir haben zwei sehr schöne Zimmer direkt neben einander reserviert. Die Räume sind durch eine Tür verbunden.«

»Das ist gut, haben Sie herzlichen Dank.«

Es bereitete Henriette Mühe, mit dem Kofferpagen Schritt zu halten. Plötzlich hatte sie das Gefühl, ihre Brust würde zusammengedrückt, sie schnappte nach Luft, kalter Schweiß rann ihr in den Nacken. Vor ihren Augen explodierten helle Punkte und rotierten in immer schneller werdenden Kreisen. Und dann war dunkle Nacht.

»Oma! Oma!« Rachels Stimme drang wie aus weiter Ferne zu ihr.

»Gott sei Dank, sie kommt wieder zu sich.«

Henriette sah gleich mehrere Augenpaare, die besorgt auf sie herabblickten. Sie hatten sie auf eines der Sofas in einer ruhigen Ecke der Lobby gelegt. Henriette erkannte den jungen Mann aus Madrid, der sich neben ihrer Urenkelin über sie beugte.

»Machen Sie sich keine Sorgen!«, sagte er. »Ein Arzt ist gleich da.«

In auffälligen Leuchtfarben hastete ein Mann mit silbernem Koffer durch die Halle auf ihre kleine Gruppe zu. Der Notarzt nickte dem Rezeptionisten kurz zu, dann setzte er sich auf die Kante von Henriettes Sofa: »Können Sie mich hören? Verstehen Sie mich? Wissen Sie, wie Sie heißen?«

»Sie kann Sie nicht verstehen, die beiden kommen aus Uruguay, die Dame spricht Spanisch.«

»Nein, nein, Herr Doktor, ich verstehe Sie ganz gut. Sprechen Sie ruhig Deutsch.«

Nachdem sie einige Fragen beantwortet hatte und es ihr gelungen war, sich aufzusetzen, hatten sie sie schließlich auf ihr Zimmer gebracht. Die Vorhänge waren geschlossen. Henriette hatte alle bis auf den Arzt aus dem Raum geschickt.

»Doktor, muss ich sterben?«

»Ganz gewiss sogar …«

Henriettes Augen weiteten sich vor Schreck.

»… aber nicht an diesem Schwächeanfall«, vollendete der Arzt seine Antwort.

»Sie haben eine seltsame Art von Humor«, schüttelte sie matt den Kopf.

»Tut mir leid, Berufskrankheit. Sagen Sie, nehmen Sie irgendwelche Medikamente?«

»Junger Mann, ich gehe auf die Hundert zu, was denken Sie?«

»Gut, Sie nehmen also Medikamente. Können Sie mir sagen, welche?«

»Schauen Sie bitte in meine Handtasche …«, Henriette sah sich kurz suchend um und deutete mit der Hand in die Ecke, in der das Gepäck aufgetürmt war, »… da finden Sie alles, was Sie wissen müssen. Suchen Sie nach einem Zettel in der kleinen Seitentasche. Mein Apotheker hat sich bemüht, international verständliche Ausdrücke zu finden. Und natürlich habe ich auch meinen kleinen Vorrat an Medikamenten da drin.«

Der Notarzt überflog schließlich die kurze Liste auf dem Zettel. »Ok, das stellt alles kein Problem dar. Ich schreibe

Ihnen zusätzlich noch was zur allgemeinen Stärkung auf.«
Er zückte seinen Rezeptblock. »Das Beste wäre, sie würden
sich erst einmal eine Woche hier ausruhen.«

»Eine Woche? Sind Sie verrückt?« Henriette setzte sich so
gut es ging auf, sank dann aber in die Kissen zurück. »Meine
Urenkelin und ich sind doch gerade erst angekommen.«

»Hören Sie, Ihre Medikamentenliste spricht Bände. Ihr
Herz ist definitiv nicht das Beste, oder?«

Henriette seufzte hilflos.

»Geben Sie sich eine Woche, bitte!« Er schaute sie eindringlich an.

Henriette protestierte schwach.

»Wirklich, das ist kein Spaß. Ihre Urenkelin kann sich in
der Zwischenzeit doch Berlin anschauen. In fünf Tagen sind
Sie wieder fit und können Ihre Reise fortsetzen. Wo soll es
denn überhaupt hingehen?«

»Ach, erst einmal Berlin, tja und dann … Das muss sich
noch ergeben, vielleicht.«

Der Arzt zog die Stirn in Falten.

»Sie wissen noch nicht genau, wo es überall hingehen soll?
Das ist ja ungewöhnlich.«

»Ich weiß noch nicht, wo es genau *enden* soll.«

»Ah, verstehe.«

»Nein, das tun sie nicht.« Henriette lächelte den Arzt an,
während der seine Instrumente wieder im Koffer verstaute.

»Sie sind aus Uruguay?«

»Ja, aus Montevideo.«

»Wie interessant. Lassen Sie mich raten: So gut, wie Sie
Deutsch sprechen, suchen Sie bestimmt nach Spuren Ihrer
Familie, oder?«

»Wie ich schon sagte, ich weiß es noch nicht …«

Henriette hing noch kurz ihren Gedanken nach, bevor sie in einen tiefen Schlaf fiel. Das Beruhigungsmittel wirkte.

»Du bist ja wieder wach, Oma!« Rachel war sichtlich erleichtert. »Du hast uns aber echt einen Schreck eingejagt.«

»Uns?« Henriette hatte Mühe, ihre Gedanken zu ordnen, die betäubende Wirkung hinterließ noch einen Schleier.

»Sergio und mir.«

»Sergio?«

»Der Typ von der Rezeption, der aus Madrid.«

»Aha, verstehe.« Henriette runzelte die Stirn. Sie würde wirklich auf Rachel etwas Acht geben müssen.

»Der Arzt hat dir eine Woche Ruhe verordnet.«

»Ich weiß, es ist furchtbar. Wenigstens hatten wir ja ohnehin über eine Woche für Berlin eingeplant. Bitte, Rachel, sei so lieb und öffne doch erst mal die Vorhänge. Hier drinnen ist es ja wie in einer Gruft. Und so weit sind wir noch nicht.«

»Oma, das ist nicht witzig. – Wow!«

Rachel hatte die Vorhänge mit einem Ruck zur Seite gezogen.

»Oma, das musst du dir ansehen. Was für ein Ausblick.« Sie half ihrer alten Dame, sich im Bett aufzusetzen. Vor ihnen erstrahlte Berlin, im goldenen Schein der untergehenden Sonne.

Henriettes Blick wurde weich. »Wie wunderschön!«

»Dahinten kann man sogar einen Teil von diesem – wie heißt dieses Dingsda, dieses Tor noch mal? Jedenfalls kann man etwas davon sehen.«

»Das Brandenburger Tor?«

»Genau, Oma, genau.«

»Und daneben ist so eine große Kuppel.«

Henriette sagte nichts. Der Reichstag, dachte sie und schloss die Augen. Der Reichstag. Erst hatte er gebrannt, und dann hatte alles seinen Lauf genommen.

Rachel setzte sich zu ihr ans Bett. »Sag mal, Oma, etwas muss ich dich aber noch fragen.«

Henriette schaute ihre Urenkelin an, sie konnte sich schon denken, was gleich käme.

»Wie kommt es, dass du so gut Deutsch sprichst? Der Arzt hat gesagt, es sei quasi perfekt.«

»Ihr habt über mich gesprochen?«

»Lenk nicht ab. Und, ja, natürlich haben wir über dich gesprochen. Hallo?! Du bist in der Hotellobby gerade zusammengebrochen. Schon vergessen?« Rachel knuffte ihrer Urgroßmutter sanft in die Schulter.

»Ach, hast ja recht.« Henriette winkte müde ab. »Nun gut …« Sie überlegte eine Weile, um dann so kurz wie eben möglich zu antworten:

»Rachel, du weißt doch, dass ich, vielmehr, dass wir deutsche Wurzeln haben.«

»Ja, schon, Oma. Aber die Sprache? Ich dachte immer, du seist als kleines Kind nach Uruguay gekommen.«

Henriette war ja selbst überrascht gewesen, wie leicht ihr die Muttersprache nach all den Jahrzehnten immer noch von der Zunge ging. Es fühlte sich so vertraut an, als hätte sie erst gestern das letzte Mal Deutsch gesprochen. Deutsch – das war nicht nur ihre alte Sprache, das stand für all das, was sie hatte hinter sich lassen müssen.

Über viele Jahre hatte sie mit großem Eifer die Sprache

ihres neuen Kontinentes gelernt. Jedes Wort hatte sie aufgeschnappt und es immer und immer wieder wiederholt, bis es schließlich zu ihrem Wortschatz gehörte. Sie hatte beim Servieren den Gesprächen der Herrschaften gelauscht, ihre Ohren in der großen Gesindeküche gespitzt und hatte sich gestreckt, um das Feilschen auf dem Wochenmarkt zu verstehen. Bald schon hatte kaum noch jemand ihren Akzent bemerkt.

Henriette hatte eines Tages überrascht festgestellt, dass sie sogar auf Spanisch träumte. Nur die bösen Träume, die von damals, die waren immer noch auf Deutsch gekommen. Beim Zählen achtete sie noch immer darauf, nicht laut zu sprechen. Seltsam, dass Zahlen offenbar unerbittlich die Sprache erforderten, in denen man sie einst als kleines Kind gelernt hatte. Als kleines Kind ...

Bis zum Beginn der weiterführenden Schule waren sie alle zusammen gewesen. Zwar war Henriette als Jüngste von den vieren in eine andere Klasse gekommen, doch hatten sie die Pausen der ersten Schuljahre oft noch gemeinsam verbracht. Sie alle zusammen. Das Kleeblatt. Und nun befand sie sich wieder auf deutschem Boden, das erste Mal seit damals.

»Oma, alles ok?«, riss sie ihre Urenkelin aus den Gedanken.

Sie hatte Rachel über all den Erinnerungen fast vergessen. Es war klar, dass sie den eigentlichen Zweck ihrer Reise nicht allzu lange vor ihr verbergen können würde. Aber jetzt war es noch nicht an der Zeit.

»Ach Rachel, entschuldige. Ich bin mit meinen Gedanken abgeschweift. Ich stehe wohl unter dem Beruhigungsmittel. Weißt du, das mit dem Deutschsprechen, das ist alles schon so furchtbar lange her. Ich war selbst überrascht, wie leicht es mir fiel.«

»Ich würde gerne mehr darüber wissen.«

»Liebes, ein anderes Mal. Jetzt bin ich müde. Es ist besser, ich ruhe mich ein wenig aus. Du könntest doch derweil schon einmal deinen Koffer auspacken. Was meinst du?«

»Natürlich, Oma.« Rachel war enttäuscht, derart abgewimmelt zu werden, dennoch verkniff sie sich jede weitere Nachfrage.

Sie schob die Koffer in ihr Zimmer, die Verbindungstür ließ sie angelehnt. Ihre Urgroßmutter hatte die Augen schon wieder geschlossen. Vielleicht würde sie gleich mal in die Lobby gehen, um sich bei Sergio noch einmal für die schnelle Hilfe zu bedanken. Ein Lächeln huschte über ihr Gesicht.

Henriette hatte die Augen geschlossen gehalten, bis sie Rachel im Nachbarzimmer räumen hörte. Jetzt blickte sie an die Decke. Hoffentlich war es kein Fehler gewesen, herzukommen.

Wie lange das alles schon her war. Sie waren allein im Haus gewesen. Damals hatten sie schon die gelben Sterne tragen müssen. Henriette hatte mit ihrer Mutter in der Küche gewartet und den Blick nicht vom Ziffernblatt der Wanduhr abwenden können. Sie hatten beide die Stunden gezählt: Jetzt müsste Vater in Berlin angekommen sein, jetzt müsste er Karls Vater erreicht haben, jetzt würde er wahrscheinlich gerade mit ihm sprechen und immer so fort. Die Zeiger der Uhr schienen wie festgeklebt. Stunde um Stunde hatten sie so dagesessen, unfähig etwas anderes zu tun. Dann endlich hatte die Eingangstür geklappt. Vater war zurückgekommen.

»Kind, lass mich zunächst allein mit ihm sprechen«, hatte ihre Mutter gesagt und ihre Tochter dann bei geschlossener Küchentür zurückgelassen. Henriette hatte ihr Ohr an das Holz gepresst, aber ihre Eltern sprachen mit gesenkter Stimme.

Vor lauter Nervosität war sie in der Küche auf und abgelaufen, mit den Fingern über das Metall der Kochmaschine gefahren, hatte Schränke gestreift und Küchentücher gefaltet. Schließlich hatte sie es nicht mehr aushalten können, hatte die Küchentür aufgestoßen, war über die kalten Fliesen des Flurs geeilt und hatte die Flügeltür zur Stube geöffnet. Ein einziger Blick hatte gereicht, um das Ausmaß der Katastrophe zu erfassen. Vater hatte auf der Kante des großen Sessels gehockt und seinen Kopf in Mutters Schoß vergraben. Als Henriette eintrat, waren sie aufgeschreckt.

Niemals würde sie die Gesichter ihrer Eltern vergessen: die Angst, die Ernüchterung, die brutale Gewissheit. Niemals.

Kapitel 2

»Viel Glück und viel Segen auf all deinen Wegen, Gesundheit und Frohsinn, das schenke dir Gott!« Die kleine Feiergemeinschaft klatschte jubelnd in die Hände. Ihr Lachen hallte von den Hinterhausfassaden des Hofes wieder.

»Hoch soll sie leben, hoch soll sie leben, drei Mal hoch! Hoch! Hoch! Hoch!«

Henriette schaute mit roten Wangen auf ihre Geburtstagstorte, der Schein der Kerzen spiegelte sich in ihren glänzenden Augen.

»Eins – zwei – drei – vier – fünf – sechs«, zählte sie und zeigte ungelenk auf jedes einzelne Flämmchen. Und wieder beklatschten sie die Umstehenden.

»Du musst die Kerzen ausblasen, alle auf einmal«, rief ihr ihre Freundin Charlotte aufgeregt zu.

»... und dir dabei was wünschen! Darfst aber niemandem sagen, was!«, erklärte Hans gewichtig. Die beiden Kinder standen an der Seite ihrer Freundin. Der Vierte in ihrer Runde, Karl, hielt sich etwas abseits. Ihm lief das Wasser im Munde zusammen, seine Augen starrten voller Heißhunger auf den süßen Sahnetraum. Er konnte sich nicht erinnern, dass es in seiner Familie jemals eine solche Köstlichkeit gegeben hatte.

»Ja, Henriette, nun puste mal deine Kerzen aus, damit wir

anfangen können zu essen«, sagte nun auch Henriettes Mutter lachend.

Kurz darauf verschwanden übergroße Stücke Sahnetorte in Kindermäulern. Während die Kleinen laut kreischend weiteralberten, hatten sich die Erwachsenen an einen schattigen Platz des Hinterhofs zurückgezogen. Henriettes Mutter, Frau Ahrenfelss, hatte das Kunstwerk zustande gebracht, dieses winzige Stück Natur, das seinen Platz hinter Wohnung und Laden behauptete, im Laufe der Jahre in einen schönen Garten zu verwandeln. Gab es im Sommer mal keine Kunden, zogen sich ihr Mann und sie gerne hierher unter den Baum zurück und genossen die Ruhe.

»Was für ein herrlicher Tag, fast schon sommerlich, und dabei haben wir erst Mai. Einfach wunderbar«, meinte Frau Hehn, die Mutter von Hans. Sie freute sich über den ihr angebotenen Eierlikör und kicherte verschwörerisch: Ihr Mann sah es nicht gern, wenn seine Frau Alkohol trank. Das sei für die Gattin eines Arztes nicht zuträglich, hatte er gemeint.

Der Doktor und seine Frau waren noch jung und seit gar nicht so langer Zeit Bewohner Küstrins. Nach ihrem Einzug hatten sie sich von Henriettes Eltern die Wohnung und Praxis ausstatten lassen.

»Wollen Sie gute Ware, Frau Doktor, dann gehen Sie zu Ahrenfelss!«, hatte ihnen ihre rustikale Hauswartin mit wichtiger Miene nahegelegt. »Die machen gute Preise.«

Henriettes Eltern und das Arztehepaar Hehn waren sich vom ersten Augenblick an sympathisch gewesen. Dass ihre Kinder beinahe gleich alt waren, war zudem ein glücklicher Zufall, der die Freundschaft beflügelte. Hans und Henriette spielten fast täglich miteinander.

Auch die anderen zwei, Charlotte und Karl, gehörten in diesen Bund, wobei die vier überraschend unterschiedlich waren.

Charlotte betörte mit ihrem mädchenhaften Charme und den blonden Korkenzieherlocken. Ihr offenes Gesicht, die strahlenden Augen und das glockenhelle Lachen ließen die Herzen schmelzen. Dabei hatte sie wahrlich kein leichtes Leben. Ihre Mutter war bei ihrer Geburt gestorben. Ein tragischer Schicksalsschlag. Ihr Vater, Angestellter in der Schlossverwaltung, tat zwar sein Bestes, um dem kleinen Mädchen ein glückliches Zuhause zu bieten, aber was war schon ein Vater, wenn die Mutter fehlte? Henriettes Eltern waren seiner Bitte gerne nachgekommen, ab und zu ein Auge auf sein Charlottchen, wie er sie selbst nannte, zu werfen.

Karl, Sohn der Familie Rieger, war gleichsam Außenseiter wie Anführer der Viererbande. Als Ältestes der Kinder gab er sich gerne welterfahren und allwissend. Es war schwer nachzuvollziehen, was ihn an den drei anderen so reizte, dass er trotz des Altersunterschieds immer wieder zu ihnen fand. Er passte am wenigsten in die Gruppe, denn die anderen drei, Charlotte, Hans und Henriette, waren Kinder von Familien der Küstriner Festung, der ursprünglichen Altstadt. Noch heute drängen sich die vornehmen Fassaden zwischen mächtigen Wehren. Zwar waren einige der Mauern gerade in den vergangenen Jahren geschliffen worden, um alle Teile der weit über ihre alten Grenzen gewachsenen Stadt besser zu vernetzen, dennoch verlieh die Einschränkung durch die mächtigen Steine den Festungsbewohnern noch immer eine Exklusivität, die ihnen die sogenannten Vorstädter nicht nehmen konnten. Das lag natürlich auch an der unmittelbaren Nähe zum Stadtschloss, dessen Türme Anreisenden schon aus der Ferne einen Eindruck von Glanz und Reichtum vieler Jahrhunderte gaben.

Karls Familie dagegen, die Riegers, lebte nicht im Dunstkreis des Stadtschlosses. Sie bewohnten eine einfache Hinterhauswohnung in den unschönen Straßenzügen zwischen den großen Betrieben der Küstriner Neustadt. Bei Westwind trieb die Luft den unangenehmen Geruch der Kartoffelmehlfabrik vor sich her, drehte der Wind im Winter, drückte er nicht nur die eisige Kälte des fernen Russlands durch die undichten Fensterritzen, sondern auch Ruß und Staub der vielen eisenverarbeitenden Fabriken. Nur wenige Querstraßen hinter den schönen Fassaden bestimmte eine raue Wirklichkeit das Leben: beengtes Wohnen, schlammige Hinterhöfe, Tagesabläufe von Werkssirenen bestimmt.

Die Wirtschaftskrise wirkte sich in der *Neustadt* besonders verheerend aus. Aber auch das Ladengeschäft Tuchhandel und Dekoration, E. Ahrenfelss war trotz seiner guten Lage inmitten der Küstriner Altstadt betroffen.

»Sagen Sie, Frau Ahrenfelss, ist es für Sie nicht abträglich, ein christliches Lied zu singen?« Es war Karls Mutter, die mit ihrer Frage Herta Ahrenfelss' Blick von der kleinen Gruppe der Kinder abwenden ließ.

»Wie bitte?«

»Na, *Viel Glück und viel Segen* – das ist doch ein christliches Lied. Ist das für Sie Juden nicht … nun, wie soll ich sagen, also vielleicht unangemessen?«

»Ach, aber ich bitte Sie, liebe Frau Rieger. Wenn unserem Sonnenscheinchen Glück, Segen, Gesundheit und Frohsinn geschenkt werden, dann ist es uns ziemlich egal, von welchem Gott das kommt.« Die Frauen lachten.

Von ihnen unbemerkt, hatte sich der kleine Hans an den Tisch geschlichen: »Wieso? Haben Henriettes Eltern denn einen anderen Gott als wir, Mutter?«

»So anders ist der gar nicht.« Die junge Arztgattin streichelte ihrem Sohn über den Kopf. »Er hat nur ein paar andere Geschichten über sich erzählt.« Mit liebevollem Stolz schaute sie auf ihren Sprössling. Jetzt hatten auch die anderen Kinder den Tisch erreicht.

»Guckt mal!« Henriette öffnete vorsichtig ihre kleine Faust und offenbarte ihrer Mutter ein gerade eben gefundenes vierblättriges Kleeblatt.

»Na, da schau mal an, Henriette. Das ist ja wirklich dein Glückstag heute. Ein vierblättriges Kleeblatt. Gerade so wie ihr vier: unsere Kleeblattbande!«

»Ja! Die Kleeblattbande!« Krakeelend stürmten die Kinder davon.

»Finden Sie nicht auch, dass es immer schwieriger wird, sich in diesen Zeiten noch nach der neuen Mode zu kleiden?«, schnitt Frau Doktor Hehn ein neues Thema an. »Die Hüte sind nur noch winzig, dafür die Röcke lang. Da kann doch keiner mehr mithalten.«

»Da haben Sie recht!«, stimmte Karls Mutter der jungen Arztfrau zu, »von den Frisuren ganz zu schweigen. Ich wünschte, ich hätte eine Tochter, die könnte mich wenigstens ondulieren. Ich bin viel zu ungeschickt darin. Und meine Haare sind so widerspenstig.«

»Aber Frau Rieger! Sie sehen doch ganz fabelhaft aus.«

»Ach, Frau Doktor. Sie wissen ja nicht, was Sie sagen. Und

bezahlen? Wer soll denn die Mode bezahlen. Obwohl für Sie, Frau Ahrenfelss, ist das ja im Grunde genommen nur gut.«

»Wie meinen Sie?«

»Na, die langen Röcke. Je länger der Rock, desto mehr Stoff können Sie in Ihrem Tuchhandel verkaufen.«

»So ist das leider nicht. Wir verkaufen ja vornehmlich Einrichtungsstoffe. Und wer will schon einen Rock passend zur Gardine!«, versuchte sie zu scherzen, aber die rechte Heiterkeit wollte nicht wieder aufkommen. Die drückende Last der schlechten Lage war allgegenwärtig.

»Wir gehen wirklich durch schwere Zeiten«, bestätigte Frau Doktor Hehn. »Selbst mein Mann klagt darüber, dass viele Patienten nicht mehr zu ihm kommen, weil sie die Kosten fürchten. Dabei lässt er sogar anschreiben oder behandelt ganz ohne Honorar.«

»Wir in der Neustadt sind Kummer schon lange gewöhnt«, antwortete Frau Rieger. »Vor zwei Jahren hat sogar *Wagner* geschlossen, pleite! Eine Maschinenfabrik! Ich frage Sie, wie ist das möglich? Vierhundert Männer waren dort beschäftigt. Können Sie sich vorstellen, was das für die Neustadt bedeutet? Vierhundert Familien ohne Brot, Ehefrauen, die nicht wissen, was sie in den Topf tun sollen, Kinder, die mit unausgesprochenem Vorwurf die Eltern anstarren. Und was machen die Männer? Fangen an zu trinken. Was sollen Sie auch sonst schon tun. Ich meine …«

Frau Rieger schwieg abrupt. Die Sorgen und der Kampf ums tägliche Überleben hatten sie verbittert gemacht. Nun war es einfach so aus ihr herausgebrochen und hatte sich hier am korbumflochtenen Teetisch mit dem feinen Porzellan darauf seinen Platz gesucht. Henriettes Mutter versuchte die Situation aufzufangen:

»Vielleicht könnten wir ja zusammenarbeiten, Frau Rieger. Wenn wir mal Kundinnen haben, die eine geschickte Änderungsschneiderin suchen …«

»Ach, das wäre wunderbar.« Hoffnung keimte in ihr auf.

»Nur, sehr viele Kunden haben wir leider auch nicht mehr. Es ist wirklich eine schwierige Zeit. Mein Mann versucht gerade heute in Breslau etwas zu organisieren. Sie wissen ja, ich stamme von dort und mein Vater …«, Herta Ahrenfelss warf einen warmen Blick zu den im Hintergrund balgenden Kindern, ihre Henriette liebte den Großvater über alles, »… ist in der Breslauer Gemeinde ein angesehener Mann und immer für einen kleinen Handel gut. Wir hoffen sehr, dass er für meinen Mann etwas tun kann. Breslau ist groß, vielleicht gibt es ja dort noch Aufträge für uns.«

»Ja, Sie Juden halten zusammen.« Karls Mutter hatte eine Schärfe in diesen Satz gelegt, die die anderen zusammenfahren ließ. Eine peinliche Stille trat ein. Frau Doktor Hehn wechselte das Thema:

»Was halten Sie denn davon, dass unsere schöne Festungsmauer immer weniger wird. Man sagt, unser Kronprinz soll gesprengt werden.«

»Was?«

»Ja, die Bastion Hoher Kavalier, also der Kronprinz, soll zerstört werden. Geschliffen, wie sie das nennen. Ich finde das traurig: Über Jahrhunderte war er Teil der Altstadt, aber jetzt steht der Festungsblock im Weg.«

»Der Hohe Kavalier – so ein mächtiges Bauwerk. Diese gesamte Bastion ist doch voller Kasematten, all die Räume, die dicken Mauern aus unzähligen Ziegelsteinen.« Herta Ahrenfelss schüttelte den Kopf. »Vor einigen Jahren haben sie das allerdings auch schon mit anderen Bastionen gemacht, Frau Doktor. Bei einer dieser Aktionen wurde sogar unsere Synagoge so beschädigt, dass sie abgerissen werden musste. Das war noch vor Ihrer Zeit hier bei uns in Küstrin. Für uns ist das nichts Neues, nicht wahr, Frau Rieger?«

»Nun, ich kann die Sprengung dieses monströsen Trumms nur gutheißen. Das wird Ihre alte Festung mit unserer Neustadt verbinden. Die alten Zeiten der Abschottung sind vorbei …«

»Da haben Sie sicher recht, Frau Rieger. Vielleicht ist es wirklich kein schlechtes Zeichen unserer Zeit. Diese ganzen Wehre, Bastionen und hohen Mauern sind doch nur Symbole für Krieg. Und den haben wir nun zum Glück seit mehr als einem Jahrzehnt hinter uns«, pflichtete ihr Henriettes Mutter bei.

»Das ist wahr, Frau Ahrenfelss. Ein wirklich gutes Wort. Und ich habe auch gehört, dass die Stadt beabsichtigt, an die Stelle der Bastion einen Rosengarten anzulegen«, fügte Hans' Mutter hinzu.

»Oh, Frau Doktor, das ist eine wunderbare Neuigkeit. Rosen, ich liebe Blumen.« Herta Ahrenfelss schaffte es, die Konversation auf ihren Garten zu lenken, die wiedergewonnene Harmonie tat allen gut.

»Das ist gemein! Mutter!«, krähte da Henriette. Sie hatte sich aus dem spielenden Kinderknäuel gelöst und rannte weinend in die ausgebreiteten Arme ihrer Mutter.

»Was ist denn los?«, fragte sie und strich ihrer Tochter über den Kopf. »Tränen am Geburtstag, wo gibt es denn so was?«

»Ach, sie ist traurig, dass wir alle schon in der Schule sind und sie noch nicht«, erklärte Karl.

»Schau mal, Henriette, du musst sechs Jahre alt sein, wenn die Schule beginnt«, sagte ihre Mutter.

»Aber ich bin sechs.« Henriette stampfte trotzig mit dem Fuß auf die Erde.

»Ja, Liebes, aber eben erst seit heute, und das Schuljahr hat doch schon angefangen.«

»Aber all meine Freunde sind in der Schule, nur ich nicht. Das ist doch ungerecht.« Schluchzend vergrub sie den Kopf im Schoß ihrer Mutter.

»Aber Henriette, ich kann dir doch ganz genau erzählen, was in der Schule passiert.« Während er sie zu trösten suchte, strich Hans mit der Hand über die bebenden Schultern seiner Freundin, als würde er einen Hund streicheln. Auch Charlotte stellte sich dazu und übernahm streichelnd die freibleibende Seite.

Die drei Mütter mussten sich auf die Lippen beißen, um nicht zu lachen.

Schließlich löste sich Henriette aus der Umklammerung, tränenverschmiert schaute sie Hans an und zog die Nase hoch:

»Würdest du das machen?«

»Aber natürlich.«

»Jeden Tag?«

»Klar!«, sagte Hans und nickte heftig. Henriette schien beruhigt.

»Na, siehst du, Mädchen, alles ist wieder gut. Und nun nimmt sich jeder ein schönes Glas Limonade und dann spielt ihr wieder weiter!«

»Oh, ja!« Ein bisschen Zuckerwasser vermochte die Kinder wieder glücklich zu machen. Lächelnd schauten die drei Erwachsenen den Kleinen hinterher.

»Henriette fielen beim Zähneputzen schon die Augen zu. Jetzt schläft sie tief und fest.«

»Das ist gut.«

»Ich bin so froh, dass du wieder zurück bist.« Herta saß auf der Bettkante und zog die Nadeln aus ihrem Haar. »Unsere Tochter hat dich heute vermisst.«

Ihr Ehemann rutschte über seine Seite des Bettes zu ihr herüber und ließ zärtlich seine Hand über ihre Schulter gleiten.

»Du hast deine Sache bestimmt hervorragend gemacht und unserem Sonnenschein ein schönes Fest bereitet.«

»Hat es denn etwas gebracht?«

»Der Geburtstag?«

»Nein, du weißt schon. Breslau. Gibt es Aufträge?«

Ephraim strahlte seine Frau an, endlich hatte sie die Frage gestellt, auf die er bereits seit seiner Rückkehr gewartet hatte. Aber er wollte die gute Nachricht noch ein bisschen hinauszögern.

»Ich soll dich herzlich grüßen.«

»Ach, ich wäre so gerne mit dir gekommen. Ich habe Vater schon lange nicht mehr gesehen. Aber ausgerechnet an Henriettes Geburtstag …«

»Ich konnte doch an keinem anderen Tag fahren.«

»Ich weiß doch. Na, komm. Nun erzähl!«

»Die Gemeinde in Breslau ist wirklich beeindruckend. Wusstest du, dass es dort neben den zwei großen Synagogen noch acht private gibt?«

»Natürlich weiß ich das, ich bin dort aufgewachsen.«

»Und wir haben hier in Küstrin, seitdem der alte Bau zusammengekracht ist, nicht mal eine einzige. Immer diese Feiern in irgendwelchen Privathäusern.«

»Nanu, Ephraim Ahrenfelss. Du bist doch sonst nicht so religiös.«

»Oh, ein Tag mit deinem Vater reicht aus, um aus mir einen orthodoxen Juden zu machen.«

»Hör auf! Das ist Unrecht. Du weißt, Vater meint es nur gut mit dir. Er mag dich, obwohl dein Vater Christ war. Immerhin bist du damit ein halber Goi. Und mein Vater ist gar nicht so streng, da gibt es wirklich ganz andere in Breslau.« Herta zwinkerte ihrem Mann zu. »Du bist in Glaubensdingen wirklich nicht gerade ein Vorbild für das Kind.«

»Wieso?«

»Wieso? Muss ich dir das wirklich erklären? Du hast dem Mädchen ein Osterei geschenkt. Ein *Osterei*!«

»Aber sie hat sich darüber gefreut!«

»Natürlich hat sie das. Welches Kind würde sich nicht über ein Geschenk freuen? Ich sehe schon das Gesicht von Vater vor mir, wenn unsere Henriette voller Stolz mit dem bunten Papp-Ei vor ihm steht.«

Ihr Mann lachte leise.

»Oder neulich bei Tisch, Henriettes Tischgebet: *Herr Jesu sei unser Gast und segne, was du uns bescheret hast.* Ich bin nicht kleinlich, aber das geht nun wirklich zu weit.«

»Aber dafür konnte ich nichts!«

»Nun gut, das stimmt.«

»Herta, so sind Kinder. Henriette wusste doch gar nicht, was sie da plapperte. Und wenn sie das nun mal bei Charlottes Vater aufgeschnappt hat, dann ist es doch in Ordnung.«

»Ach, vielleicht hast du recht. Erzähl mir lieber von deinem Tag. Also, was hat er ergeben.«

Hertas Vater war fest verankert in der Gesellschaft Breslaus und ein angesehenes Gemeindemitglied dort. Ephraims Antrittsbesuch bei ihm war seinerzeit gar nicht einfach gewesen. Als Sohn einer Mischehe war Ephraims Erziehung nicht gerade das gewesen, was man beim Essen als koscher bezeichnen würde.

An einem Sabbat-Abend war er in Hertas Familie eingeführt worden. Alle Augen hatten auf ihm geruht. Für einen Augenblick hatte er es für eine große Ehre gehalten, dass ihn sein damals noch zukünftiger Schwiegervater bat, nach dem traditionellen Friedensgruß die ersten Verse der Schöpfungsgeschichte zu sprechen. Schließlich war das eigentlich dem Hausherrn vorbehalten. Ephraim hatte es leidlich zustande gebracht. Vater Samuel hatte ihm über den Becher Wein zugenickt und mit *Gelobt seist Du, Ewiger, unser Gott, Schöpfer der Früchte des Weinstock* geschlossen. Dabei war ein verschmitztes Lächeln über seine Lippen gehuscht.

Als Herta und Ephraim nach angemessener Verlobungszeit die Hochzeit begingen, hatte Hertas Vater ihm zu später Stunde auf die Schulter geklopft und lachend gemeint, wenn es nach den vielen Fehlern in *seiner* Version der Schöpfungsgeschichte an jenem ersten Sabbat gegangen wäre, hätte er niemals seinen väterlichen Segen zur Hochzeit geben dürfen. Ephraim hatte wirklich Glück mit diesem Schwiegervater, ein Mensch, dessen Herz sogar noch größer als sein Bauch war – und das wollte was heißen.

Und auch heute hatte der alte Herr alles getan, um seinen Schwiegersohn zu unterstützen. Die Breslauer Jeschiwa, die

Talmudhochschule der Stadt brauchte eine neue Polsterung aller Stühle des großen Saals. Wie immer er es auch geschafft haben mochte, der Leiter der Hochschule hatte sich für Ephraim Ahrenfelss, oder besser gesagt, für Samuels Schwiegersohn als Stofflieferanten entschieden. Ein Großauftrag war bei der derzeitigen Konjunkturlage wie das Wunder von Aarons Stab, der Blüten trieb und Mandeln trug.

»Also, Ephraim, der Vergleich mit Aaron ist aber bei aller Liebe zum Vater doch ein bisschen stark.« Herta strahlte ihren Mann an und schlang die Arme um ihn. »Das ist wunderbar, Liebster, ein echter Silberstreif am Horizont.«

»Es ist mehr als nur ein Silberstreif, Herta, es ist weit mehr. In den jetzigen Zeiten ist es ein wahres Himmelsgeschenk. Ein solcher Auftrag und dann auch diese Anerkennung. Die *Jeschiwa* Breslaus! Ich bin deinem Vater so dankbar. Was hätten wir sonst nur tun sollen?«

»Da hast du leider recht. Frau Rieger, du weißt schon, die Mutter von Karl, erzählte vom Leid in der Neustadt. Ganz verschämt war sie, weil sie noch immer bei uns angeschrieben hat. Sie kam zu mir, als ich in der Küche war, und hat geweint.«

»Sie kann nicht zahlen, oder?«

»Nein.« Herta schüttelte den Kopf. »Ihr Mann soll arbeitslos sein. Den Riegers geht es wirklich nicht gut. Die arme Frau ist ganz verbittert. Stell dir vor, was der kleine Karl unserer Henriette zum Geburtstag geschenkt hat: einen Papierflieger, den er aus einer alten Zeitungsseite gebastelt hat. Man konnte dem Jungen ansehen, wie sehr er sich selbst dafür schämte.«

»Wie hat unsere Kleine reagiert?«

»Sie war wunderbar und hat sich artig bedankt.«

»Unser Engel. Es ist eine verrückte Zeit. Dein Vater hat mir Dinge erzählt ...«

»Wieso, was denn?«

»Dieser Hitler und seine Nationalsozialisten, du weißt schon, die mit diesem Plakat damals.«

»Das mit der Schlange und dem Davidstern?«

»Genau. Weißt du, dass diese Partei bei der Reichstagswahl vor einem halben Jahr dort fast fünfundzwanzig Prozent bekommen hat? Stell dir das vor! Ein Viertel der Breslauer!«

»Wundert dich das? Die Menschen sind unzufrieden. Das Elend wohnt unter vielen Dächern. Da ist es doch nicht erstaunlich, dass Menschen starken Parolen folgen. Das wird schon wieder nachlassen, wenn die merken, dass hinter dem lauten Geschrei nichts steckt. Sobald es uns wieder besser geht, wird sich kaum noch jemand an diese seltsamen Menschen erinnern können.«

»Ich hoffe, du hast recht.«

»Aber natürlich. Außerdem, was interessiert mich Politik, das ist doch was für euch Männer. So weit ist es schon gekommen, dass wir in unserem Ehebett über Politik sprechen.« Herta lachte leise. »Sogar heute am Kaffeetisch wurde die allgemeine Lage zum Thema.«

»Wie war es denn mit der jungen Frau Doktor?«

»Die Mutter von Hans? Reizend, wie immer. Ich mag sie wirklich sehr. Der Doktor hat sich ein Auto angeschafft, erzählte sie.«

»Ein Auto?«

»Ja, stell dir vor. Ich frage mich wirklich, wie er das kann.

Sie sind noch so neu in der Stadt und die Praxis jung. Muss ja wohl gut laufen.«

»Aber als Arzt muss er doch zu seinen Patienten fahren können. Das ist schließlich sein Geschäft. Nur von der Praxis allein kann er sicherlich nicht leben.«

»Trotzdem. Ein Auto!«

»Außerdem weißt du doch, seine Frau stammt von einem der großen Güter. Landwirtschaft hungert nie.«

»Da hast du recht.«

»Ich werde mir den Wagen bald mal anschauen.«

»Ephraim Ahrenfelss, ich sehe da so ein Funkeln in deinen Augen, das mir gar nicht gefällt. Du wirst doch wohl nicht größenwahnsinnig?«

»Herta, ich bin doch nicht verrückt. Obwohl, nach dir vielleicht schon …«

»Du Esel!«

Kichernd schüttelte seine Frau den Kopf, während er sich über sie beugte und die Nachttischlampe löschte.

Kapitel 3

»Ach herrje, so spät schon?« Henriettes Blick fiel auf ihren Reisewecker auf dem Hotelnachttisch. Die Zeiger wiesen auf halb zwölf.

Sie hatte unruhig geschlafen: das fremde Bett, die unbekannten Geräusche, der ungewohnte Geruch und die vielen Erinnerungen, die sie nach der Ankunft in Berlin eingeholt hatten. Schöne Erinnerungen, böse Erinnerungen.

Mitten in der Nacht war sie wach geworden, war unsicher herumgetappt und hatte plötzlich im Zimmer von Rachel gestanden. Auf der Suche nach dem Bad hatte sie sich in der Tür vertan. Es war ihr peinlich gewesen.

Durch einen Spalt der Vorhänge drang nun der helle Tag herein. Jetzt war es leicht, sich zu orientieren. Sie schaute zum Zimmer von Rachel hinüber, die Verbindungstür stand ein wenig offen.

»Rachel?«, fragte Henriette vorsichtig in die Stille hinein.

»Oma, bist du wach? Guten Morgen!« Augenblicklich kam ihre Urenkelin herüber.

»Guten Morgen, Kleines. Hast du gut geschlafen?«

»Wie ein Stein. Und du?« Sie zog die Vorhänge auf, der Raum wurde von Tageslicht durchflutet.

»Ich fühle mich viel besser als gestern. Ich denke, ich kann heute schon aufstehen.«

»Auf gar keinen Fall! Du weißt, was der Arzt gesagt hat: fünf Tage ausruhen.«

Henriette verdrehte die Augen und wechselte das Thema:

»Aber, dass ich so lange geschlafen habe. Es ist ja schon beinah Mittag.«

»Oma, das ist dein Jetlag.«

»Da magst du wohl recht haben. Bist du denn auch gerade erst aufgestanden?«

»Nein, ich habe sogar schon gefrühstückt. Ich hatte dir einen Zettel hier auf dem Nachttisch hinterlassen, aber als ich zurückkam, warst du noch immer in tiefen Träumen.«

»Und ich habe von alldem nichts mitbekommen?« Henriette schüttelte ungläubig den Kopf.

»Das Frühstück habe ich dann ja wohl verpasst.«

»Nein, hast du nicht«, Rachels Augen blitzten. »Ich habe alles geregelt. Sag, was du haben willst, und sie bringen es hoch.«

»Sie servieren auf dem Zimmer? Du bist ja großartig, meine Kleine!«

»Na ja, Sergio hat ein bisschen nachgeholfen.«

»Sergio?«

»Sergio! Oma, der Rezeptionist. Der Mann aus Madrid.«

»Ach ja, natürlich. Der Mann aus Madrid …« Henriette konnte sich ein Lächeln nicht verkneifen.

»Also, was möchtest du haben?«

Auch wenn sie eigentlich gar keinen großen Appetit hatte, musste Henriette nicht lange überlegen.

»Auf jeden Fall ein ganz normales deutsches Frühstück. Den Kaffee aber ohne Koffein und *gute Butter*! Ach, und vielleicht auch dieses …«, Henriette musste einen Augenblick nach dem Wort suchen, »… Graubrot!«

»Ich bin so froh, dass es dir wieder besser geht, Oma.«

»Aber Kleine, was wirst du denn jetzt bloß machen, wenn ich nicht rausgehen soll?«

»Ich werde mich schon amüsieren. Wir sind schließlich in Berlin!« Rachel stand auf und drehte sich mit ausgestreckten Armen um sich selbst.

»Eben drum!« Rachels Übermut wirkte nicht gerade beruhigend auf Henriette. Ihr Blick fiel auf den langen Riss in deren Jeans. Und dass das Hemdchen den Gürtel um zwei Fingerbreite gerade nicht erreichte, deckte sich nun auch nicht unbedingt mit Henriettes Vorstellung von angemessener Kleidung. Nur mit Mühe enthielt sie sich eines Kommentars. Sie war schon wie ihre Tochter.

»Mach dir keine Sorgen, Oma. Wir hatten uns doch ohnehin schon ein Programm überlegt. Und außerdem gibt es hier diese Touristenbusse, da kann man auf- und absteigen, wo man will. Das Ticket gilt für den ganzen Tag. Und es gibt sogar Führungen auf Spanisch.«

»Oh.« Rachel verblüffte sie. »Ich hätte wirklich nicht gedacht, dass du dich auf so etwas einlassen würdest.«

»Doch, ich bin neugierig, die Stadt zu entdecken.«

Henriette lachte.

»Aber nicht mit diesem Fetzen von T-Shirt.«

»Du klingst ja schon wie Oma Elsa! Das ist in und völlig normal.«

»Hör einfach nicht auf mich. Was soll eine fast Hundertjährige schon von Mode verstehen? Ich werde mich noch etwas frisch machen, bevor das Frühstück kommt und mir zumindest einen Morgenmantel überziehen.«

Kurz darauf betrachtete sich Henriette im Badezimmerspiegel: ein Spätherbstblatt, das auf seinen letzten Windstoß wartete. Wo waren all die Jahre geblieben? Was war aus dem Mädchen aus Küstrin geworden? Das Gesicht, das ihrem Blick nur mit Mühe standhalten wollte, hatte so gar nichts mehr mit dem quirligen Kind zu tun, das einst mit seinen Freunden unbeschwert gespielt hatte.

Leicht zitternd fuhren Henriettes Hände über die tiefen Furchen längs ihrer brüchigen Lippen. Mit dem Zeigefinger drückte sie kleine Beulen in das weiche Gewebe unter den Augen – Tränensäcke –,Schmerz hatte sie mit Tränen gefüllt.

»Was versprichst du dir bloß von der ganzen Sache?«, fragte sie die alte Frau, die ihr am Waschbecken gegenüberstand.

Geräusche jenseits der Badezimmertür holten sie in die Wirklichkeit zurück. Man brachte das Frühstück. Sie hörte, wie Rachel dem Pagen dankte und hinter ihm die Tür wieder schloss.

»Oma?«

»Ja, hab schon gehört, ich komme gleich, bin fast fertig.« Einen Schwall kalten Wassers und ein flüchtiges Frisieren, und sie war bereit für ihr erstes deutsches Frühstück nach all den Jahrzehnten. Und jetzt konnte das alte Gesicht im Spiegel sogar wieder lächeln.

Ein silbernes Tablett erwartete Henriette. Sie hatten es auf dem kleinen Tisch direkt am Fenster platziert und den gepolsterten Stuhl zurechtgerückt. Ein schöner Anblick. Rachel hatte das Fenster zum Lüften gekippt, von unten drangen die Geräusche des Berliner Verkehrs hinauf.

»Oma, meinst du, du kommst klar?«

»Aber natürlich. Schau zu, dass du hinauskommst, Liebes! Ich habe dich schon viel zu lange hier im Hotel aufgehalten.«

»Kuss, Oma.«

Henriette rückte ihren Stuhl näher an den Tisch und legte sich die schwere Serviette auf den Schoß. Brötchen, Butter, Marmelade, frischer Kaffee und – Graubrot. Sie lachte über sich selbst, als sie eine der festen Scheiben in ihrer Hand drehte und ans Licht hob, als würde sie eine wertvolle Preziose betrachten.

In Vorfreude auf den Genuss schloss Henriette die Augen. Wie aus dem Nichts überströmte sie eine Erinnerung, die sie längst vergessen geglaubt hatte: sie saß wieder am Tisch der Grünbergs, und ihre junge Augen betrachteten erstaunt, was sie dort sahen: das Silber, das Porzellan und natürlich das üppige Essen, das von Hausangestellten gereicht wurde.

Das Haus war eines der schönsten, wenn nicht überhaupt das glanzvollste von ganz Buenos Aires. Die Grünbergs hatten wie selbstverständlich nach der Dienerschaft geläutet, als Henriette im Schlepptau von Professor Eisengrün und dessen Frau die Treppe zum Eingang hinaufgestiegen war, um ihnen das Gepäck abnehmen zu lassen.

Henriette hatte sich ihrer groben Kleidung und des abgestoßenen Koffers geschämt. Nur das Nötigste hatte sie in der Eile aus Deutschland mitnehmen können. Für die Schiffspassage war es schließlich nicht darauf angekommen, dass die Kleidung modisch war, sondern praktisch – und unauffällig. Bloß nicht auffallen!

Wochen zuvor hatte ihr der Abschied schier das Herz zerreißen wollen. Noch als die Hafenausfahrt nicht mehr auszumachen war, hatte sie an der Reling verharrt und auf das in der Ferne entschwindende Ufer geschaut. Sie würden mit dem nächstmöglichen Schiff nachkommen, hatten sie ihr gesagt, und sie hatte ihnen glauben wollen. Es war schon dunkel geworden, da hatte Henriette noch immer an Deck gestanden.

»Kind, du holst dir hier draußen noch den Tod!«, hatte plötzlich eine Stimme dicht neben ihr gesagt und jemand hatte den Arm um sie gelegt. Es war die Gattin vom Professor gewesen. Henriette hatte sich über deren festen Griff erschreckt, doch kurz darauf begriffen. Frau Eisengrün hatte sie an sich gezogen, als ein Paar an ihnen vorbeigeschlendert war und seinen Blick für einen Moment zu lang auf Henriette hatte ruhen lassen.

»Kind, leg dir irgendwas darüber!«, hatte Frau Eisengrün ihr eindringlich ins Ohr geflüstert und mit ihrem Blick unmissverständlich auf die Stelle gestarrt, wo kaum auszumachende Reste aufgetrennter Naht einen Stern nachzeichneten, den sie mit ihrem festem Griff verdeckt hatte. Henriette hatte der Atem gestockt.

»Mädchen, keine Angst. Wir verstehen uns …«, hatte sie sie beruhigt und dann gefragt, ob sie denn ganz allein reise. Als Henriette, unfähig zu sprechen, nur stumm nickte, hatte sich Frau Eisengrün bei ihr untergehakt und sie mit sich genommen.

Wo wäre Henriette wohl gelandet, wenn Professor Eisengrün und seine Frau nicht gewesen wären? Das Leben kannte keinen Konjunktiv. Alles war, wie es war.

Über die Eisengrüns kam Henriette zur Familie Grünberg

in Buenos Aires. Sie hatten sie kurzerhand dorthin mitgenommen.

»Was willst du denn sonst machen, Mädchen?«, hatte die Frau des Professors sie kopfschüttelnd gefragt. Und recht hatte sie gehabt. Was hätte Henriette denn sonst machen wollen, in einer fremden Stadt, einem fremden Land, auf einem fremden Kontinent?

Bald schon hatte sie verstehen gelernt, dass die Grünbergs nicht einfach nur wichtige Leute oder Menschen mit Einfluss, wie sich Frau Eisengrün ausdrückte, waren. Die Grünbergs waren eben genau das: Die Grünbergs. Eine der einflussreichsten Familien Argentiniens, vermutlich des gesamten lateinamerikanischen Kontinents, mit Verbindungen in die ganze Welt.

Sie waren kinderlos und damals bereits zu alt, um sich noch irgendwelcher Hoffnung auf Nachwuchs hinzugeben. Es war ein Jammer. Die Hausherrin strahlte so viel Herzlichkeit und Wärme aus, sie wäre sicherlich eine gute Mutter gewesen. Darüber hinaus war sie eine gebildete Frau. Mit ihrem blitzenden Intellekt stand sie ihrem Gatten in nichts nach. Der allerdings hatte zudem den Weitblick vieler Jahre erfolgreicher Geschäftstätigkeit und die unverwechselbare Souveränität eines Mannes, der sich sowohl seiner selbst als auch der Position, die er innehielt, unumstößlich sicher war. Seine Kontakte und Informanten umspannten beinahe den gesamten Globus. Nur so hatte er überhaupt Professor Eisengrün retten können. Und ungeplant wurde er damit schließlich auch zum Retter von Henriette.

»Wir haben uns auf der Schiffspassage angefreundet. Ich wäre überaus beglückt, wenn das Fräulein Henriette sich auch Ihrer Gastfreundschaft erfreuen dürfte«, hatte Professor Eisengrün dem Ehepaar Grünberg nach deren ersten fragenden Blicken kurz erläutert. Sie hatten sofort begriffen. Statt einer Antwort hatte Frau Grünberg Henriette an ihre Brust gedrückt und über den Kopf gestrichen:

»Aber natürlich. Wir Juden müssen doch schließlich zusammenhalten! Nicht wahr, Henriette?« Und Henriette hatte hemmungslos geweint.

Selbst jetzt noch traten ihr Tränen in die Augen.

»Schluss mit der Sentimentalität!«, schalt sie sich selbst und tupfte sich das Gesicht mit der Hotelserviette ab.

Das Telefon läutete. Henriette runzelte die Stirn: Wer würde sie denn hier im Hotel anrufen?

»Ja bitte?«, fragte sie vorsichtig. Dann hellte sich ihre Miene auf. Einwandfreies Spanisch wiesen den Anrufer bereits aus, bevor der sich vorgestellt hatte: Sergio, der Rezeptionist. Ob alles in Ordnung sei und ob sie irgendetwas brauche?

Elsa, fiel ihr ein. Henriette müsste unbedingt ihre Tochter erreichen und ihr Bescheid geben, dass Rachel und sie gut in Berlin angekommen waren. Elsa drehte vermutlich drüben in Montevideo schon nervöse Runden.

Aber sogar dazu wusste Sergio bereits, dass Rachel eine E-Mail nach Montevideo geschickt hatte, alles sei also in Ordnung.

»Was Sie alles wissen …«, wunderte sich Henriette, worauf Sergio lachend meinte, das sei schließlich sein Beruf. Ob er noch etwas tun könne?

»Nein, vielen Dank.«

Die ersten Monate bei den Grünbergs waren schwer gewesen. Henriette hatte die Fülle und den Luxus kaum ertragen können. In ihren Gedanken war sie stets bei ihrer Familie auf der anderen Seite des Atlantiks gewesen. Sie hatten doch nachkommen wollen. Das tägliche Warten hatte grausam an ihr genagt. Grünbergs hatten sie nur mit Mühe davon abhalten können, immer wieder zum Hafen zu gehen, am Kai die ankommenden Schiffe abzuwarten, und in der Menschenmenge nach den zwei geliebten Gesichtern zu suchen.

Noch heute konnte sie den Gedanken an die Wahrheit nicht ertragen. Henriettes Hände krampften sich in den schweren Stoff ihrer Hotelserviette. Die Brust wurde ihr eng.

»Einatmen, ausatmen, einatmen, ausatmen …«, versuchte sie ihr pochendes Herz zur Ruhe zu bringen.

Henriette fingerte nach ihren Medikamenten, und kurz darauf kehrte ihre Ruhe zurück.

Mit der Ruhe kamen die Gedanken. Henriette war ärgerlich, dass der abendliche Schwächeanfall ihre Pläne durchkreuzte. So weit waren sie gereist, hatten Stunde um Stunde in viel zu engen Flugzeugsitzen verbracht, um jetzt kurz vorm Ziel zu kapitulieren? Niemals! Sie würde die Zeit nutzen, das stand fest. Aber was war denn überhaupt ihr Ziel?

Zum Glück war es zuvor nicht schwer gewesen, Rachel bei den Reisevorbereitungen zu überzeugen, weit über eine Woche in Berlin zu bleiben. Es gebe doch so viel dort zu sehen, hatte Henriette gemeint, und außerdem sei Berlin eine gute Ausgangsbasis, um von dort viele Ausflüge zu machen.

Ausflüge, so konnte man es wohl nennen, hatte sie bei sich gedacht und war froh gewesen, dass Rachel begeistert ihrem Plan zustimmte. Berlin sei total in, lernte Henriette, und die ganze Welt reise dorthin, natürlich sollten sie dort einige Zeit bleiben, bevor sie weiterfuhren.

Und nun war sie an dieses Hotel gefesselt und würde ausgerechnet den wesentlichen Teil ihrer Reise nicht ausführen können? Auf keinen Fall, dann wäre ja alles für die Katz gewesen.

Henriette überlegte, was sie in ihrer jetzigen Situation wenigstens vorbereitend schon tun könnte. Sie hatte in all den Jahrzehnten ihre deutsche Vergangenheit ausgeblendet, schließlich hatte sie dafür gute Gründe gehabt. Und nun wollte sie das Wagnis tatsächlich auf sich nehmen? Ihr Blick fiel auf den Telefonapparat. Aber ja, das wäre etwas, sie könnte doch schon mal …, sie hielt in ihren Gedanken inne. Aber wen? Sie brauchte sich keine Illusionen zu machen, wer sollte schon noch da sein? Und vor allem den einen, den gab es sicher nicht mehr.

Wenn unten an der Rezeption nun dieser Sergio abnehmen würde, was sollte sie ihm sagen? Sie konnte ihn doch nicht einweihen, er würde alles Rachel erzählen, und so weit war sie nun wirklich noch nicht. Dennoch wäre es einen Versuch wert. Irgendjemand müsste doch etwas wissen, müsste doch Antworten auf die unzähligen Fragen geben können. Irgendwer!

Vorm inneren Auge ließ sie die Menschen ihrer Vergangenheit passieren. Es tat nicht wirklich gut, die vielen lieben und bösen Gesichter wieder aus der Dunkelheit zu zerren. Mit den Gesichtern kamen auch die Geschichten, Erinnerungen, die alten Schrecken.

Küstrin gab nicht mehr viel her, das wusste sie bereits. Unnötig, sich darüber Gedanken zu machen. Sie hatte davon gelesen, heimlich, Jahre nachdem sie bereits in Uruguay fest ansässig war. In Montevideo klangen die Berichte von Übersee wie böse Märchen aus einem schrecklichen Buch. Grausam und gleichzeitig hilfreich, verhalfen sie doch zu dem notwendigen Abstand, ließen sie das Geschehene nicht so nah an sie heran, denn dafür hatte sie sich schließlich einst entschieden.

Wenn sie doch hier in Deutschland noch Familie hätte, alles wäre einfacher. Aber ja, natürlich, Familie! Der Verlust der Eltern hatte sich so in ihr festgefressen, dass sie darüber hinaus alles andere vergessen hatte. Natürlich hatte sie noch Familie in Deutschland. Wie dumm von ihr. Wie hatte sie diesen Gedanken nur ignorieren können, dabei war der doch so naheliegend. So könnte sie vielleicht der Vergangenheit, ihrer eigenen Geschichte und der Wahrheit näher kommen, in aller Grausamkeit, die sie zu erwarten hatte.

Einen Wimpernschlag später hörte sie die geschulte Freundlichkeit am anderen Ende der Leitung. Welch ein Glück, es war nicht Sergio, so musste sie sich nichts ausdenken.

»Oh ja, Sie können mir helfen«, beantwortete Henriette die Frage. »Ich habe da eine Bitte, aber das Ganze muss unter uns bleiben!« Dann erläuterte sie.

Es hatte eine Weile gedauert, bis endlich der Rückruf der Rezeption kam. Henriette wurde direkt an den Concierge-Service durchgestellt.

»Schönen guten Tag! Sie haben nach einem Telefonbuch von Wesermünde gefragt, richtig?«, begrüßte die Dame vom Service Henriette. Ohne eine Antwort abzuwarten, sagte sie dann: sie habe sich schlau gemacht. Wesermünde gebe es gar nicht mehr. Das alte Wesermünde sei heute ein Teil von Bremerhaven. Allerdings sei es ihnen nicht möglich, ein Telefonbuch von Bremerhaven in angemessener Zeit zu besorgen.

Henriette seufzte, und die Stimme am anderen Ende spürte die Enttäuschung ihres betagten Hotelgastes.

»Wenn Sie wollen, kann ich aber gerne für Sie im Netz nach der Telefonnummer suchen, dafür bräuchte ich allerdings den Namen.« Henriette nannte den gesuchten Namen.

»Im Netz?«, fragte sie.

»Ja, im Internet. Ach, wissen Sie was, ich komme einfach gleich mal zu Ihnen aufs Zimmer. Ich muss nur kurz meine Vertretung organisieren. Ich bringe mein Tablet mit, und dann sehen wir weiter?«

»Ein Tablett? Wozu?«

»Tablet …« Die Hotelangestellt hielt kurz inne. »Computer, meinen tragbaren Computer.«

»Verstehe!«, antwortete Henriette zögerlich und hatte nicht im Entferntesten eine Idee, was die Frau vom Concierge-Service vorhaben mochte. Aber eines hatte sie verstanden: die würde sich kümmern, das war schön.

Die Concierge-Hotelangestellte kam mit einer Liste in Henriettes Zimmer. Es handelte sich um Telefonnummern in Bremerhaven-Wesermünde, die zu dem von Henriette genannten Namen passten.

»Sehen Sie, das sind die möglichen Nummern, also zumindest die, die im Telefonbuch stehen«, dabeizog sie sich einen Stuhl neben Henriettes Sessel am Fenster.

»Es sind zwar nicht so viele, aber wirklich selten ist der Nachname dort leider auch nicht. Unter dem Vornamen gab es leider keinen Treffer.«

»Ich kann doch nicht einen nach dem anderen anrufen und fragen, ob sie mich zufällig kennen.« Henriettes Blick musterte die Aufzählung von Namen und Adressen. »Ich danke Ihnen für Ihre Mühe, da haben Sie sich ganz umsonst zu mir begeben. Entschuldigen Sie. Überhaupt war es eine dumme Idee von mir, eine richtig dumme Idee. Ich habe nichts weiter getan, als Ihnen die Zeit zu stehlen.«

»Darüber machen Sie sich mal keine Sorgen. Sie sind jetzt schon mein Lieblingsgast«, zwinkerte ihr die Angestellte zu.

Henriette lachte schwach.

»Mein Kollege, Sergio, hat von Ihnen erzählt. Na ja, nicht nur von Ihnen …« Das Augenzwinkern wurde intensiver.

»Hören Sie, meine Urenkelin darf nichts davon erfahren, und bitte auch nicht Ihr Kollege, dieser Sergio«, ermahnte Henriette sie.

»Ich verstehe zwar nicht, warum, aber Sie können sich auf meine Diskretion verlassen.«

Henriette sank beruhigt in ihren Sessel zurück.

»Sagen Sie, was ist denn dieser junge Mann für einer? Ich meine, Sie verstehen schon, nicht dass ich mich in die Angelegenheiten Rachels einmischen würde, aber manchmal kann das großmütterliche Auge nicht schaden.«

»Machen Sie sich keine Sorgen. Sergio ist wirklich ein netter Junge, wir mögen ihn alle sehr.«

»Ich hoffe, er wird meiner Kleinen nicht das Herz brechen. Irgendwann heißt es schließlich Abschied nehmen, das Ganze hat doch keine Zukunft.«

»Wirklich, glauben Sie mir, er ist ein guter Kerl. Sie brauchen sich keine Sorgen zu machen. Und so klein ist Ihre Kleine doch gar nicht mehr.« Wieder das Zwinkern.

»Ihr Wort in Gottes Ohr!«

»Nun tut es mir erst mal leid, dass ich Ihnen nicht weiterhelfen konnte.«

»Ja, das ist wirklich schade. Wissen Sie, es handelt sich bei der Familie um Verwandte von mir. Ich habe einmal Sommerferien dort an der Nordsee gemacht. Für mich als Stadtkind war das Leben auf dem Bauernhof natürlich faszinierend.«

»Ein Bauernhof, sagen Sie? Können Sie sich denn noch erinnern, wo er ungefähr lag, zumindest in Ansätzen? Dann könnten wir danach suchen. Der Bauernhof wird ja nicht umgezogen sein, den würden wir noch finden können.«

»Wie ärgerlich, wüsste ich doch nur den Namen des Dorfes. Es lag außerhalb von Wesermünde.«

»Ach, warten Sie, vielleicht hilft uns das doch schon weiter.«

»Wie meinen?«

»Wir geben die Adressen mal der Reihe nach ein und schauen, wie viele davon in der Stadt und welche außerhalb liegen.«

Zu ihrer großen Verblüffung lernte Henriette dann die Möglichkeiten der Adresssuche in Internet-Karten kennen. Es blieben schließlich nur zwei Einträge, die in Frage kämen, übrig.

»Es lag ziemlich nahe am Meer, wenn ich mich richtig erinnere, man konnte den Deich sehen.«

»Bingo!« Die junge Frau strich den vorletzten Eintrag auf der Liste mit ihrem Kuli durch und malte einen dicken Kringel über den schließlich ausgewählten Telefonbucheintrag:

»Das müsste es sein.«

Henriette war baff. »Wie kann ich Ihnen danken?«

»Aber nicht doch, das ist mein Job!«

»Das ist so nett, dass Sie zu mir heraufgekommen sind. Ich bin ganz gerührt!«

Schon war die Hotelangestellte aufgesprungen.

»Sollen wir für Sie dort anrufen und die Verbindung herstellen?«

»Nein, nein, das mache ich schon selbst.«

»Dann einfach die Null vorwählen und danach ganz normal eintippen.«

Das aufmerksame Lächeln verschwand durch die Tür und ließ Henriette bass erstaunt zurück.

»Einfach …«, murmelte die verwundert, dann nahm sie zitternd das Stück Papier auf und ließ den Blick auf der eingekreisten Nummer ruhen.

Kapitel 4

—

»Aber wenigstens fahre ich zu meiner Cousine Gerda nach Wesermünde und mache Ferien auf dem Bauernhof!« Henriette zog einen Schmollmund.

Die vier Kinder hatten sich an ihren Lieblingsplatz unter der großen Freitreppe im Schlosshof verkrochen. Dort führten zwei Stufen hinunter zu einer Tür, die mit einem rostigen Vorhängeschloss gesichert war.

Vermutlich war sie seit Jahrzenten nicht mehr geöffnet worden. Natürlich hatten die Kinder es versucht, aber es war ihnen nicht gelungen. Angeblich sollte sich dahinter nichts als ein Abstellraum verbergen. So ganz genau wusste das jedoch niemand, und es interessierte auch nicht weiter. Das Schloss war so groß, da kam es auf einen niedrigen Verschlag im Souterrain nicht an. Die Stufen hinunter waren uneben, der Hohlraum niedrig und für Erwachsene viel zu unbequem, niemand achtete auf diesen Rest baulicher Geschichte. Für Karl, Hans, Charlotte und Henriette war es das perfekte Versteck.

Sie liebten diesen geheimen Ort und genossen kichernd den Überblick über das Geschehen im Schlosshof, den er ihnen bot.

Doch heute war ihnen allen nicht nach Kichern, denn obwohl sie Großes vor hatten, war ihre Stimmung getrübt, vor allem die von Henriette. Sie hatte noch immer nicht verkraftet, dass sie als Einzige ihrer Gruppe nicht zur Schule durfte.

Ihre Eltern hatten ihr zur Aufmunterung einen Besuch bei Onkel Otto und Tanta Clara versprochen, auf ihrem Bauernhof direkt an der Nordsee. Henriette würde das erste Mal in ihrem Leben mit der Eisenbahn fahren, eine lange Fahrt, mehrere Male umsteigen. Ihre Mutter kam mit.

Gerda hatte sie mit ihren Eltern vor nicht allzu langer Zeit besucht, und die beiden Mädchen hatten sich auf Anhieb gut verstanden. Die Erwachsenen meinten, sie könnten beinahe Zwillinge sein, so ähnlich waren sie sich.

So wie sie selbst durfte auch ihre Cousine noch nicht zur Schule. Gerda war sogar noch jünger als sie und hatte erst in den nächsten Tagen Geburtstag. Dann wären sie zwei wieder gleich alt.

»Aber ein Ausflug ans Meer ist doch ganz toll, Henriette.« Wie so oft war es wieder einmal Hans, der seine Freundin trösten wollte. »Die haben da doch bestimmt Tiere, Felder und eine Obstwiese, oder?«

»Ja, glaube schon.« Henriettes Antwort klang trotzig, schniefend zog sie die Nase hoch.

»Also ich wäre froh, wenn ich mal wieder so richtig satt Äpfel essen könnte.« Karl leckte sich über die Lippen.

»Aber die sind doch jetzt noch gar nicht reif, ist doch noch Frühling, …«

»Pst!« Hans unterbrach Charlotte mit einem warnenden Blick. Die wurde puterrot. Ihr Freund Karl mochte es gar nicht, wenn er von den Mädchen korrigiert wurde.

»Kommt, lasst uns jetzt anfangen, wir können bestimmt

nicht mehr lange bleiben«, mahnte der zur Eile. Sie wollten endlich ihren Plan in die Tat umsetzen.

Die Kinder hatten durch Zufall bemerkt, dass einer der Ziegel über der niedrigen Kellertür lose war. Es war genau der Mittelstein des alten Türbogens. Er wackelte etwas und ließ sich bewegen. Karl schaffte es, den Stein zu lösen. Als sie es schließlich geschafft hatten, ihn herauszuziehen, hatten sie einen Hohlraum freigelegt, gerade groß genug, um eine kleine Schachtel vor der Welt zu verstecken.

»Hast du die Zigarrenkiste?« Karls Stimme hatte etwas Befehlendes. Hans nickte eifrig und reichte das Kästchen herüber.

»Was habt ihr für unseren Schatz mitgebracht?« Karl schaute mit wichtiger Miene in die aufgeregten Gesichter seiner drei Freunde. Alle Trübsal war vergessen, als sie ihm ihre kleinen Kostbarkeiten hinstreckten.

Charlotte hielt eine bunte Glasscherbe zwischen den Fingern, die die Welt beim Hindurchsehen in Kobaltblau tauchte. Sie hatte sie in einer Ecke der alten Schlossküche gefunden. Einem Küchenmädchen war beim Spülen ein Likörgläschen aus der Hand gefallen und auf dem Backsteinboden zersplittert. Sie war furchtbar ausgeschimpft worden, das Gläschen gehörte zusammen mit fünf weiteren zu einer Karaffe, auf der ein kleines, flaches Boot gemalt war. Diese Barke fuhr angeblich in einer Stadt irgendeines fremden Landes, deren Straßen ganz aus Wasser bestanden und wo man von einem Haus zum nächsten mit solchen Booten fuhr. Charlotte wusste natürlich, dass das nur ein Märchen war, aber trotzdem war es eine schöne Vorstellung und adelte die blaue Scherbe zu ihrem persönlichen kleinen Schatz.

Hans zauberte einen Schmetterlingsflügel hervor, ungewöhnlich groß und ebenfalls von tiefem Blau. Er hatte ihn von seinem Großvater geschenkt bekommen, der in seinem Arbeitszimmer hinter spiegelndem Glas eine Sammlung der unterschiedlichsten Schmetterlingsarten an der Wand hängen hatte. Der kleine Hans liebte es, wenn Großvater ihn in den holzgetäfelten Raum hineinließ und er die Sammlung bestaunen durfte. Aufgesteckt auf kleinen Nadeln, verharrten die bunten Tierchen dort in ihrem letzten Flug.

Eines Tages hatte Hans selbst einen Schmetterling gefunden, oder vielmehr das, was davon übrig geblieben war. Der abgebrochene Flügel hatte unmittelbar unter dem Glasrahmen in Großvaters Arbeitszimmer gelegen. Mit spitzen Fingern hatte er den Flügel vorsichtig aufgehoben und seinen Großvater angeschaut.

»Du darfst ihn behalten, Hans«, hatte der alte Mann gesagt und dem Jungen gütig über den Kopf gestrichen.

Nun hielt Hans das Prachtstück, in einem Pappschächtelchen auf Watte gebettet, stolz auf seiner Handfläche und ließ es seine Freunde bewundern.

Es war wirklich ein ganz besonderer Schatz, fand Henriette. Ihren eigenen Beitrag für die Zigarrenkiste kam ihr dagegen gar nicht mehr so überwältigend vor. Ein kleines Stück eines Gardinenschals, ein Schnittrest, der sogenannte Abschnitt, war alles, was sie von ihren wenigen Kostbarkeiten entbehren und in der dunklen Steinhöhle versenken wollte. Seidenfäden waren darin eingewebt, und wenn man das kleine Stückchen im Licht drehte, glitzerte der Stoff in der Sonne. Es war nicht viel, aber immer noch mehr, als von Karl kam. Denn der hatte als Einziger nichts beizusteuern. Er sei der Wächter des Schatzes und trage damit die gesamte Verantwortung, das sei genug, hatte er gemeint. Die anderen gaben sich damit zufrieden.

Heute war ein ganz besonderer Tag, heute war der Gründungstag der Kleeblattbande. Seit Henriettes Geburtstag vor einigen Tagen hatte sich genau dieser Name bei ihnen festgesetzt: die Kleeblattbande.

Nachdem sie nun ihren Schatz zusammengestellt hatten, war es an der Zeit, mit der Gründungszeremonie zu beginnen. Karl senkte seine Stimme und versuchte einen möglichst gewichtigen Ton anzuschlagen. Mit strengem Blick schaute er in die Runde, dann holte er tief Luft und begann zu sprechen. Beim Nennen der Namen nickte er jedem Einzelnen zu:

»Wir, die wir hier versammelt sind, Henriette Ahrenfelss, Charlotte Drüske, Hans-Heinrich Hehn und ich, Karl Rieger, schwören bei allem, was uns lieb ist, dass wir immer aufeinander aufpassen werden, wir zueinander halten und füreinander kämpfen wollen.«

»Und zwar in guten wie in schlechten Zeiten«, entfuhr es Charlotte. Karl nickte genervt:

»Ja, genau, in guten wie in schlechten Zeiten. Also wiederholt alle: Ich schwöre!«

»Ich schwöre!«, klang es aus den Kinderkehlen im Chor. Sie hatten den Schwur noch mit Blut besiegeln wollen, so wie es Hans aus den Winnetou-Büchern seines Vaters vorgelesen bekommen hatte, dann aber doch davon abgesehen. Ein kräftiger Händedruck tat es ihrer Meinung nach auch. Die vier Kinder waren mächtig aufgewühlt.

»Ein Kleeblatt, wir haben kein Kleeblatt für unsere Schatztruhe. Wir können uns doch nicht die Kleeblattbande nennen und dann kein Kleeblatt haben«, bemerkte Charlotte und Hans gab ihr recht.

»Wartet einen Augenblick!« Henriette war flugs aus ihrem Versteck geschlüpft und aus dem Innenhof des Schlosses verschwunden. Die anderen schauten ihr verwundert nach. Nach ein paar Minuten kam sie zurück und hielt ihre Trophäe in die Höhe: ein vierblättriges Kleeblatt.

»Wie du das bloß immer machst«, sagte Charlotte bewundernd, »du wirst sicherlich mal viel Glück in deinem Leben haben.«

Karl öffnete den Deckel der Zigarrenkiste, und Henriette legte das kleine Pflänzchen hinein.

»Damit ist die Kleeblattbande gegründet.«

Die kleine Sperrholzkiste verschwand in der dunklen Mauerlücke, der lose Stein wurde an seinen Platz zurückgeschoben und nichts ließ mehr auf den wertvollen Schatz schließen, der sich dahinter verbarg. Beglückt und sprachlos schauten sich die vier Kinder an. Sie wussten selbst nicht so recht, was als Nächstes geschehen sollte. Schließlich waren sie alle zum ersten Mal Mitglied einer Bande.

Bevor sie weiter darüber nachdenken mussten, schreckte sie lärmendes Gejohle auf. Tücher wurden in die Luft geschleudert, Frauen mit rot geschminkten Lippen und dunklen Haaren ließen Zimbeln erklingen und stampften mit Füßen einen wilden Takt auf die Pflastersteine des Schlosshofes. Das fordernde Pochen eines Tamburins nahm sich sein Echo von den hohen Mauern, Röcke aus unzähligen Lagen bunter Stoffe kreiselten um ihre wirbelnden Trägerinnen, lustige Melodien pfiffen aus schrillen Flöten, von jetzt auf gleich hatte sich die arbeitsame Stille des Verwaltungsbaus in eine ausgelassene Welt der Märchen aus Tausendundeiner Nacht verwandelt.

»Die Zigeuner sind wieder da!«, schrie Hans aufgeregt, ohne daran zu denken, dass ihr Versteck Ruhe gebot. Und auch die anderen drei Kinder waren nicht mehr zu halten. Sie alle stürmten aus dem Schutz der Treppe hinaus und klatschten vergnügt zum Takt der fremdartigen Klänge.

Draußen vom Schlossvorplatz folgten die ersten Schaulustigen dem Spektakel und lugten neugierig in den Hof. Eine der bunt gekleideten Frauen tanzte in raschen Schritten zu den Zuschauern und ergriff unvermittelt die Hand der am nächsten stehenden. Die Betroffene schrie erschreckt auf, konnte aber dem Drängen und Ziehen nicht entfliehen. Unversehens befand sie sich inmitten der Tänzerinnen und wurde von ihnen umkreist.

In den oberen Stockwerken des Schlosses stießen Verwaltungsangestellte die ersten Fensterflügel auf und beäugten das Treiben im Hof.

Die Musik steigerte sich, wurde schneller, drängender, immer lauter, die Zigeunerinnen jauchzten, sangen, gurrten, schnalzten mit den Zungen. Ihre Hände klatschten einen harten Rhythmus des Tamburins, Schellen klirrten mit den scheppernden Zimbeln um die Wette, die Musik steigerte sich in einer großen Ekstase. Mit einem letzten, wollüstigen Aufschrei fiel das Schauspiel schließlich in sich zusammen, und die fremdländischen Frauen landeten in unanständigen Verrenkungen auf dem Boden.

Die kleine Menge, die sich mittlerweile im Schlosshof und an den Fenstern der Büroräume gebildet hatte, klatschte begeistert Beifall.

»Wollt ihr mehr?!«, rief die Wildeste den Umstehenden entgegen und sprang vom Boden auf. Niemand traute sich zu antworten.

»Wollt Ihr mehr?«, wiederholte sie noch lauter.

Die Kinder konnten sich nicht mehr halten: »Ja! Ja! Ja!«, skandierten sie lautstark. Lachend fielen die Erwachsenen ein. Die Frau nickte den vieren wohlwollend zu, dann wandte sie sich wieder an das restliche Publikum.

»Meine Damen und Herren, liebe Kinder!«, wieder ein Seitenblick, »dann kommen Sie in wenigen Stunden auf den Marktplatz und erleben Sie eine bunte Welt voll Zauberei und Akrobatik. Bestaunen Sie Roman, unser tanzendes Monster – furchterregend und faszinierend!«

»Einen Bär, einen Tanzbär, sie haben einen Tanzbären!«, rief Karl begeistert. Keine Frage, die erste Tat der Kleeblatt-bande war damit klar: sie würden gemeinsam zur Auffüh-rung auf dem Marktplatz gehen.

»Mist, wir müssen fort!«, zischte Charlotte. In den oberen Fenstern zwischen den Angestellten hatte sie ihren Vater ent-deckt, der es nicht sonderlich mochte, dass sie mit ihren Freunden immer wieder im Schlosshof spielte.

»Kommt, lasst uns runter ans Ufer laufen. Da stehen be-stimmt die Zigeunerwagen«, schlug Karl vor.

Jedes Jahr von Frühjahr bis Sommer machten immer wie-der Zigeuner in Küstrin halt. Sie zogen über Land und heimsten mit ihren Aufführungen das Kleingeld der Bewoh-ner ein. Bei den Erwachsenen waren sie durchaus nicht so beliebt wie bei den Kindern. Es hieß, Hab und Gut seien nicht mehr sicher, wenn die bunten Gruppen in der Nähe wa-ren.

Direkt vor den Toren der Altstadt in einer Niederung zwischen den beiden Flüssen Warthe und Oder gab es eine kleine Fläche, die zur Ansiedlung von Häusern ungeeignet war. Die Stadtverwaltung wies Zigeunergruppen diese Auen, die sogenannten Warthe-Wiesen am Kietzer Tor zu, um dort ihre Wagenburgen aufzubauen.

Die Kinder der Stadt liebten es, sich an den Festungsmauern aufzustellen und das bunte Treiben des fahrenden Volks zu beobachten. Abends machten sie Lagerfeuer, brieten Fleisch an langen Spießen und sangen in fremder Sprache ihre ungewöhnlichen Melodien. Oft hatten sie Pferde dabei, die die Männer den Bauern der Umgebung zum Kauf anboten oder sie gegen Fleisch, Käse und Getreide tauschten. Ihre Frauen gingen in die Stadt, musizierten und boten Tücher, Ramsch oder Teppiche feil.

Die Damen aus Küstrin hielten zwar meist nichts von den Zigeunerinnen, aber kauften dennoch gerne bei ihnen. Dabei ging es ihnen oftmals weniger um die Ware, als vielmehr um die Kunst des Wahrsagens, die von den Frauen ausgeübt wurde. Mädchen auf der Schwelle zur jungen Frau ließen sich über die große Liebe beraten, bereits verheiratete Damen wollten in der Regel wissen, ob ihnen ihr Gatte denn auch wirklich treu sei.

Mit geheimnisvoller Geste zogen die Wahrsagerinnen die Besucherinnen in ihre kleinen Zelte, die sie am Rande des Marktplatzes aufgestellt hatten. Drinnen verströmten Kerzen und rauchende Holzstäbchen Düfte, die die Sinne benebelten.

Sie ließen ihre rot lackierten Finger über die Handlinien ihrer Kundinnen fahren und murmelten Beschwörungsfor-

meln. Den Betroffenen wurde es meist ganz mulmig. Anspannung und Furcht mischten sich mit Aufregung und
Neugier.

Die wildesten Behauptungen kursierten über die Zigeuner: Vom Dieb über Wunderheiler bis hin zum Kinderhänd-
ler ließen die Einwohner Küstrins nichts aus. Jeder wollte
den anderen an Kühnheit der Behauptungen übertrumpfen.
Die Gerüchte beflügelten die Phantasie, so auch die von Karl
und Hans, die es nicht erwarten konnten, endlich zum Kietzer Tor zu laufen, um das bunte Völkchen mit seinen Pferden, Äffchen und natürlich dem Tanzbären, der vermutlich
in einem Eisenkäfig eingesperrt war, zu beobachten.

»Ich muss nach Hause«, sagte Henriette kleinlaut. »Es ist
schon Mittagszeit, meine Eltern warten auf mich.«

»Ja, ich auch. Vater hat gleich Pause«, stimmte ihr Charlotte zu.

»Dann gehen wir allein. Ist sowieso Männersache.« Schon
stoben die beiden Jungs in Richtung Stadttor davon. »Wir
treffen uns später auf dem Marktplatz!«

»Na, dann bis vielleicht später.« Charlotte schlich sich
heimlich zurück, um ungesehen in die kleine Angestellten-
wohnung ihres Vaters zu schlüpfen. Henriette winkte der
Freundin kurz nach, dann lief sie zu ihren Eltern.

»Da bist du ja endlich, Henriette.« Der Tisch war gedeckt,
Vater hatte bereits die Ladentür abgeschlossen und setze sich
ans Kopfende.

Henriette fasste sich ein Herz und brachte vorsichtig ihr
Ansinnen für den Nachmittag vor.

»Zu den Zigeunern? Du willst zu den Zigeunern? Kommt
überhaupt nicht in Frage!«, sagte ihr Vater rigoros.

»Aber die anderen gehen doch auch!«

»Was die anderen tun, ist mir egal. Aber Henriette Ahrenfelss, einzige Tochter von Ephraim Ahrenfelss, erstes Haus am Platz, wird sich nicht zwischen die Schaulustigen stellen und halbwilden Lustmolchen zuschauen, während deren ungewaschene Kinder den Umherstehenden das Geld aus der Tasche stehlen.«

Ahrenfelss erntete einen tadelnden Blick seiner Frau. Herta mochte es ganz und gar nicht, wenn sich ihr Mann in seinen vorschnellen Urteilen über andere Menschen erging. Er fing ihren Blick auf und räusperte sich kurz.

»Ich muss nachher noch aus dem Haus …«, fügte er schließlich hinzu und grinste verstohlen, den Blick auf seinen Teller geheftet, »Henriette könnte mich begleiten, bei der Gelegenheit könnten wir ja mal beim Marktplatz vorbeischauen. Ist ja schließlich direkt um die Ecke.«

»Oh, ja!« Henriette sprang vor Freude von ihrem Stuhl, während ihre Mutter unmerklich den Kopf schüttelte und vergnügt die Augen verdrehte.

Auf dem Marktplatz war schon der halbe Ort zusammengelaufen. Dicht gedrängt hatten sich die Küstriner um die Mitte versammelt, in der die Frauen vom Vormittag wieder ihre Tänze aufführten und Männer Kunsttücke vollführten. Außerdem waren mehrere Holztische aufgebaut, auf denen sie ihre Ware anboten. Ephraim Ahrenfelss ließ seinen fachmännischen Blick über die Tücher und Stoffe schweifen, meist schaute er verächtlich, ab und zu war jedoch ein gewisses Maß an Anerkennung auf seinem Gesicht zu erkennen. Henriette umklammerte fest seine Hand.

»Da sind Hans und Karl!«, rief sie unvermittelt und winkte ihre beiden Kameraden herbei.

»Guten Tag, Herr Ahrenfelss!«, grüßten die Jungs höflich und zogen ihre Kappen. Henriettes Vater nickte ihnen zu.

»Passt ihr aufeinander auf, dann kann ich mir die Teppiche mal genauer ansehen«, sagte er und übergab seine Tochter in die Obhut ihrer Spielgefährten, nicht ohne vorher eine Reihe von Geboten und einen Treffpunkt vorgegeben zu haben.

»Charlotte hat Hausarrest, ihr Vater hat sie vorhin bei den Zigeunern gesehen«, erklärte Hans bekümmert, als die drei allein waren.

»Wie schade. Wart ihr unten an den Wiesen?«

»Ja!« Die beiden Jungs erzählten begeistert von ihren Beobachtungen vor der Festungsmauer. Gerade wollten sie zum Höhepunkt der Geschichte kommen, da wurde er schon auf den Platz geführt. Mit überraschtem Oh! und Ah! wichen die Schaulustigen auseinander und machten Platz für die Sensation der kleinen Truppe: Roman, der Tanzbär!

Der alte Bär wurde von zwei Männern an einer starken Eisenkette geführt und brummte müde in die Menge. Sein Fell war räudig und verklebt, an einigen Stellen schaute man bis auf die schuppige Haut.

Gespannte Ruhe trat ein, einige Frauen wichen aus den vorderen Reihen zurück, Kinder drängten sich nach vorn.

Einer der Männer, er trug ein weit aufgeknüpftes, lose sitzendes Hemd, begann mit einer Fiedel zu spielen. Kaum setzte die Melodie ein, richtete sich der alte Bär zu seiner gewaltigen Größe auf. Unbeholfen bewegte er seine Füße und strauchelte von einer Seite zur anderen. Die Umstehenden standen mit offenen Mündern staunend ob dieser Dressur. Nach wenigen Takten war das Schauspiel beendet, und der Bär plumpste ermattet wieder auf alle viere.

Die Menge brach in Begeisterungsrufe aus und applaudierte johlend. Der Fiedler verbeugte sich und zog seinen Hut. Schon flog die ledrige Kopfbedeckung zu einer der Tänzerinnen, die zum Geldeinsammeln die Reihen entlangging. Es war die Wilde vom Vormittag, die im Schlossinnenhof ihr kurzes Gastspiel gegeben hatte. Nur wenige Münzen wanderten in den Hut. Die Zeiten waren schlecht, die Menschen hatten nichts zu geben.

Als die Dunkelhaarige zu Karl, Hans und Henriette kam, huschte ein Lächeln über ihr Gesicht. Ob sie die drei wiedererkannt hatte? Schon möglich. Als sie vor Henriette stand, erfror jedoch das Lächeln und machte für einen kurzen Augenblick Entsetzen Platz. Es war nur der Bruchteil einer Sekunde und doch schien es Henriette, als hätte ihr die fremde Frau direkt durch die Haut hindurchgeschaut. Erschreckt drehte Henriette sich weg und kämpfte sich durch die Menge an den Rand des Geschehens. Fast gleichzeitig kam ihr Vater an den zuvor vereinbarten Treffpunkt an.

»Da bist du ja, meine Kleine. Na, hast du den Bären gesehen? War das nicht toll? Aber Henriette, du weinst ja. Was ist denn los?« Er setzte sich in die Hocke, und bereitwillig ließ sich seine Tochter in den Arm nehmen.

»Der Bär hat ihr wohl einen Schreck eingejagt«, sagte er nur wenige Minuten später zu seiner Frau, die ihm im Laden besorgt das völlig verstörte Kind abgenommen hatte.

»Brauchst doch keine Angst zu haben, Henriette. Der Bär ist an einer dicken Kette, der tut keinem was.« Sie strich ihrer Tochter über das Haar. »Schau einmal, Kleines, nur noch wenige Tage, dann fahren wir zu Onkel Otto und Tante Clara an die See. Heute kam ein Brief von ihnen. Sie freuen sich schon auf uns, und auch die kleine Gerda lässt dich grüßen.«

Kapitel 5

——

Henriettes Finger zitterten so sehr, dass sie vor lauter Nervosität kaum die Ziffern auf der Tastatur tippen konnte. Damals, als sie nach Uruguay gekommen war, hatte sie sich entschieden, alles hinter sich zu lassen und sich Gedanken an das, was hätte sein können, verboten. Natürlich! Schließlich kannte dort niemand ihre Geschichte und so hatte es auch bleiben sollen. Zu schmerzhaft waren die Erinnerungen. Aber mit der Entscheidung zur Reise hatte Henriette sich Jahrzehnte später über ihr eigenes Verbot hinweggesetzt.

Und nun, einmal in Berlin, konnte sie nicht mehr zurück.

Sie holte tief Luft und sprach sich Mut zu. Dann drückte sie auf Wählen.

Nach nur wenigen Rufzeichen meldete sich eine Frauenstimme. Henriette hatte kaum gewusst, wie anzufangen. Nach Nennung ihres Namens und einigem Herumdrucksen hatte sie endlich ihre Frage gestellt.

»Adolf? Ja, natürlich, das ist unser Großvater.«

»Sagten Sie *ist*? Er *ist* Ihr Großvater? Aber das ist ja wunderbar, das bedeutet doch, dass er noch lebt, oder?«

»Hören Sie, ich will ja nicht unhöflich sein, aber würden Sie mir bitte erst einmal sagen, wer *Sie* sind, bevor Sie mir hier merkwürdige Fragen stellen? Und wenn Sie unserem alten Herrn wieder Behinderten-Socken oder Seife andrehen wollen, dann vergessen Sie es am besten gleich, denn ansonsten schicke ich Ihnen doch noch die Polizei auf den Hals. Wir haben Ihnen beim letzten Mal schon gesagt, dass er nicht mehr geschäftsfähig ist, und wenn Sie das jetzt wieder ausnutzen wollen …«

»Nicht doch, nicht doch! Ich will Ihnen bestimmt nichts verkaufen. Ich bin eine Verwandte von Adolf, also von Ihrem Großvater, und damit dann wohl auch von Ihnen.«

»Verwandte?«

»Weitläufig zumindest. Adolf ist mein Cousin zweiten Grades, oder Großcousin, ich bin mir nicht ganz sicher. Zumindest waren unsere Väter Cousins, richtige Cousins, meine ich.«

»Tut mir leid, aber ich habe noch nie von Ihnen gehört.« Misstrauen und Vorsicht schwangen noch immer in ihrer Stimme.

»Ach, wie schade. Wir sind die Familie aus Küstrin. Vielleicht sagt Ihnen das etwas? Küstrin?«

»Nein, sagt mir nichts.« Die Antworten wurden schärfer. Nicht mehr lange und am anderen Ende würde aufgelegt.

»Nun, ich bin …, ich meine, wir leben nicht mehr in Küstrin. Ich bin damals …« Henriette suchte nach Worten. »Nun, ich lebe jetzt in Uruguay, seit vielen Jahrzehnten, in Montevideo. Und nun mache ich meine vermutlich letzte große Reise und bin in Deutschland. Da dachte ich mir, dass ich doch mal versuchen könnte, ob der einzige Teil deutscher Familie, zumindest der einzige Teil, dessen ich mir bewusst bin, ob es diesen Teil noch gibt. Aber vielleicht habe ich mich auch geirrt. Vielleicht ist es auch alles nur ein Missverständnis, ein dummer Zufall und Ihr Großvater ist gar nicht der, den ich suche.«

»Warten Sie, ich kann ja mal fragen.« Irgendetwas hatte sich in der Stimme verändert. Vielleicht Neugier? »Können Sie noch irgendetwas zu sich sagen, vielleicht weiß er dann ja mehr. Wissen Sie, sein Gedächtnis ist nicht mehr das allerbeste, er ist ja auch nicht mehr der Jüngste.«

Henriette lachte:

»Das gilt für mich leider noch viel mehr. Wenn ich es recht erinnere, so müsste er um die zehn Jahre jünger sein als ich. Ich muss gestehen, dass ich Ihren Großvater nur aus Briefen kenne, wir haben uns nie getroffen. Seine Schwester dagegen, die kannte ich besser, die Gerda. Ich habe sogar mal einige Ferientage bei Ihnen auf dem Bauernhof verbracht. Das war noch vor der Geburt Ihres Großvaters.«

»Ja, ich glaube eine Gerda hat es wohl mal gegeben.«

»Wie wunderbar, dann bin ich doch wohl richtig. Und die Eltern, die hießen Otto und Clara.«

»Das weiß ich nicht, ich bin selbst nur eingeheiratet. Wissen Sie was, geben Sie mir Ihre Nummer, ich werde den Opa fragen und dann sehen wir weiter. Ich melde mich bei Ihnen.«

»Meine Nummer, sie brauchen meine Nummer …«

»Kein Problem, ich sehe die Nummer hier auf dem Display. Lassen Sie mal sehen. Null Drei Null, das ist Berlin, oder?«

»Ja, Berlin, ich bin in Berlin. In einem Hotel.« Henriette war aufgeregt.

»Ich melde mich.«

»Wann? Wann rufen Sie an?«

»Ich schau mal, wie Opa so drauf ist, dann rufe ich zurück.«

»Oh bitte, lassen Sie mich nicht zu lange warten.«

»Ich habe doch gesagt, dass ich mich melde.«

»Entschuldigen Sie, es ist halt alles so aufregend für mich.«

»Ja, also, bis gleich.«

»Bis …« Henriette brauchte nicht weiter zu reden, ein Knacken bestätigte bereits das Ende des Gesprächs.

Das Warten erschien Henriette wie eine Ewigkeit. Sie wagte nicht, sich auch nur einen Zentimeter vom Telefon wegzubewegen. Endlich klingelte es.

»Adolf, bist du es?« Henriette keuchte vor Aufregung.

»Moment, Moment. Ich bin es erst nochmal.« Es war wieder die Enkelin. »Ich gebe Sie mal weiter. Aber Sie müssen laut sprechen, der Opa hört nicht mehr so gut.«

Es raschelte, dann erklang eine brüchige Stimme:

»Ja, hallo? Wer ist denn dort?«

»Adolf? Bist du Adolf?«

»Ja.« Schweres Atmen, ansonsten Stille.

»Hier ist Henriette, ich bin deine Cousine, also, Groß-cousine, um genau zu sein.«

Keine Reaktion.

»Henriette Ahrenfels aus Küstrin.«

Immer noch Schweigen. Henriette war der Verzweiflung nah.

»Adolf, du bist doch der Bruder von Gerda, oder? Der Sohn von Onkel Otto und Tante Clara?«

»Ja, das stimmt. So hießen meine Eltern. Und Gerda war meine Schwester.«

»Ach, wie schön, dann habe ich dich doch ausfindig machen können. Weißt du denn so gar nicht, wer ich bin?«

»Nein, tut mir leid, von einer Henriette aus Küstrin habe

ich noch nie gehört. Hören Sie, wenn Sie mir etwas verkaufen wollen, das soll ich nicht mehr tun, hat mir meine Familie verboten.«

»Aber nicht doch, Adolf. Ich will dir nichts verkaufen. Und bitte sieze mich nicht, wir sind verwandt. Ich habe als Kind bei euch auf dem Bauernhof gespielt.« Henriette kramte in ihren Erinnerungen. »Ich erinnere mich sogar noch an euer Plumpsklo am Schweinestall und an den Baum mit der Leiter dran, von dem man bis zum Deich schauen konnte.«

»Das Plumpsklo?« Ein röchelndes Lachen war zu hören. »Das ist aber schon lange her.«

»Oh ja, Adolf, verdammt lange ist das her. Ein ganzes Menschenleben ist das her.«

»Und wie ist Ihr Name?«

»*Dein* Name, Adolf, *dein* Name!«

»Mein Name ist Adolf, ja. Wie der Führer.«

Die Situation war absurd und komisch. Henriette musste lachen.

»Ich meinte, dass du mich bitte auch duzen sollst, es kommt mir sonst wirklich seltsam vor. Ich heiße Henriette. Ich habe so viele schöne Stunden mit deiner Schwester verbracht.«

»Mit Gerda, tatsächlich?«

»Ja, aber natürlich. Gerda hat uns sogar hier in Küstrin besucht. Als du geboren wurdest, da war sie bei uns, damit deine Mutter Ruhe für die Entbindung hatte.«

»Mein Gedächtnis ist leider sehr schlecht geworden, ich vergesse so viel in letzter Zeit. Nimm es mir nicht übel, äh …«

»Henriette!«

»Genau, Henriette. An die Dinge aus den alten Zeiten

kann ich mich aber noch einigermaßen erinnern, nur das Tägliche fällt mir schwer. Es ist zum Verrücktwerden.«

»Wir werden halt alle nicht jünger.« Insgeheim dankte Henriette dem Himmel, dass sie sich einer so tadellosen Gesundheit erfreuen konnte, wenn man mal vom Herzen absah.

»Nein, ich lebe nicht mehr in Küstrin. Und meine Familie auch nicht.« Sie hatte schwer daran zu schlucken, dass er tatsächlich keine Ahnung zu haben schien, was mit ihnen passiert war. »Ich bin seinerzeit ausgewandert, jetzt lebe ich in Montevideo.« Er hatte sie nicht verstanden »Montevideo, Uruguay!« Henriette musste beinahe schreien, Adolf hörte wirklich schlecht.

Rascheln und leises Fluchen am anderen Ende, ein kurzes »'tschuldigung!« von der Enkelin, dann eine Zurechtweisung, »So herum, Opa, du musst den Hörer so herum halten!«, dann war dessen Greisenstimme wieder deutlich zu vernehmen, und Henriette konnte in Zimmerlautstärke sprechen.

»In Montevideo? Das ist ja ein Ding. Und nun bist du hier bei uns?«

»Nein, ich bin in Berlin. Aber ich habe deine Telefonnummer ausfindig gemacht und wollte mich melden.«

»Das ist schön, das ist wirklich schön. Auch wenn wir uns ja gar nicht kennen.«

Er hatte recht. Sie waren einander vollkommen fremd. Zwei Menschen, die nichts und doch so viel miteinander verband.

»Du sprichst fast wie dein Vater«, erinnerte sich Henriette an den typisch nordischen Klang der Wesermünder. Es waren gute Gefühle damit verbunden.

»Gerda soll dem Vater ähnlicher gewesen sein als ich.«

»Deine Schwester war ein echter Wildfang, das sage ich dir, Adolf, sie war forsch.«

»So kann man es wohl sagen. Ich habe sie ja kaum kennengelernt. Sie war zehn Jahre älter als ich.«

»So wie ich, Adolf. Gerda und ich waren ein Jahrgang.«

»Tatsächlich? So, so. Schrecklich, was uns die schlimme Zeit angetan hat. Später habe ich mir gewünscht, eine Schwester zu haben. So ein Leben ist ja nicht immer das reine Zuckerschlecken, nicht wahr, und da wäre so eine Schwester sicher nicht übel gewesen.«

»Die schlimme Zeit, ja, die schlimme Zeit«, wiederholte Henriette tonlos.

»Bist du noch da?«

»Natürlich, entschuldige, ich habe nachgedacht. Ich kann dir sagen, du wärst stolz auf deine Schwester gewesen. Die Gerda war ein wirklich feines Mädchen.«

Die beiden schwiegen einen Moment. Henriette zögerte, bevor sie die nächste Frage stellte, sie versuchte, so leicht wie nur eben möglich zu klingen: »Was wurde denn aus Gerda?«, es fühlte sich hinterhältig an. Henriette kannte die Antwort schließlich.

»Ich erinnere mich nur dunkel. Sie ist wohl gefallen, fürs Vaterland, wie es in den Briefen damals hieß. Ich war ja gerade erst zur Schule gegangen, ein Steppke, keine sieben Jahre alt. Ich sag ja, ich erinnere mich kaum noch an sie. Heute weiß ich nicht mehr, was aus meinem eigenen Kopf stammt und was aus den Erzählungen der Eltern.«

»Gefallen?« Henriette wollte das Gespräch auf keinen Fall abgleiten lassen.

»Ja, sie war nach Frankreich unterwegs. Anfang der vierziger Jahre muss das gewesen sein, als der Krieg noch zu unseren Gunsten verlief.«

»Gerda ging nach Frankreich? Haben Otto und Clara, ich meine, deine Eltern, haben die dir *das* erzählt?«

»Natürlich. Die Arme war ja wohl schon so gut wie verlobt.«

»Und wie ging es weiter?«

»Sie ist verschollen, wir wissen es nicht, jedenfalls kam sie nie in Frankreich an. Vermisst, wahrscheinlich gefallen.«

»Wie schrecklich. Die Arme, wirklich, die Arme«, antwortete Henriette nachdenklich, und Adolf konnte nicht auch nur im Ansatz begreifen, wie weit Henriettes Mitgefühl in diesem Augenblick ging. Niemand konnte es wissen, außer denjenigen, die damals dabei gewesen waren, und das waren außer Henriette und ihren Eltern nur noch Otto und Clara. Henriette konnte Adolfs Atem hören.

»Was wurde aus deinen Eltern? Aus Clara und aus Otto?«

»Mit der Landwirtschaft ging es uns nach dem Krieg erst mal ganz gut. Wir mussten zumindest nie hungern. Heute sieht das verdammt anders aus. Ich kann mich freuen, dass mein Sohn den Hof noch weitergemacht hat, aber von den Enkeln wollte das keiner mehr. Zu viel Arbeit, zu wenig Geld. Einer meiner Enkel ist hier zumindest wohnen geblieben, aber die Ländereien sind verpachtet und die Ställe stehen leer. Was für ein Glück, dass meine Eltern das nicht mehr erleben mussten. Sie sind beide alt geworden, und ich nun auch schon. Wie die Zeit vergeht, das sind wohl unsere guten Gene. Na, du scheinst ja auch davon zu haben. Es ist schon seltsam, dass sie nie von dir oder von deiner Familie gesprochen haben. Aber sie haben ohnehin nie viel über diese Zeit gesprochen, du verstehst schon – *diese* Zeit halt.«

»Ja.« Henriette verstand in diesem Augenblick in der Tat vielmehr, als Adolf auch nur erahnen konnte.

Das Gespräch verlor sich in Plänkelei. Schließich verabschiedeten sich die zwei voneinander mit dem Versprechen, dass sich Henriette noch einmal melden würde, und für einen Bruchteil eines Augenblicks glaubten sie vielleicht sogar wirklich daran.

Ein Luftzug ließ die Tür zwischen den beiden Hotelzimmern sanft an ihren Rahmen schlagen. Henriette horchte auf. Jemand hatte den Nachbarraum betreten.

»Rachel?«, rief sie durch die angelehnte Tür.

»Oma!« Schon war ihre Urenkelin bei ihr. »Wie schön, dass du wach bist. Ich habe ja so viel zu erzählen.« Rachel sprudelte über vor Begeisterung über all die neuen Eindrücke, dann unterbrach sie sich. »Aber verzeih, Oma, wie geht es dir denn überhaupt?«

»Ach, schon viel besser, Kleines. Kein Grund zur Sorge.« Henriette hatte Schwierigkeiten, sich zu konzentrieren, ihre Gedanken waren noch bei dem Telefonat.

»Und jetzt erzähl mir, was du heute erlebt hast. Wenn ich schon nicht selbst auf die Straße darf …« Henriette musste einen Moment nachdenken, »du hast doch eine Stadtrundfahrt gemacht, richtig?«

»Hey, die war echt nicht schlecht. Warte mal …« Mit einem Handgriff hatte Rachel einen groben Stadtplan hervorgeholt, der die Strecke der Bustour skizzierte.

Das Mädchen fuhr mit dem Finger über die einzelnen Stationen und las der Reihe nach die Sehenswürdigkeiten ab:

KaDeWe, Siegessäule, Schloss Bellevue, Reichstag, Brandenburger Tor, Potsdamer Platz, Alexanderplatz, Rotes Rathaus, ...

Henriette amüsierte sich still über die Mühe, mit der ihre Urenkelin die deutschen Namen radebrach. Während diese unaufhaltsam über ihre Erlebnisse redete, glitten Henriettes Gedanken ab. Die Plätze Berlins bildeten die Umrisse einer Epoche, die sie lange verdrängt hatte.

Sie hatte damals im *Argentinischen Tageblatt* über die Zerstörung Berlins gelesen. Das *Tageblatt* war eine der beiden deutschsprachigen Zeitungen von Buenos Aires. Es war vor allem das Blatt, das es wagte, sich kritisch zu den Ereignissen in Deutschland und insbesondere zu Hitler selbst zu äußern. Die Redakteure waren dafür nicht nur von den vielen deutschen Spitzeln brutal angegangen worden, sondern hatten sich zum erklärten Feindbild eines Großteils der deutschstämmigen Bewohner Argentiniens gemacht.

Mit Ausnahme der jüdisch-deutschen Gemeinde von Buenos Aires und derer, die vor den Geschehnissen in Europa auf den südamerikanischen Kontinent geflohen waren. Für sie wurde das *Argentinische Tageblatt* zum Hoffnungsträger, es verlieh ihnen Gehör und bot Raum für das Unaussprechliche.

Professor Eisengrün hatte sich schon kurz nach ihrer Ankunft für die Zeitung interessiert, ihre großzügigen Gastgeber, die Grünbergs, zählten ebenfalls zur Leserschaft, auch wenn sie der linken Gesinnung der Zeitung eigentlich fern standen.

Der Professor schrieb glühende Leserbriefe, die so leidenschaftlich waren, dass Grünberg manches Mal besänftigend auf seinen Gast einreden musste. Henriette hatte den Professor durch die geschlossene Salontür lautstark lamentieren hören. Wie angewurzelt hatte sie davor gestanden und gelauscht.

»Dieser Hitler, das wissen wir alle hier, ist der Teufel persönlich! Er hat einen Krieg begonnen, und er hat unsere jüdischen Freunde schänden lassen. Er hat die Synagogen niederbrennen lassen. Das ganze deutsche Volk lässt sich durch ihn aufhetzen! Und auch hier gibt es genug von *denen*, das wissen wir doch alle. Wir müssen raus und auf die Straße gehen, wir müssen die Menschen in Buenos Aires wachrütteln, ach was sage ich, die ganze Welt müssen wir wachrütteln. Lassen Sie uns eine Kundgebung organisieren. Wir müssen handeln und unsere Stimmen erheben!«

Grünberg hatte alles darangesetzt, ihn zu beruhigen. Er fürchtete um die Sicherheit seines Freundes.

»Es gibt eine Gruppe von Männern«, so hatte Grünberg erläutert, »die in Deutschland von der NSDAP ausgeschlossen wurden, Dissidenten. Es sind linkische Hunde, die nach Argentinien ausgewandert sind und sich hier zur sogenannten *Schwarzen Front* zusammengeschlossen haben. Diese Fanatiker mit ihrem blinden antisemitischen Hass versuchen Juden aufzuspüren, die den deutschen Krallen entkommen waren.«

Henriette hatte der Atem gestockt. Nazis auch in Argentinien? Sollte sie etwa noch immer nicht in Sicherheit sein? Wohin würde sie denn noch fliehen müssen? War das andere Ende der Welt nicht weit genug?

Während die Eisengrüns im Laufe der Zeit bereits zu beliebten Gästen der Grünbergschen Teerunden geworden waren, zog sich Henriette immer mehr zurück. Sie war zum Personal der Grünbergs gewechselt. Sie erledigte leichte Arbeiten, machte ein wenig im Haus sauber, half in der Küche und manchmal auch im Garten. Wenn sie sich im Spiegel sah, erschrak sie: blass und mit tiefen Ringen unter den Augen, wirkte sie wie ihr eigenes Gespenst. Einsamkeit, Heimweh und die ständig nagende Ungewissheit über den Verbleib der Eltern waren kaum auszuhalten.

Die Wochen vergingen, ohne eine Nachricht aus dem fernen Deutschland.

Henriette freundete sich mit dem Sohn einer Nachbarin an. Diese war Berlinerin, so wie die Eisengrüns, und gehörte ebenfalls zur Teerunde. Sie war vor knapp zwanzig Jahren ihrem Mann gefolgt, einem Argentinier mit deutschen Wurzeln. Man sagte, dass die Familie über große Ländereien verfüge, und ihre Stadt-Villa war nicht weit vom Anwesen der Grünbergs entfernt. Eine reizende Frau. Auch ihr Sohn Oscar war ein netter Junge. Henriette hatte es gut getan, mal einen jungen Menschen um sich zu haben, mit dem sie in ihrer Muttersprache reden konnte.

Mit Oscar traute sie sich aus dem sicheren Umfeld der Villa heraus, und der Junge war stolz, zum Fremdenführer zu werden. Er zeigte ihr Buenos Aires, und er war es letztendlich, der ihr den Anstoß gab, sich überhaupt auf Argentinien einzulassen. Sie hatte sich immer dagegen gesperrt und hatte den absurden Gedanken, dass sie sonst ihre Eltern verraten würde. Solange sie eine Fremde in diesem Land bliebe, hatte sie gemeint, so lange würde sie wieder zurückkehren und ihre Familie vereint wissen.

Oscar träumte von der weiten Welt. Er wollte raus aus Argentinien, weg von seinem Vater. Es ging ihm nicht gut bei

ihm. Henriette hatte von den anderen Dienstmädchen gerüchteweise über Alkohol und brutalen Jähzorn gehört.

Oscar und Henriette hatten im großen Stadtpark auf einer
Bank gesessen und den Spatzen zugesehen, als er von seinem
Träumen gesprochen hatte. Er hatte von einem Freund aus
Kindertagen berichtet, dem Sohn eines Landarbeiters seiner
Familie, der auf einem Schiff angeheuert hatte und einfach
so in See gestochen war. Freiheit pur!

»Wir können unser Leben selbst in die Hand nehmen«,
hatte er auf der Bank im Park gesagt und seine Augen hatten
geleuchtet. Sie hatte ihn angelächelt und den Kopf geschüttelt. Es war damals nicht oft geschehen, dass jemand Henriette zum Lächeln brachte.

Eines Abends war sie ungewollt Zeugin eines Streites zwischen Professor Eisengrün und seiner Frau geworden. Henriette hatte Bilderrahmen in dem kleinen Salon, den das Ehepaar überlassen bekommen hatte, abgestaubt. Sie konnte
nicht sagen, warum, aber als Eisengrüns eintraten, hatte
sie sich hinter einen der schweren Vorhänge versteckt. Die
Dienstbotentür des Zimmers befand sich unmittelbar daneben. Henriette hätte ohne Weiteres schnell und unbemerkt
den Raum verlassen können, aber sie war geblieben.

»Bist du denn von allen guten Geistern verlassen?«, hatte
Frau Eisengrün ihren Mann gescholten und mit dem *Argentinischen Tagblatt* gewedelt. »Wie konntest du so etwas nur
veröffentlichen, ohne mit mir darüber zu sprechen. Du wirst
uns noch alle ins Verderben stürzen.«

»Aber die Wahrheit muss doch ans Licht gebracht werden.
Wenn die Zeitung sich selbst schon nicht traut zu berichten,

dann müssen wir es eben tun. Und du hättest ohnehin *Nein* gesagt.«

»Allerdings hätte ich das. Also, warum tust du es trotzdem?«

»Warum? Wie kannst du so etwas überhaupt nur fragen? Die Welt muss wissen, was da in Deutschland passiert, was die den Juden in unserer Heimat antun. Das ist doch wohl Grund genug, oder etwa nicht?«

»Aber wir sind hier endlich in Sicherheit, und ich möchte auch weiterhin sicher bleiben.«

»Und was ist mit den anderen Familien, unseren Freunden, Kollegen und Nachbarn, die noch drüben sind?«

»Ich will nicht daran denken. Es ist schlimm genug, dass wir ständig mit Grünbergs darüber sprechen müssen.«

»Grünberg organisiert von hier aus für so viele Familien die Flucht. Also wirklich, ich begreife nicht, wie du so egoistisch sein kannst.«

Professor Eisengrün war laut geworden, seine Frau hatte sich auf die kleine Chaiselongue sinken lassen und weinte. Er wurde milder:

»Hör mal, meine Liebe. Es ist doch nur ein Leserbrief, wahrscheinlich wird den ohnehin niemand wahrnehmen.«

»Nicht wahrnehmen?« Seine Frau klang ermattet. »*Die* lesen doch alles. Du weißt doch nur zu gut, dass es auch hier für uns nicht ungefährlich ist. Und dann dieser Aufmacher: *Deutschland, ein Land von Mördern*. Musste es denn so reißerisch sein? Denk doch nur an Grünbergs Empfehlung! Er riet uns sogar, einen falschen Namen anzunehmen.«

»Und genau das habe ich doch getan. Wer weiß schon, dass ich hinter dem Brief stecke. Und außerdem, ein Leserbrief ist kein Artikel. Vermutlich wird in der nächsten Ausgabe irgendein aufgebrachter Naziot das Gegenteil behaupten, und danach ist alles wieder vergessen.«

»Ich hoffe, du hast recht. Wirklich, ich hoffe es.«

»Na, siehst du. Und nun Schluss mit unserem dummen Streit. Wichtig ist doch, dass wir uns haben.« Das Rascheln von Stoff ließ Henriette schließen, dass sich die zwei umarmten. Ein Moment der Stille trat ein, dann sprach der Professor in warmem Ton weiter:

»Magst du mich heute mal bei meinem Spaziergang im Park begleiten? Am Abend ist es dort besonders schön.«

»Deine Spaziergänge sind mir ohnehin ein Dorn im Auge; und immer ganz allein …«

»Na, na, na. Hatten wir nicht gerade beschlossen, nicht mehr zu streiten?«

Seine Gattin seufzte. Ohne ein weiteres Wort verließen beide den Raum.

Henriette wartete noch einen Augenblick, dann stahl sie sich aus ihrem Versteck. Ihr Blick fiel auf das Beistelltischchen, auf dem die Ausgabe des *Argentinischen Tageblattes* zurückgeblieben war. Ohne darüber nachzudenken, blätterten ihre Finger die Seiten durch. Ihre Augen überflogen den Leserbrief, bis sie an einer Stelle innehielt, die ihr Blut gefrieren ließ:

Durch Hitler wurden Listen vermögender Juden erstellt. Rabbiner wurden abgeführt und unter Androhung von Folter gezwungen, die Namen ihrer Gemeindemitglieder preiszugeben. Jüdische Gewerbebetriebe mussten sich registrieren lassen. Hitler versucht mit allen Mitteln, die Juden im Land vollständig zu erfassen. Und was wird er wohl mit seinen Listen anstellen? Die Nationalsozialisten lassen Gefängnisse bauen. Gefängnisse für Juden. Sie nennen das Konzentrationslager. Es gibt furchtbare Gerüchte über das, was in diesen Konzentrationslagern geschehen soll. Manche sprechen von der Ermordung aller deutschen Juden! Hitler will die Juden auslöschen. Es sind bereits Tausende in diese Lager verschleppt worden. Liebe Leser, lassen wir Argentinien nicht untätig zusehen, lassen Sie uns kämpfen. Auch hier unter uns verstecken sich diese Teufel. Lassen Sie uns die Namen dieser argentinischen Nazis herausfinden! Eine große Anzahl kennen wir schon. Wir werden sie veröffentlichen. Viele von ihnen sind in der Wirtschaft tätig und haben politische Ambitionen. Diese werden wir zunichtemachen …

Der Rest war schwarze Ohnmacht. Als Henriette wieder aufwachte, lag sie noch immer auf dem Fußboden des kleinen Salons. Professor Eisengrün und seine Frau beugten sich voller Sorge über sie.

»Sie kommt zu sich. Henriette? Henriette, hörst du mich?«

»Was ist passiert?« Als Henriette sich aufsetzen wollte, wurde ihr wieder schwarz vor Augen. Einige Augenblicke später hatte sie es dann aber doch mit Hilfe des Ehepaars auf die Chaiselongue geschafft. Die Frau des Professors saß an ihrer Seite, Eisengrün selbst war losgelaufen und kam nun mit Grünbergs zurück. Herr Grünberg schaute voller Mitgefühl seinen jungen Gast an: »Henriette, was ist geschehen?«

Bevor Henriette antworten konnte, zeigte Frau Eisengrün auf die Zeitung, die noch immer auf der Seite des Leserbriefs aufgeschlagen lag.

Der Hausherr hatte verstehend genickt und dann kurzerhand alle aus dem Zimmer geschickt, damit er mit Henriette allein sprechen konnte.

»Henriette, du hast den Leserbrief gelesen?«

»Ja.«

Eine Pause trat ein.

»Herr Grünberg, ist es wahr, was der Professor da schreibt?«

Der Angesprochene starrte an ihr vorbei. Nach langem Zögern antwortete er.

»Ja, liebe Henriette, es ist wahr. Leider ja. Wir haben unsere Informationen. Wir halten so gut es geht Kontakt mit dem deutschen Widerstand.«

»Wissen Sie etwas über meine Eltern?«

Wieder vermied Grünberg jeden Blickkontakt.

»Herr Grünberg, bitte, wenn Sie etwas wissen …«

»Es wäre mir lieber, du würdest nicht fragen, Henriette …«, er räusperte sich, »… nun gut, wir haben einige dieser Listen, von denen der Professor schreibt, zugespielt bekommen. Wir haben nach deiner Ankunft hier auch nach der Liste für Küstrin gesucht …«, er hielt für einen Moment inne, das Weitersprechen fiel ihm schwer, »… und gefunden. Ja, Küstrin war auch dabei …« Grünbergs Stimme brach. »Ihr alle standet darauf, auch dein Name, Henriette, sogar auch du.«

»Oma? Oma! Hörst du mir noch zu?«

Eine junge Stimme drang aus endloser Ferne zu Henriette.

»Oma, was ist denn los? Was machst du denn für ein Gesicht?«

»Was? Rachel, entschuldige bitte. Es ist wohl …, es sind

80

die Medikamente, weißt du, die benebeln mich ein bisschen«, log Henriette und hatte große Probleme, sich auf ihr junges Gegenüber zu konzentrieren.

»Ich glaube eher, du musst mal was Vernünftiges essen. Kein Wunder, dass du dich matt fühlst.« Rachels Blicke schweiften erneut missbilligend über die Reste des Frühstücks. »Was hältst du denn von einer Suppe, Oma. Sie bringen bestimmt etwas hoch, wenn ich sie darum bitte.«

»Nein!«, entgegnete Henriette entschieden.

»Nein? Du willst nichts essen?«

»Das habe ich nicht gesagt. Ich will nur nicht auf dem Zimmer essen. Wir zwei gehen aus …«

»Aber du sollst dich doch schonen, du sollst nicht rausgehen.«

»Wir bleiben ja auch im Hotel, aber essen unten im Restaurant. Oh, Rachel, ich muss hier raus, ich bin schon viel zu viele Stunden auf dem Zimmer. Eine kurze Stippvisite wird ja wohl erlaubt sein.«

»Kann ich dich davon abhalten?«, Rachel verzog resignierend den Mund.

Statt einer Antwort mühte sich Henriette schon aus dem Sessel, um sich im Bad frisch zu machen.

»Es sieht wirklich gut aus hier.«

Sie schauten sich im Restaurant um. Während Rachel die ins Englische übersetzte Karte studierte, freute sich Henriette erneut über die vielen deutschen Begriffe, die wie aus tiefer Versenkung auferstanden ihre angestammten Plätze in ihrem Bewusstsein wieder eingenommen hatten. Sie entschied sich für eine einfache Hühnerbrühe. Hühnerbrühe sei schon immer gut gegen alles Mögliche gewesen, das werde auch jetzt alles richten.

»Gegen Erkältung, Oma, gegen Erkältung.«

»Ist doch egal ...« Henriette winkte gut gelaunt ab und stellte überrascht fest, dass sie eine gewisse Leichtigkeit ergriffen hatte.

»Nein, Oma. Ist nicht egal. Ich habe mir wirklich große Sorgen um dich gemacht. Was soll ich denn bloß tun, wenn ...« Rachel hielt abrupt inne. »Entschuldige, Oma. So etwas darf man nicht sagen.«

»Aber natürlich darf man das. Ich bin fast hundert, meine Kleine, da wäre es ziemlich vermessen, das Lebensende aus dem Bewusstsein auszuklammern. Aber mach dir keine Sorgen, ich glaube nicht, dass meine Zeit bereits gekommen ist.«

»Was meinst du damit?« Rachel schaute die alte Dame verwundert an. »Meinst du, man spürt so etwas?«

»Woher soll ich denn das wissen?«, entgegnete Henriette mit einem Lachen.

»Entschuldige, Oma, wie dumm von mir. Wir sollten wirklich nicht darüber reden.«

»Rachel, wenn man so alt geworden ist wie ich, dann ist der Tod bereits ein regelmäßiger Gast.« Henriette suchte eine Zeit nach den passenden Worten. »So alt zu werden bedeutet leider auch, einsam zu werden. Erst die Eltern ...«, sie schluckte. Wie dumm, fast hätte sie sich selbst aus der Fassung gebracht. Schnell korrigierte sie, »... die Verwandten, dann sind es Freunde, die jung sterben, vielleicht die beste Freundin, dein Ehemann, Nachbarn, der Kaufmann an der Ecke, und so weiter. Und eines Tages, da schaust du dich um und stellst plötzlich fest, dass du als Einzige noch übrig ge-

blieben bist. Sozusagen der klägliche Rest der Busbesatzung.«

»Busbesatzung?«

»Ich stelle mir das Leben wie einen Linienbus vor. Du
steigst ein und mit dir eine Handvoll anderer. Im Bus sind
schon einige Plätze belegt. Du bleibst eine Weile sitzen. Menschen steigen zu und wieder aus. Du schaust aus dem Fenster
und betrachtest das, was an dir vorüberzieht. Und irgendwann sagt der Fahrer dein Ziel an. Der Bus hält für einen
Moment, du steigst die ausgetretenen Blechstufen hinunter
und lässt die anderen Passagiere zurück. Vielleicht schaust
du dem Bus noch ein bisschen hinterher, vielleicht gehst du
aber auch gleich zielstrebig weiter, wohin auch immer …«

Rachel fasste die Hand ihrer Urgroßmutter:

»Das ist schön, Oma. Das gefällt mir.«

»Irgendwann akzeptierst du, dass du die Nächste sein
könntest. Versteh mich nicht falsch, ich genieße jeden Tag,
den ich erlebe, aber ich weiß auch, dass keiner meiner Tage
noch selbstverständlich ist. Wenn man so lange auf der Welt
bleiben darf wie ich, dann weiß man, dass das Leben ein Geschenk ist, jedoch ein Geschenk mit Ablaufdatum. Das ist
nun einmal sicher.« Sie zuckte unbeholfen mit den Achseln.

Rachel schwieg, aber hinter ihrer Stirn arbeitete es mächtig. Ihre Augen suchten im Raum umher und brauchten eine
Weile, bis sie ihre Urgroßmutter wieder anschauen konnten:

»Und wie war das damals bei Mama? In was für einem –
Bus hat sie gesessen?« Die Worte kamen dem jungen Mädchen nur zögernd über die Lippen.

»Ach, Rachel, bitte …«

»Nein, Oma, sag nicht nur *Ach Rachel*, das tut Oma Elsa

schon viel zu oft. Mit ihr kann ich gar nicht darüber reden. Aber ich habe doch auch ein Recht, etwas über meine Mutter zu erfahren. Das bisschen, was ihr mir erzählt habt, reicht mir einfach nicht.«

»Aber was sollen wir dir denn noch erzählen? Und Elsa darfst du es nicht übel nehmen, dass sie nicht über den Tod deiner Mama sprechen mag. Es war für uns alle ein furchtbarer Schlag, doch besonders schwer hat es sie getroffen, schließlich war es ihre Tochter.«

Henriette suchte nach Worten:

»Weißt du, Kind, ich habe deine Mama so geliebt, so wie ich auch dich liebe. Sie war ein wundervoller Mensch, voller Lebensfreude.«

Sie wandte ihren Blick ab und starrte hinaus auf die Straße. Nach einer geraumen Zeit unterbrach Rachel das Schweigen.

»Ich habe eure Fotos gesehen, ich finde nicht, dass sie mir ähnlich sah.«

Schnell drehte sich Henriette wieder ihrer Urenkelin zu.

»Oh, doch, Liebes, oh doch.« Ihr Blick wurde weich. »Manchmal, wenn ich dich anschaue, sehe ich deine Mutter: dein Lächeln, dein offener Blick und auch diese kleine Falte in der Stirn, die sich immer dann bildet, wenn du deinen Willen nicht durchsetzen kannst.« Henriette schaute Rachel tief in die Augen: »Deine Mutter war unser Engel, und jetzt ist sie deiner, Kleines.«

»Ich wünschte, ich könnte mich an irgendwas von ihr erinnern, aber da ist rein gar nichts. Die Bilder, die ich in meinem Kopf habe, sind die Fotos, die ihr mir von Mama gezeigt habt.«

»Aber natürlich hast du keine Erinnerungen. Du warst

noch keine zwei Jahre alt, als …«, Henriette stoppte kurz, »na ja, du weißt schon.«

Die beiden rührten schweigend in ihren Suppen. Als schließlich abgeräumt wurde, traute sich Rachel als Erste wieder zu sprechen:

»Und warum hat sich mein Vater von mir abgewandt? Er hat zwar gezahlt, aber Geld war nun wirklich nicht das, was ich brauchte. Ich kenne ihn kaum.«

»Oma Elsa und ich haben oft darüber gesprochen. Wir waren sehr wütend auf deinen Vater. Ach herrje, wenn ich an die Nächte in der Küche denke. Elsa hat ihn verflucht. Und du weißt, wie gut sie fluchen kann …«

»Oh ja, und wie!«, grinste Rachel.

»Also von mir hat sie das nicht. Da habe ich in ihrer Erziehung wohl nicht aufgepasst.« Auch Henriette konnte jetzt wieder etwas heiterer sein.

»Ich glaube, Rachel, dein Vater hat sich in Wirklichkeit nicht von *dir* abgewandt, sondern von dem furchtbaren Schmerz, den er nicht aushalten müssen wollte. Er hat deine Mutter wirklich sehr geliebt. Der Unfall damals, er hat immer geglaubt, es sei seine Schuld gewesen, was natürlich dumm war. Niemand konnte etwas dafür, na ja, niemand außer diesem Idioten von Autofahrer …« Henriette hatte gegen Tränen zu kämpfen.

»Aber wie ist es dann möglich, dass Vater nach so kurzer Zeit eine andere Frau heiratet? Und dann gleich Kinder, ein glückliches Familienleben, all das, was mir zugestanden hätte!« Rachel hatte Mühe, ihre Wut im Zaum zu halten.

»Liebes …«, versuchte Henriette sie zu beruhigen, »lass dir bitte von einer alten Frau wie mir sagen: ich habe viel

Leid erleben müssen und es ist nicht an uns, die Menschen daran zu messen, wie sie damit umgehen.«

Rachel brachte sich wieder zur Ruhe. Sie ließ Henriettes Worte eine Weile wirken, bevor sie zur Frage ansetzte:

»Meinst du Ur-Opa?«

»Wie?«

»Mit dem Leid, das du ertragen musstest … Ob du damit Ur-Opas Tod meinst? Du bist ja schon ganz schön lange allein.«

Henriette blieb still. Was sollte sie ihrer Urenkelin dazu sagen? Roberto war ein guter Mann gewesen, ein verlässlicher Ehemann, ein Fels, auf den sie immer hatte bauen können. Und sein Tod hatte ihr unendlich leidgetan – für ihn. *Er* hatte ihr leidgetan. Roberto hatte sich sein ganzes Leben für seine Familie engagiert, für Elsa und für sie selbst. Sie hätte ihm gegönnt, dass er sich, nachdem sie das Geschäft verkauft hatten, noch schöne Jahre hätte machen können.

Rachels Blick ruhte auf ihrer Urgroßmutter. Diese winkte ab:

»Lass uns lieber über etwas anderes sprechen. Tod ist in meiner derzeitigen Verfassung vielleicht doch nicht das allerbeste Thema.« Henriette zog mit ihren Fingern die Knicke im Tischtuch nach. Schließlich schaute sie auf.

»Es ist spät genug für mich. Ich sollte schlafen gehen.«

Henriette hatte schon ihr Nachthemd an, als Rachel noch unentschlossen in der Verbindungstür lehnte.

»Na, komm her, Süße!« Henriette setzte sich aufs Bett und streckte die Arme aus. »Ich glaube, heute Abend ist es mal wieder Zeit für *Köpfchen-Verstecken*!«

Im Nu saß Rachel neben ihr und ließ sich bereitwillig an die Brust ihrer Oma sinken. Diese schlang ihre Arme um ihren Kopf, bis davon nichts mehr zu sehen war. Unzählige Male hatten sie früher dieses Gute Nacht-Ritual begangen, früher, als die Kleine wirklich noch eine Kleine war.

»Oma, du bist toll. Und Elsa auch. Ich hätte mir keine bessere Familie wünschen können.«

»Das ist lieb von dir. Weißt du, Kleines, wir haben uns immer für so unzulänglich gehalten.«

»Unzulänglich?«

»Na, wir zwei alten Frauen, was hatten wir denn einem jungen Mädchen schon zu bieten?«

»Aber ihr wart für mich die besten – Mütter, die ich mir vorstellen konnte.«

Henriette schloss ihre Urenkelin noch fester in die Arme.

»Oma …?«

Rachel richtete sich auf. Sie wirkte verlegen.

»Oma …, also, ich hab doch vorhin gesagt, dass Sergio heute keinen Rezeptionsdienst hat. Er hat frei …«

»Ja?« Henriette wusste natürlich, worauf ihr Mädchen hinauswollte, aber so leicht ließ sie diese noch nicht vom Haken.

»Na ja. Und ich dachte, da du ja doch schon ins Bett …, also, ich meine …« Rachel stammelte unbeholfen. Henriette erlöste sie:

»Los, Kleine, hinaus, und genieße das Leben!«

Rachel strahlte. Statt eines Wortes drückte sie ihrer Uroma einen Kuss auf die Stirn.

Wenige Minuten später hörte sie die Tür des Nachbarzimmers klappen.

Henriettes Gedanken flogen in die Vergangenheit. Ihr Ehemann Roberto war es gewesen, der Henriette nach den schweren Jahren als Erster das Gefühl gegeben hatte, eine schöne Frau zu sein. Er hatte sie in den Arm genommen, seine tiefdunklen Augen waren zärtlich über ihr Gesicht geglitten und hatten ihr zu verstehen gegeben, dass er sie wirklich liebte. Roberto war ein guter Ehemann gewesen. Und sie? War sie ihm eine gute Frau gewesen? Immerhin hatten sie vieles gemeinsam geschafft, den Ausbau des Geschäfts, ihr gemeinsames Leben, finanzielle Unabhängigkeit und natürlich Elsa. War es das, was einen Menschen zu einem guten Partner machte? Gemeinsamkeit? Oder musste man sich nicht vielmehr an einem guten Partner reiben, sich Gefechte liefern, Wortfetzen, Leidenschaft, wildes Begehren, ineinander versinken? Was war das überhaupt, *ein guter Partner*? Müsste es nicht schon reichen, einfach Partner zu sein?

Roberto und sie, da war sich Henriette sicher, hatten eine gute Ehe geführt. Und doch wusste sie auch, dass sie nie wirklich ehrlich gewesen war, wenn sie ihm ihre ganze Liebe versichert hatte. Die große Liebe! Was für ein hehrer Anspruch. Aber eben diese hatte es in ihrem Leben gegeben. Warum sonst hätte sie sich, alt wie sie war, nochmals nach Deutschland begeben. Wie sonst hätte sie diesem Land überhaupt jemals verzeihen können? Aber war das alles nicht überhaupt ein hoffnungsloses Unterfangen? Denn dass er noch lebte, war unwahrscheinlich.

Ihr kam wieder das Gespräch mit Adolf in den Sinn. Er hatte wirklich keine Ahnung von allem. Otto und Clara hatten geschwiegen, ein Leben lang. Schweigen. Wie viele hatten wohl danach geschwiegen, die Wahrheit verdrängt, sich ein anderes Leben gemalt? So wie sie selbst ja auch. Sie hätte Adolf noch eine Menge zu erzählen gehabt, aber das war heute unmöglich. Ihre eigene Befreiung hatte ihr neue Ketten angelegt, selbst geschmiedete. Hoffentlich würde Rachel niemals solche Erfahrungen machen müssen. Möge sie sich die Freiheit bewahren können.

Henriette hing noch eine Zeit ihren Gedanken nach, dann befand sie, dass es vielleicht doch besser wäre, sich abzulenken. Fernsehen! Sie fingerte an der Fernbedienung, gab das Unterfangen aber bald schon seufzend wieder auf. Sie war wirklich nicht mehr geschaffen für die Technik der heutigen Welt.

Nun denn, dann würde sie das tun, was sich für eine fast Hundertjährige gehörte: die Augen schließen und darauf hoffen, dass sie am nächsten Tag wieder wach würde. Sie freute sich schon auf das Frühstück mit Rachel, die ihr sicher voller Aufregung von diesem einmaligen Ereignis Sie-trifft-ihn-und-er-trifft-sie berichten würde.

»Gute Nacht, alte Welt, die du uns allen vorgaukelst, dass jeder von uns einzigartig auf dir sei.«

Kapitel 6

—

»Mutter, werden denn die Apfelbäume bei Onkel Otto und Tante Clara blühen?«

»Vielleicht haben wir Glück, Henriette, und sie blühen noch ein bisschen.«

Dampfend und zischend setzte sich der schwere Eisenzug in Bewegung. Sie waren in Hannover umgestiegen und befanden sich nun auf direktem Weg nach Wesermünde. Henriette war gespannt darauf, ihre Cousine Gerda wiederzutreffen, und natürlich freute sie sich aufs Meer. Sie sah es zum ersten Mal in ihrem Leben.

»Strenggenommen ist Gerda gar nicht deine Cousine, sondern deine Cousine zweiten Grades. Denn sonst müssten Onkel Otto und dein Vater ja Brüder sein, sie sind aber selbst nur Vettern, also Cousins. Verstehst du das? Sie haben den gleichen Großvater.«

Henriette nickte mit dem Kopf und begriff kein Wort. Für sie war es völlig egal, was die Wesermünder nun letztlich waren. Sie freute sich auf einige Tage an der Nordsee und auf den Bauernhof. Es gab dort Kühe und Schweine und ein richtiges Pferd.

Überhaupt war alles so aufregend: die schnaufende Eisenbahn, nach kurzer Fahrt Umsteigen in Berlin, so viele Menschen auf dem Bahnsteig, Damen mit Federhütchen, vom Schaffner in die Wagen der ersten Klasse geholfen, und sie selbst, die sie sich ihre Plätze auf den Holzbänken ihres Abteils sichern mussten. Henriette würde nach ihrer Rückkehr ihrem Vater und den Freunden der Kleeblattbande viel zu erzählen haben.

»Henriette, Kleines, aufwachen, wir sind gleich da.« Herta Ahrenfelss rüttelte ihre Tochter sanft an der Schulter.

Verflixt, dachte Henriette, da war sie doch eingeschlafen und hatte die lange Fahrt von Hannover bis ans Ziel verpasst.

So weit das Auge schauen konnte, erstreckte sich flaches Grün. Der Zug wurde langsamer, die Abstände zwischen den Dampfstößen größer. Schon zogen die ersten Bahnhofsgebäude von Wesermünde an ihrem Fenster vorbei, dann endlich waren sie angekommen.

»Schau nur, da sind sie!« Onkel Otto, Tante Clara und Gerda standen am anderen Ende des Bahnsteigs. Sie alle liefen aufeinander zu.

»Herta, herzlich willkommen. Wie schön, dass ihr da seid. Wir haben uns ans falsche Ende des Bahnsteigs gestellt.«

»Die Zeiten der ersten Klasse sind lange vorbei, Otto«, antwortete Herta erschöpft. »Clara, wie gesund du aussiehst.«

»Ja, die Frühlingssonne hat uns schon mächtig gebräunt. Was soll man dagegen bloß tun, Herta.«

»Nichts soll man, es steht dir ausgezeichnet. Und wer ist dieses große Mädchen da? Das kann doch nicht die Gerda sein, du bist ja schon eine richtige kleine Dame!« Herta kniete sich vor Gerda und reichte ihr die Hand.

Was für einen Blödsinn erzählte ihre Mutter da, dachte

Henriette verärgert. Gerda eine kleine Dame? Die war doch sogar noch jünger als sie selbst. Doch ihr Ärger wurde abrupt erstickt, denn schon fühlte sie die Brüste von Tante Clara in ihrem Gesicht. Onkel Otto hatte sie wie eine Feder in die Höhe gehoben und nach seiner Begrüßung einfach an seine Frau weitergereicht, die sie nun mit kräftigem Druck umarmte. Henriette war froh, als sie wieder neben Gerda stand.

»Tag, Gerda.«

»Tag, Henriette.«

Die beiden Mädchen beäugten sich. Gerda im einfachen Leinenhemd schaute neidisch auf die Lederschuhe mit den glänzenden Riemchen an Henriettes Füßen. Sie dagegen trug Klumpen, Holzschuhe, die ihr der Vater selbst schnitzte. Sie steckte Zeitung hinein, damit sie passten, und auf dem Hof ging sie im Sommer nur barfuß.

»Wir haben den Federwagen angespannt, da könnt ihr zwei aufsitzen, wir gehen zu Fuß. Da drüben steht er.« Onkel Otto wies auf einen einachsigen Holzwagen, vor den ein müde aussehender Schimmel gespannt war. Ein Bursche hielt das Pferd.

»Das ist unser Max!«, sagte Otto stolz.

»Guten Tag, Max!« grüßten Herta und Henriette höflich.

»Aber nicht doch!«, dröhnte Otto amüsiert, »nicht der Bursche, der lungert hier am Bahnhof rum, um sich ein bisschen was dazu zu verdienen«, schon wanderte eine kleine Münze in die aufgehaltene Hand, »nein, ich meine unseren Schimmel.« Otto klopfte dem Tier liebevoll den Hals.

Es war ein kurzer Weg. Bald sahen Sie das reetgedeckte Bauernhaus. Auf einer Wiese direkt am Garten weideten

Kühe, Schweine hatten sich in eine Suhle vor den allgegen-
wärtigen Fliegen geflüchtet.

»Jetzt gibt es erst mal was zu essen. Ihr müsst doch furchtbar hungrig sein. Ich habe einen ordentlichen Eintopf aufgesetzt, dazu Mettwurst.«

»Mama, was ist Mettwurst?«, flüsterte Henriette ihrer
Mutter zu. Die schaute verzweifelt, die Wurst würde sicherlich Schweinefleisch enthalten. Clara hatte die Frage gehört:

»Das Kind kennt keine Mettwurst? Na, so was.«

»Cousine, du weißt doch …«

Nun verstand die Angesprochene.

»Ach, natürlich. Daran habe ich gar nicht gedacht. Das ist
so ungewöhnlich für uns hier auf dem Land, weißt du. Bei
uns gibt es ja keine … Na ja.«

»Juden, Clara, Juden.«

»Genau. Nun, ist ja egal. Dann bleibt noch mehr Wurst für
uns.« Clara lachte gezwungen, die anderen fielen übereifrig
ein.

»Wirst du wohl still sein!«

Gerda schaute erschreckt, sie konnte die Abfuhr ihrer
Mutter nicht begreifen.

»Aber ihr habt doch gesagt, heute darf ich das Tischgebet
sprechen, Mutter.«

»Frag nicht, tu, was deine Mutter dir sagt. Heute beten wir
alle still«, beendete Otto die Sache.

Der Abend nahm seinen Lauf, Herta berichtete von Küstrin, von den schlechten Zeiten, richtete die Grüße ihres Mannes aus. Die Wesermünder sprachen über Werften, die geschlossen wurden, und die Arbeitslosigkeit, und sie lobten

das Glück, eine Landwirtschaft zu betreiben, da müsse man schließlich niemals hungern. Für sie fiele bei dieser Lage ja doch das ein oder andere ab. Herta wollte lieber nichts weiter darüber wissen. Sie hatte schon davon gehört, dass Städter ihr Hab und Gut an die Bauern gaben, nur um etwas auf den Tisch zu bringen. Wertvoller Schmuck und Tafelsilber wurden gegen Kartoffeln oder Schweinsschwarte getauscht. Es war ihr lieber, der Vetter würde das Thema nicht weiter verfolgen. So schlug sie vor, die Kinder ins Bett zu bringen, Henriette sei von der langen Reise sicher müde.

»Nein, Mutter, ich bin gar nicht müde!«

»Doch, Henriette. Auch ich werde heute nicht mehr lange auf sein können. Clara, Otto, ihr werdet das doch verstehen. Die vielen Stunden auf den unbequemen Holzpritschen steckt man einfach nicht mehr so leicht weg. Wir werden alle nicht jünger.«

»Aber natürlich, Herta. Und wir müssen morgen ja auch früh wieder raus.«

Schon waren die zwei aufgesprungen, um ihren Gästen die Zimmer zu zeigen. Herta wurde in einer ehemaligen Dienstmagd-Kammer über den Ställen untergebracht. Sie musste nur über die Diele und eine kleine Treppe hinauf. Henriette schlief im Zimmer von Gerda. Sie hatten eine zweite Decke auf das Bett gelegt, dessen Kopf- und Fußende bunte Schnitzereien zierten.

»Das riecht aber gut hier, Tante Clara«, sagte Henriette.

»Ja, das ist die Matratze, die ist mit Heu und Stroh gestopft. Da schläft es sich besonders gut darauf.«

»Gute Nacht, Liebes.« Herta Ahrenfelss strich ihrer Tochter übers Haar. Sie war stolz auf ihre Kleine, die so sonnig und freundlich war. »Und auch dir eine gute Nacht, Gerda. Schlaft schön!«

Die Tür wurde geschlossen, die Vorhänge ließen einen Rest der Dämmerung in das Zimmer. Schweigend lagen die Mädchen nebeneinander, jede hörte den Atem der anderen.

»Blühen die Apfelbäume?«, fragte Henriette.

»Nicht mehr viel.«

»Schade.«

Schweigen. Gerda setzte zum Reden an:

»Habt ihr denn keine Apfelbäume bei euch?«

»Nein, das geht doch nicht, wir sind doch in der Stadt. Da gibt es keinen Platz.«

»Ach so.«

»Nur draußen auf den Feldern und an den Straßen entlang, da gibt es einige Bäume. Alleebäume heißen die, die gehören aber nicht uns.«

»Ach so.« Gefolgt von Schweigen. Diesmal war es Henriette, die das Gespräch wieder begann.

»Ich wäre gerne in der Schule, dann könnte ich meine Freunde sehen. Jetzt bin ich so oft allein.«

»Aber wir kommen doch beide im nächsten Jahr in die Schule, da siehst du sie doch alle wieder.«

»Ja, aber die sind dann doch in einer anderen Klasse.«

»Ja und?«

»Na, dann sehe ich sie nicht.«

»Aber ihr sitzt doch alle zusammen.«

»Was?«

»Alle in einem Klassenraum.«

»Nein, tun wir nicht. Jede Klasse ist für sich in einem eigenen Raum.«

»Wirklich?« Gerda richtete sich erstaunt auf. »Bei uns gehen alle Klassen in den gleichen Raum. Die Großen sitzen hinten, die Kleinen vorne.«

»Ihr habt es wirklich besser als wir, Gerda.«

»Kinder, jetzt wird geschlafen!« Claras Stimme schnitt durch die geschlossene Tür. Die Mädchen kicherten, wünschten sich flüsternd eine gute Nacht und dachten darüber nach, wie schön es wäre, in der Schule in einem Raum zu sitzen, und wie begehrenswert Lederschuhe mit Riemchen und glänzenden Schnallen waren.

»Na, Henriette, noch ein Glas?«

Henriette nickte begeistert. So hatte ihr Milch noch nie zuvor geschmeckt. Tante Clara hatte sie eben erst selbst in die Blechkanne gemolken, aus der sie sie nun mit einer großen Emaille-Kelle schöpfte. Köstlich!

Überhaupt war alles so aufregend auf dem Bauernhof. Heute früh wurden Gerda und sie an einer Waschschüssel gewaschen. Ein Badezimmer gab es nicht. In Gerdas Zimmer stand eine Kommode mit Marmorplatte und einem Spiegel. Aus einem Krug hatte Tante Clara einen Schwall kalten Wassers in die Schüssel geschüttet und mit Kernseife die beiden Kinder gewaschen. Henriettes Mutter hatte in der Tür gestanden und amüsiert zugeschaut.

Zur Toilette musste man über den Hof. Im Stall gegenüber verbarg sich hinter einer groben Holztür ein Brett mit Loch drin. Wenn man den Deckel hob, stank es erbärmlich und Fliegen stoben auf.

»Na, so kenne ich meine Tochter kaum. So ein Appetit. Daheim in Küstrin frühstückt sie kaum.«

»Ja, das ist eben die gute Luft hier auf dem Land.«

»Können wir heute ans Meer, Mutter?«, unterbrach Gerda.

»Oh ja, ich möchte das Meer sehen!« Auch Henriette war gleich Feuer und Flamme.

»Nach dem Mittag nimmt Vater euch mit und zeigt euch die Gegend. Dir natürlich auch, Herta, wenn du möchtest.«

»Oh, Clara, das ist schön. Vielen Dank. Wir fallen euch hoffentlich nicht allzu sehr zur Last. Ihr habt doch jetzt viel Arbeit, oder?«

»Lass nur, Herta, das ist schon alles in Ordnung. Es ist schön, dass ihr uns besucht. Wir Verwandten müssen doch zusammenhalten. Wozu hat man denn Familie, oder?« Clara wischte sich die Hände an ihrer Schürze ab. »Und jetzt nehmt mal noch ein Brot. Soll doch nicht heißen, dass ihr bei uns nur von Milch leben musstet.«

Das Frühstück nahm einen vergnüglichen Verlauf.

»Darf ich Henriette jetzt den Hof zeigen.«

»Von mir aus ja. Herta?«

»Aber ja, natürlich. Das ist nett von dir, Gerda. Aber, Henriette, sei schön vorsichtig und mach keine Dummheiten.«

»Nein, Mutter.« Henriette gefiel es gar nicht, dass sie so gemaßregelt wurde, während Gerda scheinbar alles durfte.

»Na, dann mal Abmarsch!«

Mit fröhlichem Geschrei liefen die zwei Mädchen aus der Küche.

»Ach, die Kinder. Sie werden viel zu schnell groß, Clara.«

»Deine Henriette wirkt schon so erwachsen. Es ist wirklich erstaunlich, Herta.«

»Die Gerda aber auch. Die beiden sind sich tatsächlich unglaublich ähnlich.«

»Na, da kommt dann wohl die Urgroßmutter durch.«

Die beiden Frauen schauten ihren Töchtern nach.

»Autsch, das piekst!« Henriette hatte Mühe, mit ihren bloßen Füßen Gerda über den geschotterten Hof zu folgen. An einem Baum am Hofrand lehnte eine wackelige Leiter. Als Henriette endlich dort ankam, saß ihre Großcousine schon gackernd auf einem der oberen Äste.

»Du hast echt keine harten Füße.«

»In der Stadt laufen wir nie barfuß!« Henriette klang trotzig.

»Macht ja nichts. Komm rauf!«

»Da hoch?« Henriette konnte es nicht glauben, so etwas taten in Küstrin nur die Jungs.

»Klar doch! Oder hast du etwa Angst?«

»Angst? Natürlich nicht!« Angst war noch untertrieben. In Wahrheit fürchtete sich Henriette ganz schrecklich. Mit zitternden Knien erklomm sie tapfer Sprosse für Sprosse, bis sie schließlich am oberen Ende angekommen war.

»Komm, ich helfe dir.« Gerda griff Henriette unter die Arme, und schon fand sich diese neben ihr wieder.

»Ui! Das ist ja toll!«

Von oben hatte man einen Blick über den gesamten Hof. Und nicht nur das! In gar nicht so weiter Ferne hörte das ebene Grün auf und erhob sich zu einem langen Wall.

»Der Deich!«, erklärte Gerda ungefragt. Er beschützt uns vor der Flut im Winter. Das Meer käme sonst so hoch wie der Baum«

»Das glaube ich nicht.«

»Doch, wirklich.«

Henriette schwieg. Sie hatte das Gefühl, gerade mächtig angeschwindelt zu werden.

»Sag mal, Henriette, hast du schon mal einen Jungen geküsst?«, frage Gerda unvermittelt.

Die Gefragte riss vor Schreck die Augen auf.

»Bist du verrückt, davon bekommt man Kinder.«

»Das glaube ich nicht. Ich glaube, das geht anders.« Gerda schüttelte entschieden den Kopf.

»Wie denn?«

»Keine Ahnung. Ich weiß nur, wie es bei unseren Sauen geht. Ich hab mal heimlich zugeguckt, auch wenn Vater das nicht will. Das sei noch nichts für mich, meinte er.«

»Was?«

»Na, die Sauen. Wenn die Sau zum Eber geführt wird, das sei noch nichts für mich. Aber ich habe trotzdem heimlich zugeguckt.«

Henriette verstand kein Wort. Gerda hatte ein verschwörerisches Funkeln in den Augen.

»Na, komm, ich zeig's dir.« Und mit einem Schwups war sie wieder auf der Erde.

»Gerda, warte!«

»Pst, nicht so laut, sonst hört Vater uns.«

Sie lief auf das Gebäude mit dem Plumpsklo zu, dem Schweinstall.

»Ich sehe nur Mauern und Holztüren.« Henriette mühte sich, durch den kleinen Spalt in der Stalltür etwas vom Innern zu erhaschen.

»Pst!«, ermahnte die andere erneut. Drinnen war es ruhig, ein bisschen Grunzen, ein bisschen Rascheln im Stroh. Enttäuscht drehte sich Gerda ab.

»Vater ist wohl auf dem Feld. Dann ist heute nichts mit Eber. Schade!«

»Schade!«, echote Henriette und hatte nicht die leiseste Ahnung, wovon Gerda sprach.

»Aber da ist ja nur Schlamm.« Henriette war enttäuscht. Sie hatte sich das Meer anders vorgestellt. So wie auf dem Ölbild vom Großvater in Breslau, mit Segelschiffen drauf und hohen Wellen mit weißer Schaumkrone. Aber die Nordsee war nichts weiter als ein dunkler Saum von glitschigem Dreck.

»Das nennt man Schlick, Henriette, und du brauchst nicht enttäuscht zu sein, das Meer kommt heute Abend wieder. Es hat nur den Nachmittag frei«, dröhnte der Bass von Otto über dem kräftigen Wind.

Henriette fühlte sich schon wieder auf den Arm genommen. Ihre Mutter an ihrer Seite zog sie an sich.

»Onkel Otto hat recht, Liebes. Weißt du, es gibt Ebbe und Flut. Bei Flut ist das Meer hier ganz nah am Strand, bei Ebbe zieht es sich weit hinaus zurück. Jetzt ist gerade Ebbe.«

Henriette konnte noch immer nicht glauben, was sie da hörte. Ein Meer, das frei hatte und sich zurückzog? Die Erwachsenen spielten doch ein übles Spiel mit ihr. Hilfesuchend wandte sie sich Gerda zu. Und auch die nickte mit großen Augen. Das war doch alles vollkommen verrückt.

»Ich zeig euch den Hafen, Herta. Wie geht es denn eigentlich deinem Mann? Seit unserem Besuch in Küstrin damals habe ich nichts mehr von Ephraim gehört.«

»Ach, Otto, du weißt ja wie das so ist. In der täglichen Arbeit bleibt so Manches liegen. Aber ich bin mir sicher, er ist jede Sekunde mit den Gedanken jetzt hier bei uns.«

Das kleine Pferdefuhrwerk zuckelte den Deich entlang in Richtung Hafen, die beiden Erwachsenen vorne auf dem Kutscherbock unterhielten sich angeregt. Henriette grübelte noch immer darüber, ob ein Meer freihaben konnte.

»Otto, das ist ja mächtig!« Herta betrachtete die unzähligen Hallen, Schornsteine und sonstigen Bauwerke. Der Angesprochene stoppte das Pferdefuhrwerk und hieß sie alle absteigen. Schienenstränge kreuzten den Weg vor ihnen, rostige Loren standen darauf.

»Das ist die Seebeck-Werft. Wir hier in Wesermünde haben noch Glück gehabt. Bei unseren Nachbarn sieht es dagegen echt dunkel aus. Tecklenborg in Geestemünde haben sie geschlossen. Keine Aufträge mehr, und dann – zack! – einfach abgerissen. Hunderte Männer ohne Arbeit. Ich sag es dir, Herta, die Zeiten sind schlecht, verdammt schlecht.«

»Wem sagst du das, Otto.«

Die beiden Mädchen zu ihren Füßen wurden unruhig. Ihnen war langweilig und das Gerede über Schiffe, Arbeitslose und was die Erwachsenen noch so alles besprachen vollkommen egal.

»Wann kommt denn das Meer wieder zurück?«

»Na, meen lütte Deern, da is aber jemand quengelig, was?«

»Also, Henriette, so kenne ich dich ja gar nicht.« Herta war das Drängen ihrer Tochter peinlich. »Onkel Otto hat ganz recht, es gehört sich nicht, so zu fordern.«

Zu Henriettes Überraschung sprang Gerda ihr zur Seite:

»Heute Abend kommt das Wasser zurück, dann ist Flut – und dann gehen wir zwei an den Deich.«

»Schon recht, ihr zwei. Heute Abend schauen wir nach dem Meer. Aber wenn ihr jetzt nicht brav seid, dann überlegt es sich das vielleicht mit dem Zurückkommen und bleibt immer da draußen!«, neckte der Onkel.

Henriette riss verblüfft die Augen auf, aber Gerda winkte ab: »So ein Quatsch.«

Ottos Lachen dröhnte im tiefen Bass gegen den Wind.

»Dann lasst uns mal zurückfahren, das Vieh will ja noch versorgt werden. Hast du Lust zu helfen, Henriette?«

»Oh ja!«

Die wenigen Tage auf dem Bauernhof waren viel zu schnell vergangen. Wieder standen sie alle auf dem Bahnsteig und wurden vom Dampf der einfahrenden Lokomotive eingenebelt.

»Auf Wiedersehen, Henriette.«

»Auf Wiedersehen, Gerda.« Den beiden Mädchen standen Tränen in den Augen.

»Kommt uns dann aber auch mal besuchen in Küstrin, ihr Lieben. Vielen Dank für alles.« Herta umarmte Clara herzlich.

»Gerne geschehen, Herta.«

»Und grüß mir deinen Mann!«

»Natürlich, Otto, das mache ich.«

Der Pfiff des Schaffners mahnte zur Eile.

Herta und Henriette saßen auf den unbequemen Holzbänken, und der Bahnsteig Wesermünde verschwand mit zunehmender Geschwindigkeit. Schweigend fuhren sie eine Weile, als Henriette unvermittelt fragte: »Mutter, was bedeutet das, wenn die Sau zum Eber geführt wird?«

»Was?« Herta rutschte die kleine Reisetasche vor Schreck vom Schoß. Ein Mann gegenüber grinste frech. Sie musste sich kurz wieder sammeln. Es waren nun definitiv weder Zeit noch Ort, um ihr Kind aufzuklären.

»Nichts, Kind, das hat nichts zu bedeuten. Halte dich gerade, Henriette, immerhin geht es jetzt wieder zurück in die Stadt.« Zivilisation schien ihr gerade dringend angebracht für ihre Tochter.

Kapitel 7

Henriette lag wach. Rachel schien noch nicht wieder zurück zu sein, im Nachbarzimmer war es vollkommen still. Hoffentlich hatte das Mädchen einen schönen Abend und würde keine Enttäuschung mit diesem Sergio erleben.

Mehr Sorgen machte ihr aber gerade das eigene Befinden. Sie war aufgewacht, weil sie sich gar nicht gut fühlte. Das Herz, natürlich, das Herz. Fast hundert Jahre schlug dieses kleine Ding nun schon in ihrer Brust.

Die Symptome waren nichts Neues für Henriette. Schnell nach den Tabletten in der Nachttischschublade suchen. Wasser, sie brauchte Wasser! Wie dumm, dass sie sich nicht bereits ein Glas parat gestellt hatte. Jetzt musste sie sich zum Badezimmer quälen … Das Aufstehen bereitete ihr große Mühe. Dann endlich hatte sie es geschafft, und sie spülte ihre *kleinen Lebensretter*, wie sie diese Wunder der pharmazeutischen Industrie nannte, mit einem kräftigen Schluck Wasser hinunter. Kurz darauf ließ sie sich in den großen Sessel gegenüber dem Fernseher sinken. Sie kannte das alles bereits, es war gestern schließlich nicht ihr erster Zusammenbruch gewesen.

In solchen Momenten spürte Henriette die Einsamkeit des Sterbens, den Schmerz darüber, Menschen für immer verlassen zu müssen, kein Pardon, kein Zurück, kein Aufschieben.

Sie spürte, wie es sein würde, wenn eines gar nicht mehr so fernen Tages das große, letzte Licht rief. *Wir werden alleine geboren und müssen alleine sterben.* Die Banalität dieses Satzes bekam plötzlich eine greifbare Sinnhaftigkeit. Dieser Abschied von geliebten Menschen, ein letztes Lächeln, Hilflosigkeit und Verstehen. Streicheln der wohlbekannten Hand, dann Abwenden, in die Ferne schauen, Seufzen, Hintersichlassen, Sterben. Sie wollte das noch nicht erleben, nicht jetzt, da doch alles so nahe war.

Oh, was hatte Elsa vor Henriettes Abreise geschimpft. Schon als sie nur die bloße Idee geäußert hatte, Rachel zum Schulabschluss eine Europareise zu schenken und sie dabei zu begleiten, war ihre Tochter förmlich explodiert: Was sie sich denn bloß einbilde, sie sei schließlich eine uralte Frau, das solle sie nicht vergessen, und so weiter und so weiter.

Elsa war, wie sie es immer tat, wenn die zwei einen Disput ausfochten, in der Küche hin und her gewetzt, die Gummisohlen ihrer Pantoletten hatten bei jeder Wende gequietscht. Henriette hatte angefangen zu lachen, was Elsa nur noch mehr auf die Palme brachte, woraufhin sich die Quietsch-Intervalle weiter verkürzten und Henriette immer nur noch mehr lachte. Elsas Kopf war so rot angelaufen, als würde er jeden Moment auseinanderbersten. Schließlich hatte sie sich vor ihrer alten Mutter aufgebaut, die Hände in die runden Hüften gestemmt und Henriette angebrüllt: »Hör sofort auf, mich auszulachen!«

Das hatte gewirkt, wenn auch nicht ganz so, wie es sich Elsa vorgestellt hatte, denn Henriettes Antwort war deutlich anders ausgefallen, als es sich aus Elsas Sicht gehört hätte:

»Sonst was? Kriege ich dann keinen Nachtisch?«

Elsa hatte genervt die Augen verdreht und sich auf den Holzstuhl gegenüber Henriette plumpsen lassen. Ihre nackten Arme klebten auf dem Resopal des Küchentischs.

»Mutter, was soll denn das? Du musst doch auch zugeben, dass das eine verrückte Idee ist, oder? So was tut doch keiner, oder hat vielleicht irgendeine deiner Freundinnen noch eine so anstrengende Reise unternommen?«

»Diese Frage ist vollkommen überflüssig, Elsa. Wie du weißt, habe ich keine Freundinnen mehr, die sind nämlich alle längst tot. Wen gibt es denn noch, der so alt ist wie ich? Und gerade deshalb wird es dringend Zeit, dass ich endlich diese Reise antrete. Ich hätte das schon viel früher tun sollen und werde mich sicher nicht von dir davon abbringen lassen. Worauf soll ich denn noch warten?«

»Aber Mutter, ich meine es doch nur gut mit dir. Ich mache mir Sorgen.«

Henriette hatte bereits zu einer Antwort angesetzt, da schob ihr Gegenüber nach: »… und das nicht nur um dich. Was ist denn, wenn etwas passiert?« Elsa klopfte auf Holz. »Was soll Rachel denn dann bloß tun?«

»Es wird nichts passieren.«

»Was macht dich da so sicher?«

»Elsa, schau mal, es muss doch einen Grund geben, dass mich der da oben …«, Henriettes Zeigefinger hatte vielsagend gen Himmel gezeigt, »… so alt werden ließ. Und ich bin davon überzeugt, dass der Grund dafür genau diese Reise ist. Und deshalb werde ich sie machen.«

Elsa hatte den Kopf geschüttelt und war ohne ein weiteres Wort durch die Fliegentür in den Garten verschwunden.

Henriette hatte gewusst, was ihre Tochter dann tat. Sie

würde ans hintere Ende des Gartens gehen, sich dort auf die weiß getünchte Bank setzen, die Beine ausstrecken und mit den Hacken Kuhlen in den weichen Boden bohren. Dann würde sie sich weit zurücklehnen, den Rücken durchstrecken, damit ihr Blick frei in den Himmel gleiten konnte, und schließlich seufzend die Luft ausstoßen. Und genau so fand Henriette sie dann auch. Sie setzte sich ohne ein Wort neben sie. Die beiden saßen schweigsam beieinander, bis Elsa schließlich das Wort ergriff:

»Ich gönn es dir doch, Mutter, und ich gönne es natürlich auch Rachel. Sie liebt dich über alles. Aber weißt du, ich habe schon zu viele Menschen in meinem Leben verloren, meinen Vater, meinen Mann, meine Tochter – da weigere ich mich einfach, dein Leben unnötig aufs Spiel zu setzen.«

»Elsa, diejenigen, die du da nennst, das waren aber auch mein Mann, mein Schwiegersohn und meine Enkelin – und für Rachel war es sogar die Mutter. Wir alle haben diese Menschen geliebt, und wir alle tragen schwer an den Verlusten. Aber Verlust ist nun mal Teil unseres Lebens. Du solltest nicht so viel Zeit darauf verschwenden, über das zu jammern, was nicht mehr ist, sondern dich an dem freuen, was du noch hast.«

»Das ist nicht immer so einfach, Mutter.«

»Komm her. Köpfchen-Verstecken!«

Elsa ließ sich an die Seite ihrer Mutter sinken.

»Mutter, du bist verrückt, du bist wirklich verrückt.«

»Ich weiß.«

»Aber tu mir einen Gefallen und lass dich vorher vom Arzt noch einmal gründlich untersuchen. Er soll dir alle Medikamente und überhaupt alles, was man über dein Herz wissen muss, aufschreiben und dir genügend Medikamente mitgeben. Versprochen?«

Henriette hatte die Hand ihrer Tochter gedrückt und genickt. »Versprochen.«

Und genau diese Medikamente würden nun ihr kleines Wunder vollbringen und alles würde gut. Henriette starrte auf das dunkle Viereck des Fernsehers und bewegte mechanisch den Brustkorb: Einatmen, Ausatmen. Weiteratmen. Darauf war sie doch in ihrem Leben trainiert worden – Weiteratmen, nicht aufgeben. So wie damals, vor so langer Zeit, in Grünbergs Gästesalon in Buenos Aires.

Sie hatte ihren Ohren nicht trauen wollen, als ihr der Hausherr die grausame Wahrheit über die Deportationslisten Küstrins enthüllt hatte.

»Ihr alle standet darauf, auch dein Name, Henriette, sogar auch du«, hatte Grünberg gesagt.

Nach endlosem Schweigen hatte Henriette zögernd die Frage gestellt, auf die niemand antworten wollte:

»Herr Grünberg, gibt es noch eine Chance für meine Familie? Werde ich meine Eltern jemals wiedersehen?«

Grünberg hatte eine Weile auf den Boden gestarrt. Als er seinen Blick wieder hob, zeichneten dunkle Linien seine ohnehin schon tiefen Sorgenfalten nach.

»Wir sollten im Leben niemals die Hoffnung aufgeben, Henriette. Niemals!«

Niemals die Hoffnung aufgeben. Wie jämmerlich ihr das heute erschien, doch damals hatte sie sich an dieses winzige Strohhälmchen geklammert. Sie hatte sich über lange Zeit das Unmögliche nicht eingestehen wollen und, wenn sie jetzt ehrlich zu sich war, brachte sie es immer noch nicht fertig, diese grausame Wahrheit der Weltgeschichte mit ihren eigenen Eltern in Verbindung zu bringen.

Die Tür vom Nachbarzimmer klappte, Rachel kam zurück.

»Oma, du bist ja noch wach.« Sie wirkte glücklich und müde.

»Nicht *noch*, sondern *wieder* …, ich bin wieder wach. Aber ich gehe gleich schlafen. Hattest du einen schönen Abend?«

»Ach, Oma, es war wunderschön. Sergio, weißt du, Sergio ist wirklich etwas Besonderes …«

Henriette schwieg.

»Wir haben am Flussufer gesessen. Es war so romantisch. Neben uns wurde sogar gegrillt, einer hatte eine Gitarre mit, wir haben gesungen …«

Henriette beobachtete Rachel. Irgendetwas war merkwürdig an ihr. Plötzlich durchzuckte sie eine böse Vorahnung, Erinnerungen an die wilden Zeiten von Elsa kamen hoch.

»Rachel, komm doch mal ein bisschen näher, hier ins Licht.«

Rachel blieb am Türrahmen stehen.

»Wieso?«

»Komm mal her!« Henriettes Bitte hatte sich in einen Befehl gewandelt. Das Mädchen gehorchte zögernd, ihre Uroma schaute sie kritisch an.

»Also doch. Hab ich es mir doch gedacht. Du hast ja ganz weite Pupillen.«

»Oma …« Rachel machte einen schnellen Schritt zurück ins Halbdunkel. Sie überlegte für einen Moment, sich herauszureden, gab das Unterfangen sodann aber wieder auf. Ihre Uroma war zwar alt, aber in solchen Dingen leider kein bisschen weltfremd.

»Nun gut, ja, du hast recht …« Sie schaute verlegen zu Boden. »Ich habe mit Sergio ein bisschen was geraucht. Der Typ mit der Gitarre hatte einen Joint, ich habe aber nur einmal dran gezogen, wirklich, Ehrenwort!«

Henriette wollte gerade zu einer Moralpredigt ausholen, aber sie konnte gegen die sie überrollende Müdigkeit nicht mehr ankämpfen. Die Medikamente forderten ihren Tribut.

»Darüber reden wir morgen noch einmal. Das dulde ich ganz und gar nicht. Was da alles hätte passieren können … Aber jetzt wird erst einmal geschlafen!«

* * *

Als Henriette am nächsten Morgen aufwachte, trug sie noch den Morgenmantel, den sie sich in der Nacht übergeworfen hatte. Zum Glück fühlte sie sich besser, die Tabletten hatten gewirkt.

»Rachel?« Henriette hatte die Badezimmertür im Nachbarzimmer gehört. »Bist du auf?«

Ihre Urenkelin erschien bereits fertig angezogen im Türrahmen. Ihre Miene sprach Bände:

»Oma, wegen gestern …«, setzte das Mädchen an und senkte schuldbewusst den Blick, aber Henriette winkte ab.

»Nicht auf leeren Magen, Kleines. Hilf mir mal bitte auf. Ich möchte heute unbedingt unten im Speisesaal frühstücken. Welchen Tag haben wir heute?« Ohne abzuwarten, beantwortete sie sich die Frage selbst: »Tag drei unserer Reise. Herrje, drei Tage schon Gefangene in diesem Zimmer! Nun ja, bis auf das Abendessen gestern natürlich. Trotzdem. Jetzt ist es Zeit, langsam ins Leben zurückzukehren. Und das

Frühstück ist heute der Beginn.« Ihre Stimme ließ keinen Widerspruch zu.

Kurz darauf saß Henriette frisch frisiert und hübsch fertiggemacht mit Rachel im Frühstücksraum.

»Also, Rachel, nun sprich.«

»Wirklich, Oma. Du tust ja gerade so, als hätte ich ein Kapitalverbrechen begangen. Hier in Berlin sind die alle viel freier. Es ist fast so wie bei uns zu Hause in Montevideo …«

Rachel hielt abrupt inne und verschluckte sich fast, sie hatte doch wohl ein bisschen schnell und viel geplappert.

»Willst du damit sagen, dass du regelmäßig Drogen nimmst?«

»Oma, nein. Ich will damit sagen, dass Haschisch-Rauchen nicht so schlimm ist, wie du meinst. Und ansonsten nehme ich wirklich nichts, Ehrenwort!« Und bevor Henriette etwas sagen konnte: »Und das mit dem Rauchen auch nur ganz selten. Wirklich!«

»Rachel, das ist alles ein bisschen viel für mich.«

»Aber schau mal, Oma. Alkohol und Zigaretten … alles legal und dabei viel schädlicher als Marihuana. Jede Gesellschaft hat ihre Drogen, so ist das nun mal. Selbst bei den alten Völkern hat man immer wieder Hinweise darauf gefunden. Nimm die Inkas zum Beispiel …«

»Hör auf, Rachel. Es geht nicht um die Inkas, und es geht auch nicht um irgendeine allgemeine Betrachtung. Hier geht es um dich, meine Liebe. Ich habe Angst, dass dir etwas passieren könnte. Du kennst diesen Sergio doch kaum. Zugegeben, er ist ein netter Junge, aber in Wirklichkeit weißt du doch nichts über ihn.«

»Seine Eltern haben einen Campingplatz in Südspanien, dort hat er gearbeitet. Der Platz lief nicht mehr so gut, und so ist er nach Deutschland gekommen«, betete Rachel die Information herunter, als könne sie ihre Urgroßmutter damit vom Gegenteil überzeugen.

»Er hat auf einem Campingplatz gearbeitet und ist dann in *dieses* Hotel gewechselt?«

Rachel biss sich auf die Unterlippe. Sie hatte sich schon wieder verplappert.

»Na ja …«

Henriettes Blick ruhte auf ihr.

»Na-ja? Was heißt hier na ja?«

»Er hat ein bisschen an seinem Lebenslauf geschliffen.«

Henriette brauchte eine Weile, bis sie begriff. Dann begann sie zu lachen. Genau das hatte ihr Ehemann Roberto seinerzeit auch getan, als er bei ihrer Herrschaft in Montevideo mit seiner Geschäftsidee vorstellig geworden war. Er hatte mit Abschlusszeugnissen geglänzt, deren Schulen er noch nie von innen gesehen hatte.

Rachel starrte Henriette mit großen Augen an. Alles hätte sie erwartet, aber sicher nicht, dass diese anfinge zu lachen. Es dauerte eine Weile, bis sich Henriette wieder gefangen hatte.

»Er würde beinahe einen guten Südamerikaner abgeben.« Henriette schüttelte grinsend den Kopf. »War es denn wirklich so schön gestern?« Der Klang ihrer Stimme hatte etwas Versöhnliches. Rachel atmete erleichtert auf, der schlimmste Teil des Unwetters war ohne Donnern vorübergezogen.

»Es war toll, Oma, wirklich toll. Du wirst sehen, Sergio ist wirklich ein guter Typ.«

»Na, ich will es hoffen. Weißt du, Rachel, früher da waren die Jungs noch zuvorkommender und auch verantwortungsbewusster. Vielleicht sogar auch zuverlässiger. Und als Mädchen hatte man damals nicht einfach mal so mehrere Freunde vor der Ehe. Das gehörte sich nicht. Und die Jungs, die konnten auch nicht sofort mit einem ausgehen. Da musste man erst einmal fragen, warten, werben.«

Henriettes Gedanken wanderten zurück zu ihrem Ehemann. Roberto hatte sich auf den ersten Blick in sie verliebt, obwohl sie in ihrer Dienstbotentracht wahrhaft ein graues Mäuschen gewesen war. *Ihre* Gedanken hatten dagegen einem anderen gehört, hoffnungslos, unerreichbar, verschollen. Armer Roberto, du warst ein so feiner Kerl, und doch … Wer weiß, wenn er nicht so um sie geworben hätte, vielleicht hätte sie sich gar nicht für ihn interessiert.

Ihr *Ja* zu Roberto war der letzte Schritt der Trennung vom alten Leben gewesen. Henriette hatte lange mit sich gerungen. Der Tag der Hochzeit war ihr wie ein Verrat an ihren Träumen erschienen. Mit ihm waren Europa, Deutschland und Küstrin zur Vergangenheit degradiert worden.

Dabei hatte sie Grund genug gehabt, Roberto für alles dankbar zu sein. Wie viel Verständnis er gehabt hatte. Ohne ihn, seine Offenheit und seine Hilfe hätte sie niemals den Schein aufrechterhalten können.

Bis zum Tag ihrer Hochzeit hatte Henriette sich all die Jahre einigermaßen über brenzlige Situationen hinwegretten können, hatte sich bei heiklen Themen still verhalten, an den Sonntagen freiwillig gearbeitet, und wenn es sie dann doch einmal in eine Kirche trieb, hatte sie Platzangst vorgegeben, sich in die letzte Reihe gesetzt und dann versucht, genau das zu tun, was die anderen taten. Sie hatte schließlich Übung darin, nicht aufzufallen.

Natürlich hatte Roberto verstört reagiert, als sie sich Bedenkzeit nach seinem Antrag ausgebeten hatte. Sie gingen schließlich schon einige Zeit miteinander, seine Eltern hatten Henriette ins Herz geschlossen und auch seitens ihrer Herrschaft gab es nur Zuspruch und Unterstützung.

»Du hast da einen tüchtigen jungen Burschen an deiner Seite«, hatte Señor Alonso, der Vorstand des Hauses, für das sie seinerzeit in Montevideo arbeitete, zu ihr gesagt. »Aus dem wird noch mal was.« Auch wenn es nicht unbedingt überraschte, dass er Roberto so sehr schätzte, schließlich hatte er sich gerade auf ein Geschäft mit ihm eingelassen, wog das Wort dieses alteingesessenen Geschäftsmannes nicht wenig.

In der Dienstbotenküche hatten alle aufgeregt getuschelt und waren abrupt verstummt, als Henriette nach dem Gespräch mit den Herrschaften eintrat. Es war die Haushälterin gewesen, die sie schließlich zu diesem guten Fang beglückwünschte, die anderen hatten mit eingestimmt. Alle hatten sie fröhlich angeschaut, gelacht und anzügliche Bemerkungen gemacht. Das war wohl so üblich, wenn zwei Menschen ihre Heiratsabsichten bekannt gaben.

Einige Tage zuvor hatten Roberto und sie dicht an dicht auf der Kaimauer an Montevideos Hafen gesessen, unmittelbar vor seiner kleinen Eisenwarenhandlung, deren Ausbau zu einem Schiffsbedarfshandel nur wenige Wochen vorher mit Señor Alonso beschlossen worden war, und hatten dem langsam einschlafenden Leben auf den Schiffen zugeschaut. Sie hatte seinen Blick gespürt und die noch immer unbeantwortete Frage, die sich unerbittlich ihren Platz zwischen ihnen behauptete. Henriette hatte allen Mut zusammengenommen, tief eingeatmet und den Blick starr geradeaus gerichtet:

»Roberto, ich bin mir sicher, du würdest mir der beste Ehemann auf der Welt sein, aber wenn du mich wirklich heiraten willst, musst du einiges über mich wissen, das ich dir bislang verheimlicht habe.«

Roberto hatte geschwiegen.

»Die Dinge sind nicht immer so, wie sie scheinen, weißt du. Ich war nicht immer das graue Dienstmädchen, heimatlos und ohne Familie. Ich war auch nicht immer in Montevideo oder zuvor in Buenos Aires. Ich trug mal weiße Spitzenkleider, so wie meine Freundinnen, und die Jungs trugen Matrosenanzüge. Wir waren vier, und wir liebten unseren schönen Heimatort. Unser Küstrin …«

Und dann hatte Henriette erzählt. Als sie schließlich geendet hatte, waren die Schiffe nur noch Silhouetten gewesen, die sich gegen den Nachthimmel abzeichneten. Das wenige Licht einiger Bullaugen hatte sich im ruhigen Hafenwasser gespiegelt.

Die ganze Zeit hatte Roberto nicht ein einziges Wort gesagt, und Henriette hatte an einen Horizont gestarrt, der sich schon lange zwischen Himmel und Wasserlinie aufgegeben hatte. Endlich hatte sie gewagt, sich ihm zuzuwenden. Seinen Gesichtsausdruck sollte sie in ihrem Leben nicht mehr vergessen: Wärme, Mitgefühl und tiefes Verstehen sprachen aus seinem Blick. Statt etwas zu sagen, hatte er Henriette umarmt und mit aller Kraft festgehalten. Zum ersten Mal nach ihrer Flucht hatte sie sich gehen lassen können, hatte ihren straffen Rücken hingleiten und sich in seine Arme fallen lassen können. Und sie hatte geweint. So wie zuvor die aufgestauten

Worte hatten sich nun die seit Jahren unterdrückten Tränen ihren Weg gesucht. Roberto hielt sie all die Zeit und ließ sie gewähren. Als sie sich eine Ewigkeit später von seiner Schulter gelöst hatte, hatte er sie angelächelt und geküsst.

»Ich liebe dich, Henriette. Ich liebe dich von ganzem Herzen, und ich liebe dich als der Mensch, der du bist. Ich werde dich mein ganzes Leben lieben, und wenn du nicht katholisch heiraten kannst, dann wird es …«, für einen Moment hatte er gestockt, »… eben ohne Kirche gehen müssen.«

Bevor er weitersprechen konnte, hatte ihm Henriette einen Finger auf die Lippen gelegt. Es waren keine weiteren Worte mehr nötig gewesen. Sie würde diesen Mann heiraten, würde ihm eine gute Frau und ihren Kindern eine gute Mutter werden. Sie würde ihm den Rücken stärken, damit er seine geschäftlichen Träume verwirklichen konnte und – sie hatte einen Moment in ihren Gedanken innegehalten – sie würde als Schwiegertochter einer spanischen Einwandererfamilie eine gute Katholikin werden.

»Roberto, meinst du, wir finden hier in Montevideo einen Pfarrer, der mich heimlich tauft?«

Es hatte einen Moment gebraucht, bis er die Tragweite ihrer Frage begriff. Das Strahlen, das sich daraufhin von seinen Augen über das ganze Gesicht ausgebreitet hatte, wollte Henriette für immer in ihrer beider Leben bewahren. Heute wusste sie, dass die Ehe mit Roberto, diesem starken Mann an ihrer Seite, eine der barmherzigsten Fügungen ihres Lebens gewesen war.

»Aber gab es denn schon vor der Ehe …, also ich meine, Oma, hatte man schon vorher …, na ja, du weißt schon!«, stotternd holte Rachel Henriette aus ihren romantischen Erinnerungen zurück an den Frühstückstisch ihres Hotels.

»Du meinst Sex? Ob es vor der Ehe schon passierte?«

Rachel nickte.

»Kleines, meinst du denn, die Welt würde sich ändern? Meinst du, dass Menschen, die sich lieben, heute anders sind als zu meiner Zeit? Ich kann dir versichern, dass ihr jungen Menschen heute die Liebe nicht neu erfindet.« Henriette zwinkerte ihrer Urenkelin zu, hielt dann jedoch erschrocken inne:

»Willst du damit etwa andeuten … Ich meine du und dieser Sergio, also habt ihr etwa …?« Jetzt war es Henriette, der das Blut in die Wangen schoss.

»Aber nein, nicht doch, Oma. Was denkst du von mir!«

»Dann bin ich ja beruhigt. Ein bisschen anders als heute war es in meiner Zeit jedoch schon: die Konsequenzen wogen damals schwerer. Wenn sich ein Mädchen mit jemandem eingelassen hatte, dann heiratete sie ihn auch. Umgekehrt galt das genauso. Die jungen Männer konnten sich nicht so wie heute einfach vor ihrer Verantwortung drücken. Ha! Das hätte mal einer wagen sollen. Dann hätte er die gesamte Sippschaft am Hals gehabt. Denn es war durchaus nicht unüblich, dass schon ziemlich kurz nach einer Hochzeit das erste Kind geboren wurde. Und mit ziemlich kurz meine ich, dass das Brautkleid bereits geschickt gerafft werden musste, um ein Bäuchlein zu kaschieren. Bei den Katholiken sagte man ›die Hochzeit kommt gerade zur rechten Zeit‹.«

»*Die* Katholiken?«, fragte Rachel.

Henriette erschrak. Hatte sie tatsächlich gerade *die* statt *wir* gesagt? Sofort korrigierte sie sich, aber Rachel hörte ihr ohnehin kaum noch zu, sondern ließ ihren Blick Richtung

Hotelfoyer wandern. Henriette drehte sich mühsam auf ihrem Stuhl, um Rachels Blick zu folgen. Durch die großen Glastüren konnten sie einen Mann an der Rezeption stehen sehen, der Henriette bekannt vorkam. Aber ja, natürlich …

»Das ist doch der Arzt, der Notarzt von vorgestern.«

»Genau, Oma.« Rachel winkte dem Mann zu. Tatsächlich kam der Arzt zu ihnen in den Frühstücksraum.

»Wie schön, dass ich Sie hier treffe, nun ja, auch wenn ich Ihnen eigentlich ja Bettruhe verordnet hatte.« Der Arzt begrüßte Henriette auf Deutsch, dann sprach er Englisch weiter. Henriette guckte hilflos zu Rachel rüber und zuckte mit den Schultern. Ihr Blick sagte: was will der von mir?

Rachel wechselte einige Sätze, dann wandte sie sich wieder ihrer Uroma zu und erklärte:

»Es ist kein Zufall, er wollte schauen, ob es dir gut geht.«

»Ach, wirklich?« Henriette war ehrlich erstaunt. »Das ist ja umsichtig. Ist das denn hier so üblich, dass sich ein Notarzt weiter um seine Patienten kümmert?«

»Er sagte mir, dass er noch ein anderes Anliegen hat, das er aber mit dir alleine besprechen will.«

»Ich lasse euch zwei dann mal allein!«, und schon war sie aufgesprungen.

»Setzen Sie sich doch!«, bot Henriette dem Arzt den frei gewordenen Stuhl an. »Und bestellen sie sich einen Kaffee. Es ist so ungemütlich, wenn Sie gar nichts vor sich stehen haben.«

»Das ist eine gute Idee.«

»Also, was führt Sie nun wirklich zu mir? Sie sind doch nicht extra hier ins Hotel gekommen, um sich nach meinem Gesundheitszustand zu erkundigen.«

»Nein, da haben Sie in der Tat recht. Obwohl mich das schon wirklich interessiert und …«

»Ja, ja«, fiel ihm Henriette ins Wort und winkte ab.

»Um ehrlich zu sein: ich würde gerne von Ihnen etwas mehr über Uruguay erfahren.«

»Herrje. Warum denn ausgerechnet das? Und warum ausgerechnet von mir? Da gibt es doch bestimmt so viele Gelegenheiten sonst …«

»Nein, die gibt es nicht. Verzeihen Sie, aber so viele Menschen Ihrer Generation leben einfach nicht mehr.«

Henriette schaute ihn mit zusammengezogenen Brauen an.

»Nun rücken Sie doch endlich raus, was Sie wissen wollen.«

»Nun ja, mein Großonkel, also der älteste Bruder meines Opas ist seinerzeit nach Lateinamerika geflohen, man meint, wohl nach Uruguay …«

»Wohin denn dort? Ich meine, Uruguay ist klein, aber so klein nun auch wieder nicht.«

»Es heißt, er habe in Montevideo gelebt. Er hat nie etwas von sich hören lassen. Und als ich sie vorgestern behandelte, dachte ich natürlich sofort …, nun ja, natürlich wäre das absurd und ein unglaublicher Zufall, aber manchmal … Sie wissen schon. Ich wüsste natürlich zu gerne, ob ich Verwandte da drüben habe.«

»Junger Mann, Montevideo hat weit über eine Million Einwohner. Es wäre schon ein unglaublicher Zufall, wenn ich Ihren Großonkel kennen würde.«

Was für eine absurde Idee. Zudem hatte sich Henriette in Montevideo ganz bewusst von anderen Deutschen ferngehalten.

»Wie hieß denn dieser – was war er noch gleich? – ach ja, der Großonkel von Ihnen?«

Der Arzt nannte einen Familiennamen, und Henriette schüttelte bedauernd den Kopf.

»Wann ist er denn aus Deutschland fort?«

»Wohl unmittelbar nach Kriegsende.«

Henriette schwante etwas:

»War er Jude?«

Der junge Arzt wirkte verlegen:

»Na ja, wohl eher …«, er suchte nach Worten, »… das Gegenteil, wenn Sie verstehen.«

Henriette starrte den jungen Arzt einen Moment an, bevor sie antwortete: »Hören sie mir mal gut zu. Ich bin seinerzeit vielleicht genau vor *Ihrem* Verwandten geflohen!«

Der Arzt schaute sie erschrocken an, öffnete den Mund, um ihn gleich drauf wortlos wieder zu schließen. Verlegen nestelte er an seiner Hemdmanschette.

»Ich glaube, es ist besser, wenn ich jetzt gehe.«

Henriette nickte stumm. Gleich darauf war sie allein. Sie schloss die Augen, um sich zu beruhigen.

»Nanu, ist er schon weg?« Plötzlich stand wieder Rachel vor ihr.

»Bitte?« Henriette war in Gedanken noch in weiter Ferne.

»Der Arzt, ist er schon weg?«

»Was? Oh ja, ja.«

»Und was wollte er?«

»Er wollte sich nur nach meinem Befinden erkundigen. Weiter nichts.«

Rachel runzelte die Stirn und schaute sie misstrauisch an, aber Henriette ignorierte ihren Blick und drehte sich um.

»Komm, lass uns doch ein bisschen spazieren gehen, der Arzt hat es mir erlaubt.«

Kurz darauf ließ Henriette die frische Luft genussvoll in sich hineinströmen. Es tat gut, endlich draußen zu sein.

»Lass uns dort hinsetzen.« Sie zeigte auf eine Bank am Rande einer Rasenfläche.

»Oma, wann wirst du es mir erzählen?«

»Was meinst du?«

»Na ja, deine Deutschkenntnisse, die Geschichte mit dem Arzt und so … Ich habe das Gefühl, du verheimlichst mir etwas. Warum hast du nie mit uns Deutsch gesprochen, warum nicht wenigstens mit Oma Elsa? Du hast mir noch nicht einmal erzählt, dass du Deutsch kannst.«

»Aber Rachel, ich habe es doch schon mal gesagt. Du wusstest von meinen, besser gesagt unseren deutschen Wurzeln.«

»Aber das ist nicht dasselbe. Du hast nie darüber gesprochen, keine Andeutung, kein Wort. Warum?«

»Vielleicht, weil ich genau dieses Gespräch niemals führen wollte. Ich wollte nicht gefragt werden.«

»Nach was gefragt werden?«

Henriette schwieg.

Sie spürte die Unzufriedenheit ihrer Urenkelin.

»Weißt du, ich habe viele furchtbare Dinge erlebt. Es hat lange gedauert, diese Erinnerungen zu verdrängen, und ich wollte sie nicht wieder aufleben lassen müssen. Mein ganzes langes Leben habe ich dagegen angekämpft.«

»Und warum jetzt? Warum bist du jetzt zurückgekehrt?«

»Das ist eine gute Frage. Ich musste es einfach. Ich wollte diese Chance nicht verpassen.«

»Chance? Chance auf was?«

»Ich habe zwar eine Idee, bin mir aber selbst noch nicht ganz im Klaren darüber. Vielleicht bin ich heute einfach etwas mutiger geworden, als ich es in den vergangenen Jahren war. Aber frag nicht weiter danach, ich kann dir dazu jetzt noch keine Antwort geben. Das Einzige, was ich weiß, ist, dass ich gerne mit dir hierherkommen wollte ...« Henriette schaute auf ihre Hände, mit den vielen Geschichten darauf.

»Trotzdem. Wieso bist du zurückgekommen in dieses Deutschland, das dir offenbar so viele trübe Gedanken bereitet?«

»Nun ja, vielleicht weil es meine Heimat ist« Sie schmeckte noch mal den Klang ihrer Worte nach: »Heimat. Du liebst sie wie eine ungezogene Tochter. All das Schlechte, meinst du, gehört nicht dazu, ist nur ein Auswuchs, der nichts mit dem Kern zu tun hat. Heimat trägst du immer mit dir.«

Rachel nickte. Auf dem Rasen vor ihnen balgte laut zeternd eine Gruppe frecher Spatzen. Die beiden schauten eine Weile schweigend zu.

»Oma, glaubst du an die Liebe auf den ersten Blick? An diese eine große Liebe?«

Henriette lächelte:

»Sergio? Er scheint zumindest ein netter Junge zu sein.«

»Du hast meine Frage nicht beantwortet: die große Liebe auf den ersten Blick, glaubst du daran?«

»Vielleicht nicht unbedingt auf den ersten Blick, aber ja, es gibt diese eine große Liebe, die einfach größer ist als alles sonst im Leben.«

»So wie bei dir und Uropa?«

Henriette schwieg eine Weile. Was für eine Frage.

»Dein Urgroßvater war ein guter Ehemann. Es ist schade, dass du ihn nicht mehr kennengelernt hast. Ich habe ihm viel zu verdanken.«

»Das klingt aber nicht nach großer Liebe.«

»Ach, Rachel, Liebe kann wachsen. Ja, ich glaube sogar, sie *kann* nicht nur, sondern vielmehr *muss* wachsen. Das ist eine große Chance und das Schöne an einer langen Partnerschaft.«

Sie hatten sich ein gemeinsames Leben aufgebaut. Robertos Geschäftsidee war genial gewesen. Henriette hatte die Technik nie ganz begriffen, nur so viel, dass er der Erste war, der über Funkkontakt mit den Schiffen, die in Montevideo anlandeten, Handel betrieb.

Als er das Geschäft von seinem Vater übernahm, war es nicht mehr als eine Eisenwarenhandlung. Sein Vater hatte Schrauben verkauft, ein wenig Werkzeug, Gartengeräte und einige Kleinigkeiten für den Haushalt und seine Familie damit mehr schlecht als recht ernähren können. Als Roberto mit ins Geschäft eintrat, hatte er mehr vor Augen. Er wollte etwas werden, er wollte etwas sein. Cacho, wie ihn seine Freunde nannten, hatte nach Größerem gestrebt.

In unmittelbarer Nachbarschaft des Ladens hatte das Handelshaus der Alonsos gelegen, der Familie, bei der Henriette im Haushalt angestellt war. Es war eines dieser mehrstöckigen Häuser aus der kolonialen Blüte Montevideos: Stuckfassade, ausladende Räume, Fenster, die einen weiten Blick über den Hafen boten.

»In so einem Haus werden die großen Geschäfte gemacht«, hatte Roberto erklärt, »aber in einer kleinen Eisenwarenhandlung die guten Ideen geboren.«

Und genau mit dieser guten Idee war er bei Alonso vorstellig geworden. Im Büro mit dem knarrenden Parkett hatten Clubsessel gegenüber dem Schreibtisch gestanden, deren Leder weich knautschte, als sich Roberto und sein Vater hineinsetzten.

»Zigarre?«, Señor Alonso bot dem alten Herrn eine edle Habana an. Robertos Vater winkte ab, er konnte vor Aufregung kaum sprechen. Der Hausherr wandte sich an seinen jungen Gast:

»Also, Cacho, was führt dich zu mir?«

Roberto hatte angefangen zu erklären, zunächst zögerlich, doch bald schon hatte er sich von seiner Idee mitreißen lassen und sprudelte vor Begeisterung.

Er wollte den Laden zu einem Schiffsbedarfshandel ausbauen. Platz dafür hatten sie genug. Roberto hatte schon eine leerstehende Halle in der Nachbarschaft im Visier. Das Besondere: Schiffe, die mit Kurs auf die lateinamerikanische Küste auf See waren, sollten sich mit ihm in Verbindung setzen können, er wollte in Funktechnik investieren und auf allen Frequenzen erreichbar sein. Dann könnten die Besatzungen schon ihre Bestellungen aufgeben, bevor sie überhaupt an Land wären. Er, Roberto, würde mit Einlaufen des Schiffes alle Ware bereits vorrätig haben. Kein Zeitverlust, keine Lieferschwierigkeiten, alles sicher und geregelt. Etwas Vergleichbares gab es im Hafen von Montevideo, vermutlich sogar an der ganzen Küste nicht. Er wollte zum wichtigsten Schiffbedarfshandel werden. Aber ohne finanzielle Hilfe würde Cacho das nicht schaffen. Und so kam er zum eigentlichen Anliegen des Besuches: »Und Sie, Señor Alonso, könnten mit einsteigen. Ihre Handelsbeziehungen, gepaart mit unserem Schiffsbedarf, Kapitäne und Handelshäuser in der ganzen Welt, die am liebsten mit Ihnen Geschäfte machen, weil sie unseren Hafen, unser Montevideo schätzen lernen …«

Roberto hatte innegehalten, sein Redefluss hatte ihn atemlos gemacht. Señor Alonso hatte ihm aufmerksam zugehört. Roberto hatte geschwitzt, sein Kragen am Hals gerieben. Es erschien ihm wie eine Ewigkeit, bis der Hausherr endlich die Anspannung auflöste.

»Kommt beide am nächsten Samstag zum Tee in mein Haus. Da besprechen wir alles Weitere.«

Das war alles. Mehr war nicht nötig. So wurde der Grundstein für das später florierende Geschäft Robertos gelegt. Der Geschäftsmann Alonso unterstützte ihn finanziell, beriet ihn in geschäftlichen Dingen und vermittelte Kontakte.

Und so lernten sich schließlich auch Henriette und Roberto kennen.

»Mit dir an meiner Seite kann gar nichts mehr schiefgehen«, hatte er zu ihr gesagt, und sie hatte immer zu ihm gestanden, hatte mit ihm das Geschäft aufgebaut und ihn unterstützt, wo immer sie konnte. Doch, ja, sie hatten eine gute Ehe geführt und hatten eine schöne Zeit miteinander: das Geschäft, ihre Tochter Elsa, die gemeinsamen Stunden als Familie. Henriette war dankbar dafür.

»Und die große Liebe? Wieder einmal holte Rachel ihre Urgroßmutter aus deren Erinnerungen, »wie ist das nun mit der großen Liebe auf den ersten Blick?«

»Na, Kindchen, du bist aber hartnäckig.«

»Du und Oma Elsa haben mich so erzogen«, grinste Rachel.

»Folge deinem Herzen, dann bist du immer auf dem richtigen Weg, aber schalte dabei ruhig mal da oben …« Henriette zeigte auf Rachels Stirn »… die Lichter an, im Dunkeln kann man sich nämlich ziemlich schnell verirren.«

Rachel schaute ihre Urgroßmutter an.

»Ist das Altersweisheit oder poetisches Genie?«

»Ist das Ungezogenheit oder einfach jugendlicher Übermut?« Henriette kniff dem Mädchen fröhlich in die Wange.

»Und nun Schluss mit den komischen Themen! Genießen wir die Sonne. Komm, hilf mir auf!«

Henriette umklammerte den Knauf ihres Gehstocks und schritt über die kleine Grünfläche, den Blick konzentriert auf den Boden geheftet. Unvermittelt blieb sie stehen und beugte sich mit großer Anstrengung zum Rasen hinunter.

»Kann ich dir helfen, Oma?«

Ihre Urgroßmutter rupfte ein kleines Pflänzchen aus und hielt es triumphierend in die Höhe.

»Ha!«

»Was hast du da gefunden?«

»Na, schau doch selbst!«

Es war ein Kleeblatt, ein vierblättriges Kleeblatt.

»Ich habe es also noch nicht verlernt …«

»Wie meinst du das, was hast du nicht verlernt?«

»Kleeblätter zu finden. Früher war ich die Beste darin. Es ist wirklich kaum zu glauben. Seit damals habe ich keins mehr gefunden, das hier …«, wieder schaute sie auf das dünne Pflänzchen zwischen ihren Fingern, »… ist seit vielen Jahrzehnten das erste.«

»Ist ja toll.« Rachel wusste nicht recht mit der Freude ihrer Uroma über dieses mickerige Stück Natur in deren Fingern umzugehen.

126

»Ja, Rachel, das ist es wirklich. Stell dir doch bloß vor, ich habe in meinem ganzen Leben nicht nur kein solches Glückskleeblatt mehr gefunden, sondern habe sogar ganz vergessen, überhaupt danach zu suchen. Und kaum bin ich hier …«

»Oma, das ist ein gutes Zeichen für unsere Reise, oder? Das bedeutet doch wohl, dass wir Glück haben werden!«

»Was sagst du?« Henriette wirkte abwesend. Mit einem entschiedenen Ruck wandte sie den Blick vom Kleeblatt in ihrer Hand ab, sah kurz zu Rachel und ging mit energischen Schritten wieder zu der Bank.

»Keine Angst, Liebes. Ist alles gut. Dieses kleine Kleeblatt, das bedeutet so viel mehr, als du es dir vorstellen kannst.«

»Es ist ein Glückssymbol.«

»Das trifft das Ausmaß dessen, was es für mich ist, nicht mal annähernd.«

»Erklärst du es mir?«

Henriette schwieg eine Weile, dann schließlich schaute sie sie an: »Wenn es an der Zeit ist.«

Kapitel 8

»Ich mag Sarah aber nicht. Sie ist eine blöde Pute.«

»Henriette, zügele dich! So etwas sagt man nicht!«

»Aber ist doch wahr. Neben der will ich nicht sitzen.«

Trotzig stützte Henriette ihr Kinn auf die Hände. Herta Ahrenfelss fühlte sich hilflos. Wenige Minuten zuvor war ihre Tochter von der Schule zurückgekommen und hatte heulend im Laden gestanden.

Es gab einen neuen Lehrer. Herta hatte ihn neulich vorm Laden gesehen. Er hatte die Ware in der Auslage überflogen und sich dann angewidert abgewandt. Der Mann war ihr unheimlich, er war einer von den Neuen in Braun.

Dabei ging es ihnen ansonsten zumindest wirtschaftlich besser. Gerade hatte ihr Geschäft einen ordentlichen Aufschwung erlebt. Obwohl ein Dienstag, hatten viele junge Paare am 3. 3. 33 geheiratet, und Hochzeiten spülten Geld in die Ladenkasse. Da hieß es Gardinen nähen, Tischdecken säumen und was alles sonst noch zur Erstausstattung einer Wohnung gehörte. Und nun das.

»Sag das noch einmal, Henriette, dein neuer Lehrer hat was getan?« Henriettes Vater war aus der Werkstatt in die Küche gekommen und hatte sich zu ihnen gesetzt.

In Henriettes Klasse gab es nur zwei Kinder aus jüdischen Familien. Neben Henriette selbst war das Sarah, Tochter der

Eisenblooms, einer angesehenen Anwaltsfamilie. Leider waren sie gleichsam angesehen wie arrogant. Herta kam nicht umhin, zuzugeben, dass sie ihre Tochter verstehen konnte. Wenn die kleine Sarah nur in Ansätzen etwas von ihren Eltern hatte, so war der Begriff »blöde Pute« vermutlich gar nicht so falsch, auch wenn sie ihr diese Ausdrucksweise natürlich niemals durchgehen ließe.

»Und der neue Lehrer ist auch blöd. Ich gehe nie wieder in die Schule!«

»Nun beruhige dich erst mal«, sagte Ephraim Ahrenfelss und legte ihr die Hand auf die Schulter. »Was ist denn überhaupt passiert?«

Henriette begann zu erzählen.

Die Tür war aufgeflogen und der neue Lehrer mit energischem Schritt in die Klasse geeilt. Die Kinder waren von ihren Bänken aufgesprungen. Es hatte sich bereits herumgesprochen, dass mit dem Neuen nicht gut Kirschen essen war. Er hatte seine Ledertasche aufs Pult geknallt und sich in voller Größe aufgebaut: hohe Stiefel, braune Reiterhosen, exakt geschnittenes Hemd und eine Armbinde mit Hakenkreuz.

Zunächst hatte er den Blick über die Reihen schweifen lassen und jedem Einzelnen ins Gesicht geschaut. Dann war er mit eiskaltem Schweigen durch den Mittelgang geschritten, Reihe für Reihe hatte er die Klasse inspiziert. Die Kinder hatten vor Aufregung gezittert. Immer noch hatte er kein Wort gesagt. Als er zurückging, sahen sie einen kurzen Rohrstock hinter seinem Rücken wippen lassen.

Schließlich hatte er wieder vorm Pult gestanden, noch einmal über die Reihen geschaut und in militärischem Ton einen

Gruß gebellt. Die Kinder hatten mit zitternden Stimmchen geantwortet.

»Setzen!«, dröhnte er. »Ich bin euer neuer Lehrer. Ihr habt bislang noch nichts gelernt, und wenn überhaupt, dann mit Sicherheit das Falsche. Das wird sich ab heute ändern.«

Es folgte ein nicht enden wollender Monolog über die Ungerechtigkeit des Versailler Vertrages, Hasstiraden zum französischen Joch und eine Abhandlung über die Notwendigkeit, die Existenz des deutschen Volkes zu sichern, denn …

»… deshalb ist der Kampf gegen das Versailler Diktat von 1919 die zentrale Aufgabe der deutschen Politik.«

Die Kinder verstanden kein Wort von dem, was er sagte. Ihre eigene Geschichte war nur wenige Jahre alt, sie interessierten sich für Spielen, die Jungs für Fußball, die Mädchen für Puppen. Sie wollten bei schönem Wetter lieber draußen in den Oderwiesen sein und um die Wette toben, als hier in einem dunklen Klassenraum von einem angsteinflößenden Mann wunderliche Dinge erzählt zu bekommen.

Der Lehrer hatte sich mittlerweile an das Pult gesetzt und das Klassenbuch aufgeschlagen, die Namensliste lag vor ihm. Als der Erste beim Aufrufen nicht sofort aufsprang, schnellte er hinter seinem Schreibtisch hervor und zischte den Jungen an:

»Wenn ich dich aufrufe, dann stehst du gefälligst auf und rufst: *Jawohl!* Hast du das verstanden?« Er zog den Knaben am Ohr, dass er vor Schmerz jaulte.

»Was bist du für eine Memme! Ein deutscher Junge weint nicht. Ein deutscher Junge ist stolz und stark.«

Der Reihe nach sprangen die Kinder nun auf und brüllten ihr *Jawohl.*

Dann war er beim Buchstaben E angekommen:

»Sarah Eisenbloom!«

Die kleine Sarah hüpfte von ihrem Sitz und wollte gerade schmettern, da kam ihr der Lehrer zuvor:

»Dich will ich nicht hier vor meiner Nase sitzen haben. Verschwinde nach hinten.«

Er wedelte mit der Hand in unbestimmte Richtung, ohne sie weiter anzuschauen.

Sarah traute ihren Ohren nicht: »Aber …«

»Habe ich mich etwa unklar ausgedrückt? Setz dich da-hinten in die letzte Bank. Und diese …«, sein Finger glitt auf der Namensliste zurück, »Ahrenfelss …«

»Ja …?« Henriette wusste nicht, was ihr geschah. Sie war doch bereits aufgerufen worden. Zögerlich schob sie ein klägliches »Jawohl!« hinterher.

»Du auch. Ihr beiden sitzt ab sofort in der letzten Reihe. Schlimm genug, dass ich so etwas überhaupt in meinem Un-terricht ertragen muss.«

»Aber …«

»Willst du mir etwa widersprechen?«

Henriette kämpfte mit den Tränen. Bloß nicht weinen! Un-fähig, überhaupt ein Wort herauszubringen, verzog sie sich nach hinten. Verzweifelt suchte sie die Blicke ihrer Mitschü-ler, aber keiner wagte sie anzusehen.

Nachdem Henriette geendet hatte, saßen ihre Eltern wie ver-steinert. Sie schickten ihre Tochter mit dem Versprechen auf eine extra Portion Nachtisch auf ihr Zimmer.

»Das kann doch gar nicht sein, Ephraim. Bitte sage mir, dass das alles nicht wahr ist.«

»Herta, ich befürchte, das ist die neue Zeit, vielleicht müssen wir uns an solche Dinge gewöhnen.«

»Aber Ephraim, das kannst du doch unmöglich ernst meinen – die neue Zeit, daran gewöhnen. Dieser Lehrer ist offenbar nicht ganz bei Sinnen.«

»Ach, Herta, du weißt doch, wie die Menschen sind. Sie hängen ihr Fähnchen nach dem Wind. Vermutlich ist dieser Kerl eben nur durch seine Parteizugehörigkeit Lehrer geworden. Wer weiß, ob er überhaupt eine pädagogische Ausbildung hat.«

»Das macht es nur noch schlimmer.«

»Diese Parteileute halt. Henriette wird es schon überleben. Wir alle hoffen doch darauf, dass es uns wirtschaftlich wieder besser geht. Und ein bisschen funktioniert es ja sogar schon.«

»Ich erkenne dich wirklich nicht wieder. *Du* warst es doch, der immer wieder vor diesen Nationalsozialisten gewarnt hat. Wie kannst du denn jetzt bloß so umschwenken?«

»Ich schwenke nicht um. Aber ich habe mit Drüske, Charlottes Vater gesprochen. Sogar er sagt, dass es einfach Zeit für Stabilität sei. Er meint, dieser Hitler könne vielleicht wirklich für ein bisschen Ordnung sorgen. Dieser ganze Rest mit Uniformen, Aufmärschen und Geschrei sei nur Schaumschlägerei, die bestimmt bald wieder vergehe.«

»Ephraim, hörst du dir bitte mal selbst zu? Hast du etwa die Wahlplakate vergessen, die Parolen, den Hass? Du hast doch selbst mit mir darüber gesprochen, die Wahlergebnisse seinerzeit in Breslau und so.«

»Nein, habe ich durchaus nicht vergessen. Aber was soll man uns denn anhaben? Wir sind schließlich genauso Deutsche wie alle anderen auch. Dein Vater wurde sogar für seine Tapferkeit im Krieg ausgezeichnet. Wir sind doch stolz auf unser Vaterland. Vier Jahre, hat Hitler gesagt, brauche er. Vier Jahre. Es ist das erst Mal seit Langem, dass die Menschen wieder an eine bessere Zukunft glauben. So eine Aufbruchsstimmung. Ich kann mich schon gar nicht mehr daran erinnern, wie es ist, Hoffnung zu haben. Mit unserem Laden wird es weiter bergauf gehen. Wir werden uns wieder schöne Dinge leisten können. Und mach dir keine Sorgen; Freunde bleiben Freunde, Nachbarn bleiben Nachbarn. Solch gute Beziehungen lassen sich doch nicht durch markige Parolen beeinflussen. Freundschaften überdauern solche Lappalien.«

»Ach, Ephraim, ich hoffe du hast recht. Auch wenn mir alles andere als wohl bei der Sache ist. Du weißt, wir Frauen haben so unsere Intuition, und die sagt mir nichts Gutes.«

»Du und deine Intuition! Das ist Politik, das ist Männersache, da hat diese Gefühlsduselei nichts zu suchen. Komm mal her, meine Liebe.«

Herta stand von ihrem Platz auf. Wie so oft, wenn sie Sorgen hatten, stellte sie sich neben ihn und er lehnte seinen Kopf an ihren Bauch.

»Herta, so ein verrückter Kerl wie der Hitler kann doch nicht viel ausrichten.«

»Wir sollten die Sache aber dennoch nicht auf sich beruhen lassen. Das können wir nicht, schon Henriettes wegen. Würdest du neben der Tochter der Eisenblooms sitzen wollen?« Herta gelang es, ihrem Mann ein Lachen abzuringen.

»Eisenbloom – mit langem, doppeltem Oo!«, äffte er den Anwalt nach.

»Du solltest einen Termin mit dem Schuldirektor machen

und die Sache aufklären. Dann kann Henriette wieder auf ihrem Platz sitzen, dieser Lehrer bekommt eine Abmahnung und wird in seine Schranken verwiesen.«

Ephraim gefiel die Idee zwar nicht besonders, aber er kannte seine Frau: die Entschlossenheit in ihrer Miene würde keinen Einwand zulassen. Also sprach er beim Direktor vor.

»Herr Ahrenfelss …« Der Schulleiter schaute überrascht von seiner Arbeit auf, als die Sekretärin den Besucher durch die offenstehende Tür hineinschickte.

»Herr Direktor! Vielen Dank, dass Sie so schnell Zeit für mich erübrigen konnten.«

Der Schulleiter kam hinter seinem Schreibtisch hervor und reichte Ahrenfelss die Hand.

»Bitte, setzen Sie doch!« Schnell waren zwei Stühle an einen Besprechungstisch gerückt. »Was führt Sie zu mir?«

Ephraim Ahrenfelss wusste nicht, wie er beginnen sollte. Er selbst hielt diese Unterredung für überflüssig. Die Dinge waren, wie sie waren. Er glaubte eher, man müsse sich damit abfinden, sie alle hatten doch das ein oder andere in der Schulzeit zu erleiden gehabt. Schule war eben kein Zuckerschlecken, sondern die Vorbereitung auf das Leben, und auch das war schließlich nicht immer süß.

»Herr Direktor, es geht um unsere Henriette«, begann er.

Sein Gegenüber nickte.

»Und es geht um Ihren neuen Lehrer. Der scheint seine politische Überzeugung ein wenig zu übertreiben. Wie soll ich sagen?« Ephraim druckste herum. »Ich meine, natürlich wissen wir, wie das neue Regime so denkt, aber das hat doch nichts im Unterricht zu suchen, besonders nicht bei den Kleinen.«

Ahrenfelss wusste die plötzliche Veränderung bei seinem Gegenüber nicht zu deuten. Dem Direktor entglitten die Züge. Für einen Moment wurde dessen Gesicht aschfahl, um gleich danach rot anzulaufen. Henriettes Vater sprach irritiert weiter.

»Also, Ihr Kollege hat Henriette und Sarah Eisenbloom, sie wissen schon, die Tochter des Anwaltes, also dieser Lehrer hat …«

Er konnte den Satz nicht beendet. Der Direktor war aufgesprungen und mit zum Schweigen mahnendem Finger auf den Lippen zur Bürotür geeilt, um diese sachte zu schließen.

»Ahrenfelss, Sie müssen nicht weiterreden, ich kann es mir schon ungefähr denken. Ich hatte schon andere Eltern hier sitzen.« Er holte ein großes Taschentuch aus seiner Hosentasche und tupfte sich das Gesicht. »Hören Sie, es gibt Veränderungen, Einflüsse, wenn Sie verstehen, Dinge, die wir noch gar nicht absehen können. Ich mache mir ernsthaft Sorgen um Ihre Familien.«

»Um *meine* Familie?« Henriettes Vater fühlte sich wie bei einer Prüfung, auf die er nicht vorbereitet war.

»Fa-mi-li-e-n! Ich meine nicht nur Sie. Ach, wo soll ich bloß anfangen?« Der Direktor hatte sich wieder zu seinem Gast an den Tisch gesetzt, er rutschte bis auf die vordere Stuhlkante und senkte die Stimme:

»Sie können sich nicht vorstellen, was seit Ende Januar hier in meiner Schule los ist. Was da an Vorgaben und neuen Regeln aus Berlin kommt. Schauen Sie selbst, was ich hier gerade auf dem Schreibtisch habe.« Er sprang auf und fischte ein offiziell aussehendes Schreiben aus dem Stapel Papier heraus. Seine Augen überflogen die Zeilen, dann hielt er inne und hielt seinem Gast das Blatt unter die Nase. Mit dem Finger deutete er auf eine Stelle im Text.

»Lesen Sie selbst!«

In dem Schreiben der Schulbehörde war von völkischer Erziehung die Rede. Als eine der ersten Maßnahmen wurde befohlen, die Schüler …

»Ja, Ahrenfelss, Sie haben richtig gelesen: *antreten zu lassen*. Die Kinder sollen sich wie Soldaten auf dem Schulhof versammeln, und wir werden einen morgendlichen Fahnenappell einführen. Noch steht es mir frei, ob ich die alte Fahne des Kaiserreiches oder die neue nehme, aber ich weiß von Berliner Kollegen, dass dort schon das Hakenkreuz weht. Auch habe ich die Anweisung, in jeder Klasse ein Bild von Hindenburg aufzuhängen, weil der ja Hitler schließlich zum Führer gemacht habe.«

»Herr Direktor, so sind sie eben, die neuen Zeiten. Sie können sich denken, dass ich nicht viel von dem Radau halte, aber ob da nun wieder eine Fahne flattert und welche, so dramatisch ist das nun auch wieder nicht. Das wird sich doch alles wieder einrenken.« Ephraim wollte endlich wieder zu dem eigentlichen Anlass seines Besuchs zurückkommen, immerhin hatte ihn der Direktor noch nicht einmal aussprechen lassen.

»Herr Ahrenfelss, lesen Sie noch ein Stückchen weiter. Sie glauben gar nicht, was die alles können, und auch tun. Denken Sie doch nur an den Jungen vom Reichstagsbrand. Den hätten die doch am liebsten an Ort und Stelle erschossen.«

»Nun übertreiben Sie aber …«

»Und was war direkt danach? Haben die sich nicht neulich auch vor *Ihrer* Ladentür postiert und die Kunden beschimpft?«

»Ja, aber genau die, nämlich meine treuen Kunden haben sich zum Glück nicht davon abschrecken lassen. Ich habe schon zu meiner Frau gesagt, Freunde bleiben Freunde.«

»Ahrenfelss, denken Sie an meine Worte! Der neue Kollege wird nur der Anfang in unser aller Leben sein.« Er zischte so leise, dass Henriettes Vater ihn kaum noch verstehen konnte.

Mittlerweile hatte Henriette sich mit ihrer Banknachbarin abgefunden, und auch ihren Platz in der letzten Reihe nahm sie duldsam hin. Ihre Eltern nannten sie dafür ein tapferes Mädchen und gaben ihr ab und zu ein extra großes Eis aus, unten bei der Eisdiele von Tante Magda.

Jetzt würde sie ohnehin erst mal wieder Ruhe haben: die Schulferien standen vor der Tür, die ersten in Henriettes Leben. Die Luft schmeckte bereits nach Sommer, da hatten die vier Mitglieder der Kleeblattbande andere Gedanken, als sich über doofe neue Lehrer und zickige Platznachbarinnen zu ärgern.

Karl kam heute verspätet. Die drei anderen Kinder hatten es sich in ihrem Versteck unter der Schlosstreppe bereits bequem gemacht. Gerade wollten sie nach ihm Ausschau halten, da schoss er auch schon durch das Tor in den Innenhof und erreichte ungesehen das Versteck.

»Karl, was ist denn mit dir los?«

Er war aus der Puste.

»Wir sind so gut wie fertig!«

»Womit fertig?«

»Der Vierer, unser Renn-Vierer ist fast fertig.«

Auch Karls Familie, den Riegers, ging es wirtschaftlich besser. So wie auch viele andere, hatte der Vater in einer der Fabriken der Neustadt wieder Arbeit gefunden. Karl war seitdem wie ausgewechselt, die Zeiten des Schams und des Minderwertigkeitsgefühls waren vorbei. Sie waren wieder wer, mussten keine Schulden machen, nicht mehr anschreiben lassen und hatten sogar fast jeden Sonntag Fleisch auf dem Tisch. Der Wohlstand war noch ein bescheidenes Pflänzchen, doch es wollte sich entwickeln. Zumal sein Vater nicht nur Arbeit gefunden, sondern neuerdings sogar einen Posten innehatte. Er regiere jetzt die Stadt, hatte er seinen Söhnen erklärt, und die hatten voller Bewunderung zu ihm aufgeschaut. Karls Vater war zum Ortsgruppenleiter aufgestiegen, er selbst nannte sich gerne Ortsgruppen-Führer, das rückte ihn näher an sein großes Vorbild.

»Was euer Vater sagt, das ist Gesetz«, sagte Karls Mutter zufrieden.

Mit dem Aufstieg des Vaters wurden seine Söhne zu Mitgliedern des Küstriner Kanuclubs.

Direkt am Kietzer Tor verlief außerhalb der Stadtmauer noch immer das sogenannte Kleine Glacis, jener Wassergraben, der in früheren Zeiten die Festung vor Angreifern bewahren sollte. Heute war er seiner Aufgabe zwar längst enthoben, doch führte er ausreichend Wasser, das vor allem ruhig und sicher war. Und unter der Kietzer Straße hindurch, die dem Stadttor seinen Namen verlieh, führte eine Backsteintunnel aus dem Kanal hinaus auf die Oder. Ein idealer Ort für die Paddler, die ihren Kanuhafen samt Bootsschuppen und kleinem Clubhaus dort hatten.

Darüber hinaus war es ein beliebter Ausflugspunkt aller Küstriner, was nicht nur an der schönen Aussicht und dem Spazierweg entlang der Oder lag, sondern auch an der Speiseeiswirtschaft von Tante Magda.

Karl war stolz, Teil des beliebten Clubs zu sein. Er träumte von einem eigenen Boot und wusste genau, wie dieses aussehen sollte. Er hatte sich eine Zeitung mit einer Werbung für ein Klepper-Faltboot aufgehoben und schaute mindestens einmal am Tag hinein. Rot würde es sein, genau wie auf der Zeichnung, zwei Sitze würde es haben und an der Spitze würde eine kleine Fahne wehen. Er hatte seinem Vater von seinem großen Wunsch erzählt und die Zeitung hervorgeholt. Früher hätte er dafür eine Backpfeife geerntet, aber jetzt hatte ihm sein Vater lächelnd über den Kopf gestrichen und gemeint, dass der Wimpel vorne dann aber das Hakenkreuz haben solle.

»Natürlich, Vater«, hatte Karl eifrig zugestimmt. »Natürlich!«

Der Kanu-Club hatte den Bau eines eigenen Vierer-Rennboots in Angriff genommen. Ein Vierer! Schlank sollte er sein, damit er flink wie ein Windhund über die Fluten der Oder hinwegschösse.

Karl hatte nicht geahnt, wie schwierig sich das Unterfangen gestalten sollte. Viele Abende hatten sie in der kleinen Werkstatt im Bootsschuppen verbracht, hatten geschnitten und geleimt, Hölzer gebogen und eingepasst. Und schließlich hatte der Kleinste von ihnen in den Rumpf hineinkriechen müssen, sodass genietet werden konnte. Mit Feuereifer hatte Karl den Verein beim Bau unterstützt. Und nun war es so weit: es war vollbracht.

»Am kommenden Sonntag ist großes Einweihungsfest am Glacis. Das müsst ihr euch ansehen. Es wird eine Musikkapelle geben, Bratwurst und Kuchen. Vater sagt, dass er sogar den Gauleiter einladen wolle. Sie sind so gut wie Freunde.« Karl hielt inne, um den letzten Satz in all seiner Bedeutung bei den anderen dreien wirken zu lassen.

»Natürlich kommen wir!« Hans war Feuer und Flamme. Insgeheim beneidete er Karl. Er selbst durfte nicht in den Kanu-Club. Seine Eltern ließen ihn nicht. Ihnen passe die neue Ausrichtung nicht.

»Natürlich kommen wir!«, pflichtete Henriette Hans bei.

»Klar!«, nickte auch Charlotte eifrig, und ihre Locken wippten im Takt.

Eine muntere Menschenmenge hatte sich schon am Kleinen Glacis eingefunden, die allesamt beim ersten Wassergang des neuen Vierer-Kajaks dabei sein wollten.

Die Zeitung hatte das Ereignis angekündigt und sogar der *Stürmer*, der seit Neuestem in einem Schaukasten auf dem Marktplatz der Altstadt aushing, hatte eine Nachricht gebracht. Küstrin würde in die Welt des Rennpaddelns einsteigen, da wollte man dabei sein. Dass der Gauleiter nicht einmal geantwortet hatte, erklärte sich Karls Vater mit der vielen Arbeit, die sein Kamerad hatte.

Henriette hatte ihre Eltern überreden müssen, dass sie das Rennen besuchen durfte. Die Familie ging kaum noch aus. Früher waren sie nach Ladenschluss oft durch die Gassen geschlendert und hatten der hinter der Oder untergehenden Sonne zugeschaut. Wenn Henriette heute danach fragte, winkten sie ab: zu müde, zu anstrengend. Vielleicht hatte es auch irgendetwas mit dieser Zeitung in dem Glaskasten zu tun.

Ihre Mutter war ganz blass geworden, als sie das erste Mal darin las. Sie hatte sich umgesehen und war schnell vom Marktplatz fortgeeilt. Ihre Hand hatte die von Henriette umklammert und das Mädchen hinter sich hergezogen. An dem Abend hatten ihre Eltern in der Stube noch bis spät in die Nacht miteinander gesprochen.

Aber heute am Sonntag waren sie nun doch alle drei zum Kietzer Tor gegangen. Charlotte war bereits mit ihrem Vater da, und auch Hans erschien kurze Zeit später an der Hand seiner Mutter. Sein Vater war nicht dabei, vielleicht machte er wieder Hausbesuche. Die Kinder winkten sich in der Menge zu. Es war ein seltsames Gefühl, so weit voneinander getrennt zu sein. Zum Glück gesellte sich Frau Doktor Hehn zu Henriettes Eltern, so war wenigstens Hans in ihrer Nähe. Auch Eisenblooms waren gekommen. Sie standen am anderen Ende der Menge. Ihre Sarah drückte sich an die Knie ihres Vaters.

Ortsgruppenführer Rieger bestieg ein Podest vor dem fahnengeschmückten Bootsschuppen. Die Kapelle spielte einen Marsch, danach brüllte er einige Worte, die aber vom Wind fortgetragen wurden.

Der neue Viererkajak lag bereits am Ufer. Die Paddler postierten sich mit stolzgeschwellter Brust neben dem Boot. Karl war einer von ihnen. Hans schaute neidisch zu ihm herunter.

Die Zuschauer hatten sich entlang des Dammes aufgestellt, der vom Kietzer Tor aus der Altstadt herausführte. So konnten sie ohne Aufwand zu beiden Seiten schauen und sowohl den Club als auch die Oder sehen. Der Plan war klar: Die vier Sportler würden das neue Boot aus dem kleinen Hafen paddeln, den Backsteintunnel nach außen passieren, sich dann mächtig ins Zeug legen, um mit kräftigen Stößen in dem ruhigen Oderwasser zwischen den ins Wasser hineinragenden Buhnen Schwung zu holen, um dann die Buhnen Spitze für Spitze stromaufwärts zu umrunden. Nach einem kurzen Stück würden sie drehen und mit der Oder in voller Geschwindigkeit an den Zuschauern vorbeisausen.

Es war so weit. Die vier Jungs ließen das Boot zu Wasser und nahmen ihre Plätze ein. Sie griffen die Paddel, und auf ein unsichtbares Zeichen hin tauchten sie deren Enden ein. Links, rechts, links, rechts. Das Boot nahm an Fahrt auf, die Zuschauer auf dem Damm jubelten. Schon verschwanden die vier in dem kleinen Backsteintunnel im Damm unter den Zuschauern.

Die Menschenmenge oben drehte sich zur Oderseite um und wartete. Ein Murmeln setzte ein, erster Unmut wurde laut. Sie alle hatten das Boot die Glacis verlassen sehen, aber nun kam es am anderen Ende nicht mehr heraus. Die ersten drehten sich zurück zur Glacis-Seite – und dann sahen sie es. Karl schwamm als Erster zum Bootshaus zurück. Die Zuschauer oberhalb verstanden erst nur langsam, was passiert war. Wie ein Lauffeuer suchte sich die Erkenntnis ihren Weg, bis schließlich die Niederung von lautem Lachen widerhallte.

Das Boot war ausgerechnet in dem engen Backsteintunnel gesunken. Das Wasser dort war zum Glück sehr flach, die vier Paddler hatten auf dem Boden aufgesetzt. Der obere Rand des Kanus befand sich knapp unter der Oberfläche, und das Boot füllte sich unaufhaltsam mit Wasser. Ihr Eigenbau war einfach nicht dicht genug gewesen.

Was für eine Niederlage. Karl konnte sich nicht erinnern, sich jemals so geschämt zu haben. Das Lachen der Zuschauer schnitt sich in seine Ohren. Irgendjemand reichte ihm eine Hand und hievte ihn ans Ufer. War es sein Vater? Es war ihm egal. Er hatte ihn und sich blamiert. Er würde daheim eine gehörige Tracht Prügel bekommen. Nun wollte er nur noch eins: fort! So rannte er los, verließ die kleine Halbinsel des Glacis und stürmte den Hang in Richtung des Stadttors hinauf. Hans und Henriette ließen die Eltern stehen und rannten ihrem Freund entgegen. Auch Charlotte folgte ihnen.

Henriette traf als Erste auf Karl. Sie rannten fast ineinander. Sie holte Luft, wollte etwas Nettes sagen, aber Karl fuhr ihr barsch über den Mund:

»Lasst mich in Ruhe, lasst mich einfach alle in Ruhe«, knurrte er und lief schon wieder los.

Henriette rief ihm hinterher, dass doch alles nicht so schlimm sei. Es sei doch nur ein Boot.

Karl blieb stehen und drehte sich zu ihr um.

»Nur ein Boot? Du hast doch keine Ahnung, du Itzig-Tochter!«, dann war er in den Gassen verschwunden.

Kapitel 9

Zurück im Hotel, lehnte sich Henriette erschöpft zurück.

»Ich glaube, ich sollte mich jetzt doch ein wenig ausruhen, Kleines.«

»Geht es dir nicht gut, Oma?«

»Doch, doch, alles in Ordnung, aber unser kurzer Spaziergang war erst einmal genug für den Anfang. Heute Abend könnten wir dann ja zusammen wieder unten im Restaurant essen, was meinst du? Allerdings müsstest du dann den Nachmittag ohne mich verbringen, ich hoffe, das macht dir nichts aus.«

Rachel guckte betreten, und Henriette lachte laut auf: »Na los, sieh zu, dass du rauskommst. Aber zum Abendessen bist du zurück!«

Henriette war froh, den Nachmittag für sich zu sein. Sie brauchte diese paar freien Stunden dringend für sich selbst. Ganz für sich, allein mit ihren Gedanken. Außerdem überlegte sie seit dem Telefonat mit Adolf aus Wesermünde, wen sie wohl sonst noch anrufen könnte. Wenn es mit dem Herausfinden seiner Nummer so gut geklappt hatte, sollte sie das nutzen. Und wieder die Verwunderung, dass Adolf von der ganzen Sache nichts zu wissen schien.

Die Gelegenheit war günstig: Sergio hatte frei, sie müsste also niemanden an der Rezeption zur Verschwiegenheit ver-

144

donnern. Vielleicht wäre ja sogar dieselbe Concierge-Mitarbeiterin da. Schon hatte sie sich durchstellen lassen. Sie hatte Glück, es war genau die, die ihr die Nummer in Wesermünde herausgesucht hatte.

»Im Küstriner Telefonbuch wollen Sie suchen?«

Henriette hörte das Klappern flinker Finger auf eine Tastatur.

»Tut mir leid, aber Küstrin habe ich nicht. Ich hätte da entweder Küstriner-Vorland oder Küstrin-Kietz.«

»Küstrin als Stadt finden Sie nicht?«

»Nein, leider nicht. Höchstens …« Henriette hörte wieder Tippen und Klappern, die Angestellte sprach weiter:

»… ist es richtig, dass Küstrin polnisch ist?«

»Ob das richtig ist?«

»Ich habe hier Kostrzyn als Vorschlag. Die Seiten sind dann aber alle auf Polnisch.«

»Nein, vielen Dank, das macht wohl keinen Sinn.«

Henriette legte enttäuscht auf. Das würde ihr nicht weiterhelfen.

Jeden Tag hatte Henriette auf ein Zeichen ihrer Eltern gehofft. Es gab sie doch, diese Milde des Schicksals, die sich in unglaublichen Zufällen und großem Glück zeigte. Warum hätte diese Milde nicht auch ihren Eltern zukommen sollen?

Mit ihren argentinischen Gastgebern, den Grünbergs, hatte Henriette nach dem Zwischenfall im Salon das heikle Thema nicht mehr angeschnitten. Grünbergs Hinweis auf die Küstriner Deportationslisten hatte sie bereits völlig aus der Bahn geworfen, so dass sie sich davor fürchtete, noch mehr

Wahrheit ertragen zu müssen. Stattdessen war sie lieber in ihre Phantasiewelt abgetaucht.

So waren Tage, dann Wochen und schließlich Monate ins Land gezogen. Und dann war dieser Nachmittag gekommen.

Nie würde sie ihn vergessen. Sie hatten um den großen Tisch in der Gesindeküche gesessen. Zur Kaffeezeit fanden sich, so weit möglich, die Angestellten des Grünbergschen Haushaltes dort ein. Es hatte die übliche Stimmung geherrscht, eine Mischung aus Erschöpfung und Heiterkeit.

Sie hatten Besuch gehabt. Die Hauswirtschafterin aus der Nachbarvilla saß mit am Tisch. Sie hieß Fernanda und war Angestellte der Familie Hechtl. Deutsche Einwanderer, die bereits in dritter Generation in Argentinien lebten. Es waren die Eltern von Oscar, mit dem sich Henriette angefreundet hatte. Oscars Mutter hieß Emma.

Fernanda begleitete ihre Herrin ab und zu, vor allem, wenn es Abendgesellschaften gab, zu denen Emma immer ohne ihren Ehemann erschien. Henriette war ihr bereits begegnet. Eine charmante Frau, die sie gleich, nachdem sie von ihrer deutschen Herkunft erfuhr, in ein Gespräch verwickelt hatte.

Ihr Sohn Oscar war ein aufgeweckter Kerl, um einiges jünger als Henriette. Die Grünbergs, die kinderlos geblieben waren und Oscar bereits von Kindesbeinen an kannten, waren wie vernarrt in den Jungen, der bei ihnen ein und ausging, als wäre er dort zu Hause.

Er verbrachte auch viel Zeit in der Angestelltenküche, saß zusammen mit den anderen am großen Gesindetisch und versuchte, die ein oder andere Geschichte zu den insbesondere bei den männlichen Hausangestellten nicht immer schicklichen Gesprächen beizusteuern.

Henriette und Oscar mochten sich. Sie fühlte sich in seiner Nähe wohl. Für sie war er fast noch ein Kind, auch wenn er das als Heranwachsender nicht gern gehört hätte. Sie wiederum war für ihn die Brücke in die deutsche Heimat seiner Familie, von der er nur durch eine Handvoll alter Fotos wusste.

Zusammen mit den jungen Dienstboten der Grünbergs machte er sich einen Witz daraus, Henriettes wackeliges Spanisch zu testen. So ganz nebenbei wurden ihre Sprachkenntnisse dadurch stetig verbessert, bis sie schließlich beinah fließend sprach und der Konversation am Küchentisch mühelos folgen konnte.

An jenem Nachmittag hatte der sonst so fröhliche Junge ungewöhnlich bedrückt gewirkt. Als Henriette fragte, ob etwas nicht in Ordnung sei, hatte er auf Deutsch geantwortet, dass er nur in Ruhe darüber sprechen könne. Von der großen Runde kaum beachtet, zogen sich die beiden in eine Ecke des großen Küchenraumes zurück.

»Also, Oscar, was gibt es?«

»Es ist schwierig, Henriette. Ich weiß kaum, wie ich anfangen soll. Es ist wegen meiner Eltern.«

Henriette hatte schon gehört, dass die Ehe der Hechtls nicht besonders glücklich war. Alle waren sich einig, dass Emma Hechtl eine reizende Person war, aber er …

Henriette schaute Oscar schweigend an. Sie konnte ihm ansehen, wie es hinter seiner Stirn arbeitete. Er schwankte zwischen Familienraison und dem Bedürfnis, sich auszusprechen:

»Henriette, du weißt vielleicht, dass es zwischen meinen

Eltern ... nun ja, es ist nicht immer besonders harmonisch. Und neulich ...«, der Junge rang nach Worten, »... wurde der Streit besonders schlimm. Mein Vater hatte getrunken, wie so oft, und meine Eltern hatten sich gestritten. In letzter Zeit passiert das immer häufiger. Es ist immer mein Vater, der anfängt. Sie standen in unserer Eingangshalle und er schrie Mutter an. Er beschimpfte sie aufs allerschlimmste. Henriette, du kannst dir gar nicht vorstellen, wie mein Vater sein kann.«

»Um was ging es denn bei dem Streit?«

Das sei unwichtig und tue nichts zur Sache, meinte Oscar zwar, doch glaubte Henriette, dass es genau darum ging, um die Sache selbst. Sie beschloss jedoch, ihn gewähren zu lassen. Wenn er nicht reden wollte, würde er seine Gründe haben.

»Sie standen sich in der Halle gegenüber, alle hörten mit, Vater scherte sich nicht mal ums Personal. So schlimm, wie an diesem Tag war es noch nie. Er schwankte volltrunken, war hochrot angelaufen. Ich hatte alles mitbekommen und plötzlich ...«

Er kämpfte mit den Tränen.

»Vater hatte die Faust gehoben. Ich wusste, diesmal meinte er es ernst, diesmal würde er ...« Oscar schluckte. »Das sollte er Mutter nicht antun dürfen. Ich schrie ihn an und warf mich dazwischen, und da traf mich sein Schlag mit voller Wucht.«

Henriette entfuhr ein Aufschrei. Sie presste sich die Hand vor den Mund, damit sie nicht die Aufmerksamkeit der anderen Angestellten auf sich zöge.

»Es ist mein linkes Ohr, Henriette. Das Trommelfell. Da

könne man leider nichts mehr machen, haben die im Krankenhaus gesagt. Ich werde auf der linken Seite nie wieder normal hören können.«

Oscar stierte krampfhaft geradeaus, vor Anspannung traten seine Kiefermuskeln hervor. Dann stürmte er unvermittelt aus der Küche. Henriette wollte ihm folgen, als sie eine Hand zurückhielt. Erschreckt fuhr sie herum. Es war Fernanda. Unbemerkt hatte sie sich den beiden genähert.

»Lass ihn, Henriette, Jungs wollen ihre Tränen nicht teilen müssen.«

Die Haushälterin hatte die Abwesenheit von Oscar und Henriette am Gesindetisch bemerkt. Ihr suchender Blick hatte die beiden in dem abgeschiedenen Winkel der Küche entdeckt. Ein kurzer Moment hatte genügt, um zu ahnen, worüber der Sohn ihrer Herrin sprach.

»Er hat dir von dem Streit erzählt? Von seinem Ohr?«

Henriette nickte stumm.

»Er ist so ein guter Junge und die junge Frau eine fürsorgende Mutter. Niemand im Haushalt versteht den Herrn. Der war nicht immer so, ich kenne ihn schließlich schon fast von Kindesbeinen an, aber er trägt eine Härte in sich. Und dann natürlich der Alkohol.«

»Dann ist es also wahr? Oscars Vater hat ihn so sehr geschlagen, dass sein Ohr …«

»Ja, leider.«

»Aber worüber streiten sich deine Herrschaften denn so furchtbar? Es geht ihnen doch gut, sie haben ein schönes Heim, das große Landgut, einen gesunden Sohn.«

Fernanda hatte Henriette noch tiefer in die Nische gezogen.

»Aber du musst mir versprechen, dass du es niemandem weitererzählst, Henriette. Versprochen?«

»Aber, was soll es denn Schlimmes sein, das du mir nicht …«

»Versprochen?«

»Nun gut. Ja, versprochen.«

»Also, hör zu, Henriette. Es fällt mir nicht leicht, darüber zu reden, insbesondere nicht mit dir und nicht hier.« Fernanda umschloss mit ihren Händen symbolisch das Haus der Grünbergs.

»Hier in Argentinien gibt es leider auch diese furchtbaren Männer, wie ihr sie in Deutschland habt.«

»Was meinst? Drück dich mal ein bisschen klarer aus!«

Fernanda stammelte verlegen. Es fiel ihr schwer, weiterzusprechen. Schließlich gab sie Henriettes wiederholtem Drängen nach.

»Nazis!«

Auch wenn Henriette dieses Wort wie ein Dolchstoß traf, war das bedauerlicherweise nichts Neues für sie. Schließlich jagte Professor Eisengrün genau diese argentinischen Nazis und suchte sie zu enttarnen.

»Ja, aber das ist doch kein Geheimnis, Fernanda. Leider ist es so und glaube mir, wenn ich leider sage, weiß ich wirklich, wovon ich spreche. Aber was hat das mit den Hechtls zu tun?«

»Nun ja …« Fernanda schlug verschämt die Augen nieder. Henriette ahnte etwas.

»Du willst doch nicht etwa sagen …?«

»Doch, genau das. Oscars Vater ist ein Nazi!«

Henriette presste vor Schreck ihre Hand auf die Brust.

»Und nun, Henriette, verstehst du, warum Oscar, der seit

seiner Kindheit hier bei den Grünbergs ein und aus geht, so entsetzlich leidet.«

»Aber das ist ja furchtbar. Und Emma, seine Mutter, ist sie etwa auch …?«

»Nein, natürlich nicht. Ganz im Gegenteil. Sie war bei der Flucht von Professor Eisengrün sogar beteiligt.«

»Sie war was?«

Fernanda eröffnete Henriette eine Welt, von der sie keine Ahnung gehabt hatte:

»Ich weiß nicht genau, wie es läuft, aber irgendwie ist meine Herrin bei der Befreiung von deutschen Juden beteiligt. Organisiert wird das Ganze wohl zentral hier von den Grünbergs aus.«

Henriette stand der Mund offen. Ungläubig hörte sie weiter zu.

»Wir wissen leider alle nicht viel darüber …« Fernandas kurzer Blick zum Gesindetisch deutete an, wen sie mit *alle* meinte. »Die Dienstmädchen haben mal Gesprächsfetzen aufschnappen können, aber immer wenn sie den Salon betraten, wechselten die Herrschaften schnell das Thema oder schwiegen. Nun ja, aber ich weiß ein bisschen mehr als die hier, immerhin bin auch ich irgendwie beteiligt.«

Fernanda machte stolz eine Pause.

»Emma Hechtl schickt kleine Päckchen nach Deutschland. Das alles läuft über den Hafen, da hat sie irgendwelche Kontakte …«

»Was für Päckchen?«

»Ich bin mir nicht sicher, vermutlich Pässe, gefälschte natürlich. Und in Deutschland werden die an Menschen wie euch weitergegeben und die können dann damit fliehen.«

Menschen wie euch, ohne es zu ahnen, grenzte sogar Fernanda die Juden aus.

»Alles ging mit dem Professor Eisengrün los, das waren die Ersten, denen Emma Hechtl half. Zumindest hat sie mich nur einige Wochen vor Eisengrüns Ankunft, also auch vor deiner eigenen, mit ins Vertrauen gezogen. Eines Tages kam die junge Herrin zu mir und meinte, sie müsse unbedingt ins Hafenviertel – allein.«

»Ins Hafenviertel? Allein?« Henriette konnte es kaum glauben. Selbst die Angestellten der Grünbergs mieden das Gebiet am Hafen. Prostitution und Kriminalität bewohnten die stinkenden Gassen. Es war vollkommen undenkbar, dass sich eine Dame aus Emma Hechtls Kreisen dort hinbegab.

»Ja, ins Hafenviertel und dann auch noch nachts. Sie wollte dort jemanden treffen, also, ich weiß natürlich nicht, wen …« Fernanda wusste vielmehr, als sie andere teilhaben lassen würde, aber Henriette wollte erst gar nicht den Versuch unternehmen, Geheimnisse aus der Haushälterin herauszukitzeln. Sollte sie ihr sagen, was sie wollte.

»Also, wie auch immer. Zumindest wäre ohne mein Einwirken dieser Abend dort im Hafen niemals zustande gekommen. Ich schaffte es, meine Herrin einigermaßen sicher und vor allem unerkannt dort hinbringen zu lassen.«

»Und ihr Ehemann, wusste er davon?«

»Henriette, wo denkst du hin? Natürlich nicht! Das machte die Sache ja umso schwieriger. Der Hechtl hätte das niemals zugelassen.«

»Und wo ist die junge Herrin dann hin?«

»Das weiß ich nicht. Sie hat es mir nicht gesagt.«

»Aber der Chauffeur …«

»Schweigt wie ein Grab. Ich habe alles versucht, aber er ist ein Sturkopf.« Fernanda war der Unmut darüber deutlich anzusehen.

»Und was passierte danach?«

»An diesem Abend dort im Hafen wurde der Grundstein für alles Weitere gelegt. Es lief so, dass deine Grünbergs hier die Gelder bereitstellten, um diverse Stellen zu bestechen: hier in Buenos Aires wurden deutsche Pässe gefälscht, aber wer drüben in Deutschland noch alles mit einbezogen war, weiß ich natürlich nicht. Sie brauchten aber dort zumindest Menschen, die nicht auffielen, über die sie die Pässe dann an die Flüchtlinge geben konnten. Und da kam Emma Hechtl ins Spiel. Ihre Familie lebt in Berlin, ganz vornehme Leute, sage ich dir.« Fernanda legte ihre Hand auf Henriettes Unterarm, als könne sie damit die Vornehmheit dieser deutschen Familie noch unterstreichen. »Die haben die Pässe dann weitergegeben, und schon kam Professor Eisengrün frei.«

»Aber das ist doch alles unheimlich gefährlich.«

»Tja, da kannst du mal sehen, was für eine großartige Person meine Herrin ist.«

»Fernanda, das ist alles sehr verwirrend. Verstehe ich das alles richtig? Emma Hechtl sorgt dafür, dass gefälschte Pässe nach Deutschland kommen, um Juden zu befreien? Finanziert wird das Ganze wiederum von Grünberg. Und das alles heimlich und unbemerkt von ihrem Ehemann, der darüber hinaus auch noch ein, nun, du weißt schon, ist?«

Fernanda nickte.

»Aber wie kann es sein, dass deine Herrin dann so oft hier ist? Verbietet er es ihr nicht? Sie scheint mir sogar eine sehr gute Freundin der Grünbergs zu sein. Na ja, und Oscar, er ist doch wie ein Sohn für sie. Wie ist das alles möglich?«

»Das ist es ja eben. Natürlich passt das meinem Herrn nicht, aber er hat irgendwelche Verbindungen mit den Grünbergs, Geschäfte, von denen ich aber gar nichts verstehe. Auf jeden Fall scheint er von Grünbergs Wohlwollen abhängig zu sein, und so muss er das alles dulden. Aber du glaubst gar nicht, wie er über die Familie spricht. Wenn die wüssten! Ich glaube ja sogar, dass sie nur seiner Frau zuliebe überhaupt Geschäfte mit ihm machen. Aber was weiß ich schon. Aber der, der benutzt Worte. Ich trau mich kaum, sie zu wiederholen.«

Es waren genau die Parolen, vor denen Henriette aus Deutschland geflohen war. Ein Wort davon war ihr in besonders bitterer Erinnerung geblieben: Judenschlampe!

Kapitel 10

»Opa!« Henriette lief in die ausgebreiteten Arme des alten Mannes.

»Du wirfst mich ja um, Mädchen. Lass dich anschauen! Wie groß du geworden bist.«

»Nächstes Jahr werde ich schon zehn!«

»Zehn Jahre? Na, da bist du wohl doch schon deutlich zu erwachsen für das hier, oder?« Der alte Samuel zauberte eine Süßigkeitentüte unter seinem Mantel hervor. Henriette strahlte. Der Großvater aus Breslau hatte immer eine Nascherei dabei.

»Vater, aber das sollst du doch nicht.« Herta und Ephraim waren ihrer Tochter auf dem Bahnsteig gefolgt. Der Zug setzte sich rußend wieder in Bewegung.

»Willkommen in Küstrin, Schwiegervater!«, rief Ephraim über den Lärm der Lokomotive hinweg.

»Wie schön, dass du da bist.« Herta nahm ihren Vater liebevoll in den Arm.

»Die Bahnreise war hoffentlich nicht zu anstrengend?«

»Und wenn schon, niemals hätte ich dieses Ereignis verpassen wollen. Wie könnte ich der Einweihung eurer Synagoge fernbleiben. Eine *neue* Synagoge, und das in diesen Zeiten!« Der Großvater redete laut und klatschte vergnügt in die Hände. Misstrauische Blicke musterten ihn.

»Ich glaube, wir gehen besser nach Hause«, sagte Ephraim leise.

Es war ein wirklich außergewöhnliches Ereignis, das Hertas Vater hatte aus Breslau nach Küstrin reisen lassen. Über vierzig Jahre hatte die alte Synagoge in der Bäckereigasse am Rande der Altstadt ihren Dienst getan. Als aber vor knapp zehn Jahren mit dem Schleifen der Küstriner Wallanlagen begonnen wurde, war es geschehen: Sprengungen ganz in der Nähe der alten Synagoge führten zu Rissen im Mauerwerk, die Trockenlegung des Festungsgraben ließ den Grundwasserstand sinken, und das beschädigte auch noch das Fundament.

Aus Rissen wurden Spalten, der Putz fiel in großen Stücken von den Wänden, und schließlich sperrte die örtliche Polizei das Bauwerk, da eine der Giebelwände akut einsturzgefährdet gewesen sei.

Anfang 1928, vor sechs Jahren, wurde es amtlich: die alte Synagoge musste weg. Die Gemeindemitglieder selbst taten sehr betroffen, doch insgeheim hatten sie die Zustände in dem feuchten, muffigen Bau schon lange bemängelt. Nicht einmal eine Toilette hatte es gegeben.

Ephraim würde nie das Gesicht seines Schwiegervaters vergessen, als dieser zu ihrer Hochzeit das erste Mal die alte Synagoge sah. Wenn man aus einer jüdischen Hochburg wie Breslau stammte, war es natürlich schwer zu verkraften, dass die eigene Tochter die Zeremonie »in einem Pferdestall« begehen sollte.

»Nicht einmal einen richtigen Rabbi haben sie.« hatte er kopfschüttelnd bemerkt und seinen Blick kritisch auf den jungen Kantor Ibrahim Sarakrowitch ruhen lassen.

Sarakrowitsch war Sohn russischer Einwanderer. Deutsche, die vor über dreißig Jahren vor dem Pogrom aus Kischinjow geflohen waren. Seine Eltern starben beide früh, und der Junge musste auf eigenen Beinen stehen. Er hatte sich mit Eifer in die Arbeit der kleinen jüdischen Küstriner Gemeinde gestürzt, und alle waren sich einig gewesen, dass er der Richtig war, den Kindern Religion zu lehren und die Gottesdienste abzuhalten. Die Gemeinde umfasste ja nur wenige Köpfe, da hatte es sich nicht gelohnt, einen eigenen Rabbi zu haben. Sie wurden betreut von der Frankfurter Gemeinschaft, nur die religiösen Alltäglichkeiten vor Ort wurden durch Sarakrowitsch übernommen.

Dass es möglich war, nur mit den Spenden der jüdischen Gemeinden der Region ein neues Gotteshaus zu bauen, erfüllte sie mit Stolz. Stolz, der ihnen in den letzten Monaten abhandengekommen war.

Viele Repressalien hatte es für sie in den anderthalb Jahren seit dem politischen Wechsel gegeben. Die Episode mit Henriettes neuem Lehrer war nur der Anfang. Es folgten die Bücherverbrennung in Berlin, Boykottaufrufe gegen jüdische Anwälte und Ärzte, und auch jüdische Beamte waren entlassen worden. Aber heute war nun endlich wieder ein Festtag. Eine große Feier war geplant, Gruppen der jüdischen Gemeinden der ganzen Region waren angereist, um diesem Akt beizuwohnen, sogar ein Rabbi aus Berlin war da.

Der Religionslehrer Sarakrowitsch war angesichts der Menge auf dem Synagogen-Vorplatz ganz aufgeregt.

»Seht, der Himmel ist mit uns.« stellte Großvater zufrieden fest und deutete auf die strahlende Sonne. Die offiziellen Vertreter der Muttergemeinde Frankfurt begrüßten ihn herzlich, man kannte sich, Samuel hatte schon immer eine wesentliche Rolle im jüdischen Leben gespielt.

»Na, zumindest haben sie jetzt wieder eine Synagoge hier«, meinte er schmunzelnd. »Schlimm genug, dass sich ausgerechnet meine Tochter in diesen Goi verlieben musste und hierher zog, wo wir es in Breslau doch so schön haben.«

»Aber Ihr Schwiegersohn ist doch kein Goi, verehrter Freund, er ist doch Jude wie wir alle.«

»Na ja, aber es fehlt nicht viel zum Goi.« Die alten Männer lachten laut.

Henriette war aufgeregt. Sie hatte das gute Kleid mit den Spitzen anziehen dürfen und hüpfte vor Freude neben ihrer Mutter, die in alle Richtungen grüßte.

»Frau Eisenbloom, was für ein herrlicher Tag heute.«

»Ja, Frau Ahrenfelss, da mögen sie wohl recht haben.«

Eisenblooms ging es nicht gut. Das Berufsverbot für Anwälte hatte sie schwer getroffen. Die starken Gemeinden in den großen Städten sorgten für ihre Mitglieder, beschafften Arbeit, vermittelten unter der Hand Aufträge. Aber was sollten die nicht einmal hundert jüdischen Familien im kleinen Küstrin schon zustande bringen?

Der feierliche Akt begann, die Feiergemeinde zog in das neue Gotteshaus, nicht ohne angemessenes »Oh!« und »Ah!«, Bewunderung hier, Erstaunen dort.

Die Einweihung konnte vorgenommen werden. Frankfurt hatte Kantor und Chor zur Verfügung gestellt, der Berliner Rabbiner würde die Thora – Rollen einführen und das ewige Licht entzünden. Zu seiner großen Freude wurde es dem Küstriner Hilfslehrer Sarakrowitsch gestattet, die symbolische Schlüsselübernahme zu vollziehen. Er war zutiefst gerührt, als er das rote Samtkissen behutsam auf seinen Händen hielt. Sie alle waren glücklich in diesem Moment, da es so schien, dass die Welt da draußen den wahren Werten drinnen nichts anhaben konnte.

Der Gottesdienst war vorüber. Man hatte sich im Hotel Gloria eingefunden. Der Saal war geschmückt, die Stimmung gut.

Der Wirt schwitzte, er hatte sich einige Vorwürfe anhören müssen, nicht nur von den Nachbarn, sondern auch von seiner Frau. Es war nicht einfach gewesen, die komplizierten Vorschriften für das Essen einzuhalten. Sie hatte sich bitter bei ihren Freundinnen beschwert:

»Meine Küche wollten die sich anschauen. *Meine* Küche! Für was halten die sich denn? Wenn es in meiner Küche nicht sauber ist, dann weiß ich es auch nicht. Ausgerechnet diese Juden. Die leben doch in ihrem eigenen Unrat. Der Jude ist dreckig, das weiß doch jeder. Und ausgerechnet die wollen mich kontrollieren? Ob ich denn auch Milch und Fleisch getrennt aufbewahren würde? Ich weiß wirklich nicht, warum mein Mann diese Feier überhaupt angenommen hat. Das bringt uns nur Scherereien.«

Und ob sie wusste, warum ihr Mann diese Feier angenommen hatte, sie wusste es nur zu gut.

»Die Juden haben nicht mehr viele Möglichkeiten, wo sie noch feiern können. Sie zahlen gut, ich habe die Preise verdoppelt«, hatte er ihr erklärt und, »wir können das Geld wahrhaftig gebrauchen«, hinzugefügt. Ihr Sohn ging zur höheren Schule, er sollte es mal besser haben als sie. Vielleicht würde er eines Tages sogar studieren. Das Schulgeld drückte sie. Zudem waren da noch die Schulden für den Saalbau.

Aber der Wirt war sich auch im Klaren, dass es unangenehm für ihn werden konnte.

Ortsgruppenleiter Rieger war vor der Feier zu ihm gekommen, seinen Sohn Karl hatte er auch mitgebracht. Ob er an der Gesinnung des Wirtes zweifeln müsse, hatte Rieger ihn gefragt. Und ob er denn ein richtiger Deutscher sei.

»Aber natürlich, Herr Rieger«, hatte ihm der Wirt eifrig versichert.

»Für Sie immer noch Ortsgruppenführer Rieger!«

»Selbstverständlich, Herr Ortsgruppenführer, selbstverständlich!« Der Wirt hatte gekatzbuckelt, zitternd vor Furcht. Er musste Rieger schließlich versprechen, ihnen demnächst bei einer Familienfeier entgegenzukommen, wenn er verstehe. Natürlich hatte er verstanden, natürlich hatte er das.

»Ich zitiere aus einem Artikel im Gemeindeblatt der jüdischen Gemeinde Berlins.« Bei Nennung der Reichshauptstadt hob der Gemeindevorstand Frankfurts wichtigtuend den Finger in die Luft. Die weiteren Anwesenden hielten andächtig inne. Er sprach weiter:

»In Küstrin wird eine neue Synagoge eingeweiht. Dieses in der heutigen Zeit bedeutsame Ereignis zeigt, was Opfersinn, Bereitschaft für das Judentum und der Wille, seine Güter zu wahren, zu leisten vermögen.«

Applaus an den Tischen des Hotels Gloria. Er holte gerade Luft, um noch salbungsvoller fortzufahren, da drang wilder Lärm von der Straße in den Saal.

»Juden raus! Juden raus!«, skandierte ein Mob junger Männer in braunen Uniformen.

Frauen schrien entsetzt auf, Kinder drückten sich verängstigt an ihre Mütter, die Honoratioren der jüdischen Gemeinde schauten hilflos umher. Der Frankfurter Gemeindevorstand ließ sich mit offen stehendem Mund auf seinen Stuhl sinken und alle blickten in Richtung der Saalfenster, auf deren anderer Seite der Lärm immer lauter wurde.

»Siehst du! Hab ich nicht gesagt, dass du das lassen sollst?«, zischte die Wirtsfrau ihren Mann an. Der konnte sie kaum noch hören.

»Juden raus! Juden raus!«, dröhnte es in seinem Kopf. Schon hielten die Ersten da draußen Steine in der Hand. »Bitte nicht die Fenster, bitte nicht«, flehte er. Es würde nicht mehr lange dauern, und dann könnte niemand mehr für irgendetwas garantieren.

Frauen und Kinder zogen sich in die hinterste Ecke des Saales zurück, die Männer rotteten sich zusammen, sie schickten die Alten zu den Frauen und blieben ratlos zurück.

Der Mob rückte näher, schon konnte man die Gesichter durch die Fenster sehen. Gerade rechneten sie mit splitternden Scheiben und Steinen, die auf ihren Tischen landeten, da – ein Wunder, es musste ein Wunder sein – Ruhe.

Die Gruppe hatte aufgehört zu brüllen. Was war da draußen los? Die Gemeindemitglieder zitterten in die Stille hinein.

Der Wirt bedeutete seinen Gästen, in ihrer Ecke zu verharren. Er selbst schlich sich an eines der Fenster. Die Rücken der Meute waren zum Saal gewandt. Dann entdeckte er ihn. Gott im Himmel sei Dank! Ortsgruppenführer Rieger stand vor den Männern und redete auf sie ein. Die Ersten ließen die Steine fallen. Die Stimmung kochte runter. Rieger hatte es geschafft. Erleichtert seufzte der Wirt auf.

Er drehte sich zu den Juden um und nickte ihnen zu. Sein

Ausdruck verriet, es war überstanden. Frauen ließen sich auf Stühle sinken, Kinder gaben zögernd ihre Umklammerung auf, Männer atmeten erleichtert aus. Ganz allmählich entspannte sich die Atmosphäre, die zusammengescheuchte Gruppe löste sich aus der Ecke und kehrte bleich vor Schreck zu ihren Plätzen zurück.

Alle warteten noch so lange, bis sie sicher waren, dass die draußen das Weite gesucht hatten, dann verließen sie in kleinen Gruppen das Hotel. Schweigend nickte man sich zum Abschied zu.

Herta und Ephraim hatten sich bemüht, die Sache vor Henriette kleinzureden: das seien nur ein paar Verrückte, sie brauche keine Angst zu haben, alles werde wieder gut. Aber sie hörten ihre Tochter nachts im Schlaf weinen. Schlechte Träume, die sich aus der Gegenwart nährten. Da kam ihnen die Ablenkung gerade recht:

»Schau mal Henriette, die Tanta Clara hat geschrieben. Sieh nur, Gerda hat sogar auch ihren Namen unter den Brief gesetzt und dir ein Pferdchen gemalt.«

Henriette schaute neugierig auf das Stück Papier, das ihre Mutter gerade aus dem Umschlag befreit hatte.

»Was schreibt sie denn?« Henriettes Vater hatte sich zu seiner Frau an den Küchentisch gesetzt, immer öfter hatten sie in der letzten Zeit lange Pausen ohne Kundschaft.

»Es scheint ihnen gut zu gehen. Hört zu:

Ihr Lieben Küstriner,
so lange haben wir nicht voneinander gehört. Wir hoffen,
es geht euch gut und ihr seid alle wohlauf.

162

»Na ja …« Ephraim wiegte den Kopf hin und her, ein Blick seiner Frau ermahnte ihn, still zu sein.

»Also, wo war ich? Ach ja, hier:

… alle wohlauf. Der Landwirtschaft geht es gut, wenn das Wetter weiter Bestand hat, so erwarten wir eine reiche Ernte, die Frucht steht allemal gut und auch das Heu will in diesem Jahr gelingen. Wie hat der Führer gesagt? Ehret den Bauern, denn ohne ihn gäbe es kein Brot. Und so ist es ja wohl auch. Gerda macht sich prima. Sie hat eine gesunde Natur, ist lebendig und an vielem interessiert. Sie kann es gar nicht abwarten, im kommenden Jahr endlich zehn zu werden und dann dem Jungmädelbund beitreten zu dürfen. Otto meint zwar, sie solle ihre Kraft lieber für den Hof aufsparen, aber ich finde es ganz wunderbar, was die Kinder dort alles erleben dürfen. Otto und ich sind immer erstaunt, was Gerda auf dem Hof schon alles zustande bringt. Manchmal ist sie uns ein echter Wildfang, den es zu zähmen gilt, aber das kennt ihr ja sicher von eurem Henriettchen auch.

»Henriett-chen?« Henriette schaute pikiert, kein Mensch nannte sie so. Ihre Mutter las unbeirrt weiter.

Auch mit Wesermünde geht es bergauf. Die Zeit der stillgelegten Werften ist vorbei. Nun ist alles wieder wie früher, nein, sogar noch besser. Die Reichsmarine hat das ehemalige Tecklenborg-Gelände übernommen. Vom Stadtrat, zu dem Otto gute Beziehungen pflegt, hörten wir, dass für das nächste Jahr sogar Bauarbeiten für eine Marineschule begonnen werden sollen. Ach, ich bin so glücklich, dass es nach all den Jahren endlich wieder bergauf mit uns geht. Sicherlich werdet ihr das auch zu spüren bekommen, und ich kann mir schon vorstellen, wie eure Ladenkasse klingelt. Kommt doch wieder einmal zur Sommerfrische hierher. Die beiden Mädchen haben sich so gut verstanden, und auch Otto und ich würden uns über einen Besuch freuen.

»Oh ja, ich will ans Meer!«, Henriette gefiel die Idee, wieder einige Tage an der Nordsee zu verbringen.

Herta las die Grußformeln, sie stockte kurz, mit Segenswünschen und einem Heil-Hitler.

»Sie haben keine Ahnung, Ephraim. Keine Ahnung.«

»Da magst du wohl recht haben.«

»Wovon keine Ahnung?« Henriette war neugierig geworden.

»Nichts, Liebes.« Herta schüttelte sich, sie mussten sich besser zusammenreißen vor dem Kind.

»Schreib ihnen doch, ob sie uns nicht mal besuchen wollen«, meinte Ephraim.

»Im Sommer haben die doch keine Zeit.«

»Vielleicht hat Gerda ja Lust, mal in die Stadt zu kommen.«

»Ich kann ja fragen.«

Das Gespräch wurde vom Klingeln der Ladentür beendet.

»Wo bleiben eigentlich die Zigeuner in diesem Jahr?«, fragte Charlotte.

Hans und Henriette schauten sich verdutzt an. Ihre Freundin hatte recht. Nun fiel es ihnen auch auf. Der Frühsommer war so gut wie vorbei, die bunte Truppe hätte doch längst da sein müssen.

Die drei hockten in ihrem Versteck unter der Treppe und warteten wie immer auf Karl. Gerade wollten sie Hans losschicken, ihm entgegenzugehen, da erschien Karl im Tor zum Schlosshof und schritt mit stolzgeschwellter Brust hinein. Die anderen sahen sofort, was der Grund seines neuen Selbstbewusstseins war.

»Mensch!«, staunte Hans, »du hast ja die HJ-Uniform.«

Karl sah wirklich schmuck aus in den schwarzen, kurzen Hosen, dem hellbraunen Hemd und dem Schiffchen auf dem Kopf. Die Binde am Arm leuchtete rot-weiß in der Sonne.

»Deutsches Jungvolk, Hans, HJ kann man doch erst ab vierzehn.« – »Aber schaut mal!« Er drehte sich im Stehen hin und her, seine Hände in die Hüften gestemmt. Hans begriff als Erster:

»Ist ja Wahnsinn!«

»Was denn?« Henriette hatte keine Ahnung, wovon Hans sprach.

»Na, guckt doch mal da!« Er zeigte auf Karls Gürtel. »Das Messer, er hat schon das Messer!«

»Ja, gleich von Beginn an. Das ist sehr ungewöhnlich.« Karl hatte schon sein Fahrtenmesser verliehen bekommen, der HJ-Dolch mit dem Abzeichen im Griff. Er trug es für alle sichtbar am Koppel, so konnte es in der Sonne glänzen. »Wenn ich mich anstrenge, sagt mein Vater, werde ich vielleicht bald Horden- oder sogar Jungenschaftsführer.« Die Augen des Jungen glühten vor Stolz, nur mit Mühe konnte er die aufsteigenden Tränen unterdrücken. *Ein deutscher Junge weinte nicht!*

»Dein Vater ist ein guter Mann, Karl.« Henriettes Entschiedenheit überraschte die anderen. »Ja, wegen neulich, als unsere Synagoge eingeweiht wurde und diese schrecklichen Männer gekommen waren. Da hat dein Vater uns gerettet.«

»Mein Vater sagt, das waren welche aus Berlin, die waren nicht von hier.«

»Das glaube ich auch, von hier würde das doch keiner machen. Die spinnen doch!«, empörte sich Charlotte.

»Vater sagt aber auch über euch, dass ihr an allem schuld seid«, warf Karl ein.

»Meine Familie?«

»Quatsch, ihr Juden.«

»Aber dafür kann doch Henriette nichts. Und überhaupt, dein Vater meint bestimmt nicht Henriettes Eltern, sondern die Juden aus Berlin. Die sind doch die, also ihr wisst schon ...« Hans zögerte, sein Vater hatte ihm verboten, in Gegenwart von Karl über solche Dinge zu sprechen. Seine Eltern waren seltsam. Sie hatten ihm jetzt schon untersagt, zum Jungvolk oder später zur Hitlerjugend zu gehen. Als er jetzt seinen Freund in Uniform sah, wurde ihm schwer ums Herz. Er wünschte sich so sehr, auch dazuzugehören, immerhin wurde er nächstes Jahr zehn Jahre alt und hatte damit das nötige Alter erreicht.

Karl sprach von seinen Erlebnissen beim Jungvolk. Sie machten Geländespiele, marschierten durch die Felder und sangen zackige Lieder. Bald würden sie sogar ein Zeltlager machen. Ein Zeltlager, mit richtigen Biwaks und Lagerfeuer!

»Steine mit einem Gewicht von fünfzehn Pfund werden sie uns in unseren Affen stecken.« Und mit diesem Rucksack auf dem Rücken würden die Kinder dann durch die Straßen Küstrins ziehen. Karl erntete die Bewunderung seiner drei Freunde.

Er musste allerdings vorsichtig sein und schwor die anderen auf ihre Verschwiegenheit ein. Das alles sei streng geheim, tat er wichtig. In Wirklichkeit hatte ihm sein Vater verboten, sich mit dem *Judenbündel* und dem Sohn dieses *Waschlappens von Arzt* weiter zu treffen, nur gegen Charlotte hatte er nichts einzuwenden. Ihr Vater war ein fleißiger Beamter, das war in Ordnung. Vor allem war sie nicht arrogant, denn was Hans' Eltern anging, hatte Karls Vater nicht unrecht. *Der feine Arzt und die vornehme Adelige.*

Beim Jungvolk dagegen gab es keine Unterschiede, dort waren alle gleich und treue Kameraden, unabhängig davon, aus welcher Familie einer stammte.

Aber egal, wie Hans auch war, und egal, dass Henriettes Eltern Juden waren, Karl hielt zu ihnen, denn er hatte damals, als sie die Kleeblatt-Bande gegründet hatten, sein Ehrenwort gegeben. Sie hatten sich geschworen, immer aufeinander aufzupassen, zueinander zu halten und füreinander zu kämpfen.

Hans und Henriette gingen gemeinsam heim. Die Sonne stand schon jenseits der Oder, groß und rot, kurz vor dem Untergehen.

»Wollen wir uns noch ein bisschen auf die Mauer setzen?«, fragte er.

»Gerne!« Henriette mochte den Blick von der Festungsmauer über die Oder-Aue.

»Karls Uniform ist wirklich flott«, begann Hans.

»Ja.« Henriette blieb einsilbig, sie wollte nicht über Karl und das Jungvolk sprechen. Sie verstand zwar nicht, was da alles gerade um sie und ihre Eltern herum passierte, aber es war nichts Gutes. Noch immer hatte sie die bösen Gesichter bei der Synagogeneinweihung vor Augen, machte Umwege, um nicht am Hotel Gloria vorbeigehen zu müssen. Nachts wachte sie aus Albträumen auf. Sie hatte von ihren Eltern wissen wollen, was diese Männer denn gegen sie hätten, aber Mutter und Vater entgegneten, sie solle nicht fragen.

Sie wollte aber fragen, wollte wissen, was da vor sich ging. Hans war ihr zum guten Freund geworden, aber bei Karl, der schon über ein Jahr älter als sie war, befürchtete sie, dass das Jungvolk und Karls Vater sie voneinander noch weiter entfernten.

»Ich habe ein bisschen Angst vor Karls Vater«, begann sie.

»Wieso?«

»Na ja, wegen allem halt. Und jetzt hat Karl auch diese Uniform …«

»Ach so.« Hans schwieg. Manchmal sprachen seine Eltern bei Tisch miteinander über die politischen Dinge, meist, wenn sie gar nicht darüber nachgedacht hatten, dass er bei ihnen saß. Wenn sie ihn dann wieder wahrnahmen, verboten sie strengstens, irgendjemandem von dem Gespräch zu erzählen.

»Auch nicht deinen Freunden, hörst du!«, hatte seine Mutter mit erhobenem Zeigefinger gemeint.

»Denen besonders nicht«, hatte sein Vater murmelnd hinzugefügt.

Sie hatten auch über Henriettes Eltern gesprochen. Sie machten sich Sorgen über die Ahrenfelss. Henriettes Vater sei zu gutgläubig, hatten sie gemeint. Sie wollten ihn warnen, aber Hans wusste nicht, wovor.

All das hätte er Henriette gerne erzählt, aber er durfte es

nicht, und würde er es doch tun und es käme raus, und so etwas kam immer raus, dann setzte es ordentlich was daheim, und Hausarrest war ebenfalls garantiert.

So saßen die zwei Kinder nun mit baumelnden Beinen nebeneinander auf der alten Festungsmauer und schauten in die Weite des Oderbruchs. Die Steine waren warm von einem langen Tag voller Sonne.

Er würde Henriette eines Tages heiraten, das war Hans klar. Wen auch sonst? Charlotte kam dafür nicht in Frage und schließlich musste ja auch eine Frau für Karl übrig bleiben. Er überlegte kurz, ob er vielleicht *darüber* mit Henriette sprechen sollte, aber das traute er sich nicht. Endlich fiel ihm ein passendes Thema ein:

»Doof mit dem Staatsjugendtag, oder?«

»Wieso doof?«

»Na ja, ich meine, dass wir jeden Samstag in der Schule bleiben müssen, während die vom Jungvolk und die HJ-ler frei haben. Na ja, dich und mich betrifft es ja erst im nächsten Jahr, wobei bei uns schon einige zehn sind, die sind samstags nicht da.«

»Aber frei haben die dann doch auch nicht, oder? Die haben doch Dienst, hast doch Karl gehört, was die alles machen.«

»Aber besser als Schule.«

»Das stimmt.«

»Und vor allem besser als diese zwei Stunden nationalpolitischer Unterricht.«

»Das stimmt auch. Aber die anderen beiden Stunden Nadelarbeit für uns Mädchen sind nicht schlecht.«

»Werkunterricht auch.«

»Ja.«

»Und natürlich Sport.«

»Klar, aber da machen wir ja nicht mit.«

»Auch wahr.«

Wieder schwiegen die beiden und schauten eine Weile in die Sonne.

»Aber für dich wird es dann doch auch bald anders, nächstes Jahr, dann bist du ja zehn und darfst auch samstags frei machen.«

»Ich werde nicht zum Jungvolk gehen.«

»Warum nicht?«

Hans zögerte mit seiner Antwort:

»Meine Eltern haben es mir verboten.«

»Verboten?«

»Ja, jetzt schon, obwohl ich noch nicht einmal alt genug dafür bin.«

»Das ist ja blöd.«

»Stimmt.«

»Tröste dich, ich werde ja auch nicht zum Jungmädelbund dürfen.«

»Nein? Warum nicht?«

»Na ja, ist doch klar, oder?«

»Ach so, verstehe. Aber ihr dürft am Samstag doch sowieso nichts machen.«

»Wie, nichts machen?«

»Haben meine Eltern gesagt, wegen Sabbat oder so.«

»Ach so. Na ja, mein Vater nimmt es damit ja nicht so genau. Außer wenn der Großvater da ist, dann ist bei uns was los, sag ich dir. Was da alles umgeräumt wird, Mutter muss die ganze Küche umkrempeln ...«

Das Gespräch nahm eine vergnügliche Wendung, und die zwei Kinder verloren sich in einer Plauderei über Großeltern und Eltern und darüber, dass Erwachsene einfach seltsam waren. Und natürlich würden sie eines Tages alles viel besser machen. Viel besser!

Die sonnengetränkten Sommerwochen waren vorbei, und der Herbst kündigte sich an. Schon sammelten sich trockene Blätter unter der Treppe der Kleeblattbande. Die vier Kinder saßen beieinander, lange würden sie nicht mehr draußen spielen können.

»Ich habe was Neues«, sagte Charlotte geheimnisvoll.

Die anderen hatten sich schon gewundert, was sie da unter der kleinen Decke versteckt hatte, nun zauberte sie die neueste Errungenschaft hervor.

»Nein, das ist ja toll!« Karl hatte als Erster erkannt, was für einen Schatz sie da offenbarte. Henriette konnte nicht richtig sehen, Hans hatte sich vor sie gedrängt, und auch er verfiel in aufrichtige Bewunderung:

»Eine Box!«

In der Tat. Ihre Freundin hatte eine Box-Kamera in der Hand. Hans betete sofort die Werbeinformationen herunter, die er darüber gehört hatte:

»Das ist eine Agfa, Rollbildfilm, für das Format sechs mal neun. Es gibt die Kamera auch mit silbernen Leisten und einem richtigen Sucher, deine ist aber das einfachere Modell, die ist billiger.«

Als er bemerkte, dass Charlotte beleidigt die Stirn in Falten zog, setzte er schnell hinterher:

»Aber wirklich toll. Und die gehört dir?«

»Na ja, nicht wirklich mir, ich habe sie von meinem Vater ausgeborgt, um sie euch zu zeigen. Er hat sie gerade erst gekauft.«

Auch wenn es nicht ihre eigene Kamera war, so hatte Charlotte damit die erhoffte Wirkung insbesondere bei den beiden Jungs nicht verfehlt.

»Darf ich mal?«, fragte Karl und Charlotte reichte ihm das technische Wunderwerk vorsichtig herüber. Er drehte und wendete den Fotoapparat und stieß einen anerkennenden Pfiff aus.

»Wirklich toll. Da kannst du stolz sein. Das wäre in der Zeit *vor* dem Führer nicht möglich gewesen.«

Henriette traf seine Bemerkung. Das Leben ihrer Familie war in den letzten Monaten nicht einfacher geworden. Der *Dreckskasten*, wie ihn ihr Vater nannte, jener Glaskasten, in dem auf dem Markplatz *Der Stürmer* aushing, ließ keinen Tag vergehen, an dem das Blatt nicht gegen Juden hetzte.

Hans, der ja schon eine Klasse weiter war und viel besser lesen konnte als sie selbst, hatte ihr von der Zeitung erzählt. Seine Mutter hatte ihm zwar verboten, in den *Stürmer*-Kasten zu schauen, aber er tat es trotzdem. Das meiste von dem, was in der Zeitung stand, verstanden sie zwar nicht, nur dass vor Kurzem eine Liste aushing mit den Namen aller Küstriner Juden: *Damit Ihr wisst, Deutsche, wer Freund und wer Feind ist!*

Hans hatte Henriette auf die Schulter geklopft und gemeint, dass das doch sowieso niemanden interessierte. Aber sie war ja nicht dumm. Auch wenn sie mit ihren neun Jahren noch ein kleines Mädchen war, so hatte sie doch Augen im Kopf und bemerkte, dass sich die Welt um sie herum verän-

172

derte. Die Nachbarn schauten sich nach allen Seiten um, bevor sie den Laden betraten. Neuerdings ließen sich viele die
Ware nicht mehr bringen, sondern holten sie ab. Sie wollten
plötzlich die neuen Gardinen lieber selbst aufhängen, das
hatte es früher nicht gegeben. In Breslau beim Großvater
war es sogar noch schlimmer und in Berlin sowieso. Das
hatte Sarah ihr erzählt, Henriettes Sitznachbarin in der
Schule. Von ihr wusste sie auch, dass deren Vater seit über
einem Jahr nicht mehr arbeiten durfte. Jüdischen Anwälten
war das verboten worden. Eisenblooms hatten es sehr schwer
seitdem. Sarahs Vater musste seine Mandanten an befreun-
dete Kollegen abgeben, für die er im Hintergrund arbeitete.
Manchmal tat ihr Sarah leid, aber nur manchmal, denn eine
blöde Pute blieb sie trotzdem.

Immer wenn Henriette ihre Eltern nach solchen Dingen
fragte, wimmelten die sie ab. Das sei alles nicht wichtig,
meinten die dann, das gehe alles bald vorbei. Henriette hoffte
inständig, dass es so wäre, sie wollte wieder ihre fröhlichen
Eltern zurück, die mit ihr unbeschwert in dem kleinen Garten
im Hof spielten und am Wochenende Eis bei Tante Magda
unten am Kanu-Club kauften.

Mit der Kleeblattbande sprach sie nicht über solche Themen. Karls Vater war ja einer von denen, da würden sie sich
sowieso nur streiten. Und auch Charlottes Vater arbeitete
schließlich in der Stadtverwaltung. Nur bei Hans war es anders. Dessen Eltern gingen wie früher bei Ahrenfelss ein und
aus.

»Ich lasse mir doch nicht vorschreiben, wer Freund und
wer Feind ist«, hatte Doktor Hehn gesagt und kaufte de-
monstrativ bei Mutter und Vater ein.

Henriette und Hans hatten sich gemeinsam auf den Heimweg gemacht. Als sie beim Laden ankamen, standen Männer in Uniformen vor der Tür. Sie hatten Fotoapparate in der Hand, aber bessere als die einfache Boxkamera von Charlotte.

»Was ist da los?« Hans hielt Henriette am Arm und zog sie hinter einen Mauervorsprung.

»Ich habe keine Ahnung. Wer sind die?«

»Das ist SA. Komm, lass uns verstecken.«

Die zwei Kinder drückten sich dicht an die Hauswand und beobachteten die Szene. Die beiden Uniformierten standen breitbeinig an beiden Seiten der Ladentür. Wenn sich jemand dem Geschäft näherte, zückten sie ihre Kamera und schossen ein Foto. Der Fotoapparat war wie eine Waffe. Passanten wechselten die Straßenseite.

»Wo sind denn deine Eltern?«, flüsterte Hans.

»Bestimmt im Laden.«

Tatsächlich tauchte der Kopf von Ephraim Ahrenfelss kurz in der Schaufensterscheibe auf. Henriette lief ein Schauer über den Rücken: ihr Vater war kreidebleich. Noch im selben Moment zog ihn eine Hand vom Fenster fort, Henriettes Mutter.

»Was machen wir denn jetzt bloß?« Die Finger des Mädchens krallten sich in Hans' Unterarm.

»Ich weiß es auch nicht. Lass uns noch abwarten. Gibt es einen Hintereingang bei euch?«

»Wir haben auf der Rückseite des Blocks nette Nachbarn, da könnten wir klingeln und über den Innenhof gehen.«

»Können wir denen vertrauen?«

Henriette nickte.

»Dann komm!«, Hans zog sie entschlossen hinter sich her. Im Schutze der Häuserschatten huschten sie fort.

Am nächsten Morgen war ein Judenstern auf die Schaufensterscheibe geschmiert. *Kauft nicht bei Juden!* stand in großen Lettern darunter.

Kapitel 11

—

Henriette stöhnte. Was für Gedanken trieben sie hier in ihrem Hotelzimmer bloß um, zurück auf heimatlichen Boden, so viele Jahrzehnte nachdem das alles geschehen war.

Heimat! So ein großes Wort.

Heimat, das waren die Kastanie auf dem großen Platz, die vor vielen Jahren einen Ast durch einen Blitzschlag verloren hatte, das Straßenpflaster vor der eigenen Tür, das so viele Geschichten erlebt hatte, das Haus an der Ecke, mit Menschen darin, die nie etwas anderes waren als eben gute Nachbarn, und das Gefühl, selbst ein Glied in einer langen Kette von *zuvor* und *danach* zu sein.

Heimat war etwas, das man sich nicht aussuchen konnte. Man hatte sie eines Tages bekommen, ohne dass man selbst etwas dazu getan hatte. Und obwohl man sie selbst niemals abschütteln konnte, konnte man sie dennoch verlieren.

Aber konnte man ein Land seine Heimat nennen, das einen einst verjagt hatte? Küstrins Straßen hatten unter schweren Stiefeln gebebt und aus Nachbarn waren Feinde geworden. Und sie selbst wurde aus jener langen Kette herausgerissen, hatte das *Zuvor* ablegen müssen und das *Danach* nicht mehr kennenlernen dürfen. Wie würde es sein, wieder nach Küstrin zu kommen? Die Stadt, die einst ihr Zuhause gewesen war, in der die Suche nach ihren Eltern keinen Sinn mehr gemacht hatte.

Nach der Offenbarung in der Grünbergschen Küche war Henriette vollkommen durcheinander gewesen: erst die Erkenntnis, dass ihr die furchtbaren Nazis in Person von Oscars Vater auch in Buenos Aires so unmittelbar nahe gewesen waren; dann die Haushälterin Fernanda, die mit ihrer Enthüllung über Fluchthilfe und Machenschaften im Hafenviertel Henriettes Welt endgültig ins Wanken gebracht hatte, und schließlich die Einsicht, dass ihre Gastgeber Grünberg von all dem wussten, mehr noch, sogar involviert waren.

Aber Fernanda hatte auch einen Funken Hoffnung in Henriette entfacht: die Möglichkeit, ihren Eltern doch noch zur Flucht verhelfen zu können, schien greifbar nahe gewesen zu sein. Diese Chance hatte sie unmöglich verstreichen lassen können.

In der Nacht, die auf das denkwürdige Gespräch mit Fernanda in der Küchennische folgte, hatte Henriette kein Auge zugetan. Gleich frühmorgens sprang sie aus dem Bett, und mit gefasstem Schritt trat sie nach höflichem Klopfen in das Frühstückszimmer der Grünbergs. Die Familie pflegte sich bereits gleich nach der Morgentoilette zu einem starken Kaffee mit Toast und Marmelade zu versammeln. Auch das Ehepaar Eisengrün hatte sich dieser Tradition des »kleinen Frühstücks« angeschlossen. Die vier schauten überrascht auf, als Henriette eintrat.

»Henriette!«, sprach Herr Grünberg, »was führt dich zu uns? Möchtest du einen Kaffee?«

Henriette hatte verlegen an ihrer Manschette gezogen. Ob es möglich sei, nur mit ihm allein unter vier Augen zu sprechen?

Zu Henriettes Erleichterung hatte Herr Grünberg, ohne zu

zögern und ohne weitere Frage, die Leinenserviette auf den Teller gelegt, und kurz darauf hatten sich die beiden im kleinen Verteilerflur hinter dem Frühstückszimmer wiedergefunden.

Henriette hatte sich zunächst vorsichtig dem heiklen Thema nähern wollen, dann aber beschlossen, jegliches Ressentiment aufzugeben. Es ging schließlich um Leben und Tod ihrer Eltern – wozu Höflichkeiten oder Etikette? Und so sprudelte es schließlich aus ihr heraus, all das Erlebte, Gehörte, die Hoffnung und Sehnsucht. Nur über Hechtls Nazigesinnung schwieg sie sich lieber aus. Als sie schließlich geendet hatte, sah Grünberg sie voller Kummer an.

»Henriette, wie soll ich es dir sagen? Wir können nichts mehr für deine Eltern tun.«

»Aber …« Henriette rang nach Luft. »Herr Grünberg, bitte, es muss doch eine Möglichkeit geben. Geht es um Geld? Ich könnte einen Kredit aufnehmen, ich würde ihn abarbeiten …«

»Henriette, nicht doch!«, unterbrach er sie, »es tut mir leid, wir hätten auch schon zum Zeitpunkt deiner Ankunft hier kaum noch etwas für deine Eltern tun können.«

»Aber warum? Was verheimlichen Sie mir über meine Familie? Herr Grünberg, seit damals, ich meine … Sie wissen schon, seit Sie mir damals im Salon von den Listen erzählten, kann ich kaum noch an meine Familie denken, ohne vor Beklemmung und Angst beinahe das Bewusstsein zu verlieren. Ich habe nicht mehr gewagt, Sie weiter zu fragen. Ich wollte mir die Hoffnung nicht nehmen. Und zum ersten Mal auf argentinischem Boden erscheint mir meine Hoffnung nicht umsonst gewesen zu sein. Von Fernanda weiß ich nun, dass es doch noch Wege für Juden aus Deutschland heraus gibt. Warum dann nicht für meine Eltern? Das kann doch nicht … bitte sagen Sie mir, dass …«

»Henriette, wir können nichts mehr tun, es tut mir leid.«

»Sie meinen, meine Eltern sind …« Henriette hatte nicht weitersprechen können. Dieser böse Satz sollte für immer unvollendet bleiben.

»Nein, Henriette, das meine ich nicht, denn ich weiß es nicht. Unsere Wege sind verschlossen. Deutschland ist so kriegszerrüttet, dass auch *unsere* Kanäle nicht mehr verlässlich sind. Es tut mir leid.«

»Hätte ich es doch nur schon vorher erfahren, vielleicht hätten Sie meinen Eltern dann noch helfen können.«

Grünberg schüttelte nur den Kopf und schaute dem Mädchen in dessen rotgeweinte Augen.

»Nein, Henriette, auch da schon nicht mehr.«

Er ließ seinen Blick kummervoll sinken. Henriette nickte sprachlos, dann drehte sie sich auf dem Absatz um und eilte aus dem Raum. Sie wollte nur noch raus, raus aus dem Flur mit den vielen Türen, von denen doch keine einzige in die Freiheit führte, raus aus dem Haus, raus aus diesem Leben.

Irgendwo im angrenzenden Park ließ sie sich schließlich unter einen Baum sinken und konnte endlich ihren mühevoll zurückgehaltenen Tränen freien Lauf lassen.

In der Ferne erspähte sie plötzlich die Silhouette eines Mannes. Um diese frühe Stunde war der große Park für gewöhnlich leer. Wie dumm von ihr, allein hierherzukommen! Sie drückte sich an den Baumstamm, in der Hoffnung, dass sie das fahle Licht unsichtbar machen würde. Die Figur näherte sich. Kurz darauf konnte sie die Person erkennen und atmete erleichtert auf: es war Professor Eisengrün. Wie hatte sie das vergessen können, der Professor liebte es, unmittelbar nach dem kleinen Frühstück einen Spaziergang durch den Stadtpark zu machen. Er meinte immer, dabei könne er seine Gedanken am besten ordnen. Dabei hatte Grünberg seinen Gast gewarnt: er solle vorsichtig sein, mit seiner politischen Hetze gegen die argentinischen Nazis mache er sich viele Feinde und der Park sei schließlich groß.

»Henriette!« Eisengrün hatte sie schon entdeckt. »Was ist denn los?«

Henriette zuckte mutlos mit den Schultern. Was sollte sie dem Professor schon erklären? Er war letztlich genauso machtlos wie sie selbst.

»Es ist wegen deiner Eltern, oder?«, fuhr er fort. »Ach, liebes Kind. Ich befürchte, wir müssen alle akzeptieren, dass wir unsere Heimat verloren haben, vermutlich für immer. Es gibt kein Zurück mehr, also müssen wir jetzt nach vorne sehen.«

Seine wohlgemeinten Worte waren seelenlose Hülsen.

»Ich gehe wohl besser wieder zurück, Herr Professor. Vielen Dank für Ihre Anteilnahme.«

»Henriette, wenn irgendetwas ist, scheue dich nicht, mich oder auch meine Frau anzusprechen. Wirklich!«

»Das ist sehr aufmerksam von Ihnen.« Henriette wurde es unwohl mit dem Professor allein hier im Park. Was, wenn einer der Angestellten sie entdeckte? Die normale Arbeitsschicht begann gleich, sicherlich würde irgendjemand den Park auf dem Weg zur Grünbergschen Villa kreuzen. Wenn man sie dann alleine mit dem Mann sähe, nicht auszudenken, was das für eine Gerede gäbe.

Sie murmelte etwas von Arbeit und lief rasch zurück, um

kurz darauf in der Gesindeküche zu erscheinen und so zu tun, als wäre sie gerade erst aufgestanden.

Die folgenden Tage waren schwer. Henriette hatte kaum gewusst, wie sie sich gegenüber Herrn Grünberg verhalten sollte. Sie mied den Kontakt mit der Familie und versuchte auch, Emma Hechtl und ihrem Sohn aus dem Weg zu gehen. Und auch Oscar schien Abstand zu halten. Alles in allem war die Situation zutiefst bedrückend, und dennoch fanden sie irgendwie in die Normalität des Alltages zurück.

Doch dann kam ein Tag, der alles verändern sollte. Es war ein sonniger Morgen gewesen, selbst das Souterrain wurde von Licht durchflutet. Die Mädchen hatten das Geschirr des kleinen Frühstücks in die Küche gebracht, und Henriette hatte sich an den Abwasch gemacht.

Die Dienstboten kicherten, sie ahmten Professor Eisengrün nach. Er hatte sich einen Gehrock nach neuester Mode schneidern lassen und stolzierte herum wie ein eitler Pfau. Dass Männer so eitel sein konnten. Henriette kam nicht herum, ihnen im Stillen beizupflichten.

Professor Eisengrün hatte sich in den vergangenen Monaten zu einer gleichsam geachteten wie auch angefeindeten Persönlichkeit Buenos Aires' entwickelt. Es war Henriette nicht entgangen, welche Sorgen er damit Herrn Grünberg bereitete. Immer und immer wieder hatte der ihn zur Mäßigung ermahnt. Der Professor solle mit der Wortwahl seiner antinationalsozialistischen Artikel vorsichtig sein. Der hatte den Begriff *Nazioten* geprägt, der sich überall in Karikaturen und Artikeln gegen Deutschland wiederfand. Professor Eisengrüns Artikel wurden noch bissiger und scharfzüngiger. Schließlich plante er seinen größten Coups: Er kündigte erneut die Veröffentlichung einer Namensliste von Argentiniern an, die heimlich die Nazis unterstützten oder, schlimmer noch, gar die Naziparolen auf argentinischem Boden zu verbreiten suchten. Und diesmal würde er es wirklich tun. Die Ankündigung hatte für Aufsehen gesorgt und dem Professor viel Aufmerksamkeit beschert.

Henriette hatte durch eine angelehnte Tür ein Gespräch zwischen Herrn Grünberg und Professor Eisengrün gelauscht. Die beiden hatten über Eisengrüns fanatisch geführten Feldzug gegen die argentinischen Nazis gesprochen. Der Professor kochte über vor Feuereifer, Grünberg dagegen versuchte ihn zu beruhigen.

»Ich werde es diesen Typen zeigen, Grünberg, ich werde es denen zeigen.«

»Professor Eisengrün, bitte überlegen Sie sich das noch einmal. Sie befinden sich wirklich in Gefahr.«

»Herr Grünberg, wenn wir uns davon abschrecken ließen, dann sind wir um nichts besser als all meine ehemaligen Landsleute, die Deutschland haben zu dem werden lassen, was es jetzt ist.«

»Aber Eisengrün, verstehen Sie denn nicht? Es geht hier nicht mehr um irgendwelche Pöbeleien oder um gemeine anonyme Briefe an die Redaktion, es geht um Ihr *Leben*. Denken Sie doch auch an Ihre Frau.«

»Genau an die denke ich und auch an all diejenigen, die nicht das Glück hatten, von Ihnen, verehrter Grünberg, gerettet zu werden. Ich bin es denen, meiner Frau und auch mir selbst schuldig! Und zudem brauchen wir diesen Aufmacher, um unserer Zeitung Schwung zu geben. Ich werde nicht ruhen, bis ich die Wurzel dieses Übels wenigstens hier in Argentinien ausgerissen habe, wenn wir schon für Deutschland nichts mehr tun können.«

»Mein Freund, verfallen Sie nicht dem gleichen Hass, den Sie gerade zu bekämpfen suchen.«

Aber Eisengrün hatte sich nicht davon abbringen lassen, er wollte die Namen veröffentlichen. Es sollte noch eine Ausgabe mit der Ankündigung der Liste erscheinen, und dann wäre es so weit.

Sein Übereifer hatte ihn blind für die Realität außerhalb der schützenden Mauern und blind für die Gefahr gemacht, der er sich schutzlos auslieferte. Ein fataler Fehler.

Schreiend war eines der Dienstmädchen in die Küche gerannt. Sie hatte kaum etwas herausbringen können, ihre Schürze war blutverschmiert, und sie redete wirr. Als sie endlich über Schluchzen und Schreien ein paar Worte sprechen konnte, war es wie ein Schlag für alle: Man hatte Professor Eisengrün im Park gefunden – erschlagen.

Kapitel 12

»Vater sagt, er darf nicht mehr bei euch einkaufen.« Obwohl ein Jahr vergangen war, trafen sich die vier Kleeblättler immer noch regelmäßig unter ihrer Treppe. Karl war trotz seiner gerade mal erst elf Jahre mittlerweile so groß, dass es ihm schwerfiel, Platz in dem engen Niedergang zu finden. Er war ein starker Kerl geworden. Im Sommer arbeitete er bereits auf den Feldern der Bauern in den Oderwiesen. Charlotte und Hans würden bald auf die höhere Schule gehen, Hans sogar aufs Gymnasium. Karl dagegen tat sich mit dem Lernen schwer.

»Wie, dein Vater darf nicht bei uns einkaufen, warum denn das?« Henriette war überrascht.

»Na, weil er Beamter ist, und der Führer hat es ihm verboten.«

»Der Führer hat *deinem* Vater verboten, bei Ahrenfelss einzukaufen?«, spöttelte Hans.

»Ach, Hans, nimm mich nicht auf den Arm. Natürlich nicht persönlich, aber allen Beamten wurde verboten, bei Juden zu kaufen. Der Jude Ahrenfelss zähle nun mal dazu, hat Vater gesagt.«

»Aber dein Vater hat doch sowieso nie bei uns eingekauft, ihr lebt doch in einer möblierten Wohnung hier im Schloss.«

»Deshalb sei es ja auch nicht so schlimm, meinte Vater.«
Die Kinder schwiegen.

Das Reich wurde nun bereits im dritten Jahr von Hitler regiert. Vieles hatte sich verändert. Die meisten Kinder und Jugendlichen waren im Jungvolk und der Hitlerjugend organisiert, die Mädchen im BDM. Karl hatte sich nicht nur äußerlich verändert, er versuchte auch in seinem Verhalten dem Ideal des Führers zu entsprechen, wie es ihm sein Vater vorgab. Schließlich war er Ortsgruppenführer.

Mehr und mehr führte die Veränderung in Karls Verhalten zu Problemen zwischen den beiden Jungen. Hans war es von seinen Eltern nach wie vor verboten, etwas mit den Nazis zu tun zu haben. In der Schule machten sich die anderen über ihn schon lustig, alle Jungen seines Alters traten jetzt ins Jungvolk ein, nur er durfte nicht. Und auch seine Freundschaft zu Henriette gereichte ihm nicht gerade zum Vorteil.

Und doch, trotz aller Widrigkeiten hielt ein unsichtbares Band das Kleeblatt weiter zusammen, und die vier setzen ihre heimlichen Treffen fort.

Für die Ahrenfelss wurde das Leben von Tag zu Tag schwerer. Einige der jüdischen Familien hatten Küstrin in den letzten Monaten verlassen, waren zu Verwandten ins Ausland gegangen oder einfach nicht mehr da. Die vor einem Jahr eingeweihte Synagoge offenbarte immer größere Lücken in den Reihen der Gemeindemitglieder. Neulich hatte jemand gefrotzelt, wenn das so weiterginge, dann werde es demnächst schwer, überhaupt noch die geforderte Anzahl an volljährigen Männern zusammenzubekommen, um den Gottesdienst abzuhalten. Niemand hatte über den Witz lachen mögen.

Ibrahim Sarakrowitsch, der Kantor, versuchte Zuversicht zu verbreiten, sprach von Moses, dem Auszug aus Ägypten und der Befreiung des auserwählten Volkes aus der Sklaverei. *Der Ewige* werde sein Volk nicht im Stich lassen, erklärte er, und die anderen Gemeindemitglieder versuchten ihm zuzustimmen. Denn letztlich wollte niemand von ihnen irgendwohin auszuziehen, und keiner suchte das gelobte Land, sie hatten bereits darin gelebt und wollten genau das auch weiterhin in Ruhe und Frieden tun. Es sollte alles wieder so sein, wie es früher war, sie wollten ihre Heimat zurück, ihr altes Leben. War das denn zu viel verlangt?

Neben den Nationalsozialisten gab es schon seit '33 keine weiteren Parteien mehr im Reich, Hitler hatte sie verboten. Mit eiserner Hand werde er das Reich zum Erfolg führen, hatte er gesagt. Man munkelte, dass in Berlin politische Gegner verfolgt wurden, gefangen genommen und gefoltert, besonders Kommunisten.

Den Juden wurde das Leben schwer gemacht.

Seit dem Zusammentreffen mit den SA-Männern im vergangen Jahr, die die Fensterscheiben des Tuchhandels der Familie Ahrenfelss beschmiert hatten, tat sich auch ihr Geschäft nicht leicht, es reichte gerade so zum Überleben. Aber irgendwie ging es dennoch weiter. Die jüdische Gemeinde Küstrins schrumpfte zusehends, doch die Übrigbleibenden halfen sich gegenseitig so gut sie konnten.

»Na, Henriette, was sagst du dazu? Das ist doch toll, oder? Da freust du dich sicher.«

Familie Ahrenfelss hatte sich zum Abendessen versammelt, und Henriettes Mutter hielt einen Brief ihrer Verwandten von der Nordsee in der Hand. Die Wesermünder hatten den Besuch ihrer Tochter angekündigt. Gerda sollte für ein bis zwei Wochen zu ihnen kommen. Je nachdem, wie lange es so dauere.

»Wie lange was dauert?«, hakte Henriette nach.

Herta Ahrenfelss machte die Frage ihrer Tochter verlegen. Henriette hatte doch noch keine Ahnung. Hilfesuchend schaute sie zu ihrem Mann, aber der vermied es tunlichst, ihren Blick zu erwidern. Männer!

»Nun, weißt du, Henriette, die Gerda bekommt ein Geschwisterchen, und da weiß man nicht so genau, wann das dort ankommt.«

»Ein Geschwisterchen?« Henriette war baff. Onkel Otto und Tante Clara waren doch schon so alt, sie waren sogar noch ein bisschen älter als Henriettes eigene Eltern. Was wollten die denn mit einem Kleinkind?

Bevor sie jedoch weitere Fragen stellen konnte, stand ihre Mutter auf und begann den Tisch abzuräumen. Schon sprach sie darüber, wie sie alles organisieren würden, was sie unternehmen könnten, wo Gerda schliefe – natürlich bei Henriette im Zimmer – und was sie einkaufen müssten.

Henriette verwirrte der plötzliche Trubel um sie. Erwachsene waren manchmal wirklich seltsam, sehr seltsam.

Ein Kleinkind und das bei Onkel Otto und Tante Clara? Sie würde Gerda darauf ansprechen. Vielleicht wusste die mehr.

Stolz drehte Gerda ihre Füße hin und her, so dass die silberglänzenden Schnallen in der Sonne blitzen. Richtige Schuhe hatte sie jetzt, wie die Kinder aus der Stadt.

Schon vier Jahre war es her, dass sich die beiden Mädchen gesehen hatten, damals, als Henriette und ihre Mutter für einige Tage auf dem Bauernhof an der Nordsee waren. Als die zwei nun am Tag von Gerdas Ankunft auf dem Bahnsteig nebeneinander standen, kam die jedoch sofort die seinerzeit gewonnene Vertrautheit wieder auf, wenn sie auch die Meinung der Erwachsenen, dass sie sich immer noch ähnelten wie ein Ei dem anderen, nicht teilen mochten.

Nun saßen die beiden Mädchen auf der Mauer der Festungsanlage und schauten auf die Oder. Gerda hatte am Morgen die Kleeblattbande kennenlernen dürfen. Die vier hatten sich zuvor darüber verständigt und hatten es für unbedenklich erklärt, dem Mädchen ihr Versteck unter der Treppe zu zeigen. Zum einen war es eine Verwandte Henriettes, das ließ sie näher an den erlauchten Kreis rücken, zum anderen würde sie ja in einigen Tagen wieder fort sein und könnte somit ohnehin nichts verraten.

»Ist schön hier, nicht wahr?«, fragte Henriette.

»Hm, echt schön«, stimmte ihr Gerda zu.

Seitdem sie wieder alleine waren, überlegte Henriette angestrengt, wie sie bloß das Thema auf das neue Geschwisterchen bringen könnte. Es müsste irgendwie diplomatisch klingen, so ganz nebenbei und nicht zu direkt. Sie wollte nicht erkennen lassen, dass sie keine Ahnung hatte, von wo und wie die kleinen Kinder kamen. Vor allem dürfte sie nicht durchblicken lassen, dass sie den Onkel und die Tante schon für viel zu alt für so etwas hielt.

»Mutter sagte, du bekommst ein Geschwisterchen.«

»Hm.«

»Einen Bruder oder eine Schwester?«

»Was?«

»Na, bekommst du einen Bruder oder eine Schwester?«

»Das weiß man doch noch nicht. Was ist das denn für eine komische Frage?«

Henriette ließ nicht locker: »Und warum musst du fort, bis dein Geschwisterchen da ist? Also, ich würde ja dabei sein wollen, wenn es kommt.«

Und wie sie dabei sein wollen würde. Henriette wusste, dass all die Geschichten, die ihr die Eltern früher übers Kinderbekommen erzählt hatten, nicht stimmen konnten. Das Seerosenblatt, der Storch – das war natürlich Unsinn. Es musste etwas mit dem dicken Bauch von Frauen zu tun haben, kurz bevor die Kinder kamen. Aber wie die Kinder da herauskamen und vor allem, wie hinein, das war ihr vollkommen schleierhaft. Vielleicht hätte Hans ihr weiterhelfen können, dessen Vater war schließlich Arzt, aber es war natürlich vollkommen undenkbar, mit einem *Jungen* über so etwas zu sprechen. Außerdem hatte sie Angst, sich zu blamieren. Wer stand schon gerne als unwissend dar.

»Na, wegen der Geburt«, antwortete Gerda. »Das ist sehr anstrengend, und Mutter kann sich dann erst mal nicht mehr um den Haushalt kümmern, sondern muss sich ausruhen. Und wenn das so aussieht wie bei den Sauen oder bei unserer Hündin, dann will ich es auch gar nicht sehen.«

Henriette war wie vom Donner gerührt. Wusste Gerda also tatsächlich, wie Kinder aus dem Bauch kamen?

Ja, Gerda wusste. Und wenige Augenblicke des ungläubigen Staunens später wusste es dann auch Henriette. Sie war total überwältigt. So hatte sie sich das sicher nicht vorgestellt.

Nun beschloss sie, dass es wohl an ihr war, Gerda auch ein Geheimnis zu verraten. Sie musste nicht lange darüber nachdenken, was das sein könnte:

»Willst du unseren Schatz sehen?« Auch wenn ihnen der Inhalt nicht mehr viel bedeutete, so hatte sich die Kleeblattbande doch das Versteck mit der Zigarrenkiste darin bewahrt. Es war wie ein Ritual, der Grundstein ihrer Freundschaft, niemand von ihnen wäre auf die Idee gekommen, den kleinen Hohlraum hinter dem losen Ziegelstein zu leeren.

»Euren Schatz?«

»Ja, die Kleeblattbande hat einen Schatz, wir haben ihn in einer Mauer versteckt.«

Das klang geheimnisvoll, Gerda war sofort Feuer und Flamme. Auf ihrem Weg vom Platz auf der Mauer zum Versteck unter der Schlosstreppe kamen sie auf die gerade besprochene Ungeheuerlichkeit des Kinderkriegens und vor allem des Kindermachens zurück. Beide beschlossen, dass es vermutlich besser war, so etwas nicht zu tun.

»Wobei Jungs letztlich nicht so schlecht sind«, lenkte Gerda nach einem kurzen Moment ein.

»Stimmt, man kann prima mit ihnen spielen. Du kennst ja jetzt unsere Kleeblattbande, da sind schließlich auch die zwei dabei.«

»Ja, das stimmt. Hans ist klasse, aber der Karl gefällt mir besser. Er ist so groß und stark.«

»Aber er ist gegen Juden.«

»Ach, das sind doch alle. Mein Vater sagte auch schon, dass es manchem gar nicht so schlecht täte.«

»Onkel Otto?«

Gerda schwieg.

»Aber was meint dein Vater damit?«

»Ich weiß auch nicht, was die Großen halt so reden. Er meinte, ihr Juden würdet halt so viel Geld haben und dann viele Zinsen nehmen, und irgendwas mit dem Weltkrieg und einem Messer, das den deutschen Soldaten von hinten in den Rücken gestoßen wurde. Was weiß ich.«

»Aber wir haben nicht viel Geld.«

»Henriette, das ist mir alles vollkommen egal. Das hat doch nichts mit euch zu tun und mit uns beiden schon gar nicht.«

»Da hast du recht.«

Sie hatten den Eingang zum Schlosshof erreicht. Henriette legte den Finger auf die Lippen. Mit geübtem Blick sondierte sie Hof und Fenster, alles war wie immer, still und leer. Sie mussten sich aber beeilen, denn die Beamten hatten bald Feierabend, und dann wurde das Hoftor geschlossen. Schon waren sie über den Platz gehuscht und saßen unter der Treppe.

Henriette hob die Augenbrauen und machte ein wichtiges Gesicht. Langsam ließ sie ihren Blick auf den Mittelstein über der Kellertür wandern. Sie hielt das für eine gute Geste und der Bedeutung des Augenblicks angemessen. Gerda hielt den Atem an. Schon hatte Henriette ihre Finger am Ziegel und wollte diesen herausziehen, als ein Geräusch die beiden Mädchen zurückschrecken ließ.

»Hast du das auch gehört?«, presste Henriette hervor.

Gerda nickte. Sie zeigte in Richtung der uralten Eichentür. Keine Frage, dahinter hatte sich etwas getan. Es war ein Rascheln, vielleicht Stroh und plötzlich …

»Lauf!« Kreischend stürmten die zwei Mädchen aus dem Unterschlupf über den Hof und hinaus ins Freie. Henriette rannte und rannte in Richtung des Elternhauses, Gerda folgte

ihr panisch. Erst auf dem Marktplatz, fast schon in der Scharmstraße angekommen, hielten sie erschöpft inne. Ihre Gesichter waren kreidebleich vor Angst, ihre Lungen schmerzten
vom Keuchen.

»Doch, ihr müsst uns glauben, wirklich!« Die beiden Mädchen standen mittlerweile mit hochroten Gesichtern im Laden und waren völlig aufgelöst.

»Henriette, so etwas gibt es nicht. Es gibt keine Gespenster«, antwortete ihre Mutter energisch.

»Doch, ich habe es ganz deutlich gehört.«

»Ich auch!«, pflichtete ihr Gerda bei.

»Also, nun noch mal in Ruhe: was habt ihr gehört und wo?«

»Im Schlosshof unter der kleinen Treppe, da wo es in den
alten Keller geht.«

»Was hattet ihr zwei denn da überhaupt zu suchen?«
Ephraim Ahrenfelss setzte eine strenge Miene auf, was ihm
beim Anblick der wie zwei Hühner aufgeregt flatternden
Kinder nicht leicht viel.

Henriette stockte. Darüber hatte sie gar nicht nachgedacht, sie war gerade drauf und dran, das Versteck und damit
die ganze Kleeblattband zu verraten. Gerda kam ihr zu Hilfe,

»Ich wollte unbedingt das Schloss mal sehen, von innen. Ich
war es.« Sie erntete einen dankbaren Blick ihrer Mitstreiterin.

»Und was war nun hinter dieser Kellertür?« Henriettes
Mutter beugte sich zu den beiden.

»Erst war da so ein Rascheln, Tante Herta. Aber dann ...«
Gerda steckte der Schreck noch tief in den Gliedern, Henriette ging es nicht anders.

»... dann haben wir ganz deutlich ein Stöhnen gehört.

Mutter, ein Stöhnen! Die Tür ist doch verschlossen, dahinter gibt es nichts weiter als einen einzelnen Kellerraum, und der soll auch noch sehr klein sein.«

»Was du alles weißt, Kind.« Herta Ahrenfelss wunderte sich ehrlich. Aber ihre Tochter ließ sich davon nicht beirren. Zu groß war der Schreck. Sie überlegte bereits, wie sie die anderen Kleeblätter davor warnen konnte. Sie konnten doch unmöglich wieder dorthin, viel zu gefährlich.

»Doch, ein Stöhnen, Wimmern, als hätte jemand schlimme Schmerzen. Das war bestimmt der Geist dieses von Katte.«

Alle in Küstrin kannten die Geschichte des Hans Hermann von Katte, den die Hilfe zur Fahnenflucht Friedrich des Großen den Kopf gekostet hatte. Dort im Innenhof des Schlosses war er hingerichtet worden.

»Aber Henriette, was erzählst du da bloß. Die Geschichte ist über zweihundert Jahre alt. Warum sollte der Katte ausgerechnet jetzt plötzlich zu spuken beginnen. Und außerdem gibt es keine Gespenster, und damit basta.«

»Aber Vater, wir haben es beide ganz deutlich gehört, hinter der Tür war jemand.«

»Schluss jetzt, das kann doch gar nicht …« Henriettes Vater stoppte abrupt. Blicke flogen zwischen ihm und seiner Frau her, sie hatten den gleichen Gedanken.

Am Vormittag war Hans' Mutter zu ihnen gekommen. Sie hatte furchtbar verstört ausgesehen. Ob sie allein seien, hatte sie gefragt und sich ängstlich in alle Richtungen umgeschaut. Dann hatte sie die Ahrenfelss gebeten, sie mit nach hinten zu nehmen, sie wolle nicht im Laden gesehen werden. Sie hatte es eilig, sie müsse alles so schnell wie nur möglich erledigen, bevor Hans zurück wäre und sie suchte.

»Was ist denn bloß los, Frau Doktor Hehn, Sie sind ja ganz durcheinander.«

»Oh, glauben Sie mir, das wären Sie an meiner Stelle auch. Wie soll ich bloß anfangen?«

Sie gab sich einen Ruck und begann zu erzählen.

Eine Stunde zuvor war ein Mann bei der Praxis ihres Gatten erschienen. Er hatte plötzlich im Hinterhof gestanden und ans Fenster geklopft. Sie hatte sich furchtbar erschreckt.

»Bitte verraten Sie mich nicht«, hatte er gefleht. »Ich brauche Hilfe, bitte! Ich brauche einen Arzt. Ich kann nicht vorne in die Praxis kommen, aber ich brauche einen Arzt.«

Er hatte furchtbar ausgesehen. Sein Kopf kahl rasiert, der Bart verklebt von Schmutz und Blut, die Augen tief in den Höhlen, das Gesicht eingefallen.

»Aber das klingt ja fürchterlich.«

»Obwohl noch ein junger Mann, wirkte er wie ein Greis.«

»Frau Hehn, und dann? Was haben Sie getan?«

»Ich habe zunächst gar nichts gemacht, ich war so voller Angst.«

»Sie hätten die Polizei rufen sollen!«

»Sie werden mir gleich zustimmen, dass es gut war, keine Hilfe herbeizuholen. Zum Glück kam mein Mann in diesem Moment ins Zimmer. Natürlich entdeckte er diesen Kerl an unserem Fenster sofort.«

»Und dann?« Herta Ahrenfelss war auf die vorderste Kante ihres Stuhls gerutscht.

»Mein wunderbarer Mann, er ist wirklich durch und durch Arzt. Zunächst bekam auch er einen gehörigen Schreck, aber dann half er dem Fremden, über das Fenster ins Zimmer zu steigen. Ich sage Ihnen, Frau Ahrenfelss, mein Herz schlägt mir noch immer bis in den Hals. Mein Mann begann sofort mit der Untersuchung. Was ich dann sehen musste, sollte den Augen einer Frau erspart bleiben. Wunden am Körper, Schlagstriemen und Brandnarben, blaue Flecken überall, tiefschwarze Blutergüsse, sogar auch da, wo nur ein Mediziner hinschaut.«

»Oh, Frau Hehn, das ist ja wirklich schrecklich«, pflichtete Ephraim seiner Frau bei.

»Die Geschichte ist noch nicht vorbei. Wissen Sie, wer der Fremde war?«

Gespannte Stille.

»Es ist der Onkel der kleinen Charlotte, der Schwager ihres Vaters.«

»Was, der Schwager von Herrn Drüske?«

»Ja, tatsächlich. Seine verstorbene Frau, die Mutter von Charlotte, war doch Polin, so viel ich gehört habe. Und sie hatte einen Bruder, er lebt in Berlin, na ja, lebte. Jetzt ist er hier in Küstrin.«

»Und was ist mit diesem Mann passiert? Warum konnte er nicht einfach zu ihrem Mann in die Praxis gehen, wieso die Heimlichtuerei?«

»Weil er auf der Flucht ist.«

»Auf der Flucht?«, fragten Herta und Ephraim Ahrenfelss wie aus einem Munde.

»Ja, auf der Flucht. Er ist Kommunist, Mitglied der KPD, schon immer gewesen, nie besonders aktiv, aber eben Mitglied. Das hat er uns alles, nachdem mein Mann seine Wunden versorgt hatte, erklärt. Und die, na sie wissen schon, die haben ihn aufgegriffen. Nachts sind sie in seine Wohnung in Berlin eingedrungen und haben ihn verhaftet. Gott sei Dank ist er alleinstehend, keine Kinder oder Frau. Wer weiß, was die mit denen angestellt hätten. Es ist alles so grauenvoll. Er wurde nachts auf einen LKW gesperrt, zusammen mit anderen Männern, und nach Sonnenburg gebracht.«

»Sonnenburg?«

»Ja, genau, unser Sonnenburg.«

Sonnenburg war ein kleiner Ort in den Niederungen südlich der Warthe, keine zwanzig Kilometer von Küstrin entfernt. Vor gut zwei Jahren wurde das dortige alte Zuchthaus von den neuen Machthabern ausgebaut. Die Ahrenfelss wussten nicht viel darüber, alles geschah hinter dicken Mauern, und man fragte lieber nicht.

»Aber wurde Sonnenburg nicht bereits im vergangenen Jahr wieder geschlossen?«, fragte Ephraim nun.

»Ja, dachten wir auch, Herr Ahrenfelss. Es stimmt aber nicht. Dort müssen katastrophale Zustände herrschen, von der Behandlung der Gefangenen ganz zu schweigen.«

»Das ist ja alles entsetzlich.«

»Aber wie kam er ausgerechnet zu Ihnen?«, nahm ihr Mann den Faden wieder auf.

»Er hatte, wie auch immer, fliehen können und wusste nicht, wohin. Da fiel ihm nichts anderes ein, als zu seinem Schwager zu laufen. Ausgerechnet ins Schloss mitten in die Verwaltung. Und der hat ihn dann erst mal zu uns geschickt, also zu meinem Mann.«

»Und was haben Sie dann getan?«

»Sie wissen doch, wir haben ja ohnehin nicht einen so guten Stand in der Stadt, mein Mann macht ja keinen Hehl aus seiner Meinung über die, Sie wissen schon. Wir wussten nicht, wohin mit ihm.«

»Aber Frau Hehn, wenn Sie gekommen sind, damit wir ihn hier verstecken, das ist wirklich unmöglich. Wir haben zurzeit Verwandtenbesuch und …«

»Nein, natürlich nicht«, beschwichtigte die Arztgattin, »es ist wohl alles geregelt. Der Mann meinte, er könne wieder zu seinem Schwager zurück. Wir haben ihn einfach wieder gehen lassen, und nun hoffen wir, dass das kein Fehler war. Ich habe nicht nur Angst um ihn, verstehen Sie, es geht mir auch um uns. Wenn rauskommt, dass wir einem Kommunisten geholfen haben …« Die junge Frau Doktor war in Tränen ausgebrochen. Herta war aufgesprungen und hatte ihren Arm beruhigend auf die bebenden Schultern gelegt. Nach einer Weile hatte sich Frau Hehn wieder gefangen.

»Entschuldigen Sie, da behellige ich Sie mit so einer Sache. Aber ich musste einfach mit jemandem sprechen. Ihnen kann ich vertrauen, was in diesen Zeiten nicht einmal mehr für meine Familie gilt.«

»Wie, Sie können Ihrem Mann nicht mehr vertrauen?« Ephraim war verblüfft.

»Nein, ich meine natürlich nicht meinen Mann, ich meine meine Familie draußen auf dem Gut. Blut und Boden, Sie wissen schon, die Landwirtschaft erlebt derzeit einen Aufschwung wie selten zuvor. Ich habe versucht, mit meinem Vater darüber zu sprechen, über die Probleme, die politische Entwicklung. Aber er will von alldem nichts wissen. Ich verstehe ihn nicht. Ich habe ihn auf die schlimmen Dinge hingewiesen, die man so gerüchteweise hört, oder auch auf den Umgang mit Ihnen und Ihresgleichen. Er meint, der Judenhass sei doch nur eine Zeiterscheinung, die sich bald wieder legen würde. Ach, entschuldigen Sie nochmals, das interessiert Sie doch alles gar nicht. Mein Mann wird ungehalten sein, wenn er erfährt, dass ich bei Ihnen war und das alles erzählt habe. Aber ich musste es einfach loswerden und wusste, dass ich Ihnen vertrauen kann, weil Sie ja …«

»Seien Sie ganz beruhigt, Frau Hehn, all das hier bleibt unter uns. Niemand wird davon erfahren. Das ist für uns alle besser.« Ephraims Blick war voller Sorge. »Für uns alle!«, wiederholte er. Die drei schwiegen.

»Na so was! Charlottes Vater!«, unterbrach Ephraim die Stille, »hat sich seines Schwagers angenommen. Ich hätte ihm das gar nicht zugetraut, so viel Courage. Jetzt ist der bestimmt schon lange in Sicherheit.«

Und diese Sicherheit, das war Herta und Ephraim jetzt, da ihre Tochter und die kleine Gerda mit ihrer Spukgeschichte aus dem Schloss vor ihnen standen, klar, bestand aus einer dicken Tür und einem dunklen Kellerloch, das niemanden interessierte. Niemanden, außer zwei neugieren kleinen Mädchen, die im Schlosshof Verstecken spielten.

»Ihr zwei geht jetzt mal und wascht euch. Danach gibt es einen Kakao.«

Die Mädchen waren zwar mit dem Hinausgeschicktwerden unzufrieden, aber die Aussicht auf Milch mit Schokolade stimmte sie milde. Schon sausten sie in Richtung des Bades.

»Denkst du auch, was ich denke, Ephraim?«

»Ich hoffe nur, dass Charlottes Vater eine andere Lösung finden wird. Wenn er ihn wirklich dort im Keller versteckt hat, dann wird es nicht lange dauern, bis er auffliegt. Und dann sind sie alle beide dran. Ich möchte mir das gar nicht vorstellen müssen, die arme Charlotte. Was meinst du, Herta, sollten wir helfen? Frau Hehn hat doch gesagt, der Mann sei Pole. Vielleicht könnten wir ihn ja zu deinem Vater schicken. Von Breslau aus ist es doch nicht mehr weit bis zur polnischen Grenze.«

»Bist du verrückt. Ich finde es schon unheimlich genug, dass wir überhaupt etwas von der Sache wissen müssen, da will ich nicht noch mehr mit hineingezogen werden, und auf keinen Fall behelligen wir Vater damit. Wir haben schließlich selbst Probleme genug.«

Die Kinder kamen zurück und machten jede weitere Diskussion unmöglich.

Herta und Ephraim Ahrenfelss hörten in den darauffolgenden Tagen nichts weiter von der Sache: Es gab keine Verhaftung eines Sonnenburg-Flüchtlings in Küstrin, und auch Charlottes Vater schien unbehelligt geblieben zu sein. Schließlich beschlossen die zwei, nicht mehr darüber nachzudenken. Es war wohl alles gut gegangen, redeten sie sich ein. Selbst Henriette und Gerda schienen über ihre Geistergeschichte hinweggekommen zu sein, wenn es bei ihnen auch eher daran lag, dass sie Angst hatten, von den anderen ausgelacht zu werden. Beim ersten Treffen der Kleeblattbande waren sie mit klopfenden Herzen in das Versteck unter die Treppe gekommen, hatten immer wieder auf die Tür geschaut und gehorcht. Nichts war zu hören gewesen, alles schien wie immer.

Da kam die freudige Nachricht aus Wesermünde für alle gerade recht, lenkte sie doch die Gedanken auf ganz andere, schöne Dinge.

»Gerda!«, schallte die Stimme von Henriettes Mutter zu ihnen. »Gerda, komm schnell. Ein Brief deiner Eltern. Du hast ein Brüderchen bekommen!«

Schon hallten Schritte von vier Kinderfüßen unter lautem Geschrei über den Flur. Die beiden Mädchen tanzten aufgeregt um den Küchentisch. Ein Brüderchen! Schnell las Herta Ahrenfelss den Brief laut vor. Sie hatte ihn bis dahin selbst nur flüchtig überflogen und dann gleich ihren Mann und die Kinder zu sich gerufen.

… und wir freuen uns schon darauf, dass unsere Gerda wieder zu uns kommt. Am Sonntag in einer Woche soll die Taufe sein, da wollen wir sie natürlich zu Hause haben. Bitte nehmt das hier beigelegte Geld für das Billet und setzt Gerda in den Zug. Sie ist ja schon ein großes Mädchen. Erklärt ihr aber ganz genau, wie sie zu fahren hat, damit sie dabei ist, wenn wir unseren Stammhalter auf seinen Namen taufen: Adolf!«

»Der Lehrer ist fort!«

Die Synagoge war verschlossen, die winzige Gemeinde davor schaute sich ratlos an. Es war nur noch eine Handvoll, doch gerade dieser Tage hatten sie ihre Gemeinschaft nötiger denn je.

Der Religionslehrer hatte sich immer mehr in die Gemeindearbeit gesteigert, er hatte ja auch sonst nichts mehr zu tun. Die öffentlichen Schulen waren schon lange für ihn tabu. Er wohnte in einem winzigen Zimmer im hinteren Teil des Gotteshauses. Sie hatten an der Tür geklopft, aber auch die war verschlossen.

»Ibrahim Sarakrowitsch!« hatten sie durch die winzigen Scheiben ins Dunkle gerufen, ohne eine Antwort zu erhalten.

Währenddessen hatte man Ibrahim Sarakrowitsch die Handfesseln angelegt und fester gezogen. Die Männer mit den Stiernacken und den langen, schwarzen Ledermänteln waren am Tag davor mit großen Schritten über den Synagogenvorplatz geschritten. Am Eingang der Synagoge hatten sie auf die Tür gespuckt.

Niemand hatte bemerkt, dass sie den jungen Kantor mitnahmen. Er hatte keine Ahnung, wo sie ihn hingebracht hatten. Auf dem Weg raus aus der Stadt hatten sie ihn auf den Boden der schwarzen Limousine gedrückt und ihm die Augen verdeckt.

Sie konnten nicht weit gefahren sein, vielleicht zehn oder zwanzig Minuten. Als sie ihm den Sack vom Kopf zogen, mussten sich seine Augen erst an das Licht gewöhnen, dass eine nackte Deckenlampe in der Mitte des Zimmers verbreitete, Fliegendreck klebte auf ihrem Gewinde. Es war ein dunkler Raum, feucht und muffig, ein altes Gemäuer. Zigarrenschwaden hingen in der Luft.

»Du gibst uns jetzt eine vollständige Liste aller Gemeindemitglieder und zwar mit den dir bekannten Verwandten, oder wir werden dich dazu bringen«, hatten sie gesagt und Ibrahim Sarakrowitsch hatte nicht glauben wollen, dass sie das tun würden, was sie nun taten.

Er wimmerte vor Schmerzen.

»Man sagt, du spieltest immer so hübsch Klavier«, höhnte einer der beiden. Mit einem gezielten Schlag sorgte er dafür, dass diese Finger niemals wieder Tasten finden würden. Sarakrowitsch schrie auf, dann wurde er ohnmächtig.

Einige Tage später spülte die Oder die Leiche eines jungen Mannes ans Ufer. Er war einst Lehrer in Küstrin und Kantor der jüdischen Gemeinde gewesen und bekannt für sein Klavierspiel.

Kapitel 13

»Oma, du siehst furchtbar aus. Was ist los?« Es war später Nachmittag, und Rachel war gerade ins Hotel zurückgekommen.

»Ach, Kleines, setz dich mal zu mir. Die Reise fällt mir wohl schwerer, als ich zunächst zugeben wollte.«

Rachel setzte sich zu ihrer Urgroßmutter ans Bett:

»Oma Elsa hatte also doch recht, es ist zu anstrengend.«

»Nein, nicht doch, ich meine nicht körperlich, es sind die vielen Erinnerungen.«

Henriette hatte die Hand des Mädchens gegriffen. Sie schwiegen eine Weile. Schließlich durchbrach Rachel die Stille:

»Was für Erinnerungen meinst du? Seit wir in Berlin sind, machst du immer nur Andeutungen. Willst du mir nicht endlich erzählen, was dich so bedrückt?«

»Ich bin mir noch nicht sicher, wie tief ich in die Vergangenheit eintauchen möchte, Rachel. Aber ja, ich habe dir unten im Park versprochen, dir einiges zu erklären, und mein Versprechen werde ich halten. Es ist nicht so einfach für mich. Bitte gib mir noch ein bisschen Zeit. Heute Abend möchte ich nur über schöne Dinge reden, lass uns doch nachher unten im Restaurant etwas essen, und dann erzählst du mir von deinem Nachmittag.«

Die Suppe wurde serviert und Rachel schaute ihre Uroma erleichtert an: »Du siehst wieder besser aus, Oma, ich bin froh.«

»Ich auch, Kleines. So, und nun bist *endlich* du an der Reihe. Also, wie ist er denn nun so, dein Sergio?«

Rachel erzählte von ihrem Tag. Ein fröhlich kunterbuntes Durcheinander aus Begeisterung über Sehenswürdigkeiten, kleinen Anekdoten und versteckter Bewunderung für Sergio.

»Und bevor du fragst, Oma ...«, sprudelte sie weiter, »... nein, Sergio und ich haben nicht ...« Ihre anfängliche Resolutheit wich einem verschämten Zögern. So einfach war es gegenüber der eigenen Uroma doch nicht, über diese Dinge zu sprechen.

»Nicht einmal geküsst?« Henriette spielte die Entrüstete.

»Doch!«, gab Rachel lachend zu. Sie geriet ins Schwärmen:

»Weißt du, Oma, es ist nicht nur Sergio, die ganze Stadt ist toll. Das Leben hier in Berlin scheint so unbeschwert, so leicht. Alles ist geordnet und doch auch so verrückt.«

»Das alles willst du in gerade mal einem Nachmittag erfahren haben?« Henriette runzelte die Stirn.

»Na ja. Wir haben so viel gesehen! Zum Beispiel dieses Badeschiff ..., stellt dir vor, das ist ein Swimmingpool in einem Schiff, und das Schiff liegt hier im Wasser. Wo gibt es denn sonst so etwas auf der Welt?«

Henriette hielt sich mit weiteren Kommentaren zurück. Rachel hatte ja noch nichts von dieser Welt gesehen, aber sie hütete sich davor, den Enthusiasmus ihrer Urenkelin zu bremsen.

»Sergio sagte, Berlin sei eine sehr lebenswerte Stadt. Ich

könnte mir glatt vorstellen … also, das ist natürlich weit her-
geholt, aber im Grunde genommen …, ich kann doch auf der
ganzen Welt leben.«

Henriette glaubte ihren Ohren nicht zu trauen. »Rachel,
meinst du nicht, dass du gerade ein bisschen übertreibst? Bei
aller Freude über dein neues Glück, aber dieses währt mal
gerade erst ein paar Stunden. Ist es da nicht ein wenig zu früh
für solch tiefgreifende Überlegungen?«

»Aber Oma, ja doch, weiß ich ja. Aber warum soll man
nicht mal ein bisschen träumen dürfen? Und wir haben
schließlich nur *ein* Leben bekommen, darin möchte ich so
viel Spaß haben wie nur möglich. Immerhin kann ich mir
doch aussuchen, was ich damit machen möchte.«

Henriette seufzte, wie weit war ihrer beider Leben doch
voneinander entfernt.

»Ich weiß schon, was du meinst. So einfach ist das mit
dem Aussuchen nun auch wieder nicht. Da hast du natürlich
recht, aber versuchen kann man es doch! Schließlich bin ich
jung.«

»Aber du weißt doch nicht einmal, was es überhaupt ist,
das du versuchen willst. Meinst du nicht, dass du dir erst mal
darüber klar werden solltest, was du mit deinem Leben anfangen möchtest, bevor du schon gleich den Kontinent wech-
selst? Erst mal solltest du dir einen Beruf suchen, eine gute
Ausbildung machen, Erfahrungen sammeln. Das braucht alles seine Zeit. Das Privatleben findet sich dann schon.«

»Das geht mir alles zu langsam. Ich will mehr, mein Leben
soll jetzt beginnen! Außerdem verändert sich alles sowieso
gerade. Weißt du, ich werde vielleicht all meine Freundinnen
nicht mehr wiedersehen. Die Schule ist vorbei, und alle gehen

auseinander. Und ich will auch nicht diejenige sein, die allein zurückbleibt.«

Henriette beobachtete ihre Urenkelin fasziniert. Sie war so stolz auf sie. Ein Vögelchen, das auf der Nestkante saß. Bereit zum Abflug in die große Welt.

»Ach, Liebes. Weißt du, Abschied nehmen gehört nun einmal zum Leben dazu. Das wirst du noch öfter durchstehen müssen. Man gewöhnt sich nie an solche Verluste, und doch müssen wir sie mit jedem Jahr, das wir älter werden, häufiger durchleiden.« Henriette dachte an die vielen, die sie schon verloren hatte, aber vor allem dachte sie an einen, den einen. Rachel schaute ihre Uroma erwartungsvoll an, diese sprach weiter.

»Das Älterwerden ist eine seltsame Sache. Wenn man so jung ist wie du, bemerkt man es nicht. Aber irgendwann siehst du es an deinen Freunden, dann auch an deinem Ehemann, oder *Partner*, wie ihr jungen Leute heute sagt. Und du lebst von den Erinnerungen, mit denen du den Lauf der Zeit umzudrehen suchst. Eines Tages gehst du am Spiegel vorbei, siehst dich selbst und erschrickst: was hat die alte Frau da mit mir zu tun? Dein Körper wird zum Phänomen. Ja, so ist es in der Tat, der Körper wird plötzlich zu etwas Fremdem, zwar irgendwie vertraut, aber dennoch voller Überraschungen, und glaube mir, nicht immer die angenehmsten.«

Rachel nickte. »Ich weiß noch, wie das mit den Brüsten losging …«

»Ach herrje, meine Süße, ja, stimmt, vielleicht ist es so ein bisschen wie in der Pubertät. Nur, dass die Veränderungen, die wir beim Älterwerden machen, nicht unbedingt die schönsten sind.«

Henriette schaute auf ihre faltigen Hände, die von dunklen Flecken übersäht waren.

»Eines Tages bemerkst du dann, dass du als Einzige übrig geblieben bist und alle anderen dich bereits verlassen haben. Der Tod wird zum Begleiter.«

»Das macht mir Angst.«

»Ach, entschuldige, was rede ich bloß für einen Unsinn daher. Wir wollen hier deinen Schulabschluss mit dieser Reise feiern, und ich fange mit diesem Altweiber-Gewäsch an. Ich glaube, das muss dir keine Angst machen. Älterwerden hat auch etwas Gutes: wir reduzieren uns auf das Wesentliche, und das ist grad so wenig, wie es viel ist. Wie oft verschwenden wir unsere Leben in hektischer Suche nach Orten, an denen wir Ruhe finden, essen in Restaurants an schmutzigen Autobahnen, die gesunde Küche anbieten, verdienen Geld, um eines Tages nichts mehr tun zu müssen. Dinge tun, die man nicht mag, um sich die Dinge leisten zu können, die man eigentlich gar nicht braucht.« Henriette schüttelte sich kurz. »Was rede ich bloß daher? Nein, meine Kleine, du hast völlig recht: genieße das Leben und mach, worauf du Lust hast. Aber vielleicht musst du das erst einmal herausfinden.«

»Ich weiß ja, was ich will.«

Henriette war baff.

»Oma, ich will vor allem glücklich sein oder wenigstens zufrieden, und zwar sowohl mit meinem Beruf als auch sonst in meinem Leben. Ich möchte stolz sein auf das, was ich tue.«

Henriette lächelte. Wie schön die Zeit der Jugend war, was für ein Geschenk. Sie beneidete Rachel darum, heute aufwachsen zu dürfen. Alles war so einfach, klar und so selbstbestimmt. Und genau das sagte sie ihr.

»Oma, so leicht ist das heute nun auch wieder nicht. Es ist doch nichts wirklich planbar. Der ganze Terror auf der Welt, Fanatiker, Kriege um Öl, Menschen ohne Rechte, die ständige Gefahr, und jobmäßig ist es auch nicht einfach. Nur eines ist sicher: keiner weiß, was am nächsten Tag passiert. Ein Grund mehr, das Leben zu genießen.«

»Da hast du wohl recht.«

»Wie war denn das bei dir so damals?«

Henriette lachte laut auf, trotz der Vorsicht war Rachels Manöver allzu offensichtlich: »Du möchtest endlich deine Fragen beantwortet bekommen, richtig?«

Rachel nickte. Henriette überlegte einen Moment, sie wusste nicht recht, wie sie beginnen sollte, dann gab sie sich einen Ruck, holte tief Luft und begann zu sprechen:

»Na schön, Rachel, du hast mich nach meinen deutschen Wurzeln gefragt. Gut, ich will dir davon erzählen, mehr noch, ich werde sie dir zeigen.«

Die Augen des Mädchens weiteten sich ungläubig.

»Zeigen?«

»Übermorgen ist Tag fünf unserer Reise, und da darf ich doch das Hotel endlich verlassen. Wir machen einen Ausflug. Wir fahren nach Küstrin.«

Ihre Enkelin blieb stumm und schaute sie mit fragenden Augen an.

»Du sagst ja gar nichts.«

»Ich bin total perplex. Wir fahren bitte schön wohin?«

»Nach Küstrin, das ist meine Heimatstadt, da wurde ich geboren. Meine deutschen Wurzeln.«

»Ist ja irre.«

»Wir müssen uns nur noch überlegen, wie wir da hinkommen. Und jetzt lass uns über was anderes reden.«

»Stopp, stopp, stopp, Oma, nicht so schnell. Ich will jetzt erst mal mehr darüber erfahren. So einfach speist du mich nicht ab. Also, du bist dort geboren? Wie schreibt sich der Name der Stadt?«

Das Mädchen hatte im Nu ihr Telefon in der Hand, ihre Finger wischten und tippten, und nur einen kurzen Moment später schaute sie ihre Urgroßmutter auffordernd an. Henriette begann zu buchstabieren, erwartungsgemäß bereitete das »Ü« Rachel Schwierigkeiten, aber schließlich ließ sie die Suche starten und nur Bruchteile von Sekunden später schaute sie triumphierend auf das Display. Ihre Miene verfinsterte sich jedoch gleich darauf wieder:

»Ach, alles nur auf Deutsch.«

»Zeig mal, ich kann dir das übersetzen.« Henriette hatte schon die Hand ausgestreckt, aber ihre Urenkelin schüttelte den Kopf.

»Nicht nötig, Oma, macht alles das hier.« Sie zeigte auf ihr Handy. Schon überflog sie schmunzelnd den Text. Die Übersetzung war miserabel, aber sie reichte aus, den Inhalt zu verstehen. Rachel las vor, die absurd verfremdeten Stellen passte sie so gut wie möglich an:

»Küstrin (heute Kostrzyn) war bis 1945 eine deutsche Stadt in der Mark Brandenburg am Zufluss des Flusses Warthe in die Oder. Nach dem Ende des Zweiten Weltkrieges wurde die Stadt geteilt und zerfiel in den kleineren Teil auf deutscher Seite, dem sogenannten Küstriner Vorland, heute Küstrin-

*Kietz, und der polnischen Stadt Kostrzyn nad Odra, die auch
die ehemalige Altstadt-Festung Küstrin umfasst.«*

Rachel ließ das flache Gerät in ihrer Hand sinken:
»Das ist aber alles sehr verwirrend, Oma. Von den Namen
selbst und deren Aussprache mal ganz zu schweigen.«
Henriette antwortete nicht, sie schien tief in Gedanken versunken. Rachel las weiter:

*»Das polnische Kostrzyn liegt im Westen Polens rund 80 Kilo-
meter östlich Berlins. Küstrin hatte von jeher als Festungs-
stadt eine wichtige militärische Bedeutung.*

*In heutiger Zeit ist es berühmt für seine Altstadt, die ehe-
malige preußische Festung. Diese befand sich auf einer Halbinsel, die von den beiden Flüssen Oder und Warthe gebildet
wird. Sowohl Festung als auch Altstadt wurden am Ende des
Zweiten Weltkrieges schwer zerstört.*

*Nach 1945 entschieden sich die verantwortlichen Sieger-
mächte gegen einen Wiederaufbau und gaben die Gebäudereste zum Abriss frei. Insbesondere der Wiederaufbau von
Warschau forderte Baumaterial, so dass die einst stolze Altstadt Küstrins schließlich komplett dem Erdboden gleichge-
macht wurde und bis heute nur als Ruine übrig blieb.«*

Rachel schaute besorgt zu ihrer Urgroßmutter. Es würde
nichts mehr von deren Geburtsstadt übrig geblieben sein.
Hatte sie davon gewusst? Ihr Gesichtsausdruck war wie ver-
steinert und Rachel las weiter.
*»In den vergangenen Jahrzehnten wurde mit der Freilegung
der im Laufe der Zeit fast vollständig verschütteten Reste der*

ehemaligen Altstadt begonnen. Heute sind Straßenzüge, Fundamente, Grundmauern und Reste von Treppenaufgängen wieder sichtbar, darunter auch die des ehemaligen Schlosses und der Stadtkirche. Die Altstadt wird heute als Pompeji an der Oder bezeichnet. Auf einem Teil des ehemaligen Stadtwalls läuft eine zum Teil befestigte Promenade, die den Besuchern einen lohnenswerten Blick über die Oder und die flache Landschaft an deren Ufern bietet.«

Rachel ließ ihr Telefon sinken und schaute ihre Uroma an. Diese hatte die gesamte Zeit über vollkommen unbewegt zugehört. Erst nach einer geraumen Weile begann sie zu sprechen, jedoch so leise, dass Rachel sich anstrengen musste, überhaupt etwas zu hören:

»Vollständig verschüttet, Ruinen, Pompeji an der Oder. Und wir waren immer so stolz auf unser schönes Küstrin: das Schloss war mächtig, die Stadtmauern erstreckten sich hoch über dem Fluss. Uneinnehmbar, hatte es über Jahrhunderte geheißen, Küstrin sei uneinnehmbar. Die Stadthäuser adrett und mit Stuck verziert. Wir malten auf dem Pflaster der Gehwege mit Kreide unsere Hüpfspiele, liefen in den Auewiesen der Oder und badeten in den Seitenarmen. Unsere Stadt war berühmt, die Reichsstraße, die Eisenbahn und natürlich die bewegende Geschichte des deutschen Königs.«

Henriette verfiel wieder in Schweigen, noch immer schien sie der Welt entrückt. Rachel gefiel es gar nicht, sie so zu sehen.

»Was war denn mit dem König?« Sie hoffte, ihr Nachfragen könnte Henriette wieder in die Gegenwart zurückholen.

»Was sagtest du?«

»Du sagtest etwas vom König, von einer berühmten Geschichte. Was hat es damit auf sich?«

»Oh ja, natürlich.« Wie oft hatten sie einst diese Geschichte in der Schule zu hören bekommen.

»Es ist lange her. Der Mann, der später mal als Friedrich der Große preußischer König sein sollte, war noch ein Jugendlicher. Sein Leben war für ihn nicht gerade einfach, sein Vater ließ ihn furchtbar streng von Soldatenführern erziehen. Er litt so sehr, dass er aus seinem eigenen Staat fliehen wollte, diese Flucht ging aber schief. Friedrich hatte einen guten Freund, Hans Herrmann von Katte. Der wusste von dem Plan, und das alleine wurde ihm zum Verhängnis: Man verurteilte ihn zum Tode.«

»Was? Aber er hatte doch gar nichts getan. Wenn einer dran war, dann ja wohl dieser König.«

»Da hast du sicher recht, Liebes, aber damals dachten die Menschen anders, als wir es heute tun.«

»Aber das ist ja alles ganz furchtbar, Oma. Und Küstrin, was hatte deine Stadt damit zu tun?«

»*Von* Katte wurde in der Küstriner Festung enthauptet. In dieser Festung war auch Friedrich eingesperrt worden, und sein strenger Vater zwang ihn, bei der Vollstreckung zuzuschauen.«

Rachel schrie unwillkürlich auf.

»Ich weiß, eine schreckliche Geschichte, aber wir waren alle immer stolz darauf, dass Küstrin berühmt war. Außerdem hat diese Geschichte aber auch bei all ihrem Schrecken einen schönen Zug: Sie erzählt nämlich auch von einer großen, tiefen Freundschaft. Eine Jugendfreundschaft, viele meinen übrigens, dass es sogar eine Jugendliebe war, wenn du verstehst ...«

Rachel war beeindruckt. »Und das hast du miterlebt, Oma?«

Henriette lachte laut auf, ihr Lachen hatte etwas Befreiendes.

»Also ich bin zwar alt, aber so alt nun auch wieder nicht. Das war im achtzehnten Jahrhundert.«

Nun lachte auch Rachel. »Europäische Geschichte ist so verwirrend, es ist alles schon so lange her, und man schaut kaum durch, wer da gegen wen und mit wem war.«

»Oh, das ist wohl wahr.«

Rachel ließ ihren Blick über das Gesicht ihrer Urgroßmutter gleiten. Sie zögerte eine Weile, dann fragte sie aber schließlich doch: »Und deine eigenen Jugendfreundschaften? Die Menschen aus deiner Zeit in Küstrin, was ist aus denen geworden?«

Henriette schluckte. Sie hatte sich ja selbst diese Frage unzählige Male gestellt.

»Liebes, lass uns noch draußen ein paar Schritte machen. Etwas Luft würde mir jetzt gut tun.«

Ihre Sätze hatten eine Bestimmtheit, die keinen Widerspruch duldete.

Rachel schaute zerknirscht. Sie wusste, dass die Hoffnung, ihrer Urgroßmutter noch etwas mehr über die Vergangenheit zu entlocken, zumindest an diesem Abend nicht mehr erfüllt würde.

Als die zwei schließlich ihren Weg auf dem abendlichen Bürgersteig nahmen, stützte sich Henriette fest auf den Unterarm ihrer Urenkelin. Unvermittelt blieb sie stehen und wandte sich ihr zu. Das Licht der Straßenlaterne ließ ihr Gesicht noch älter wirken.

»Rachel, gib deiner Uroma noch ein bisschen Zeit. Übermorgen fahren wir beide nach Küstrin, aber bis dahin brauch ich noch etwas Ruhe.«

»Aber natürlich, Oma.«

»Weißt du, es wird keine leichte Reise sein.«

»Ich werde mich morgen um die Fahrt kümmern. Sergio weiß bestimmt, wie wir am komfortabelsten nach Küstrin kommen, dann wird es nicht so anstrengend.«

»Ach, Rachel ...« Henriette schüttelte lächelnd den Kopf.

Kapitel 14

Nun endlich konnten sie ihre mühsam aufrechterhaltene Fassade fallen lassen. Sie hatten Henriette gerade ins Bett geschickt. Der arme Lehrer Sarakrowitsch sei ins Wasser gefallen, hatten sie ihrer Tochter glauben gemacht und noch mit erhobenem Zeigefinger vor dem Fluss gewarnt. Zum Glück war die kleine Gerda schon wieder nach Wesermünde zurückgereist, so dass Otto und Clara von der Sache nichts mitbekommen würden.

»Ephraim, was geht hier bloß vor?«

»Herta, wir wissen doch gar nicht, was passiert ist. Das sind doch alles nur Gerüchte, oder hat etwa jemand gesehen, dass der arme Sarakrowitsch abgeholt wurde?«

»Hast du vergessen, was sie über seine Hände erzählt haben? Zertrümmert waren sie, zertrümmert!«

»Erzählt! Du sagst es, erzählt! Niemand von denen hat ihn gesehen.«

»Und Hans' Mutter, Frau Hehn? Meinst du, dass sei auch nur eine Geschichte gewesen? Der Mann bei ihr im Hinterhof, Schwager von Charlottes Vater, verhaftet, geschunden, gefoltert. In Sonnenburg! Keine zwanzig Kilometer von hier. Ephraim, das geschieht alles direkt vor unseren Augen, in nächster Nähe. Wir können uns doch nicht vormachen, dass wir hier in Küstrin noch in Sicherheit sind.«

»Herta, das alles hat doch nichts mit uns zu tun. Der Mann bei Doktor Hehn war Kommunist. Wir wissen doch, wie Hitler mit politischen Gegnern umgeht. Wahrscheinlich hat der Kerl agitiert und ist laut geworden. Aber wir, wir sind doch nicht politisch, und wir verhalten uns vollkommen unauffällig. Das ist überhaupt das Beste in dieser Zeit: unauffällig zu bleiben.«

»Ephraim, sei doch kein Narr. Du weißt so gut wie ich, dass sich der Hass der Nationalsozialisten nicht nur auf politische Gegner bezieht. Geh doch einfach zum Marktplatz und schau in den Glaskasten dort. *Der Stürmer* verbreitet jeden Tag den gemeinsten Schmutz über uns. Und die ganzen Einschränkungen, die wir zu erdulden haben! Oder unsere arme Henriette, hast du schon vergessen, wie sehr sie unter diesem Lehrer zu leiden hat?«

»Was liest du auch den *Stürmer*. Kein Wunder, dass du solche Angst hast. Das ist doch nichts weiter als ein Schmierblatt.«

»Nichts weiter? Das, mein lieber Mann, ist die Meinung unserer Regierung!«

»Der Glaskasten wird regelmäßig von Küstrinern zertrümmert. Das ist vielleicht die Meinung von denen in Berlin, aber nicht hier bei uns.«

»Die Fahnen werden mehr, Ephraim. Geh doch mal offenen Auges durch die Straßen. Überall weht das Hakenkreuz. Die Kinder tragen braune Uniformen, Menschen wie Karls Vater haben die Macht über ganze Stadtteile, und niemand traut sich, offen zu sprechen, aus lauter Furcht, dass der Nachbar ein Spitzel sein könnte. Sogar Frau Hehn, diese mutige junge Frau, hatte Angst. Erinnere dich, was sie von ihrer Familie erzählte, draußen auf dem Gut. Nationalsozialisten, wohin du schaust!«

»Aber Herta …«

»Nichts da, nichts *Aber Herta*. Es gibt Nachbarn, die wechseln die Straßenseite, wenn sie mir begegnen, nur um nicht grüßen zu müssen. Wie lange noch wird es dauern, bis wir es sein werden, die gezwungen werden, die Straßenseite zu wechseln? *Kauft nicht bei Juden!* heißt es allen Ortes. All die Parolen, Hassreden, Einschränkungen, und die Verachtung …«

Herta verbarg ihr Gesicht und schluchzte. Ephraim stand auf und legte die Arme um sie.

»Herta, beruhige dich. Wir werden das schon schaffen. Bislang haben wir doch alles noch gemeinsam geschafft, so ein paar dumme Parolen hauen uns doch nicht um.«

»Ich wünschte, es wäre so.« Sie fand mühsam wieder zu sich.

»Wir haben unsere Tochter, ein prächtiges Kind. Darauf können wir stolz sein. Und wir haben uns. Das ist doch alles, was zählt, die Familie. Das andere, das sind Attacken von draußen, die auch wieder vergehen werden.«

»Aber der KPD-Schwager bei den Hehns, oder der arme Sarakrowitsch?«

»Wir sind schließlich Deutsche, harmlose, unauffällige Deutsche. Die meinen doch nicht uns.«

»Wir sind *Juden*, Ephraim, das ist das Einzige, was die in uns sehen.«

»Herta, ich habe nie einen Hehl draus gemacht, dass ich nicht besonders gläubig bin, aber in der jetzigen Zeit bin ich überzeugt davon, dass uns unsere Gemeinde viel Kraft geben kann. Wir helfen uns gegenseitig.«

»Unsere Gemeinde? Schau dich doch mal in der Synagoge um, in der schönen, neuen Synagoge. So wenige, wie wir hier in Küstrin noch sind, können wir es auch wieder wie früher halten, und die Gottesdienste in privaten Wohnungen begehen.« Sie konnte nicht weitersprechen.

»Einige sind gegangen, das stimmt.«

»Einige? Gerade ist der Apotheker aus der Neustadt fort. Hast du davon gehört?«

»Ja, sicher.«

»Er ist mitsamt der ganzen Familie zu Verwandten nach Übersee. Sie haben alles verkauft und sind fort. Manchmal denke ich schon, ob wir nicht auch …«

»Herta! Was redest du da für einen Unsinn. So etwas will ich nicht einmal denken. Wir haben keine Verwandten in Übersee, und wir haben auch kein Geld auf ausländischen Banken, von dem wir dort leben könnten. Was sollten wir denn tun im Ausland? Wir haben schließlich unser Geschäft hier in Küstrin. Das ist unsere Heimat.«

»Wie lange noch, Ephraim? Wie lange noch lassen die uns das Geschäft führen. Ich habe Angst, dass sie uns unserer Existenz berauben. Ich habe gehört, dass in Berlin jüdische Beamte entlassen wurden und Ärzten die Zulassung entzogen wurde.«

»Das glaube ich nicht. Sie brauchen uns Juden doch, die Banken, die Kaufhäuser … Nein, meine Liebe, es wird sich niemand an die Großen wagen, und damit haben auch wir unsere Ruhe. Sieh mal, die meisten denken doch nicht wirklich so. Das sind doch nur einige wenige, die die Parolen brüllen.«

»Vielleicht hast du recht. Aber die wenigen sind so laut

und werden immer mächtiger. Früher haben Sie im Kohlenkeller geschlafen, und heute sind sie die Herren der Stadt.«

»Ja, so wie der Rieger.«

»Genau, so wie Karls Vater. Und Henriette? Nur noch wenige Monate, dann wird sie elf. Nicht mehr lange und sie wird eine junge Frau sein. Aber in was für einer Welt soll sie leben?«

»Herta, komm her, mach dir nicht so dumme Gedanken. Wir kommen doch noch klar, schlimmer wird es schon nicht werden. Die Wogen werden sich glätten, diese Nationalsozialisten werden zur Ruhe kommen und nicht mehr so viel Staub aufwirbeln.«

»Ephraim, wie sehr ich mir wünschte, dass du recht behältst.«

Henriettes Eltern blieben an diesem Abend noch lang auf und hielten sich schweigend an den Händen. Nur das Ticken der Wanduhr zerteilte ihre Stille.

»Jawohl, nach Nürnberg!« Karl platzte vor Stolz. Hans' Neid war ihm gewiss. Die vier Kinder hockten unter ihrer Treppe, und Karl hatte gerade mit seinem bevorstehenden Ausflug geprahlt. Im Jungvolk war er zu einem angesehenen Mitglied avanciert. Am Abend zuvor durfte er sogar mit den HJlern ins Kino, und das, obwohl er mit seinen elf Jahren doch eigentlich noch viel zu jung dafür war, sowohl für die HJ als auch fürs Kino. Aber dieser Film, so hatte sein Vater am Mittagstisch getönt, sei geradezu eine Pflicht für jeden deutschen Jungen. Und Karl war schließlich ein deutscher Junge, und wie er es war.

Er hatte an dem Heimatabend der Großen teilnehmen und

seinen ersten Tonfilm sehen dürfen. Die Jungs der Küstriner HJ waren gemeinsam zum Kino marschiert, um sich dort *Hitlerjunge Quex* anzuschauen. Auf dem Rückweg hatten sie ihr Fahnenlied geschmettert:

Wir marschieren für Hitler
durch Nacht und durch Not
mit der Fahne der Jugend
für Freiheit und Brot.

Für Freiheit und Brot! Jeder von ihnen war bereit, seinen Beitrag für den Dienst am Volke zu leisten. Sie sollten flink wie die Windhunde, zäh wie Leder und hart wie Kruppstahl sein, und genau das wollte Karl auch.

Am nächsten Tag schon würde er nach Nürnberg dürfen. Mit Sonderzügen aus allen Gauen des Landes führen Zehntausende von Jungen und Mädchen dorthin und würden unter der Fahne in das Reichsparteitagsgelände einziehen. Sie alle wollten den *Reichsparteitag der Freiheit* feiern, denn der Führer war dabei, eine starke Wehrmacht aufzubauen, und hatte das deutsche Volk mit der wiedereingeführten allgemeinen Wehrpflicht nun endgültig vom Joch der Versailler Verträge befreit.

Hans und Charlotte schauten voller Bewunderung auf ihren großen Freund. Immerhin würde er den Führer sehen, und er bekam eine bronzene Plakette. Das war fast wie ein Orden. Henriette litt unter der stetigen Veränderung Karls. Sie wünschte sich die unbeschwerte Zeit zurück, in der sie alle gleich gewesen waren, in der es keine Rolle gespielt hatte, dass die drei in Kirchen und sie in eine Synagoge gingen.

An einem der nächsten Vormittage platzte Henriettes Vater aufgeregt in die Küche hinein, wo Henriette ihrer Mutter bei den Vorbereitungen für das Mittagessen half. Mit hochrotem Kopf und der Tageszeitung in der Hand, schnappte er nach Luft.

»Ephraim, was ist denn los?«

»Schau nur selbst!« Er knallte die Zeitung auf den Tisch. Henriette konnte gerade noch einen raschen Blick auf die Überschrift erhaschen, bevor ihre Mutter die Zeitung an ihre Brust drückte und sie hinausschickte: *Die Gesetze von Nürnberg* stand dort in fetten Lettern geschrieben, daneben war ein Foto von Hitler mit vielen anderen Uniformierten um ihn. Es war sicherlich auf dem Nürnberger Parteitag aufgenommen. Den Rest belauschte Henriette heimlich durch die Küchentür.

»Seit wann werden Gesetze nicht mehr in Berlin gemacht? Und dann so etwas!«, ereiferte sich ihr Vater.

»Was kaufst du auch den *Völkischen Beobachter*, Ephraim. Um was geht es denn überhaupt?«

Es trat ein Moment der Stille ein, in dem nur Vaters aufgewühltes Schnauben zu hören war. Vermutlich las Mutter den Artikel. Kurz darauf erklang ihre Stimme wieder, schwach und zitternd. Henriette hatte Mühe, sie zu verstehen:

»Reinhaltung des deutschen Blutes … keine Ehen mit Juden … Rassenschande unter Strafe gestellt … Gefängnis, Zuchthaus … Halbjuden …« Sie wurde vom Vater unterbrochen, Zorn ließ seine Stimme beben.

»Sie nennen es das *Gesetz zum Schutze des deutschen Blutes und der deutschen Ehre*. Sind wir denn etwa unehrenhaft? Sind wir nicht genauso Deutsche wie die? Lies nur weiter, Herta. Weiter unten: sie degradieren uns zu Bürgern zweiter Klasse. Sie haben den Reichsbürger geschaffen, den Staatsangehörigen deutschen oder artverwandten Blutes. Das darf doch wohl alles nicht wahr sein, oder? Nur die Reichsbürger dürfen noch wählen. Weißt du, was das für uns bedeutet? Sie haben uns unser Wahlrecht genommen. Wir gehören nicht mehr zu Deutschland! Sie stellen uns gleich mit Negern, Zigeunern und mit was weiß ich noch für Kriminellen. Das ist doch alles unfassbar.«

»Ephraim, schrei doch nicht so!«, ermahnte die Mutter ihn. Er beruhigte sich nur mit Mühe.

Henriette hielt es in ihrem Versteck nicht mehr aus. Langsam schob sie die Küchentür auf. Ihre Eltern schauten erschreckt auf.

»Mutter …«, stammelte die Kleine und fing an zu weinen. Zu ihrer Überraschung schimpften die beiden nicht wegen des Lauschens, sondern breiteten die Arme aus.

»Henriette, wir müssen ab jetzt sehr vorsichtig sein.« Ihre Mutter streichelte ihr den Kopf. Und ihr Vater, der starke, kluge Mann, den man alles fragen konnte und der immer auf alles eine Antwort parat hatte, dieser Vater weinte.

Schon am nächsten Tag verkündete der *Stürmer* im Aushang des Glaskastens auf dem Markplatz die neuen Rassengesetze. In umfangreichen Schaubildern wurde erläutert, was ein Volljude oder ein Halbjude war, was Juden nicht mehr gestattet war und was für die anderen, die Nichtjuden unter strengste Bestrafung gestellt wurde. Einige Küstriner warfen einen kurzen Blick auf das Geschmier und gingen weiter. Andere standen davor und klatschten Beifall. Juden trauten sich an diesem Tag nicht mehr über den Marktplatz.

Die Familie Ahrenfelss bemühte sich trotz allem, ein möglichst normales Leben zu führen. Ein Brief lag auf dem Tisch.

»Schau mal, Henriette, Onkel Otto und Tante Clara schreiben uns. Schnell, ruf Vater!«

Herta hatte das Kuvert geöffnet und begann gleich laut zu lesen.

»Ihr Lieben Küstriner!

Der Herbst hält Einzug hier an der Nordsee, und die Arbeit auf dem Feld wird nun endlich wieder weniger. Schon sind Getreide und Stroh im Fache, nun geht es an die Äpfel. Gerda hilft uns kräftig und lässt eure Henriette herzlich grüßen.

Unser kleiner Adolf entwickelt sich prächtig. Mit seinen wenigen Monaten ist er schon ein ordentlicher Bursche und macht uns allen viel Freude. Bei uns in Wesermünde geht es seit dem Führer stetig bergauf. Die Werften brummen wieder, in wenigen Tagen schon wird die Marineschule in die ehemalige kaiserliche Artillerie-Kaserne einziehen, das wird uns noch mehr Arbeitsplätze bescheren. Otto hat schon mal bei der hiesigen Gauleitung vorgefühlt, ob sie denn dann nicht auch tüchtige junge Mädchen auf den Schreibbüros gebrauchen könnten, man hat ihm nicht abschlägig geantwortet. Natürlich denken wir dabei an Gerda, denn auch junge Frauen sollten schließlich ihren Beitrag leisten. Nur noch drei Jahre, dann wird sie die Schule verlassen. Man kann heute gar nicht früh genug planen. Euch geht es mit Henriette ja nicht anders.«

Es folgen weiter Ausführungen zum Hof und zu den Kindern. Tante Clara schrieb mit wenig Ordnung, sie wechselte die Themen von Satz zu Satz, schwenkte von Familiärem zu

Dingen aus der Region, streifte die Angelegenheiten ihres Bauernhofes und wieder zurück. Schließlich erreichte Henriettes Mutter das Ende des Briefes:

»... *und danken euch deshalb erneut, dass Gerda während Adolfs Geburt bei euch sein durfte. Sie war ganz begeistert von eurer schönen Stadt, von Henriette und natürlich auch von euch beiden, Ephraim und Herta. Nun muss ich aber schließen, die Werke macht sich nicht von allein, und ich hatte schon fast vergessen, wie viel Arbeit ein Neugeborener macht. Zwar können wir uns neben dem Knecht nun auch wieder eine Küchenmagd leisten, aber einige Dinge mache ich dann doch lieber selbst. Ja, die Nachkömmlinge, so ist das nun einmal.*

Ich übersende euch nochmals die besten Grüße von uns allen, auch Otto trug mir Wünsche auf und verbleibe
herzlichst
eure Clara.

PS: Ihr werdet verstehen, dass es nach Nürnberg vielleicht besser ist, wenn ihr nicht mehr auf unseren Brief antwortet. Man weiß ja nie.«

Kapitel 15

Auch wenn es noch zu früh war, um ins Bett zu gehen, hatte sich Henriette nach dem kurzen Spaziergang vor dem Hotel von ihrer Urenkelin rasch zur Nacht verabschiedet. Rachel würde den heutigen Abend wieder alleine verbringen müssen. Henriette brauchte Zeit zum Nachdenken. Die weite Reise sollte doch nicht vergebens gewesen sein, auch wenn die Wahrscheinlichkeit für ein Wiedersehen verschwindend gering war. Es war ihre letzte Chance, das wusste sie nur zu gut.

Sie überlegte: sie wollte die Zeit nutzen, aber was könnte sie wohl noch tun? Sie resümierte: Adolf wusste von nichts, Küstrin gab es nicht mehr. Wer blieb dann noch, den sie kontaktieren könnte? Wo sollte sie anfangen? Vielleicht mal unter *Rieger* in Berlin suchen lassen? Die Riegers hatten doch zwei Söhne gehabt. Berlin! Wenn Karls Vater damals nicht hierhergekommen wäre …

»Wie viele? Einhundertvierunddreißig Einträge unter *Rieger* in Berlin? Nein, danke, das hat dann keinen Sinn. Aber danke für Ihre Mühe.«

Enttäuscht legte Henriette wieder auf. Was hatte sie denn erwartet? Und was hätte sie denn sagen sollen? Rieger hatte die Sache letztlich vorangetrieben, und wenn Otto und Clara dann nicht auch noch dazugekommen wären: Gerda in Frankreich, und Adolf hatte nicht die geringste Ahnung.

Wenn sie der Abend mit Rachel auch für einige Stunden abgelenkt hatte, so ließ ihr die Dunkelheit viel Raum für Gedanken. So vieles suchte sich nun unerbittlich Platz in ihrem Kopf und wollte verkraftet werden: Küstrin, die Flucht aus Deutschland, die Zeit in Buenos Aires, der Tod Professor Eisengrüns, ihr eiliger Abschied von den Grünbergs und die Abreise aus Buenos Aires in ihr neues Leben.

Die Ermordung Professor Eisengrüns war für sie alle ein Schock gewesen. Auf das Haus Grünberg hatte sich eine Last gelegt, die jede Bewegung, jedes Wort, ja gar jeden Atemzug schwer machen wollte.

Nachts hatten verzweifelte Schreie der Witwe Eisengrüns über die Flure gehallt, und wieder und wieder waren die Dienstmädchen zu ihr geeilt, um sie mit Beruhigungstees und kühlen Umschlägen zu besänftigen.

Selbst der sonst so souveräne Hausherr Grünberg war nur noch ein Schatten seiner selbst gewesen.

In der Gesindeküche hatte niemand mehr gewagt, heiter zu plaudern. Ihre einst so fröhliche Runde hatte sich in eine Gruppe geduckter Mäuse gewandelt, die es kaum aushalten konnte, zusammen in einem Raum die Erinnerung an das Böse heraufzubeschwören.

Als würde Schweigen helfen! Was für ein Irrglaube. Henriette hatte erleben müssen, dass es gerade das Gegenteil zu bewirken vermochte: Wegsehen, Schweigen. Unter einem solchen Schutz konnten sich Kräuter entwickeln, die zu giftigen Pflanzen wuchsen und Früchte hervorbrachten, die das Gewissen töteten.

Henriette war schon einmal den Krallen der braunen Gesinnung entkommen. Sie hatte bereits Leid, Tod, Unrecht und kalte Angst zu spüren bekommen, und viel zu früh hatte ihr Leben die Freude verloren. Zu früh? Als gäbe es Zeitpunkt oder Legitimation für Leid und Elend.

Die Nachricht vom Mord hatte sie selbst bis ins Mark erschüttert. Sie war planlos aus der Gesindeküche hinausgeeilt und hatte sich schließlich in ihrem Zimmer wiedergefunden, aufgestützt auf dem Waschtisch, Rotz und Wasser heulend. In jenem Moment fasste sie einen Entschluss, der ihr Leben aufs Neue grundlegend ändern sollte. Sie hatte die darauf folgenden Schritte präzise geplant, war ihren täglichen Aufgaben nachgekommen und hatte gleichzeitig begonnen, ein Vorhaben umzusetzen, dessen tiefgreifende Auswirkungen ihr erst später vollkommen klar wurden.

Henriette hatte zunächst nach einer Verbündeten gesucht. Es hatte jemand außerhalb des Haushaltes der Grünbergs sein müssen, bei allen anderen hätte sie sich nicht sicher sein können, dass nicht doch etwas zu den Herrschaften durchgesickert wäre. Bevor sie nicht alles in trockenen Tüchern hatte, wollte sie sich nicht auf eine Diskussion mit Grünbergs einlassen.

Ihre Mitwisserin sollte Henriette schließlich in Person der Haushälterin von den Hechtls finden.

»Ich muss mit dir reden.«, Sie hatte Fernanda in eine Ecke gezogen, als diese wieder einmal zu Besuch in der Grünbergschen Küche war. »Du bist doch katholisch, oder?«, hatte Henriette begonnen und Fernanda, ohne eine Antwort abzuwarten, in ihren Plan eingeweiht. Wie zu erwarten, war diese vollkommen überrumpelt.

»Das ist doch verrückt, total verrückt«, hatte Fernanda geantwortet.

»Ich weiß.« Sie hatte sie an die Schultern gefasst und eindringlich in die Augen geschaut: »Hilfst du mir trotzdem?«

»Was soll ich schon machen? Ja, natürlich.« Fernanda hatte mit den Augen gerollt. Als Henriette sie erleichtert in den Arm nehmen wollte, fügte sie mit erhobenem Zeigefinger hinzu: »Aber ich kann nichts versprechen.«

Wie Henriette erst später klar wurde, hatte Fernanda am noch gleichen Abend mit der Arbeit begonnen und einen ersten Brief verschickt. Es sollten aber noch Wochen des ungeduldigen Ausharrens ins Land ziehen, bis Fernanda endlich an ihrem freien Nachmittag mit triumphierender Miene die Grünbergsche Küche betrat.

»Was machst du denn hier?« Die zu Tisch sitzenden Angestellten schauten auf. Aber Henriette war schon aufgesprungen und zog sie in den Flur.

»Und?«

Statt einer Antwort hatte Fernanda freudig genickt.

»Spann mich nicht auf die Folter. Erzähl!«

»Nicht hier, man weiß doch nie.« Der Blick der Haushälterin war in Richtung der halb offenen Küchentür gewandert. »Wir gehen besser hinaus.«

Die beiden Frauen hatten sich auf einer Bank im Park niedergelassen.

»Hör zu, Henriette, es gibt da in Montevideo einen Señor Alonso …«

»Montevideo? Also Uruguay?«

»Willst du es nun wissen oder nicht?« Fernanda reagierte unwirsch auf die Unterbrechung. Henriette nickte beflissen.

»Also, Señor Alonso ist das Haupt einer reichen Handelsfamilie; Import, Export und so, aber frag mich nichts Ge-

228

naues. Auf jeden Fall ehrbare Leute. Nicht so reich wie deine Grünbergs hier, aber – puh …«, sie wedelte mit der Hand, »… wer ist das schon.«

»Und weiter?« Henriette zerriss es vor Ungeduld.

»Eine weitläufige Verwandte von mir war im Haushalt von Señor Alonso tätig, beziehungsweise ist es noch, aber sie wird heiraten, was sie natürlich von der Arbeit dort entbindet, denn schließlich gründet sie ihren eigenen Haushalt, wird Kinder haben und all das, du weißt schon, wie das halt so ist.«

»Und?«, trieb Henriette sie zum Weitersprechen an.

»Ich habe dich wärmstens empfohlen und, da zwar die Dame des Hauses, also die Señora Alonso, letztlich die Personalauswahl macht, aber die Haushälterin wiederum diejenige ist, die ihr die Vorschläge unterbreitet, und zwar nicht ohne entsprechende Kommentare, bist du so gut wie eingestellt.«

»Was? Ohne Führungszeugnis und so?«

»Das musst du natürlich mitbringen, aber das wird ja kein Problem werden. Ich hatte seinerzeit schon meine Verwandte über diesen Weg dort untergebracht. Ich kenne die Haushälterin der Alonsos noch von früher. Sie hat auch mal hier in Buenos Aires gearbeitet, bevor sie ihrer ach so großen Liebe nach Montevideo gefolgt ist. Das mit der Liebe hat sich dann zwar leider als Luftnummer herausgestellt, aber in Montevideo ist sie dennoch geblieben. Soll ganz schön sein dort. Die Haushälterin und ich sind aus demselben Holz geschnitzt, und wir standen uns hier in Buenos Aires ziemlich nahe. Sie vertraut meinem Urteil. Und da sie mit meiner Verwandten schon gute Erfahrungen gemacht hat, geht sie davon aus, dass es mit dir auch klappen wird. Und ich bin davon überzeugt. Du bist fleißig und klug. Aus dir wird sicherlich selbst mal eine gute Haushälterin.«

Henriette war sprachlos. Nachdem sie begriffen hatte, wie viel Fernanda bereits vorab arrangiert hatte, schlang sie die Arme um sie. Wie sollte sie Worte des Dankes finden? Die beiden Frauen saßen lange Zeit so da, bis sie sich schließlich voneinander lösten.

»Du wirst mir fehlen, Henriette.«

»Du mir auch, Fernanda. Glaub mir. Ach, sag noch …«, Henriette stammelte etwas unbeholfen, »… sind sie, also diese …«, sie suchte kurz nach dem Namen, »… diese Alonsos, sind sie …«

»Ja, sie sind! Katholiken, reinste Katholiken so wie auch ihre Angestellten. Und …«

»… wie ich es auch sein werde«, beendete Henriette den begonnenen Satz.

Es hatte nicht lange gedauert, bis Henriette die Fahrkarte für die Überfahrt nach Montevideo in der Hand hielt. Wieder ein Aufbruch in eine ungewisse Zukunft. Sie hatte lange überlegt, wen sie außer Fernanda noch mit einbeziehen wollte, und sich dann gegen jegliche Mitwisser entschieden, auch wenn ihr das nicht leichtfiel. Insbesondere den Jungen der Hechtls, Oscar, der ihr so sehr vertraute, hatte sie wirklich ins Herz geschlossen. Doch auch ihn würde sie in Ungewissheit lassen. Stattdessen hatte sie kurz vor ihrer Abreise Fernanda einen Brief für ihn mit Grüßen mitgegeben und ihr aufgetragen, Oscar in ihrem Namen fest zu umarmen.

»Wir können unser Leben selbst in die Hand nehmen«,

hatte er damals bei einem ihrer Gespräche gesagt, und genau das hatte Henriette nun vor.

Nur wenige Stunden würde die Überfahrt über den *Rio de la Plata* von Buenos Aires nach Montevideo dauern, und doch war es das Übersetzen in ein neues Leben. Aber anders als seinerzeit, als sie nach dem in der Ferne verschwindenden Ufer noch gespäht hatte, als dieses sich schon lange im Horizont aufgelöst hatte, würde Henriette dieses Mal nicht zurückschauen. Sie wollte mit geradem Rücken einer Zukunft entgegensehen, die hoffentlich viel Gutes für sie bereithielt. Die Henriette, die aus Deutschland geflohen und mit viel Glück in Buenos Aires gestrandet war, gab es dann nicht mehr. Das Mädchen aus Küstrin, das im Spitzenkleidchen in die Sommertage hineinzuspielen pflegte, war zusammen mit seiner Familie für immer in den Kapiteln einer dunklen Vergangenheit versunken.

Der Abschied aus Buenos Aires war nicht leicht gewesen. Als Henriette den Hausherrn ein letztes Mal um ein Gespräch bat, hatten ihre wenigen Habseligkeiten schon in einem Pappkoffer im Flur auf sie gewartet.

»Du willst was?« Herr Grünberg hatte sich auf den ledernen Stuhl hinter seinem Schreibtisch sinken lassen und Henriette hatte es ihm nochmals in kurzen Worten umrissen: die Stelle, Uruguay, Montevideo. Den Namen von ihrer neuen Herrschaft behielt sie jedoch lieber für sich, man wusste bei Herrn Grünberg nie, wie weit seine Kontakte reichten. Der hatte sie zunächst schweigend angestarrt und dann ungläubig den Kopf geschüttelt. Er konnte ihr Handeln beim besten Willen nicht nachvollziehen, geschweige denn gutheißen.

»Aber warum? Waren wir nicht gut zu dir? Ist etwas vorgefallen, etwa einer der anderen Angestellten? Haben wir dich überfordert? Henriette, wir wollen doch alle nur das Beste für dich. Wenn wir irgendetwas tun können, etwas ändern ...«

»Herr Grünberg, nicht doch. Machen Sie es mir nicht noch schwerer, als es ohnehin schon ist. Nein, Sie waren alle wunderbar zu mir. Sie, Ihre Frau und auch die Angestellten. Ich hätte mir kein größeres Glück wünschen können. Und ich weiß genau, was ich Ihnen und natürlich auch ...«, Henriette zögerte und übersprang die Erwähnung des Professors, »... ich weiß das alles wirklich. Und dennoch muss ich fort von hier.«

»Warum, Henriette? Lass es mich bitte verstehen.«

Henriette zögerte. Wie sollte sie das erklären? Es gab dafür keine passenden Worte, denn ihren Plan würden weder Grünberg noch sonst jemand in eben diesem Umfeld verstehen.

»Ich habe Angst, Herr Grünberg. Seit dem schrecklichen Ereignis fühle ich mich nicht mehr sicher. Vor dieser Angst will ich fliehen.«

»Aber Weglaufen ist keine Lösung, Henriette. Meinst du nicht auch, dass wir manchmal einfach dazu verpflichtet sind, auszuhalten?«

»Verpflichtet? Aushalten? Herr Grünberg, was sollen wir denn noch alles aushalten? Und was für eine Verpflichtung soll das denn bitte schön sein?« Henriette hatte ihre bis dahin geübte Zurückhaltung aufgegeben, und nun kamen die Worte schneller, als es ihr selbst lieb war.

»Was sollen wir denn noch alles aushalten? Erniedrigung,

Gewalt, Vertreibung und jetzt auch noch Mord? Sollen wir
etwa zum Leiden verpflichtet sein? Ich habe das alles ertragen, habe gelitten. Aber wozu? Wenn wir das von Gott auserwählte Volk sind, wofür wurden wir denn auserwählt?
Nein, Herr Grünberg, ich kann das nicht mehr, und ich will
das auch nicht mehr. Mein Entschluss steht fest: ich gehe
fort.«

Grünberg hatte sie lange angeschaut.

»Aber, Henriette, meinst du nicht, dass es sich auch lohnt
zu kämpfen? Wenn nun alle immer nur aufgeben würden,
dann wird sich niemals etwas ändern.«

»Kämpfen? Herr Grünberg, ich habe viel zu früh in meinem Leben begonnen zu kämpfen. Wir sind geblieben, haben
ausgeharrt, haben nicht glauben wollen, was rund um uns
herum geschah, bis es schließlich zu spät war. Schauen Sie
mich an. Was ist aus mir geworden? Alles, was mir in meinem
Leben lieb war, habe ich verloren. Das Land, das ich einst das
meine nannte, kann ich nicht mehr wiedererkennen, meine
Familie, Verwandten, Freunde, sie sind alle …« Henriette
kämpfte gegen Tränen. »Ich bin geflohen, habe alles verlassen, musste sehen, wie meine Eltern nur noch als kleine
dunkle Punkte am Horizont der Erinnerung zurückblieben,
und wofür das alles? Dafür, dass ich hier in dieser neuen Welt
nun auch nicht mehr sicher bin? Dass ich auch hier um mein
Leben fürchten muss? Wer wird der Nächste sein, den die brutalen Horden da draußen niederschlagen werden? Herr
Grünberg, Sie? Ich? Oder vielleicht irgendein anderer aus
diesem Hause? Ich kann das nicht mehr. Bei aller Dankbar-
keit, die ich gegenüber Ihnen und ihrem ganzen Haushalt zutiefst empfinde, ich will das nicht mehr.«

Seine Brille klackte, als Herr Grünberg sie auf der Schreibtischplatte ablegte. Er rieb sich die Nasenwurzel. Nach einer Unendlichkeit schaute er auf.

»Henriette, auch wenn ich es dir von ganzem Herzen wünsche, was macht dich so sicher, dass es dir da drüben in Montevideo besser ergehen wird, dass es dort keine Verfolgung geben wird? Wir sind nun einmal, wer wir sind: Juden. Das können wir doch nicht ändern.«

»Doch, Herr Grünberg, genau das habe ich vor. Nie wieder in meinem Leben will ich für meinen Glauben leiden müssen.«

Kapitel 16

Hans schaute heimlich zu Karl rüber, während der sich im Schutze des Uferschilfes seine Badehose anzog. Karl wurde zum Mann, Hans konnte es nicht leugnen. Während er selbst noch weit von alldem entfernt schien, hatte bei seinem Freund der Stimmbruch bereits eingesetzt und jetzt, da er einen Blick auf dessen Nacktheit erhaschen konnte, waren auch dort Veränderungen zu entdecken. Hans beneidete Karl darum. Der war doch nur ein Jahr älter als er selbst, gerade mal zwölf, und doch klang seine Stimme schon oft richtig tief. Allerdings schlug sie manchmal auch Kapriolen, was bei den Mädchen regelmäßig zu Kicherei führte. Wo waren die beiden denn überhaupt?

Die vier hatten sich zum Schwimmen verabredet. Küstrin hatte mehrere Badeanstalten. Das städtische Freibad lag in einem Nebenarm der Warthe. Es hatte sogar einen Sprungturm von drei Meter Höhe, aber der Eintritt war teuer. Außerdem hatte einer der Bademeister ein *Juden-Hier-Unerwünscht*-Schild am Eingang angebracht.

So trafen sich die vier an der Oder. Die Buhnen, die vom Ufer weit in den Fluss ragten, boten ausreichend Schutz vor der Strömung, und das Wasser war herrlich klar. Ihre Badestelle befand sich ganz in der Nähe des Küstriner Kanu-Clubs, wo Karl vor gut drei Jahren das Stapellaufdesaster des selbst gebauten Vierers erleiden musste. Aber das war längst vergessen. Drei Jahre waren eine lange Zeit, wenn man selbst noch fast ein Kind war.

Auf der anderen Uferseite hatten sich Soldaten ein provisorisches Schwimmbecken aus alten Pontons errichtet. Der Führer hatte das Reich wieder aufgerüstet, und auch Küstrin gewann seine alte Bedeutung zurück.

»Wo sind denn die Mädchen?«, fragte Karl.

Hans hockte am Ufer und zuckte mit den Schultern. Normalerweise waren Charlotte und Henriette pünktlich.

»Und, wann kommst du nun endlich zum Jungvolk, Hans?« Karl hatte sich neben seinen Freund auf die warme Erde fallen lassen. Er kaute auf einem Grashalm.

»Keine Ahnung, habe mich noch nicht entschieden«, versuchte Hans so lässig wie möglich zu klingen. In Wirklichkeit untersagten ihm seine Eltern nach wie vor das Jungvolk. Alle anderen Jungs aus seiner Schulklasse waren schon drin, außer den Juden natürlich, aber davon gab es ja nicht viele.

Hans wusste, dass sich die anderen über ihn lustig machten. Hätte er nicht Karl an seiner Seite gehabt, wäre er sicherlich einige Male verprügelt von der Schule nach Hause gekommen. Aber Karl war stark, und sein Vater war wichtig. Er hielt zu Hans und schützte ihn.

»Dein alter Herr lässt dich also immer noch nicht?«

»Hm …«

»Ein bisschen seltsam sind deine Eltern schon, oder?« Karl wiederholte in gemäßigten Worten, was er sich selbst zu Hause immer und immer wieder anhören musste. Zum Glück wusste sein Vater nicht den vollen Umfang ihrer Viererbande, der Kleeblättler, wie sie sich immer noch selbst nannten. Dem Alten gegenüber vermied Karl es tunlichst, Henriette zu erwähnen. Und wenn es sich nicht umgehen ließ, dann war sie als Freundin von Charlotte mitgekommen, sehr zur Missbilligung seiner Eltern. Aber auch seine Freundschaft zum Sohn von Doktor Hehn wurde kritisch beäugt.

»Ich glaube, den Hehns kann man nicht trauen«, hatte sein Vater neulich beim Essen gemeint und sich eine weitere Scheibe Braten auf den Teller legen lassen.

»Über *seine* Familie weiß man sowieso wenig. Würde mich nicht wundern, wenn er keinen Nachweis erbringen könnte.«

»Meinst du?« Karls Mutter hing an den Lippen ihres Mannes. Hätten doch ihre Söhne ein bisschen mehr von seiner Größe abbekommen, was könnte unter dem Führer aus ihnen werden.

»Na ja, er muss ihn ja haben, zumindest den *Kleinen Schein*, sonst könnte er ja nicht als Arzt arbeiten.«

Vor zwei Jahren hatte Hitler den Ariernachweis eingeführt. Staatsdiener mussten sowohl für sich als auch für ihre Ehefrauen nachweisen, dass sie reinrassig arisch waren, vor allem, dass kein jüdisches Blut in ihren Adern floss. Nachdem sich dieser Nachweis bewährt hatte, weitete der Führer die Anforderungen auch auf Ärzte aus, das Verfahren war etwas vereinfacht und nannte sich deshalb der Kleine Ariernachweis.

»Aber seine Frau ist doch eine geborene Von-und-Zu, die ist doch wohl sauber, oder?«, hatte Karls Mutter gefragt.

»Natürlich ist sie das. Erschreckend, welche Macht ihr Vater, der alte Gutsherr, noch immer hat. Er ist ganz dicke mit den Obersten, da kommt keiner gegen an. Meinst du, sonst ließe ich es zu, dass sich die Hehns so benehmen? In *meinem* Küstrin?«

»Natürlich nicht. Du bist klug. Nun ja, letztlich kann Hans ja nichts für seine Eltern, und er ist schließlich ein guter Freund vom Karl.« Dabei schaute sie zu ihren beiden Söhnen, Karl hielt seinen Blick auf den Teller gerichtet.

»Das kannst du wohl laut sagen«, bestätigte Hans Karls Bemerkung über seinen Vater.

»Dein Vater soll mal aufpassen ...«

»Wie meinst du das?« Hans hatte sich abrupt aufgesetzt. Gerade wollte Karl antworten, da wurden sie von den heranwirbelnden Mädchen unterbrochen.

»Da seid ihr ja endlich«, begrüßte Hans die zwei.

Henriette und Charlotte waren ganz außer Atem:

»Hans, du musst unbedingt nach Hause kommen.«

»Ist was passiert?« Hans sprang auf.

»Nichts Schlimmes, keine Angst«, beruhigte Charlotte ihn.

»Deine Mutter war bei uns«, begann Henriette zu erzählen. »Sie war ganz aufgeregt vor Freude.«

Frau Hehn hatte die Ladentür mit so einem Schwung aufgestoßen, dass die Türglocke kaum aufhören wollte zu schwingen.

»Frau Hehn, Sie sollen doch nicht mehr in unseren Laden kommen! Wenn Sie jemand gesehen hat ...« Rasch hatte Henriettes Mutter sie aus dem Laden gezogen. Die zwei Frauen setzten sich in die Küche.

»Ach, lassen Sie die Leute doch tratschen!«

»Sie haben gut reden, Frau Hehn!«

»Frau Ahrenfelss, ich brauche Ihren Rat«. Die Frau vom

238

Doktor war gleich zum Thema gekommen. Von den beiden Frauen unbemerkt, hatte Henriette im Flur gestanden und gelauscht.

»Mucksmäuschenstill war ich, habe fast nicht geatmet.«

»Nun erzähle schon!« Hans hielt die Spannung kaum noch aus. »Was wollte meine Mutter bei euch?«

»Dein Vater, du wirst es nicht glauben, Hans, also *Dein* Vater, er soll im August ...« Sie machte eine Pause, um die Dramatik zu erhöhen. Hans trat ungeduldig von einem Fuß auf den anderen.

Henriette führte den Satz fort:

»Also, dein Vater soll zu den Olympischen Spielen nach Berlin!«

Hans und Karl sahen sich enttäuscht an und setzten sich wieder. Henriette hatte sie alle auf den Arm genommen. So ein Blödsinn, Hans' Vater machte überhaupt keinen Sport. Was sollte er denn da?

»Doch nicht als Sportler, ihr Dummköpfe!«, schaltete sich nun Charlotte wieder ein, die die Neuigkeiten auf dem Weg zur Badestelle von Henriette bereits erfahren hatte, »natürlich als Arzt für die Sportler!«

»Als Arzt? Mein Vater?«

Beide Jungs standen fassungslos wieder auf.

»Ist das wahr?«, fragte Karl erschüttert. Wie war das möglich? Ausgerechnet der Doktor Hehn! Es gab so viele Ärzte in der Partei, warum dann der Vater von Hans?

»Zumindest hat deine Mutter das behauptet. Sie hat was von deinem Großvater, dem Gutsbesitzer, und seinen Beziehungen gesagt. Leider sprach sie dann so leise, dass ich durch die Tür nichts mehr verstehen konnte.«

Jetzt war die Ungeheuerlichkeit ins Bewusstsein von Hans vorgedrungen. Laut johlend hüpfte er im Kreis. Wenn sein Vater in Berlin war, würde er bestimmt auch mal zu den Spielen dürfen. Karl beobachtete ihn neidisch.

»Freu dich nicht zu früh«, sagte Charlotte. »Dein Vater will nicht.«

»Was?« Hans erstarrte inmitten der Bewegung.

»Dein Vater will nicht«, wiederholte sie.

»Ja, Charlotte hat recht«, bestätigte Henriette, die sich ihre Geschichte nicht aus der Hand nehmen lassen wollte. Und dann erklärte sie, dass Hans' Mutter meinte, dass sein Vater einen Brief bekommen habe, in dem er aufgefordert wurde, sich zu melden, damit er als Arzt für das Olympische Dorf registriert werde, und dass er gemeint habe, dass er das wohl nicht tun werde.

»Und *meine* Mutter hat *deiner* Mutter das erzählt?« Hans konnte das alles nicht glauben, gerade noch himmelhoch jauchzend, jetzt zu Tode betrübt.

»Ja. Ich glaube, sie hoffte, dass mein Vater deinen Vater noch umstimmen wird.«

»Ich fasse es nicht.« Hans war verzweifelt.

»*Meinen* Eltern vertraut deine Mutter halt.« Henriette erschrak über ihre so schnell dahingesagte Antwort.

»So sind wir Frauen nun einmal«, kokettierte Charlotte mit klimpernden Augen und rettete unbewusst die Situation.

»Ich muss nach Haus, das will ich klären.« Hans hielt nichts mehr unten am Ufer.

»Nicht doch! Bist du verrückt? Dann weiß deine Mutter ja, dass ich gelauscht habe.«

»Mist, da hast du recht. Aber was machen wir denn bloß?«

Ratlos hockten sich die vier auf den kleinen Böschungs-
kamm und starrten auf den Fluss.

»Mein Vater sagt immer«, sagte Karl »man muss die Menschen bei ihrer Ehre packen. Dann kriegt man sie zu allem.«

»Aha …«, Hans war viel zu betrübt, um irgendeinem Gedanken zu folgen, »… wir hätten die ganzen Sportler treffen
können. Die kommen doch aus aller Welt. Wenn die Amerikaner noch zusagen …«, Die Vereinigten Staaten hielten ihre
Teilnahme bei den Spielen in Berlin noch offen, zu groß war
die politische Kluft zwischen *Hitler* und dem amerikanischen
Präsidenten, »hätte Vater vielleicht sogar *Jesse Owens* sehen
können.«

»Den Neger?« Karl spuckte verächtlich aus.

»Ach, Karl!«, Charlotte gab ihm einen Knuff in die Schulter, »lass das doch. Von dem habe sogar *ich* schon gehört. Die
Männer in der Schlossverwaltung haben kaum noch ein anderes Thema, sagt mein Vater jedenfalls, und der muss es ja
schließlich wissen.« Warum ausgerechnet gerade Charlottes
Vater was auch immer *schließlich wissen müsse*, blieb zwar
schleierhaft, doch war es in der Tat so, dass Jesse Owens der
Superstar der Olympischen Spiele sein würde. *Das Geschoss*
nannten ihn die Leute, er war der schnellste Mann der Welt.

»Moment mal …« Hinter Henriettes Stirn arbeitete es.
»Aber genau das ist es. *Jesse Owens, der Neger.* Natürlich,
das ist doch die Idee!«

»Was meinst du?« Hans horchte auf, er konnte einen Funken Hoffnung im Gesichtsausdruck seiner Lieblingsfreundin
erkennen.

»Na, genau damit ködern wir deinen Vater.« Henriettes
Augen leuchteten.

»Ich verstehe kein Wort«, sagte Hans und hob die Schultern.

»Sprich doch einfach mit deinem Vater über Jesse Owens und sag ihm ...« Plötzlich hielt sie inne, ihr Blick huschte zu Karl. Hans schien ihre Vorsicht zu spüren.

»Ich glaube, ich habe eine Ahnung, was du meinst«, sagte er schnell.

»Nun spannt uns nicht so auf die Folter, um was geht es?« Charlotte platzte vor Neugier, Karl erging es nicht anders. Zu Henriettes Erleichterung war es Hans, der ihre Idee ausführte:

»Ihr wisst doch, dass mein Vater, sagen wir mal, sich für die Schwächeren einsetzt, also als Arzt meine ich.« Auch Hans schien nach den passenden Worten zu suchen. Karl riss langsam der Geduldsfaden:

»Wird es nun endlich?«

»Ich meine ...«, immer noch kreisten Hans' Gedanken um die richtige Formulierung, »... wenn ich ihn fragte, ob bei den Olympischen Spielen, wenn die Menschen aus der ganzen Welt nach Berlin kommen werden, die Neger und die anderen Sportler niederer Rassen überhaupt mit den Ariern zusammenwohnen dürfen, und ob für die auch Ärzte und so zur Verfügung ständen ...«

»Dann wird dein Vater schon springen und als Arzt Gutes tun wollen«, hatte nun auch Karl verstanden. Zu ihrer aller Glück schien er das Zögern von Henriette und Hans nicht auf sich zu beziehen. Grad das Gegenteil war der Fall: Karl gefiel, dass sein Freund endlich die richtigen Worte für die Untermenschen fand. Er grinste breit. Charlotte klatschte für die Idee begeistert Beifall und Hans und Henriette sackten erleichtert zusammen, ihre Blicke kreuzten sich verstehend.

Die vier Kinder begannen zu spinnen und schmückten sich aus, was es in Berlin wohl alles zu erleben geben würde: das Stadion, das olympische Dorf, die Sportler und die Tausenden von Zuschauern. Es würde aufregend werden, und sie beneideten Hans dafür. Denn dass sein Vater ihn nach Berlin mitnehmen würde, das stand für sie alle völlig außer Frage.

Die Stunden an der *Oder* flogen dahin, schon war es Zeit, nach Hause zu gehen. Alle wünschten Hans Glück bei seinem Unterfangen, denn er wollte es gleich, wenn er nach Hause käme, angehen. Während er, Henriette und Charlotte den Weg zur Festung nahmen, schlug sich Karl gleich in Richtung *Neustadt*.

»Besser wäre es, dieser Negersprinter bliebe da, wo er hingehört, nämlich in Afrika!«, rief er ihnen noch zu, dann war er schon hinter der Biegung der Festungsmauer verschwunden.

»Jesse Owens ist doch Amerikaner«, murmelte Hans und schüttelte den Kopf über Karls Ignoranz. Charlotte kicherte. Nur Henriette war nicht zum Lachen zumute.

»Heil Hitler, Doktor Hehn und willkommen im Olympischen Dorf«, begrüßte ein zackig dreinschauender Mann in Uniform den Kollegen aus Küstrin. Dieser grüßte schweigend zurück und versuchte den rechten Arm so wenig wie gerade noch möglich zu strecken.

Der Mann mit dem roten Kreuz auf seiner Armbinde als Zeichen für den medizinischen Dienst hatte sich kurz zuvor als *Leitender Sanitätsoffizier des Olympischen Dorfes* und enger Vertrauter des *Generalstabsarztes* vorgestellt, welcher sich entschuldigen ließe, da der als für die Olympischen Spiele gesamtverantwortlicher Arzt kaum abkömmlich sei, wie sich Hehn ja sicherlich leicht vorstellen könne. Natürlich könne er, pflichtete der Angesprochene seinem Vorgesetzten mit trockenem Mund bei. Hehn war nervös.

Die Nationalsozialisten hatten alles für ihn organisiert: die Fahrt nach Berlin und eine Unterkunft im Olympischen. Dorf. Er würde freien Zugang zu den Wettkämpfen haben, natürlich nur außerhalb seiner Dienstzeiten, und auch diese waren bereits in einem detaillierten Plan festgelegt. Selbst eine Praxisvertretung in Küstrin hatten sie ihm gestellt. Er war nun genau da, wo er sich in seinem Leben auf keinen Fall hatte wiederfinden wollen: im Herzen des Nationalsozialismus.

Hehn versuchte die unzähligen Gedanken, die ihm durch den Kopf schossen, zu verdrängen und sich nur noch auf das Schöne seines Berufes und auf die bevorstehende Aufgabe zu konzentrieren. Das Ärztehaus im Olympischen Dorf war mit allem ausgestattet, was es zur umfassenden Betreuung der dort untergebrachten Sportler bedurfte. Diese würden in wenigen Tagen eintreffen. Er hatte noch nie so modern ausgestattete Praxisräume gesehen. Es fehlte wirklich an nichts. Sogar an einen Operationssaal hatte man gedacht, von Zahnarztpraxis und mehreren Behandlungszimmern ganz zu schweigen. Er war ehrlich beeindruckt. Wie meilenweit war seine eigene bescheidene Praxis in Küstrin davon entfernt.

Überhaupt war das Olympische Dorf im westlich von Berlin gelegenen Elstal beeindruckend. Das Gelände war großzügig angelegt, mit Sichtachsen, Wasserspielen und immer wieder mit kleinen gartenarchitektonischen Überraschungen. Darin eingebettet würden die Sportler aus aller Welt in Bungalows wohnen. Ihm waren die Augen übergegangen vor solcher Schönheit. Nicht nur der Park, immerhin über fünfzig Hektar groß, oder das Eingangstor mit Obergeschoss und Glockenturm, auch die weiteren Gebäude waren beeindruckend. Das Speisehaus der Nationen, als zentraler Punkt der gesamten Anlage, wegen seiner elliptischen Form auch *Das Auge* genannt, beherbergte unfassbare vierzig Küchen und Speiseräume für alle Mannschaften. Der Bau erstreckte sich über mehrere Etagen mit lichtdurchfluteten Klausurgängen zum Innenhof. Vor jedem Gang eine Terrasse, so geschickt gebaut, dass man von ganz oben einen freien Blick bis zum entfernten Olympiastadion in Berlin hatte.

Während sich sein uniformiertes Gegenüber in seinen Ausführungen von den Vorzügen des Dorfes abwandte und sich über die körperliche Überlegenheit der weißen Rasse christlichen Ursprungs und die neu erwachte Stärke des Deutschen Reiches ergoss, schweiften Doktor Hehns Gedanken ab. Er ließ die letzten Monate seit seiner Berufung zum sportärztlichen Betreuer Revue passieren. Diese waren wie im Flug vergangen. Seine erste Überraschung ob der Begeisterung seiner Ehefrau über die Berufung verging schnell, als er zu durchschauen begann, wem er die vielleicht nicht ganz so zweifelsfreie Ehre zu verdanken hatte: seinem Schwiegervater, der es trotz hohen Alters nicht unterlassen konnte, von seinem Landgut aus politische Fäden zu spinnen und alles für seine Tochter vermeintlich Gute zu arrangieren. Und genau dazu gehörte eben auch diese Berufung seines bedauerlicherweise bürgerlichen Schwiegersohns an das sportliche Zentrum der nationalsozialistischen Macht.

Hehn hatte zunächst ablehnen wollen, es dann aber seiner Frau zuliebe unterlassen. Und schließlich war da ja auch noch sein Sohn. Natürlich wünschte sich der Junge nichts sehnlicher, als bei den Spielen dabei zu sein. Wie hätte Hehn ihm diesen Traum zerstören können?

»Wir werden den anderen schon zeigen, was Arier imstande sind zu leisten. Diese Olympischen Spiele werden der Welt in Erinnerung bleiben, darauf können Sie sich verlassen, Doktor Hehn!«

Der scharfe Ton holte ihn in die Wirklichkeit zurück.

»Der Helfer wird Ihnen alles zeigen.«, Der Leitende wies auf einen jungen Mann in weißer Uniform und Schiffchen auf dem Kopf, der die Hacken zum Stillgestanden zusammenschlug. Hehn nickte ihm zu.

»Also, einen guten Start und auf gute Zusammenarbeit. Ach, und grüßen Sie bei Gelegenheit Ihren Schwiegervater von mir. Heil Hitler!«

Mit kurzem Gruß wandte sich der Sanitätsoffizier um. Er stand schon in der Tür, da schaute er noch einmal zurück.

»Noch etwas, Hehn: wann wollen Sie eigentlich endlich Parteimitglied werden? Sie könnten uns sonst suspekt erscheinen. Denken Sie doch auch an Ihre Frau und Ihre Familie. Wie ich hörte, ist Ihr Sohn noch immer nicht im Jungvolk. Ungewöhnlich für einen Elfjährigen. Denken Sie mal darüber nach!« Der Mund unter der scharf geschnittenen Nase verzog sich zu einem spöttischen Lächeln, dann blieb von der angsteinflößenden Erscheinung nichts weiter als der Widerhall der Stiefel auf dem Kopfsteinpflaster.

»Doktor Hehn, Sie sind ja ganz blass!« Der Helfer in Weiß eilte zu ihm.

Hehn sah Sterne vor den Augen, der Hieb hatte gesessen. Auf was hatte er sich hier bloß eingelassen?

»Setzen Sie sich, Doktor.«

»Es geht schon wieder.«, Hehn winkte ab, nahm aber dennoch den von seinem Helfer eilig herbeigeschafften Stuhl dankbar an. Er atmete schwer.

»Keine Sorge, ist nur die lange Fahrt und die Aufregung«, versuchte er sich aus der Situation zu retten. Er würde vorsichtig sein müssen, so viel war klar.

»Ja, das ist alles sehr aufregend hier, sehr aufregend«, pflichtete ihm der junge Mann in Weiß bei. Endlich kam Hehn wieder vollständig zu sich.

»Zeigen Sie mir alles!«, forderte er seinen Begleiter gezwungen fröhlich auf. »Wie ist denn überhaupt Ihr Name?«, Hehn stand zwar schon wieder auf den Beinen, ließ sich aber dankbar das Gepäck abnehmen.

Peter, heiße er, ein Berliner sei er und Medizinstudent im ersten Semester, und schon ging der Student voraus in Richtung des Bungalows, der für die nächsten gut zwei Wochen das Zuhause Doktor Hehns sein würde.

Die Spiele hatten begonnen und das Dorf war voll. Es wimmelte von Menschen: Sprachen, Rassen und Religionen mischten sich und verbrachten ihre Zeit mit- und gegeneinander. Die pompöse Eröffnungsfeier der Spiele hatte alles übertroffen, was die Welt bis dahin gesehen hatte. Eine Zeremonie der Superlative. Sie hatten in Griechenland eine Fackel entzünden und von mehr als dreitausend Läufern bis nach Berlin tragen lassen, wo mit eben dieser Fackel das olympische Feuer in einer überdimensionalen Feuerschale entzündet wurde. Die Idee dazu soll *Goebbels* sogar höchstpersönlich selbst entwickelt haben.

Das Olympiastadion fasste hunderttausend Besucher. Hunderttausend! Seine Türme ragten hoch in den Himmel, Hakenkreuze auf endlos langen Fahnen dominierten die Szenerie.

Es war ein Spektakel der Massen; endlose Reihen von Sportlern turnten synchron, Menschen marschierten im Gleichschritt und Nationen grüßten mit dem Hitlergruß: beängstigend, berührend, erhebend, erschaudernd, verstörend, versöhnend, zum Fürchten schön.

Schließlich erschien der Führer selbst. Stehend in seiner Staatskarosse nahm er den tosenden Beifall seiner Untertanen entgegen: keine Regung, kein Lächeln, nur staatstragende Dramatik. Heil Hitler! schallte aus unzähligen Kehlen. Und immer wieder: Heil Hitler!

Zwanzigtausend Friedenstauben stiegen in den Himmel und lenkten hunderttausend Augenpaare auf die *Hindenburg*, das silbern glänzende Luftschiff hoch über ihren Köpfen.

Radiosender übertrugen die Feier in die deutschen Wohnstuben, mit Schallplatten würde später die ganze Welt die Kunde vernehmen. Selbst auf dem Kurfürstendamm hatten sie Lautsprecher in den Bäumen installiert und übertrugen in Echtzeit. In Echtzeit!

Und schon trat Hitler selbst ans Mikrofon. Sein Blick erfasste das olympische Rund, dann hob er zu sprechen an:

»Ich verkünde die Spiele von Berlin ...«, er machte eine Pause, die Menge wartete mit Spannung, dann fuhr er fort, »... zur Feier der elften Olympiade neuer Zeitrechnung ...«, und erneut ein kurzes Innehalten, um schließlich zu vollenden, »... als eröffnet!«

Jubel ergoss sich aus den dicht besetzten Zuschauerrängen über die Sportarena, den Kurfürstendamm und über die Sofas und Häkeldecken draußen im Reich. Ganz Deutschland reckte seinen Arm in den Himmel.

Hehn hatte all das aus allernächster Nähe miterlebt. Es tat ihm in der Seele weh, dass er seine Familie nicht dabei haben konnte. Insbesondere Hans hätte so gerne den Einzug der Nationen gesehen. Aber das war leider unmöglich gewesen. Zur Eröffnungsfeier waren alle ärztlichen Betreuer zusammengerufen worden. So viele Menschen mit Lampenfieber, bejubelt von hunderttausend; da war jede Hand vonnöten, die kleine Ohnmachten, verstauchte Knöchel und umgedrehte Mägen behandeln konnte. Peter hatte ihm als Helfer in Weiß assistiert. Doktor Hehn hatte es Spaß gemacht, die Begeisterung des ersten Semesters wieder zu spüren. Er selbst war seinerzeit ganz ähnlich gewesen. Wenn sich der Junge den Eifer behielte, könnte mal ein guter Arzt aus ihm werden. Am Ende des anstrengenden Eröffnungsabends hatte er ihm voll des Lobes kräftig auf die Schulter geklopft und ein strahlendes Lächeln dafür geerntet.

Tags drauf hatte Hehn ein Telefonat nach Küstrin organisieren können. Für einen Moment war er überrascht, als er seinen Kollegen, der die Praxisvertretung machte, am Ohr hatte, kurz darauf sprach er endlich mit seiner Frau.

»Kommt mich besuchen, bevor die Spiele vorbei sind!«, forderte er liebevoll.

»Ich bin schon dabei, alles zu organisieren.«

Hehn konnte das charmante Lächeln seiner Frau durch den Telefonhörer hindurch spüren. Sehnsüchtig rieb er seine Wange an dem schwarzen Bakelit.

Sein Schaffensfeld war nicht auf den Kampfstätten des Reichssportfeldes, sondern im Olympischen Dorf. Dort ging es deutlich ruhiger und beschaulicher zu als in den diversen Stadien. Er war darüber ganz froh, denn die politische Prominenz ließ sich bei ihnen kaum sehen, so konnte er eine Begegnung umgehen. Die Stimmung im Dorf war ausgesprochen gut. Er bewunderte die Fairness und Kameradschaft, mit der die Sportler miteinander umgingen. Jeden Tag spielte eine kleine Kapelle auf. Allabendlich verwandelte sich das Hindenburghaus mit seinem Saal und der Bühne zum kulturellen Mittelpunkt aller Teilnehmer. Die Leitung tat alles, um ihnen das Leben so angenehm wie nur eben möglich zu gestalten. Von Filmen, Sportberichten über Kabarett bis zum Ballett ließen sie es an nichts mangeln.

Aber all die Unterhaltung und gute Laune ließen Hehn dennoch nie ganz zur Ruhe kommen. Seit seinem ersten Tag im Olympischen Dorf spürte er ein Unbehagen. Trotz der allgemein guten Laune, dem strahlenden Sonnenschein, der umsorgenden Betreuung der Dorfleitung und der hervorragenden medizinischen Ausstattung konnte er sich nicht ganz auf das Geschehen einlassen, irgendetwas in ihm wollte ihn nicht zu Ruhe kommen lassen.

Hehn hatte mittlerweile aufgelegt. In zwei Tagen würde er seine Familie hier im Dorf endlich wiedersehen. Es hatte so gutgetan, mit seiner Frau zu sprechen, auch wenn er natürlich vorsichtig war mit dem, was er ihr am Telefon erzählte. Das Fräulein vom Amt hörte schließlich mit.

Die wesentlichen Dinge hatte er ihr bereits in einem langen Brief geschrieben, der wohl noch auf dem Weg zu ihr war, zumindest hatte sie ihn nicht erwähnt. Darin hatte er ein Erlebnis mit ihr geteilt, das er nur wenige Tage zuvor gehabt hatte.

Es war gleich am zweiten Tag gewesen, nach einem heiteren Abend im Hindenburghaus. Guter Dinge hatten die Besucher den Saal geräumt und sich in Richtung der Sportlerbungalows verstreut. Einige der Athleten hatten ihre Musikinstrumente mitgebracht, meist Gitarren oder auch mal ein Akkordeon, die Stimmung erinnerte an Kindertage am Lagerfeuer.

Es war schon lange dunkel gewesen, als Hehn zufällig neben einem der schwarzen Sportler zu sitzen kam, einem Amerikaner. Hehn hatte sich mit Händen, Füßen und seinem nicht allzu guten Englisch in ein Gespräch ziehen lassen, das erstaunlich persönlich wurde. Bald schon kam die Rede auf *Jesse Owens*.

»Ja, wenn wir für euch laufen, sind wir gut genug«, hatte sein Gesprächspartner gemeint und ausgespuckt. Hehn war erschreckt über die Bitterkeit in dessen Worten. Was der denn damit meine, hatte er vorsichtig zurückgefragt.

»Meinen Sie denn wirklich, wir wüssten nicht, wie Sie über uns denken, über uns Neger?«

»Aber …« Hehn war sprachlos gewesen über die Offenheit, mit der sein Nachbar ihn gerade beschuldigte, ausgerechnet ihn.

»Glauben Sie nur nicht, dass wir ganz freiwillig hier sind. Meine Frau meinte, ich sei verrückt, ausgerechnet zu den Deutschen zu gehen. Aber was soll man machen? Sport bleibt Sport. Sie wissen doch sicherlich, dass es eine intensive Boykott-Bewegung bei uns gegeben hat, oder?«

Natürlich wusste Hehn das. Er nickte schweigend.

»Die Entscheidung war knapp, verdammt knapp. Ich weiß selbst nicht, wie ich damit umgegangen wäre, wenn wir nicht hätten herreisen können. Man trainiert ja die ganze Zeit genau nur darauf, auf diesen großen Wettkampf. Und wir sind schlechte Behandlung in Amerika ja gewohnt. Nicht Jesse, das ist klar, der hat nichts zu befürchten, er ist ein Star, aber wir anderen. Man geht mit uns nicht besonders zimperlich um, wissen Sie, nur wenn wir laufen oder kämpfen sollen, dann ist die Hautfarbe plötzlich einerlei.«

Die beiden hatten eine Weile geschwiegen, Gitarren und Gesang überdeckten die Schwere der letzten Worte. Hehn suchte lange nach der passenden Antwort. Er musste vorsichtig sein, das war klar, aber hier im Schutze der Dunkelheit, eingehüllt von Lagerfeuerromantik und neben sich einem Fremden, der von weit her über den Atlantik gereist war und dorthin in zwei Wochen auch wieder zurückgehen würde, traute er sich, die Frage zu stellen:

»Was denkt man denn über Deutschland?«

Der Sportler neben ihm wandte sich ihm zu. Die Nacht ließ nur noch die weißen Augäpfel und die Zähne schimmern.

»Nun, was denken Sie denn über Ihr Deutschland?«

Hehn war er so überrumpelt, dass er spontan, unüberlegt und ehrlich antwortete: »Deutschland? Es macht mir Angst. Schon lange sind die Nationalsozialsten inmitten unseres Volkes angekommen. Ach, was heißt angekommen, sie haben sich breitgemacht, erst waren es nur Einzelne, aber heute ist es fast ganz Deutschland.«

»Reden Sie mit Ihren Freunden darüber?«

»In diesem Land hat man keine Freunde mehr, wenn man anders denkt.«

»Ui …«, der Schwarze pfiff durch die Zähne, »… und Ihre Familie?«

»Ein lieber Sohn und eine wundervolle Frau.«

»Das meinte ich nicht. Ich meine, ob Sie mit denen reden können.«

»Mit meiner Frau, ja, aber meinen Sohn halten wir aus allem raus. Zu gefährlich. Er soll lieber unbedarft bleiben.«

»Ist das möglich?«

»Nein. Nicht mehr lange.«

Das Schweigen der beiden wurde übertönt von der gitarresken Fröhlichkeit der anderen. Plötzlich packte Hehn die Angst, er wurde sich der Tragweite seiner Worte bewusst.

»Hören Sie …, ich hoffe, ich kann mich auf Ihre Diskretion verlassen. Ich rede mich hier gerade um Kopf und Kragen, Landesverrat, auf so etwas steht Zuchthaus!«

»Beruhigen Sie sich, natürlich können Sie. Was hätte ich davon? Und außerdem werden Sie schließlich noch gebraucht, das ist Ihr Glück.«

»Gebraucht? Wofür?«

»Irgendwann werden zerfetzte Arme und Beine durch die Luft fliegen, da braucht man Männer wie Sie, die das wieder zusammennähen.«

»Was reden Sie da?«

»Entschuldigen Sie, Doktor, Intuition, zweites Gesicht; nennen Sie es, wie Sie wollen. Das habe ich von meiner Mutter geerbt.«

Hehn wusste darauf nichts zu sagen. Überhaupt nahm das Gespräch eine Wendung, die ihm unangenehm war. Er stand auf und verabschiedete sich, um in sein Quartier zurückzukehren. Die gleichmäßigen Atemzüge seines Zimmernachbarn verrieten dessen tiefen Schlaf. Für ihn jedoch hielt diese Nacht keine Ruhe mehr bereit.

Am nächsten Morgen lachte die Sonne, als wäre nie etwas gewesen. Vergeblich suchte Hehn nach dem Mann vom Vorabend, er wollte sich noch einmal dessen Schweigens versichern, auch ließ ihn seine seltsame Prophezeiung nicht los, aber er konnte ihn nicht ausmachen. Abends setzte er sich an seinen Schreibtisch und schrieb seiner Frau einen langen Brief. Wie gut, dass er alles mit ihr teilen konnte. Gleich fühlte er sich erleichtert und musste beinah schmunzeln über seine Ängstlichkeit.

»Ah, Peter, da sind Sie ja!« Es war zwei Tage später, und Hehn war gerade auf dem Weg zu den ärztlichen Behandlungszimmern, als er seinen Assistenten traf.

»Guten Morgen, Herr Doktor. Was für ein herrlicher Tag.«

»In der Tat, ein herrlicher Tag. Da macht der Arztberuf doch noch mehr Spaß.« Noch immer sah er sich selbst in diesem Studenten, der so voller Eifer für die gute Sache zu brennen schien. Es entwickelte sich ein Gespräch über den Berufsstand des Mediziners und die große Chance, der Welt Gutes zu tun.

»Doktor, Sie sind viel zu gut für diese Welt.«

Hehn lachte, aber sein Begleiter blieb ernst, überraschend ernst. Er schaute sich kurz nach allen Seiten um und sprach flüsternd weiter:

»Doktor Hehn, denken Sie an meine Worte!«

»Wie meinen Sie das?«

»Denken sie einfach an meine Worte, egal was Sie tun, sagen oder …«, der Junge machte eine kurze Pause, »… schreiben.«

»Schreiben?«

»Ja, schreiben. Das Ausland mag uns vielleicht nicht so sehen, wie wir wirklich sind, aber wir sollten uns davon nicht beeinflussen lassen. Insbesondere nicht von Negersportlern.«

Himmel, was meinte dieser Junge bloß? Was sollte Hehn denn … plötzlich stockte er … der Brief, aber natürlich, der Brief an seine Frau. Sollte es möglich sein, dass …, aber das würde ja bedeuten, dass der junge Mann da an seiner Seite, dieser aufstrebende Mediziner, der sein ganzes Vertrauen …

»Peter, wollen Sie etwa andeuten …«, bevor er die begonnene Frage beenden konnte, unterbrach ein fröhlicher Schrei das Gespräch:

»Papa!«

»Hans! Junge!« Hehn war vollkommen durcheinander. Und da war ja auch seine Frau. Sie wollten doch erst morgen kommen.

»Meine Liebe, was machst du denn schon hier?« Hehn schaffte es nur mit Mühe, sich auf seine Familie zu konzentrieren.

»Ich konnte den Kleinen nicht mehr zu Hause halten. Unmöglich. Er hat sich sogar Fotos der Sportler aus der Zeitung ausgeschnitten. Du kannst es dir nicht vorstellen, ganz Küstrin ist im Olympiafieber.«

»Aber das ist ja toll.« Hehn packte den Jungen an den

Schultern. Wieder einmal fiel ihm auf, wie groß er mit seinen elf Jahren schon war.

»Schau mal, Papa wir haben noch jemanden mitgebracht.« Hans deutete in Richtung des Weges, aus denen er und seine Mutter gerade zum Vater gelaufen waren. Mit ineinander geknoteten Armen wartete dort ein Mädchen.

»Henriette!«, rief Hehn erstaunt, »das ist ja eine tolle Überraschung!« Leise wandte er sich an seine Frau: »Aber wie hast du sie hier an der Wache vorbei durchs Tor gebracht?«

»Frag nicht, mein Lieber, frag nicht!«

Seine Frau konnte manchmal zaubern. Die meisten ihrer Zaubersprüche enthielten das väterliche *Von-Und-Zu* in ihrer Formel.

»Wir sind heute schon gekommen«, sprach sie betont fröhlich weiter, »und nicht erst morgen. Wir wollten dich überraschen.«

»Na, das ist euch gelungen.«

»Morgen kommt übrigens Karls Vater, du weißt schon, da wollte ich nicht …«

»*Ortsgruppenführer* Rieger?«

»Genau der.

»Ich verstehe.«

Henriette und Hans hatten von den letzten Worten nichts mitbekommen, sie strahlten sich an und waren überglücklich, dieses Abenteuer zusammen zu erleben.

Zur selben Zeit stützte Henriettes Mutter voller Verzweiflung den Kopf auf den Küchentisch und weinte. Ihr Mann war gerade von seiner Unterredung mit Henriettes Schuldirektor zurückgekommen. Das Ergebnis war niederschmetternd. Ephraim hatte mit dem Schulleiter über die weiterführende Schule sprechen wollen. Henriette war eine fleißige Schülerin, die meist gute Noten nach Hause brachte, zumindest in den Fächern, die nicht von Hakenkreuzlern gelehrt wurden. Herta und Ephraim nahmen an, dass sie für das Lyzeum geeignet wäre. Das Mädchengymnasium erhob zwar ein Schulgeld, das für sie schwer zu begleichen war, aber wenn Henriette dort das Abitur schaffen könnte, so wollten sie es ihrer Tochter zuliebe versuchen. Doch vorher mussten sie sich versichern, dass ihre Henriette gut genug für das Lyzeum war, ansonsten würde sie halt ab dem nächsten Jahr die Mittel-Realschule besuchen.

»Ahrenfelss, Mensch, seien Sie doch kein Narr!« Wie damals bei dem Zwischenfall mit dem neuen Lehrer, hatte der Direktor auch diesmal, kaum dass Henriettes Vater sein Anliegen vorgetragen hatte, die Bürotür verschlossen.

»Hören Sie, Ihre Tochter ist auf meiner Schule noch einigermaßen sicher, zumindest so lange ich selbst noch hier Direktor bin. Wie lang auch immer das noch sein mag.«

Der rundliche Mann hielt inne. Ahrenfelss sah ihn schweigend an. Sein Gegenüber schien nach den richtigen Worten zu suchen. Endlich sprach er weiter.

»Henriette kann unmöglich auf das Lyzeum gehen, das geht ja schon wegen des Ariernachweises nicht. Sie wissen doch sicher, dass Schüler vom Gymnasium diesen Schein erbringen müssen.«

Nein, das hatte Ephraim nicht gewusst. Er war gar nicht auf die Idee gekommen, dass dieser blödsinnige Blutsbeweis bereits für Kinder gefordert werden könnte. Er hatte sich einige Augenblicke sammeln und nachdenken müssen: die höhere Schule käme für Henriette also nicht in Frage. Blieb also die Mittelschule. Und genau das sagte er dem Direktor.

Der griff sich verzweifelt an den Kopf, dann ließ er die Arme fallen. Mit hängenden Schultern schaute er Ahrenfelss an:

»Ich rate Ihnen wirklich, lassen Sie Henriette einfach bei uns hier, so lange das überhaupt noch möglich ist. Ich werde mich für Ihre Tochter einsetzen, damit sie weiterlernen kann. Wobei ich nicht zu viel versprechen möchte, denn auch meine Mittel sind begrenzt.«

»Was meinen Sie?«

»Hier in der Volksschule wird nicht so scharf geschossen. Auf das alte Kollegium kann ich mich noch einigermaßen verlassen. Die neuen Lehrer, die mir von der Schulbehörde in den Pelz gepflanzt werden, sind hierher in die Provinz sowieso meist strafversetzt, für die interessiert sich keiner mehr, und ich habe hier noch ein bisschen Einfluss, wenn der auch immer mehr schwindet. Hier hat Henriette noch eine Chance, außerhalb dieser vier Wände sieht das alles schon ganz anders aus.«

»Herr Direktor – nicht so scharf geschossen, in den Pelz gesetzt, eine Chance haben – was wollen Sie mir damit sagen?«

Der Schulleiter war auf seinem Stuhl weit nach vorn gerutscht und beugte sich über den kleinen Besprechungstisch. Sein Gesicht befand sich unmittelbar vor Ephraims.

»Was ich damit meine? Ich habe meine Quellen, alte Freunde, denen ich noch vertrauen kann, wenn man in diesen Zeiten überhaupt noch irgendwem trauen kann. Und die haben mir gesteckt, dass es nicht mehr lange dauern wird ...«, er stoppte und vergewisserte sich mit schnellem Blick, dass die

Tür zu seinem Vorzimmer wirklich verschlossen war, »... bis man Ihresgleichen den Besuch jeglicher Art weiterführender Schulen gänzlich verbieten wird.«

Das war einem k. o.-Schlag gleichgekommen. Ephraim schwindelte, unfähig, auch nur ein einziges weiteres Wort herauszubringen, und kurz davor, sich im Büro des Schulleiters zu übergeben, riss er de Tür auf und stürzte an der Schulsekretärin vorbei über den Pausenhof durch das Schultor ins Freie. Erst dort kam er wieder zu sich. An den Torpfosten gestützt, schnappte er keuchend nach Luft. Er ließ die Augen über die Steine des Schulgebäudes gleiten, kurz war sein Blick an dem noch offenstehenden Flügel der Eingangstür haften geblieben, dann glitt er an der Mauer zu Boden. Es war ihm egal, ob ihn irgendjemand sehen oder erkennen würde, ob die Leute redeten, auf ihn zeigten oder einen Bogen um ihn machten. Alles in ihm war Elend, ein einzig großes Elend.

Er spürte eine Hand auf der Schulter. Als er aufblickte, schaute er in das Gesicht des Direktors. Ohne ein weiteres Wort, rappelte Ephraim sich auf und schlich nach Hause. Durch das geöffnete Wohnstubenfenster hörte er die Jubelrufe aus dem Radio: »Bravo, Olympia! Bravo.«

Kapitel 17

—

»Wie bitte?!« Hätte sie es gekonnt, Elsa wäre vermutlich direkt durchs Telefon an Henriettes Hals gesprungen.

»Mit Rachel fährst du mir nichts, dir nichts kurzerhand und einfach mal eben so in deine Heimat, aber mit mir, deiner eigenen Tochter, wolltest du in all den Jahrzehnten nicht einmal darüber *sprechen*? Du hast mir nie auch nur irgendetwas über deine Heimatstadt, dieses, wie hieß es noch gleich, Küstrin erzählt. Immer nur Ausflüchte, Vertröstungen. Und nun das?«

»Elsa, sei mir doch nicht böse, ich kann dir das nicht erklären. Und glaube mir, es geschieht nicht einfach so und kurzerhand oder mir nichts, dir nichts. Ich habe mir das alles gut überlegt.«

»Das macht es nun wahrlich nicht besser, Mutter. Warum jetzt und nicht vorher? Glaubst du nicht, dass deine Vergangenheit auch mich etwas angeht? Ich finde, ich hätte ein Recht gehabt, davon zu erfahren.«

»Elsa, meine Liebe, es war einfach noch nicht der richtige Moment, es war bisher zu früh dafür.«

Am anderen Ende der Leitung schnappte Elsa hörbar nach Luft.

»Zu früh? Ha! Du bist gut, immerhin gehst du auf die Hundert zu.«

»Das ist keine Frage des Alters.«

»Wirklich, Mutter, ich verstehe dich nicht.«

»Ich weiß, Elsa, ich weiß. Das kannst du auch gar nicht. Es tut mir leid.«

Die beiden Frauen schwiegen sich eine Weile an, bis Henriette schließlich mit ein paar versöhnlichen Worten das Gespräch beendete. Die Verbindung über den Atlantik erstarb, übrig blieben ein kleiner Handybildschirm und eine große Frage.

Rachel war es unangenehm, die Auseinandersetzung zwischen ihrer Uroma und Oma miterleben zu müssen. Sie konnte nicht umhin, Elsa beizupflichten. Dass sie selbst jetzt die Auserwählte wäre, die in die Familiengeschichte eingeweiht würde, erfüllte sie zwar mit Stolz, doch weckten die Enttäuschung Elsas und die vielen unausgesprochenen Worte Henriettes ein Unbehagen in ihr.

»Oma, warum?«

»Ach, Kleines. Na, komm mal her.« Henriette schloss ihre Urenkelin in die Arme.

»Oma, du hast versprochen, mir alles zu erklären. Ich glaube, so langsam ist es so weit. Warum zum Beispiel hast du nie Deutsch mit uns gesprochen?«

Rachel löste sich aus der Umarmung.

»Nun gut, ich werde es versuchen. *Deutsch* ist mit vielen Erinnerungen verbunden, die ich nicht noch einmal durchmachen wollte.«

Das war zwar nicht gelogen, gab aber auch nicht die ganze Wahrheit wieder.

»Hatte Oma Elsa wirklich keine Ahnung, dass du so gut Deutsch sprichst?«

Henriette schwieg. Nur ein einziges Mal war sie von ihrer Tochter nach der eigenen Vergangenheit, nach Deutschland und nach dem Krieg gefragt worden. Henriette hatte damals heftig reagiert, zu heftig, wie sie sich später eingestehen musste. Sie hatte geantwortet, sie wolle dieses Thema nie wieder hören, und ihre Stimme war schärfer als gewöhnlich gewesen, so dass Elsa zusammengezuckt war und es nicht gewagt hatte, eine weitere Frage zu stellen.

Erstaunlich eigentlich, dass sie sich daran gehalten hatte. Aber auch Elsa hatte in ihrem Leben ernste Schwierigkeiten erleben müssen, politische Schwierigkeiten. Die Diktatur in den siebziger und achtziger Jahren hatte sie viele Freunde gekostet. Henriette hätte Elsa damals gerne getröstet, aber diese hatte sich ihr entzogen. Sie könne nicht mit ihr darüber reden, hatte sie gemeint, und Henriette hatte es akzeptiert.

Es gab Erfahrungen im Leben, die wollte man weder erneut hervorrufen, noch mit jemanden teilen müssen, nicht einmal mit der eigenen Mutter oder Tochter. Aber vielleicht mit der eigenen Urenkelin? Jetzt, da so viele Jahrzehnte vergangen und nur noch wenige Augenblicke im Leben übriggeblieben waren?

»Und?« Rachel ließ nicht locker.

»Nein, Elsa hat es nicht gewusst.«

»Wow!« Rachel brauchte einen Moment, um das zu verdauen. Und noch mal: »Wow!«

»Wow? Na ja …«, Henriette schüttelte milde den Kopf. »Weißt du, manchmal ergeben sich die Dinge einfach nicht so, wir verpassen den richtigen Moment, rutschen darüber weg, und irgendwann ist es irgendwie zu spät. Vielleicht

ist es dann auch bereits zu unwichtig und wird belanglos.«

»Belanglos? Oma, wie könnte *das* belanglos sein. Wir
sprechen über *deine* Geschichte.«

»Vielleicht ist es der Abstand der vielen Jahrzehnte, der
mir das alles heute nicht mehr so wichtig erscheinen lässt.«
Henriette wusste, dass es eine schwache Ausrede war. Nie
war ihr die Vergangenheit so wichtig wie gerade jetzt.

»Oma, ich möchte dir nicht wehtun, aber das glaube ich
dir nicht. Wenn wir nun morgen nach Küstrin fahren, möchte
ich vorher wissen, warum du weggelaufen bist.«

»Weggelaufen? Rachel, du hast ja keine Ahnung. Es war
Krieg! Da läuft man nicht weg wie ein kleines Kind, das
Angst vor dem Weihnachtsmann hat, da flieht man, versucht
sich zu retten, packt hastig einen kleinen Beutel, den man
dann auf der Flucht irgendwo zwischen blutig reißenden
Dornbüschen und matschigen Flussufern verliert. Krieg!
Kannst du dir vorstellen, was das bedeutet?«

»Nein, Oma, das kann ich nicht. Deshalb frage ich ja. Er-
kläre es mir«, bat Rachel sanft.

»Krieg kann man nicht erklären, dazu ist er zu unbegreiflich.
Krieg ist eine widerliche Kreatur, eine hässliche Fratze mit tod-
bringendem Atem. Hätte Krieg eine Gestalt, er hätte Muskeln,
die nur zu brutaler Gewalt fähig wären, Hände, die gemacht
wurden, um Feuer zu legen, Augen, die keinen Blick für das
Schöne hätten, einen Mund, der kein Wort der Liebe aussprechen könnte, Ohren, die taub wären für die Schreie der
Schmerzenden, und er hätte einen Geist, der sich laben würde
an Schrecken, Pein und Leid, während Milde, Mitleid und Ver-
nunft ihm fremd wären. Das, Liebes, das ist Krieg.«

Rachel hielt wie gebannt ihren Blick auf Henriette und wartete auf deren nächste Worte.

»Aber Krieg ist auch der Versuch, Normalität in der Anomalität zu finden, sein eigenes Leben zwischen all den Ruinen, Trümmern und Toten aufrechtzuerhalten, um nicht gänzlich unterzugehen, nicht dem Wahnsinn, der um einen herum passiert, zu erliegen und nicht daran zu zerbrechen.«

»Aber Oma, wenn doch alle so leiden, warum hört das denn niemals auf?«

Henriette lachte bitter:

»Weil eben nicht alle unter dem Krieg leiden. Es gibt leider einige wenige, denen spült der Krieg was auch immer in ihre Taschen: Reichtum, Anerkennung, Ehre, Befriedigung. Ich weiß es nicht.«

»Hast du Menschen sterben gesehen?«

Henriette musste erst einmal durchatmen. Was sollte sie darauf antworten? Ja, ihre Augen hatten schon als junger Mensch so viel Grauenhaftes gesehen und ihre Ohren von noch so viel Unvorstellbarerem gehört, dass es Teile ihres Herzens hatte brüchig werden lassen. Aber sollte sie davon erzählen? Sollte sie einen ihr so lieben Menschen mit der dunklen Vergangenheit belasten?

Und würde sie in der Lage sein, das Unvermeidbare preiszugeben, aber die Geheimnisse zu wahren? Hatte Elsa recht, dass es einen Anspruch auf die Familiengeschichte gab? Das alte Schuldgefühl meldete sich zu Wort, der eigene Vorwurf, die Familie im Stich gelassen zu haben. Verrat an den Eltern! Verrat an der Tochter?

»Oma?«

»Entschuldige, ich war abwesend. Rachel, ich kann dir sagen, die heroischen Darstellungen vom Krieg, Erzählungen vom Heldentod und die dummen Reden vom Vaterlandsopfer können nur von solchen Menschen, oder besser, von solchen Männern gemacht werden, die weit entfernt von allem sind und nicht unter dem Krieg leiden müssen oder die niemals Krieg erlebt haben. Der ach so ehrenhafte Heldentod ist eine feige und grausame Tat, die junge Männer zerfetzt, bevor diese eine Chance haben, ihr eigenes Leben zu beginnen. Es gibt keinen Unterschied mehr zwischen Tätern und Opfern. Alle sind alles, und sogar die Menschen, die gerade davor zu fliehen suchen, werden zu Tätern und die Überlebenden zu Schuldigen, weil niemals alle gerettet werden können.«

Henriette schluckte schwer, es war ihr unmöglich, weiter zu sprechen. Rachel beobachtete sie besorgt.

»Oma, sollen wir lieber aufhören?«

Erstaunlicherweise brachte ausgerechnet die Besorgnis ihrer Urenkelin Henriette wieder zurück in die lang geübte Selbstkontrolle.

»Nicht doch, du hast ein Recht, diese Fragen zu stellen. Ganz im Gegenteil, nicht nur das Recht, fast schon die Pflicht dazu, damit vielleicht irgendwann mal dazugelernt wird und die Welt eine Chance erhält, sich zu ändern, wenn wir es schon nicht vermocht haben.«

»Können wir uns denn wirklich ändern? Wir haben darüber einiges in der Schule gehört, über die Theorie, dass Kriege ein unvermeidliches Mittel der Entwicklung des Menschen seien. Survival of the fittest, der Stärkere gewinnt. Das natürliche Prinzip der Evolution, und nur im Kampf messen sich die Völker.«

»Oh, hör auf, Rachel. Das wäre ja eine grauenvolle Erkenntnis. Nein, ich will nicht, dass das wahr sein kann, und ich will auch nicht das Wort *Völker* in diesem Zusammenhang hören. Dieser Begriff wurde so missbraucht – das Volk, die regierende Klasse, die privilegierte …«, Henriette brach ab. Nein, so weit wollte sie es nicht kommen lassen, sie würde ihren Ängsten und ihrem Zorn jetzt nicht freien Lauf lassen. Sie sammelte sich und tätschelte Rachel das Knie.

»Niemals, hörst du, niemals darfst du aufgeben, insbesondere, da du noch so jung bist. Du hast noch dein ganzes Leben vor dir und hast es in der Hand, daraus etwas zu machen. Und ihr habt es in der Hand, die Welt da draußen besser zu machen.«

Rachel dachte eine Weile nach, bevor sie antwortete:

»Stell dir vor, Oma, es gäbe eine Welt ohne Staaten, keine Anführer, keine Grenzen, keine Kriege. Wir wären alle einfach nur Menschen, und es gäbe kein *Wir* und kein *Die*, es gäbe nur *Ich* und *Du,* und ich bewertete dich nicht als Mitglied irgendeiner Gruppe, sondern als einzelnen Menschen. Es kann zwar sein, dass ich dich dann als diesen einzelnen Menschen nun gerade nicht mag, aber das würde dann eben uns beide betreffen, niemanden sonst, und niemand sonst käme auf die Idee, deshalb für dich oder für mich zu kämpfen. Wäre das nicht schön?«

Henriette hatte mit erstauntem Blick zugehört und schüttelte verblüfft den Kopf:

»Kind, wie schlau du bist.«

»Ach, Oma«, Rachel schaute beschämt zu Boden, »das habe ich aus dem Internet.«

»Ach, das ist ja toll«, Henriette klatschte in die Hände,

»aber trotzdem bemerkenswert, und ja, natürlich wäre das wunderschön.«

Sie beneidete dieses Mädchen um die Möglichkeit, noch so naiv sein zu dürfen.

Rachel blickte ihrer Uroma ins Gesicht und sehr ernst, leise, fast zögerlich stellte sie ihre nächste Frage:

»Warum du alleine, Oma. Was ist aus deinen Eltern geworden?«

Die Frage traf ins Herz. Henriette stammelte unbeholfen und suchte nach Worten:

»Weißt du, Süße, es war am Ende schwierig, herauszukommen. Die Grenzen, die Überwachung. Meine Eltern wollten nachkommen, glaub mir, sie wollten nachkommen.«

Dann wandte sich Henriette von Rachel ab: »Hol mir bitte ein Glas Wasser aus dem Bad.« Sie wollte nicht, dass das Mädchen sie weinen sähe.

Als Rachel zurückkam, hatte Henriette den Platz gewechselt und saß in dem großen Lehnstuhl am Fenster. Sie hatte keine Augen für die glitzernden Lichter der Straßen, die Leuchtreklamen oder den angestrahlten Fernsehturm in der Ferne. Sie stand wieder an der Reling, den tränenverschwommenen Blick auf die Umrisse eines verdunkelten Europas geheftet, das nur wenige Augenblicke später für immer zur Geschichte werden sollte. Der Beginn des Wartens auf etwas, das niemals eintreten würde, ihr Leben lang. Das Warten auf ihn.

Rachel hatte das Glas auf den kleinen Beistelltisch neben Henriettes Sessel gestellt. Leise zog sie sich auf ihr Zimmer zurück, schloss vorsichtig die Verbindungstür und stellte sich an ihr Fenster. Obwohl sie beide nur eine dünne Steinwand trennte, bemaß die Zeitspanne ihrer Leben vollends den Abstand zwischen Erinnern und Erwarten. Von der Straße schallte Lachen herauf.

Kapitel 18

Österreich gehörte nun zum deutschen Reich. Fünf Jahre nach seinem Einzug in den Reichstag machte der Führer seine Prophezeiung wahr: das Großdeutsche Reich rückte zum Greifen nahe.

In Küstrin waren heute Hitlerjugend, Jungvolk, Jungmädelbund und Bund Deutscher Mädel zusammen ins Kino befohlen. Ein aufregendes Erlebnis. Der Saal des Lichtspielhauses platzte aus allen Nähten.

Mädchen kicherten, als sie neben Jungs zum Sitzen kamen. Die wiederum taten möglichst selbstverständlich, und doch pochte auch ihnen das Herz vor Aufregung. Insbesondere den Älteren, die von der HJ und vom BDM. Heimlich flogen Blicke, exakt gescheitelte Jungs gaben sich zackig, Mädchen schlugen züchtig die Augen nieder und strichen sich die Röcke glatt.

Karl sah zu seinen Freunden Hans und Charlotte hierüber, die in ihren Gruppen auf der anderen Seite des Mittelgangs saßen. Er selbst war mit seinen vierzehn Jahren gerade in die Hitlerjugend aufgerückt, seine beiden jüngeren Freunde waren noch bei den Pimpfen. Die beiden grüßten vorsichtig zurück.

Die Wandleuchten erloschen und schafften Platz für ein Dunkel voller gespannter Erwartungen. Das ein oder andere unterdrückte Kieksen war noch zu hören, schon öffnete sich der Vorhang und gab die Leinwand frei.

Laut schmetterten die Fanfaren, schwarz-weiß flimmerte eine rotierende Weltkugel, auf der die drei Buchstaben UFA ihre Schatten warfen und den Nachrichtenüberblick *Die Ufa-Tonwoche* einläuteten.

Die Jungs und Mädels hielten den Atem an. Sie sahen ihre Deutschen Truppen durch die österreichischen Berge ziehen, Frauen schenkten den Wehrmachtssoldaten Blumen, Bauern auf den Feldern grüßten mit dem Hitlergruß. Die Kinobesucher waren begeistert. Schon fielen einige der großen Jungs in die Heil-Rufe ein, die anderen zischten, sie sollten still sein.

Der Sprecher verkündete von großen Taten des Führers und der Freude der Österreicher, dass sie nun wieder Teil der Deutschen Gemeinschaft sein durften. Durch ein großes steinernes Prunkportal fuhr Hitler in seinem offenen Mercedes durch die jubelnde Menschenmenge, die sich dort auf dem Wiener Heldenplatz versammelt hatte.

Furchteinflößend und beeindruckend schmetterte er seine Ansprache über die Massen.

»Deutsche! Männer und Frauen!«, begrüßte er sein Publikum. Die Küstriner Kinder und Jugendlichen klatschten Beifall. Endlich, nach einer langen Rede fiel der Satz, auf den alle gewartet hatten:

»Als Führer und Kanzler der deutschen Nation und des Reiches melde ich vor der Geschichte nunmehr den Eintritt meiner Heimat in das Deutsche Reich.«

Die Jugendlichen sprangen von ihren Sitzen und mit ausgestreckten Armen donnerten sie zusammen mit den Abertausenden auf der Leinwand:

»Sieg Heil! Sieg Heil!« Und immer wieder: »Sieg Heil!«

Die Vorstellung war aus, das Saallicht wieder eingeschaltet. Zutiefst beeindruckt verließen sie das Lichtspielhaus, um angeführt von ihren Gruppenführern gemeinsam in das Zentrum der alten Festung zu marschieren. Ihre Stiefel donnerten festen Schrittes über das Kopfsteinpflaster. Lauthals sangen sie das Lied der Hitlerjugend:

> *Vorwärts! vorwärts!*
> *schmettern die hellen Fanfaren,*
> *Vorwärts! Vorwärts!*
> *Jugend kennt keine Gefahren.*
> *Deutschland, du wirst leuchtend stehn,*
> *mögen wir auch untergehn.*
> *Unsre Fahne flattert uns voran.*
> *Unsre Fahne ist die neue Zeit.*
> *Und die Fahne führt uns in die Ewigkeit!*

An vielen Häusern wurden Türen oder Fensterläden geöffnet, die Bewohner schauten dem Treiben zu, einige fielen in den Gesang mit ein.

Auf dem Altstadt-Marktplatz angekommen, traten die Jugendlichen in Reih und Glied an. Nach einem letzten Abendappell wurde der Zapfenstreich geblasen. Sie wünschten sich eine gute Nacht und verschwanden in den Gassen. Zwischen glucksendem Mädchenlachen mischten sich stimmbrüchige Heil-Rufe und hallten aus den Straßen der Altstadt wider.

Charlotte, Hans und Karl sonderten sich unauffällig ab. Sie würden noch nicht nach Hause gehen, sie wollten sich jetzt mit Henriette treffen.

Ihre Kleeblattbande hatte noch immer Bestand, auch wenn die Treffen in den letzten zwei Jahren immer schwieriger geworden waren. Sie mussten vorsichtig sein, dass man sie nicht mit Ahrenfelss' Tochter erwischte. Das galt insbesondere für Karl. Dessen Augen schauten verstohlen auf Charlottes Bluse. Unverkennbar zeichneten sich darunter kleine Hügel ab. Verschämt versuchte er zu verbergen, was sich in seiner Uniformhose den Weg suchen wollte. Welch ein Glück, dass es bereits dunkel war. Das schwache Licht der Gaslaternen gewährte ihm Privatheit. Um sich selbst abzulenken, sprach er Hans an:

»Na, bald hast du es ja auch geschafft und bist kein Pimpf mehr.«

»Ja, nächstes Jahr bin ich dann auch vierzehn, welch ein Glück.«

Hans beneidete Karl darum, dass der bereits die HJ-Uniform tragen durfte, während er selbst immer noch als Jungvölkler herumlaufen musste. In der HJ zu sein, das war was, da war man schon fast ein Mann. Aber zumindest war seine Situation heute besser als vorher, als er noch nicht einmal zum Jungvolk durfte. Seit knapp zwei Jahren waren Hitlerjugend und Jungvolk für alle Deutschen zur Pflicht geworden. Hans war erleichtert gewesen, als auch er endlich dazugehören durfte. So hatte das Verbot seiner Eltern keine Wirkung mehr gehabt. Und auch die Hänseleien der Mitschüler und bissigen Seitenhiebe seiner Lehrer hatten damit endlich ein Ende, auch wenn es auf dem Gymnasium nicht mehr ganz so schlimm gewesen war wie zuvor in der Volksschule. Nun ging auch er an den Wochenenden mit den anderen Jungs hinaus, saß am Lagerfeuer und marschierte durch die Oderwiesen, den Blick an einen fernen Horizont geheftet, der ihnen gehörte, der deutschen Jugend. Nur manchmal wagte er einen Blick zur Seite, dann sah er in Gedanken Henriette am Wegesrand stehen, sie schaute ihn an, sprachlos, verständnislos.

Henriette wartete schon an dem vereinbarten Treffpunkt. Sie hatte das Lachen, das Singen und die Schreie des Appells aus der Ferne gehört. Nun sah sie die Umrisse ihrer drei Freunde gegen das Laternenlicht. Die Kleeblattbande war das Einzige, was ihr vom einst so schönen Leben übrig geblieben war. In den letzten Jahren hatte sich die Situation ihrer Familie zunehmend verschlechtert.

Hatten ihr die Eltern erst noch versucht glauben zu machen, dass das alles nicht so schlimm sei und sicherlich bald wieder besser werde, war sie mittlerweile mit ihren dreizehn Jahren alt genug, selbst zu sehen, was um sie herum geschah.

Die unzähligen *Juden-Verboten*-Schilder, der *Stürmerkasten* auf dem Marktplatz, die Hetzparolen auf Plakaten und im Radio sprachen ihre eigene Sprache. Zudem hatte sie nicht auf die weiterführende Schule gedurft, sondern musste weiter zur Volksschule gehen.

Dort war außer ihr nur noch Karl geblieben. Bei aller Freundschaft, die sie immer noch zu ihm empfand, musste sie sich doch eingestehen, dass er sicherlich nicht der Hellsten einer war. Auf dem Schulhof hielt er sich von ihr fern, er grüßte nicht einmal mehr. Nur manchmal schaute er verschämt zu ihr herüber, dann, wenn es keiner bemerkte. Henriette konnte es ihm nicht verdenken. Dass er sich trotz der schlechten Zeiten an ihren Schwur aus Kinderzeiten hielt, ehrte ihn. Sie würden heute Abend nicht über Kino, Wochenschau, Hitlerjugend, Jungmädelbund und Jungvolk sprechen, das war klar. Zu schwierig, zu heikel.

»Guten Abend, Henriette!«, klang es fröhlich aus den drei Kehlen.

»Hallo!« Henriette fiel es schwer, die gute Laune ihrer Freunde zu teilen. Ihre Eltern hatten ihr heute gesagt, dass es dem Großvater nicht besonders gut gehe. Henriette wusste bereits, dass die Juden dort in Breslau noch schlimmer behandelt wurden als sie selbst hier in Küstrin. Die Breslauer Gemeinde war auch viel größer und hatte mehr Einfluss auf das städtische Geschehen gehabt. Ihr Großvater litt schwer unter dem, was er täglich zu erdulden hatte. Und nun schien es, als könne er wohl nicht mehr in seinem Zuhause bleiben. Sie hatte ihn immer so gerne besucht. Sie liebte das Haus mit dem großen Garten und dem dunklen Holzfußboden, den man so schön knarren lassen konnte.

»Was ist denn los?« Hans bemerkte als Erster, dass mit Henriette etwas nicht stimmte.

»Meinem Großvater geht es nicht gut.«

»Ist er krank?«, fragte Charlotte.

Henriette überlegte kurz, bevor sie antwortete:

»Ja, er ist krank.« In diesem Moment hatte sie zum ersten Mal ihren Freunden nicht die Wahrheit gesagt. Es war schier unmöglich. Wie sollte sie denen erklären, wie es sich anfühlte, nicht mehr dazuzugehören, ausgestoßen zu sein, Angst vorm nächsten Tag haben zu müssen?

»Und er ist ja auch schon ganz schön alt«, schob sie schnell hinterher, um jedes weitere Nachfragen zu unterbinden. Die vier schwiegen, sie hatten heute kein Thema. Karl scharrte mit den Füßen im Kies.

»Ist schon ziemlich spät«, unterbrach er schließlich die Stille, und die anderen stimmten ihm zu. »Ich gehe jetzt besser nach Haus, sonst fragt mich mein Vater noch, wo ich so lange geblieben bin. Überhaupt ein Glück, dass er heute nicht selbst ins Kino gekommen ist.«

»Ja, ich auch«, stimmte ihm Charlotte zu. »Bringst du mich noch bis zum Schloss, Karl?«

»Gerne!« Seine Wangen wurden feuerrot.

»Also, dann …«

Mit einem kurzen Nicken drehte er sich weg. Charlotte gab ihrer Freundin noch einen Gruß für den Großvater mit, dann folgte sie Karl.

»Tja, …« Hans schaute unentschlossen ins Dunkle.

»Tja, …«, wiederholte Henriette.

»Was meinst du, Henriette, wollen wir morgen spazieren gehen, nach Schulschluss?«

»Gerne.«

»Wie immer?«

»Klar!«

»Schön, ich freue mich!«

»Ich mich auch!«, erwiderte Henriette das Lächeln ihres Freundes.

Am nächsten Tag wartete Hans bereits am vereinbarten Platz. Die zwei hatten seit einiger Zeit einen geheimen Treffpunkt außerhalb der Stadt: die Warthe-Wiesen, auf denen in früheren Jahren die Zigeuner ihr Quartier aufgeschlagen hatten. Von dort konnte man schöne Spaziergänge in die Auenwälder und entlang der Oder machen, ohne dass man gesehen wurde.

»Wie war es denn gestern eigentlich? Im Kino meine ich.« Henriette bemühte sich, gleichgültig zu klingen.

»Hitler halt«, antwortete Hans und schob die Hakenkreuzbinde vom Arm. Es fiel ihm nicht leicht, seine insgeheim empfundene Begeisterung für die Hitlerjugend beziehungsweise derzeit noch das Jungvolk zu verbergen. Es machte einfach Spaß, dabei zu sein, etwas zu unternehmen, Abenteuer zu erleben und vor allem aber, nicht mehr Einzelgänger zu sein. Gegenüber Henriette konnte er unmöglich davon sprechen, auch wenn er ihr sehr gerne von seinen Erlebnissen, den Ausflügen, Lagerfeuern und Hilfsaktionen für die Armen und Alten erzählt hätte. Aber das war nicht denkbar. Dafür mochte er sie viel zu gern.

In letzter Zeit mischten sich seltsame Gefühle in sein Empfinden, die er bis dahin nicht kannte. Träume kamen dazu, die Freunden zu erzählen unanständig, gegenüber einem Mädchen gar vollkommen ausgeschlossen war.

Dass es seiner Freundin und ihrer Familie so schlecht ging, tat ihm leid. Er hätte sie so gerne an der allgemeinen Hochstimmung teilhaben lassen, mit jedem Jahr des Führers wurde es immer besser. Nur leider nicht für Henriette und ihresgleichen. So war er besser zurückhaltend mit dem, was er erzählte.

Aber auch seinen Eltern gegenüber konnte er nicht mehr so frei sein, wie er es einst war. Damals bei den Olympischen Spielen in Berlin vor zwei Jahren hatte man seinem Vater den Posten als medizinischen Betreuer während der Spiele entzogen und ihn wieder nach Hause geschickt. Was für eine

Schmach. Es war kurz nach Hans' Berlinbesuch mit Mutter und Henriette passiert. Seine Eltern hatten ihm nie erzählt, was der Grund für den Abbruch gewesen war. Nach außen behaupteten sie, dass sich die Küstriner Patienten beschwert hätten, in der Praxis nicht von Doktor Hehn selbst, sondern nur von dessen Vertreter behandelt zu werden, und dass sein Vater daraufhin darum gebeten habe, vom Dienst bei den Olympischen Spielen befreit zu werden. Aber das konnte Hans nicht glauben. Er vermutete, dass Henriette letztlich der Auslöser war. Mutter und er hatten immerhin eine Jüdin ins Olympische Dorf geschmuggelt, ein sträfliches Vergehen.

Sein Vater war sehr still geworden, und auch seine Mutter mochte kaum noch über die aktuellen Dinge sprechen. Nach Berlin war sie oft raus zum Großvater aufs Gut gefahren. Sie hatte sehr angespannt gewirkt und erst einige Wochen später wieder zum normalen Leben zurückgefunden.

Seitdem hielten sich seine Eltern vom gesellschaftlichen Leben Küstrins fern. Finanziell standen sie nichts aus, die Praxis war immer voll, was auch daran lag, dass die jüdischen Ärzte der Umgebung ihre Arbeit eingestellt hatten. Viele von ihnen hatten in den vergangenen Monaten Küstrin sogar ganz verlassen. Man munkelte, einige seien nach Berlin gegangen, um nahe an den jüdischen Organisationen für Auswanderung und finanzielle Unterstützung zu sein, andere hätten Deutschland bereits ganz verlassen.

Hans hätte gerne mit seinen Eltern darüber gesprochen, aber die blockten seine Fragen seit der Zeit der Olympischen Spiele ab. Ob er mit Henriette darüber reden könnte? Vielleicht wüsste die mehr, immerhin gehörte ihre Familie ja zu denen, wenn auch irgendwie nicht so richtig. Gerade wollte er ansetzen, da unterbrach sie seine Gedanken:

»Du magst dieses ganze Hitler-Zeug, oder? Du kannst es mir ruhig sagen.«

Hans erschrak. Was sollte er darauf antworten? Wenn es einen Menschen auf dieser Welt gab, dem er auf keinen Fall wehtun wollte, dann war es Henriette.

»Woher weißt du, ich meine, wie kommst du auf die Idee?«

»Ich weiß es eben.« Henriette war selbst überrascht, wie sehr sie ihn verstand. Niemand sonst schien ihr so nahe.

»Na ja«, Hans stammelte, »also ein bisschen schon, ja.«

»Schon in Ordnung.« Henriette zuckte gleichgültig mit den Schultern. »Hitler ist aber schlecht für uns.«

»Pst! Bist du verrückt? So etwas darf man nicht sagen!«

»Was soll uns denn noch Schlimmeres geschehen? Ich durfte nicht auf die höhere Schule, bald ist die Volksschule vorbei, und dann muss ich arbeiten gehen. Aber was soll ich denn machen? Uns Juden stellt doch niemand mehr ein. Und ich weiß auch gar nicht, was ich machen soll.«

»Aber ihr habt doch euer Geschäft.«

»Pft!« Henriette verdrehte die Augen. »Du weißt doch, wie es läuft.«

Hans schwieg.

»Weißt du, was die jetzt nach dem Einmarsch mit den Juden in Wien machen?«

»Was denn?«

»Sie werfen sie aus dem Land. Sie zwingen sie, auszuwandern, das wissen meine Eltern vom Großvater. Ich habe sie in der Küche belauscht. Und die Wiener Juden müssen alles zurücklassen, dürfen nichts mitnehmen.«

»Ach, das kann doch gar nicht sein. Warum sollte Hitler so etwas tun? Und überhaupt, wo sollten die Juden hin? Das glaube ich nicht. Das ist bestimmt nur Propaganda der Kommunisten oder der ...« Hans biss sich auf die Zunge, fast hätte er jüdischen Lügenpresse gesagt.

»Wenn es Großvater sagt, dann stimmt das auch.«

»Aber selbst dabei war er auch nicht, oder?«

Henriette schüttelte den Kopf.

»Siehst du!«, war das für Hans Beweis genug.

Ephraim und Herta Ahrenfelss hatten am Vorabend wie so oft in den letzten Monaten am Küchentisch gesessen und geflüstert.

»Was tun die uns denn noch alles an? Werden wir hier auch noch vertrieben?«

»Herta, das glaube ich nicht. Das hier, das ist doch was ganz anderes. Wir sind schließlich Deutsche.«

»Zweiter Klasse, mein lieber Mann, vergiss das nicht. Reichsdeutsche sind wir schon lange nicht mehr. Wir haben doch kaum noch Rechte. Und denk doch nur an den Schwager von Charlottes Vater.«

»Den Kommunisten?«

»Erinnere dich, was die Frau Doktor Hehn seinerzeit von dem erzählte.«

»Er war Pole.«

»Ja und? Was, wenn die das mit uns auch eines Tages tun werden?«

»Wir sind keine Kommunisten, und wir sind Deutsche, sind hier geboren, viele von uns haben noch im Weltkrieg gekämpft, tragen Orden, und außerdem gibt es mittlerweile so viele jüdische Hilfsorganisationen, die Kredite und Arbeit vermitteln und die immer noch über gute Kontakte verfügen, dass ich nicht glaube, dass uns hier so etwas blüht.«

»Ephraim, manchmal denke ich mir, ob es nicht doch richtiger wäre, von hier fortzugehen.«

»Wohin denn? Und wenn wir gingen, was würde dann aus deinem Vater? Mitnehmen könnten wir ihn nicht, dafür ist er schon zu alt.«

»Du hast recht, wir können ihn natürlich nicht zurücklassen.«

»Außerdem könnten wir das alles gar nicht mehr bezahlen. Die Visa, die Reise, die Bestechung.«

»Bestechung?«

»Aber ja! Oder glaubst du, dass uns die Beamten irgendetwas einfach so geben würden?«

»Ephraim, du bist ja erstaunlich gut informiert.« Herta machte große Augen.

Ephraim hatte sich seit dem Inkrafttreten der Steuererhöhung für Juden mit dem Gedanken der Auswanderung befasst. Zwanzig Prozent sollten sie auf ihr Vermögen an Abgaben entrichten. Zwanzig Prozent, und man munkelte, dass demnächst nicht nur das Geldvermögen, sondern auch alle sonstigen Werte dabei hinzugezogen würden. Dann bliebe ihnen nichts weiter als der Bankrott.

Als er sich bei den paar verbleibenden jüdischen Familien Küstrins umgehört hatte, merkte er sehr schnell, dass er nicht der Einzige war, der Erkundigungen einzog. Aber das Ergebnis war niederschmetternd: die Länder in Übersee machten die Grenzen für jüdische Flüchtlinge dicht. Man sprach bereits über Shanghai oder Neuseeland als Alternativen. Es war,

wie mit dem Finger ziellos über die Landkarte zu fahren, bis
jemand Stopp rief. Entmutigend. Und ohne, dass man Verwandte nachweisen konnte, die sich verpflichteten, für einen
aufzukommen, hatte man keine Chance, ein Visum zu bekommen. Und selbst dafür musste man noch zahlen. Ein Beamter hatte sich doch glatt erdreistet, abends bei einer Familie
vorstellig zu werden und die Überschreibung des gesamten
Besitzes zu verlangen.

Die Ahrenfelss würden in Deutschland bleiben müssen,
das war Ephraim klar. Und im Grunde genommen wollte er
auch nicht fort, schließlich …

»… ist Deutschland unsere Heimat, in Küstrin sind wir zu
Hause! Ich sage dir, Herta, wir können vermutlich froh sein,
wenigstens nicht in der Reichshauptstadt zu leben. In Berlin
geht es viel schlimmer zu als hier bei uns. Hier lässt man uns
in Ruhe, weit genug entfernt von der Staatsmacht, entfernt
von Hitler. In Berlin müssen jüdische Ladenbesitzer ihren
Familiennamen mit weißen Buchstaben auf das Schaufenster
schreiben, sozusagen als Warnung für die Kunden. Das ist
doch lächerlich.«

»Na, bei uns steht dein Name ja eh schon auf dem Schild,
da können wir uns die weiße Farbe wenigstens sparen«, gab
Herta sarkastisch zurück.

Henriette hatte vom Flur aus gehorcht. Sie war auf Zehenspitzen in ihr Zimmer geschlichen und hatte erst dort ihren
Tränen freien Lauf lassen können. Henriette weinte aber nicht
nur über das Unrecht, das ihrer Familie angetan wurde, sie
weinte auch darüber, dass sie selbst niemals das erleben dürfte,
was für Mädchen in ihrem Alter doch das Selbstverständ-
lichste sein sollte: die gerade entdeckte erste große Liebe.

Henriette hatte versucht, sich selbst etwas vorzumachen, aber die vergangenen Wochen machten ihr täglich deutlicher, was sie ohnehin schon wusste: sie war verliebt, und zwar bis über beide Ohren, und wusste selbst kaum, wie ihr geschah. Nachts konnte sie nicht schlafen, und tagsüber wanderten ihre Gedanken weit fort. Aber das Objekt ihrer Träume war fern jeglicher Erreichbarkeit. Dabei war er ihr so nahe, sie kannten sich schließlich von Kindesbeinen an, umso erstaunlicher für sie selbst. Denn wie nur konnte aus einer Sandkastenfreundschaft Liebe werden? Doch trotz aller Nähe, würde sie sich ihm niemals offenbaren können, die Erfüllung ihrer Wünsche wäre einem Gesetzesbruch gleichgekommen. Solche Verbindungen waren verboten, und hohe Strafen standen auf Rassenschande.

So ging sie nun neben genau diesem Jungen, den sie kaum anschauen konnte, ohne ein flaues Gefühl im Magen zu spüren, und den sie so gut verstand, als dächte sie seine eigenen Gedanken.

»Hans!«, setzte sie kurz zu sprechen an, um dann aber wieder abzubrechen.

»Ja?«, wandte er sich ihr hoffnungsvoll zu, ohne zu verstehen, auf was er eigentlich hoffte.

»Ach, nichts.«, Henriette schüttelte den Kopf und setzte den unbestimmten Weg fort.

* * *

Die Sommerwochen zogen ins Land, die Augustsonne brannte vom Himmel. Die Kleeblattbande war vollständig versammelt.

»Das darf doch wohl nicht wahr sein!« Henriette war wütend.

»Müssen wir dich denn jetzt *Sarah* nennen?«, fragte Charlotte.

»Bloß nicht. Ausgerechnet Sarah, so heißt doch schon die doofe Eisenbloom.«

Seit vor einigen Jahren der damals neue Lehrer Henriette in die letzte Reihe gesetzt hatte, klebte ihr die Tochter der Eisenblooms an den Hacken. Einziger Vorteil daran war, dass Henriette auf diese Art nicht ganz allein auf dem Schulhof herumstehen musste.

»Die darf ihren Namen natürlich behalten, die dumme Pute, aber ich soll mich jetzt umbenennen. Jetzt heißen meine Mutter und ich also gleich.«

Einen Monat zuvor hatte der Führer die Kennkarte im Deutschen Reich eingeführt. Sie galt als allgemeiner polizeilicher Inlandsausweis und wurde von den Ortspolizeibehörden ausgestellt. Für Juden wurde sie zur Pflicht, und entgegen den Reichsdeutschen mussten sie in allen Fällen die Gebühr von immerhin drei Reichsmark je Kennkarte zahlen.

Bei Antragsstellung hatten sie darauf hinzuweisen, dass sie Juden waren. Eine Unterlassung dieses Hinweises stand unter Strafe. Die Szenen, die sie auf den Dienststellen zu durchleiden hatten, waren unbeschreiblich: gedemütigt und beleidigt verließen sie die Ämter. Und nun hatte sich die Führung noch eine weitere Schmach ausgedacht. In ihrem Versteck versuchte Henriette es Charlotte zu erklären:

»Wir sollen uns jüdische Namen geben. Dazu gibt es eine Liste mit angeblich typisch jüdischen Vornamen.«

»Aber du hast doch einen Vornamen.«

»Du Dummerchen, natürlich. Aber Henriette steht nun mal nicht auf der Liste. Und deshalb soll jetzt zusätzlich zu meinem Vornamen Sarah in die Kennkarte eingetragen werden.«

»Aber das ist doch total blöd.«

»Wem sagst du das.«

»Ach, Henriette, ärgere dich nicht darüber. Dadurch ändert sich doch nicht wirklich etwas für dich. Wir nennen dich natürlich weiter nur Henriette, alles andere würde sich auch komisch anfühlen«, versuchte Hans zu trösten.

»Außerdem ist es gar nicht so ungerecht.«

»Was?«, klang es aus drei Kehlen gleichzeitig. Es war Karl, den die anderen nun entgeistert anstarrten.

»Na ja, ich meine, dafür dürfen wir Deutschen schließlich keine jüdischen Vornamen mehr haben.«

»Karl, ich bin auch Deutsche«, zischte Henriette scharf.

»Ja, doch«, gab er kleinlaut bei.

»Ah, da bist du ja.« Henriettes Eltern waren froh, dass sie wieder zurück war. Sie wussten, dass sie sich mit ihren alten Freunden traf und hofften, dass niemand der Nachbarn die Kinder beobachtete.

Henriette hatte schlechte Laune. Die Kluft zwischen ihr und den anderen wurde größer, und sie fühlte sich hilflos.

»Ich gehe auf mein Zimmer.« Sie wollte schon die offen stehende Küchentür passieren, als ihr Vater sie mit ernster Miene zurückrief.

»Henriette, wir müssen dir etwas sagen.«

Der Großvater war krank, die Ärzte wussten nicht, was ihm fehlte und schoben es aufs Alter. Es ging ihm sehr schlecht, man müsse mit dem Schlimmsten rechnen, hatten sie gesagt.

Samuel hatte darauf bitter gelacht und gemeint, dass er sich nicht sicher sei, ob Gesund-zu-werden unbedingt das Bessere wäre.

»Henriette, wir wollen den Großvater zu uns holen. In Breslau hat er doch niemanden mehr und …« Herta Ahrenfelss konnte nicht weitersprechen. Ephraim sprang für sie ein:

»Die Situation ist in Breslau nicht einfach, wenn du verstehst.«

»Vater, natürlich verstehe ich. Ich bin schließlich kein Kind mehr.«

»Nein, das bist du wirklich nicht.«

»Wo soll der Großvater denn dann wohnen?«, fragte Henriette.

Das war genau die Frage, die ihre Eltern vor sich hergeschoben hatten. Die kleine Kammer, die ehemals für Dienstboten gedacht war, war zu klein für ein Bett, in dem ein Pflegebedürftiger läge. Es blieb nur …

»Mein Zimmer, richtig?« Henriette schaute ihre Eltern an. Sie konnte die tiefen Sorgenfalten sehen, die im Schein der Deckenlampe tiefe Schatten in ihre Gesichter schnitten.

»Natürlich soll der Großvater darin wohnen. Ich lege mir eine Matratze auf den Boden der Kammer. Das reicht doch vollkommen. Ich hoffe, dass wir noch lange zusammen sein werden.«

»Meine Liebe, komm her.« Ephraim breitete die Arme aus, und Henriette ließ sich dankbar hineinsinken. Auch Herta war aufgestanden und schloss sich in die Umarmung mit ein. Sie alle weinten, beweinten den Augenblick, den Großvater und den nicht enden wollenden Schmerz der Zeit.

Ohne es benennen zu können, spürte Henriette, dass sich in diesem Augenblick etwas in ihrem Leben geändert hatte. Das kleine Mädchen aus Küstrin war erwachsen geworden.

Großvater war schwer krank. Die drei erschraken, als er sich mit viel Mühe aus dem Eisenbahnwagon herausquälte. Jede Bewegung verursachte ihm Schmerzen, seine Augen blickten wässrig, er röchelte.

»Opa!«

»Henriette, was bist du groß geworden, du bist ja schon eine richtige junge Dame.« Er versuchte die Hand zu heben.

»Mein Gepäck, es steht noch dort in der Tür!« Sein Blick deutete ins Innere des Zuges. Kaum hatte er den Satz zu Ende gesprochen, beförderte ein Schaffner den kleinen Lederkoffer mit einem Tritt aus dem Zug, der Koffer schlug hart aufs Pflaster, der Verschluss gab nach und die wenigen Habseligkeiten verstreuten sich im Schmutz.

»Na hören Sie mal!«, wollte Ephraim aufbegehren, aber Herta mahnte ihn mit einem Blick, still zu bleiben.

»Vater, komm, lass uns nach Hause gehen. Der Doktor Hehn wartet mit dem Automobil vor dem Bahnhof, er will dann auch gleich nach dir sehen.«

»Ein Doktor, der auf *uns* wartet? Aber er darf mich doch gar nicht behandeln, ihr wisst doch, was die sich halt so ausgedacht haben.«

»Er wird es aber dennoch tun, und wir alle werden nicht darüber sprechen.«

»Ein *Goi*, der sich heutzutage noch mit Juden einlässt? Gepriesen seist du, Ewiger, unser Gott; du regierst die Welt!

Es geschehen noch Zeichen und Wunder in dieser Zeit. Gesegnet möge er sein dieser – wie heißt er gleich?«

»Hehn, Doktor Hehn.«

Hans' Vater kam mit sorgenvoller Miene aus dem Krankenzimmer zurück zur Familie. Er hatte die Ärmel hochgekrempelt und die Krawatte gelockert. In den Händen hielt er noch das Handtuch, das ihm Henriette zusammen mit einer Waschschüssel auf dem Nachttisch bereitgestellt hatte.

»Und, Doktor, was meinen Sie?«

»Nun …« Sein Blick fiel unsicher auf Henriette. Herta verstand als Erste:

»Unsere Tochter kann ruhig dabei bleiben. Wir sind Kummer gewöhnt, Doktor Hehn, glauben Sie mir, und Henriette ist ein starkes Mädchen.«

»Oh, das sagt unser Hans auch über dich, Henriette.«

Die Angesprochene errötete bis unter die Haarwurzel.

Hehn setzte sich mit einem Seufzer an den Tisch:

»Ich will nicht lange drum herum reden. Es steht nicht gut um Ihren alten Herrn. Er ist sehr schwach, die Reise hat es vermutlich noch verschlimmert.«

»Aber was hat er denn?« Herta Ahrenfelss' Hände glitten unruhig über die Tischkante.

»Ist es das Alter?«, fügte ihr Mann hinzu.

»Ja und nein. Natürlich ist Ihr Schwiegervater ein alter Mann, das Herz ist recht schwach, die Atmung fällt ihm schwer, aber das allein ist es nicht. Ich weiß nicht, wie ich es sagen soll. Man meint ja, dass alte Menschen über ihren Tod bestimmen können. Und so traurig es ist, ich glaube, Ihr Vater, Frau Ahrenfelss, will einfach nicht mehr leben.«

»Was? Er *will* nicht mehr?« Diesmal war es nicht Herta, sondern Henriette, die fragte.

»Ja, liebe Henriette, ich befürchte, du musst die Entscheidung deines Großvaters akzeptieren.«

»Aber kann man denn da nicht irgendetwas machen, Herr Doktor? Eine Stärkungsmedizin, etwas, das ihn wieder aufbaut?«

»Ich schreibe ein paar Vitaminpillen auf, die können zumindest nicht schaden, aber erwarten Sie bitte keine Wunder.«

Schon hatte er den Rezeptblock gezückt, da fiel ihm das Behandlungsverbot ein. Es war nicht wirklich ein Verbot, aber deutsche Ärzte hatten besser keine Juden in ihrer Praxis und in seiner Situation, seit dieser dummen Geschichte mit dem Brief aus dem olympischen Dorf an seine Frau, musste er verdammt vorsichtig sein.

»Wissen Sie was, ich werde Hans sagen, er soll die Pillen einfach bei Ihnen vorbeibringen, dann brauchen Sie sich nicht zu bemühen.«

»Das ist wirklich großzügig von Ihnen, Doktor Hehn.«

»Vielen Dank!«, pflichtete Henriette mit glühenden Wangen ihrer Mutter bei.

Großvater war tot. Nur zwei Wochen nach seiner Ankunft in Küstrin hatte er seinen letzten Atemzug getan. Kurz zuvor hatten sie alle an seinem Bett gestanden. Mit letzter Kraft hatte er seiner Enkelin liebevoll die Wange getätschelt.

»Henriette, da kannst du mal sehen, jetzt, wo es brenzlig wird, macht sich dein Großvater aus dem Staub.«

»Sag doch nicht so etwas, Vater«, hatte anstatt ihrer Henriettes Mutter geantwortet. »Es kann doch alles wieder gut werden.«

»Herta, es wird nicht wieder gut. Gar nichts wird wieder gut.« Schließlich hatte er seinen Blick zur Decke gerichtet:

»Meine Lieben, es ist Zeit, betet jetzt für mich.«

»Vater!«

»Herta, es ist so weit. Sei eine gute Tochter und bete!«

Herta begann zitternd das Sündenbekenntnis zu sprechen, so wie es die Tradition forderte. Henriette und Ephraim fielen mit ein. Auch des Großvaters brüchige Stimme war noch eine Weile als raues Wispern zu hören, bis er schließlich für immer verstummte.

Hans hatte es von seinem Vater erfahren und es den anderen erzählt. Sie alle waren sehr traurig, wussten sie doch, was der Großvater aus Breslau für Henriette bedeutet hatte. Charlotte brachte einen Strauß Wiesenblumen zur Kleeblattbande mit. Es war eine Ehrensache, dass sie Henriette trösteten, dafür waren sie schließlich da: vier Freunde, die einander beistanden.

Bei jedem Treffen machten sie fürs nächste Mal einen neuen geheimen Treffpunkt aus, damit sie niemand so leicht ausspionieren könnte. Karl hatte sie alle angewiesen, niemals auf direktem Wege zu gehen, sondern zur Sicherheit Schleifen und Umwege einzubauen. Das hatte er in der Hitlerjugend gelernt. Es war wichtig für Soldaten der Vorhut, wenn sie von einem Spähtrupp-Einsatz ins eigene Lager zurückkehrten.

Immer öfter verzogen sich die vier raus aus der Stadt, irgendwo vor den Mauern der Festung, im Schilf der Warthe oder der Oder. Charlotte bedauerte es, dass sie sich nicht mehr unter der Schlosstreppe trafen, es war so unkommod in den feuchten Wiesen herum zu trampeln und außerdem fielen ihr die Mücken mächtig zur Last. Karl hatte geantwortet, dass man in Kriegszeiten nun einmal Opfer bringen müsste. Charlottes Einwand, dass aber doch gar kein Krieg sei, hatte ihn kurz stutzen lassen.

Diesmal hatte Hans organisieren müssen, sie trafen sich schließlich außerplanmäßig. Henriette kam als Letzte an den vereinbarten Ort. Es war genau dort, wo auch Hans und sie sich zum Spaziergang trafen.

Sie hatte nicht weinen wollen, nicht vor den anderen, aber als sie die drei so sah mit den Wiesenblumen in der Hand, konnte sie nicht anders.

Sie nahmen Henriette der Reihe nach in den Arm: Charlotte herzlich, Karl ungelenk und als Letzter Hans. Was für ein warmer Schauer durchfuhr Henriette in diesem Moment. Sie fühlte seine Hände brennend auf dem Rücken, seine Arme umschlossen sie, sie versank in einem Nebel aus Wohlgefühl und Wärme. Ein Traum wurde wahr, ein Vulkan aus nie dagewesenen Gefühlen explodierte in ihr. Sie war vollkommen durcheinander. Augenblicklich schämte sie sich, solche Gedanken durfte sie nicht haben, immerhin war sie in Trauer. Es war das Falscheste, was sie jetzt fühlen sollte, und doch fühlte es sich so richtig an. Es war überhaupt das Schönste und gleichsam Verstörendste, das sie je in ihrem Leben bis dahin erfahren hatte.

»Ich muss fort!« Sie riss sich aus der Umarmung und stürmte davon. Ihre drei Freunde schauten ihr verwundert nach.

»Aber die Blumen!«, rief ihr Charlotte hinterher, doch Henriette hörte nicht mehr.

Sogar als sie schon in der Altstadt angekommen war, konnte sie noch keinen klaren Gedanken fassen, es war so neu, so ungewohnt und so schön. An einer einsamen Straßenecke stoppte sie und versuchte sich zu sammeln. Es gab keine Zweifel, sie liebte Hans. Es war keine Kinderfreundschaft mehr, und zudem, Henriette wagte diesen Gedanken kaum zu Ende zu denken, mischte sich ein Begehren in dieses Gefühl, das ihr noch fremder war. Von jetzt an war alles anders.

»Schon zurück? Du bist ja ganz durcheinander, ist was passiert?« Herta schaute ihre Tochter besorgt an. Sie war überraschend früh von ihrem Treffen heimgekommen.

»Alles gut, Mutter. Die drei haben kondoliert.«

Henriette huschte an der Küchentür vorbei in die Kammer und ließ sich auf die Matratze fallen.

»Ich bin verliebt«, flüsterte sie und lächelte traurig.

Die folgenden Tage waren von der Vorbereitung auf die Beisetzung des Großvaters geprägt. Henriette hatte ihre Mutter noch nie so betrübt gesehen, gleichzeitig funktionierte sie wie ein Uhrwerk. Sie hielt sich streng an die Vorschriften, die Tradition gebe ihnen allen schließlich Halt, meinte sie zu Ephraim und Henriette.

Es war gar nicht leicht gewesen, ausreichend Gemeindemitglieder überhaupt noch zusammenzubekommen, um die vorgegebenen Rituale durchführen zu können. Schließlich sollten die Männer für die Heilige Bruderschaft, die den Leichnam vom Bett hoben, ihn reinigten und im Gebetsmantel kleideten, nicht ein Haufen dahergelaufener Jünglinge sein oder gar eine Gruppe von Greisen, die selbst näher dem Tod als dem Leben standen.

Henriette beobachtete das alles mit gemischten Gefühlen. Sie selbst war so traurig über Großvaters Tod, dass sie ihre eigene Trauer nicht mit dem hektischen Treiben um sie herum in Einklang bringen konnte. Sie hätte sich gerne mit den anderen getroffen. Sie war einfach weggelaufen und war ihnen noch eine Erklärung schuldig. Wen sie wirklich treffen wollte, war vor allem Hans, aber bis zur Beisetzung würde Henriette das Haus nicht mehr verlassen. Mutter hatte ihr jedes weitere Treffen vorerst untersagt.

»Versuche nicht, deinen Freund zu trösten, solange sein Toter noch vor ihm liegt«, zitierte sie den Talmud, »das gilt auch umgekehrt, mein Kind.« Die plötzlich einziehende Religiosität im Hause Ahrenfelss war befremdlich.

»In Zeiten wie diesen sollten wir uns alle wieder stärker auf unsere Wurzeln besinnen«, sagte ihre Mutter eines Abends unvermittelt. »Sieh auf drei Dinge, und du wirst nie fehlschlagen im Leben: wisse, woher du kommst und wohin du gehst und vor wem du wirst einst Rechenschaft ablegen müssen.« Herta Ahrenfelss schüttelte betrübt den Kopf. »Nicht mal einen vernünftigen Kantor haben wir noch hier in Küstrin. Seitdem Ibrahim Sarakrowitsch damals …« Sie sprach den Satz nicht weiter. Sie alle wollten nicht an das grausame Ende des armen Religionslehrers vor gut drei Jahren erinnert werden.

»Von einem Rabbi ganz zu schweigen«, beendete sie den begonnenen Gedanken.

»Herta, Liebe!« Ephraim versuchte, seine Frau zu beruhigen, »wir werden alles tun, damit es ein würdiges Begräbnis wird.«

»Ach, Ephraim, ich weiß doch. Es ist halt alles nur so schwierig.«

»Ich weiß, Liebes, ich weiß.«

»Denn du bist Erde und sollst zu Erde werden.« Die letzten drei Schaufeln Sand waren auf den hölzernen Deckel gefallen, ein grausames Geräusch, das Henriette schaudern ließ.

Das anschließende traditionelle Trostspalier fiel nicht lang aus. Es gab kaum noch Juden in Küstrin, die ein Spalier für die trauernde Familie bilden konnten. Deren entsprechend den Regeln gemurmelter Spruch *Der Herr tröste euch inmitten der anderen Trauernden Zions und Jerusalems!* verkam unter diesen Umständen zur Farce.

»In was für einer traurigen Zeit leben wir bloß«, raunte Herta ihrem Mann zu.

Nachdem die siebentägige Trauerzeit vorbei war, gingen die Ahrenfelss gemeinsam zum Friedhof. Henriettes Mutter fühlte sich wieder besser, die Trauerwoche hatte ihr gut getan.

»Wusstest du, Henriette, dass wir zum Friedhof Haus der Ewigkeit oder auch einfach nur Guter Ort sagen?«

Ja, Henriette wusste es bereits, aber sie hörte ihrer Mutter dennoch geduldig zu. Sie war froh, dass ihre Mutter wieder normal war.

Das schmiedeeiserne Tor quietschte in den Angeln. Schweigend passierten sie die alten Gräber rechts und links des Weges.

»Nanu?« Die drei stoppten. Eine Frau stand mit dem Rücken zu ihnen am frisch aufgeschütteten Erdhügel, sie trug einen großen Hut mit dunklem Schleier und betete. Schließlich bückte sie sich und nahm einen Kiesel auf. Behutsam legte sie ihn auf den Grabstein.

»Was macht die Frau da?«, wisperte Henriette.

Ihr Vater antwortete ebenfalls flüsternd:

»Sie legt einen Kiesel auf den Stein vom Großvater. Beim Besuch eines Grabes ist es üblich, einen kleinen Stein auf den Grabstein zu legen und damit zu zeigen, dass man an den Menschen denkt und ihn nicht vergisst. Hast du die Kiesel auf den anderen Gräbern gesehen?«

Henriette nickte.

Die Verschleierte schien ein letztes Gebet zu sprechen, dann drehte sie sich um. Als sie die Ahrenfelss sah, erschrak sie. Einen Moment blieb sie unschlüssig stehen, als überlegte sie, ob sie weglaufen oder bleiben sollte, dann aber ging sie schnurstracks auf die kleine Familie zu und streckte die Hand aus.

»Mein herzliches Beileid, liebe Herta, und auch Ihnen Herr Ahrenfelss. Dir natürlich auch, Henriette.«

»Aber …?«

»Ach, entschuldigen Sie, der Schleier. Habe ich gar nicht dran gedacht«, log sie und lüftete das Geheimnis ihrer Identität.

»Frau Doktor Hehn!«, erklang es aus drei überraschten Mündern.

»Aber bitte sagen Sie niemandem, dass Sie mich hier getroffen haben. Sie wissen schon, heutzutage. Aber wem sage ich das.« Nervös schaute sie nach allen Seiten, reichte die Hand zur Verabschiedung und eilte hektisch davon.

»Nochmals alles Gute, alles Gute!«, rief sie schon im Gehen und richtete den Schleier vorm Gesicht.

Die Ahrenfelss blieben verblüfft zurück.

Nur wenige Stunden später wurde der schwarze Himmel über dem deutschen Reich durch Feuersbrünste jüdischer Synagogen in ein infernales Licht getaucht und die nächtliche Stille durch hilflose Schreie und berstende Scheiben für immer zerstört.

Kapitel 19

Ein kurzer Schrei entfuhr Henriettes Kehle. Sie hatten die Oder überquert und nach einer Biegung gaben Straßenbäume und Büsche den Blick auf ihr Reiseziel frei.

»Bitte halten Sie hier!«

Der Fahrer tat, wie geheißen.

Sergio hatte den beiden Frauen einen Wagen besorgt.

»Nein, nicht die Hotellimousine, seid ihr verrückt?«, hatte er ihnen unter vorgehaltener Hand zugeraunt, als die beiden bei ihm an der Rezeption die Reservierung tätigen wollten. »Da habe ich eine viel bessere Idee.«

Einer seiner spanischen Freunde in Berlin besaß sowohl ein großes Auto als auch leider viel zu viel Zeit. Er würde sich über einen bezahlten Tag freuen, und außerdem hätten sie beide die Möglichkeit, mit dem Fahrer zu kommunizieren, schließlich spreche der ja ihre Sprache.

Früh am Morgen war dann ein mäßig gepflegter Kombi vor dem Hotel vorgefahren, und ein grad so freundlich wie rundlicher kleiner Mann hatte mit flinken Händen und vielen Entschuldigungen die Rückbank seines Autos von Kinderspielzeug, leeren Fastfood-Tüten und Kekskrümeln befreit.

Nachdem zumindest einer der beiden Kindersitze noch abgeschnallt und in den Kofferraum verfrachtet worden war, strahlte er seine beiden Auftraggeberinnen an und reichte Henriette seinen Arm zum Abstützen.

»Señora, die Kutsche steht für Sie bereit!«

Henriette hatte lachend seine Hilfe in Anspruch genommen und war mit Mühe auf der Rückbank des Wagens gelandet.

Rachel hatte währenddessen die grobe Reinigung des Vordersitzes übernommen und hielt dem Fahrer mit fragender Geste eine vollgestopfte Frischhaltedose hin.

»Bocadillos!«, sagte er und nahm dem Mädchen den Plastikbehälter aus der Hand, um ihn ihr nach hilflos suchendem Blick wieder zurückzugeben.

»Meine Frau hat für uns gestern eine Tortilla gemacht und damit heute die Brötchen belegt. Sind köstlich, glauben Sie mir, in der Küche ist sie eine wahre Meisterin.«

Rachel zweifelte ob seiner Körperfülle keinen Augenblick an der Kochkunst der Ehefrau.

»Auch wenn das Baguette hier natürlich nicht so lecker ist wie unser schönes spanisches Brot, aber was soll man machen.« Resigniert zuckte er mit den Schultern.

»Wollen wir?« Er ließ sich auf den Sitz plumpsen und drehte sich zu seinem betagten Gast auf der Rückbank um, aber Henriette war mit ihren Gedanken schon weit entfernt.

Nach einigen Staus und diversen, mühsam unterdrückten Flüchen des Fahrers hatten sie Berlin hinter sich gelassen und fuhren durch die offene Landschaft immer weiter Richtung Osten. Sie passierten heruntergekommene Ortschaften und ließen verfallene Industriegebäude und leerstehende Stallungen am Wegesrand liegen. Die Bebauung hatten nach dem

Mauerfall die Orientierung verloren und ihren Weg nicht mehr wiederfinden können; lieblos vernachlässigt wie ein abgetragenes Kleidungsstück.

Henriette hatte schweigend aus dem Fenster geschaut. Nur einmal hatte sie kaum hörbar Deutschland gemurmelt, es hatte wie eine Frage geklungen, danach war sie wieder in eine Abwesenheit getaucht, die alles um sie herum ausschloss. Rachel hatte sie über den halbblinden Schminkspiegel der Sonnenblende beobachtet.

Und nun waren sie also angekommen. Nach zwei Stunden Fahrt und rund achtzig Jahren Leben lag das Ziel vor ihnen: Küstrin.

Die alte Festungsmauer war restauriert und erhob sich über die Flussebene. Aber wohin war all der Rest verschwunden? Wo das Schloss, der Turm, die Kirche, die Dächer mit ihren rauchenden Kaminen?

»Das ist ja entsetzlich«, brach Henriette mühsam ihr Schweigen.

»Oma.« Rachel drehte sich zu ihr um. »Was denn?«

»Na, das da. Schau doch nur, Küstrin ist nicht mehr da.« Fast hätte Henriette den Fahrer gefragt, ob er sich sicher sei, den richtigen Weg genommen zu haben, aber sie erkannte die Reste der Mauern, die Umgebung, die Flussauen. Die Oder floss gleichsam ruhig wie beständig in ihrem Bett, die blumenbunten Ufer schienen vergnügt wie eh und je. Ja, es waren die Wiesen ihrer Kindheit, es war ihr Fluss, ihre Oder, aber nicht mehr ihr Küstrin. So hatte das Lexikon, aus dem Rachel vorgelesen hatte, tatsächlich recht behalten: Küstrin war restlos zerstört. Was würde das für sie bedeuten, was für ihren Plan?

All die Strapazen der Reise, nur um hier an einem Rest von Nichts anzukommen? Ihre Erinnerungen hatten keine Heimat mehr, ihre Sehnsucht kein Zuhause. Und die Hoffnung, die sie die ganze Zeit in ihrem Herzen getragen hatte, die sie all das hatte überstehen lassen, diese Hoffnung wollte gerade zu einem Häufchen Elend zusammenschrumpfen.

»Fahren Sie bitte weiter und suchen Sie einen Parkplatz in der …«, sie hatte *Altstadt* sagen wollen, entschied sich aber ob der furchtbaren Szenerie zu, »… in der Nähe dort.« Ihre Hand zeigte vage in Richtung des Ortes, an dem sich früher die Schlosstürme erhoben hatten.

Sie passierten eine Ansammlung großer Tankstellen, einiger wenig vertrauenerweckender Restaurants und eine ungewöhnlich große Zahl von Kiosken. Alle versammelt um ein nicht existierendes Zentrum hier in der Mitte vom Nirgendwo.

»Zigaretten und Benzin, hier besonders günstig, Polen halt. Seit die Grenzen auf sind, fahren die Leute hier zum Einkaufen, also von der deutschen Seite versteht sich; kommen viele auch aus Berlin, lohnt sich der weite Weg, weniger Steuern, alles billig«, erläuterte ihr spanischer Fahrer. Als er nach einigem Suchen den Parkplatz erreicht hatte, der laut den polnisch-deutschen Hinweisschildern am nächsten zur historischen Altstadt Festung Küstrin lag, schaltete er den Motor aus und schaute die alte Dame auf seiner Rückbank besorgt an.

»Alles in Ordnung, Señora?«

»Natürlich. Nett, dass Sie fragen. Alles in Ordnung.«

»Soll ich Sie begleiten, ich meine, nur für alle Fälle?«

»Nicht nötig, wirklich, nicht nötig.«

»Na ja, Oma, vielleicht wäre es ganz gut …, ich meine, wir

werden ein Stück zu laufen haben, und …« Rachel wirkte verängstigt. Bevor Henriette antworten konnte, fand der Mann eine Lösung:

»Señorita Rachel, hier ist meine Mobilnummer. Ich bin ja nicht weit fort, ein kurzer Anruf und ich bin zur Stelle. Ich werde in der Zwischenzeit mal ein bisschen tanken.« Er grinste verschmitzt.

Vom Parkplatz aus folgten die beiden den Hinweisschildern. Henriette blieb wie angewurzelt stehen. Rachel versuchte dem Blick ihrer Urgroßmutter zu folgen, sah aber vor sich nichts weiter als einen schotterigen Pfad, der, von Disteln, Büschen und wilden Blumen gesäumt, in einiger Entfernung vor irgendwelchen Steinhaufen endete.

So hatte Rachel ihre Uroma nie zuvor gesehen. Diese war wie vom Donner gerührt, der Blick überflog die Szenerie, die Unterlippe zitterte. Immer wieder holte sie kurz Luft, als wolle sie zu sprechen ansetzen, um dann aber doch stumm zu verzagen. Welch bittere Ironie des Schicksals. Hatte sie ihre Herkunft ihr Leben lang verleugnet, verleugnete sich ihre Herkunft jetzt selbst: Küstrin, der Ort, der wie kein anderer mit Erinnerungen angefüllt war und der, was auch alles geschehen war, immer Henriettes Heimat geblieben war, dieser Ort war fort, ausradiert, war heute nicht mehr als ein Haufen Schutt. Und mit seinen Mauern, Dächern und Straßen hatte er die Menschen und deren Geschichten für immer mit sich genommen.

Endlich fand Henriette Worte:

»Kleines, bleib bitte hier zurück. Ich möchte alleine hineingehen.«

Henriette schloss kurz die Augen, dann begann sie den Weg über den Schotter. Der Boden war uneben, Kiesel drückten durch die Sohlen ihrer Schuhe. Immer wieder rutschte ihr Gehstock auf den Steinen ab. Sie umklammerte den Knauf und ging Stück für Stück *dem* Ort entgegen, der die Macht hatte, in nur wenigen Minuten die Erinnerungen, die sie sich über all die Lebensjahrzehnte bewahrt hatte, zunichtezumachen.

Rachel schaute ihr besorgt nach, instinktiv fingerte sie im Futteral ihrer Tasche nach der Visitenkarte des Fahrers und beschloss, ihrer Urgroßmutter außerhalb deren Sichtweite zu folgen.

Henriette hatte Schwierigkeiten, sich zu orientieren. Ihr fehlten die Fassaden und altbekannten Wege, die einer Stadt das Gesicht verliehen. Dort, wo sie als junges Mädchen Straßenbahnen und Pferdedroschken ausgewichen war, fand sie nichts weiter als eine weitläufige Wiese, unterbrochen von einigen Bäumen und Schutthaufen. Sie schaute sich um. Die Oder lag auf der gegenüberliegenden Seite. Der Weg vor ihr führte mitten hinein in das grasüberwachsene Trümmerfeld. Daneben gab es Reste eines Dammes. Plötzlich verstand sie, aber ja, natürlich, das musste mal die Straße durch das Zorndorfer Stadttor gewesen sein. Später hatte man ihr den Namen Adolf-Hitler-Straße aufgedrückt, niemand hatte sich dagegen gesträubt.

Den Weg, den sie selbst gerade beschritt, hatte es in ihrer Jugend nicht gegeben. Gerade dort, wo er endete, hatte einst der Hohe Kavalier, oder, wie das Bauwerk eigentlich hieß, die Bastion Kronprinz gestanden. Einst ein mächtiger Hügel, der unter sich mehrere Etagen historischer Backsteinkammern umschlossen hatte und Teil des alten Bollwerkes war. Henriette hatte den Bau nie in voller Pracht erlebt, aber sie konnte sich noch dunkel an die Ruine erinnern.

Sie war als Kind mit der Überzeugung aufgewachsen, dass sie sich an dem sichersten Ort der Welt befand. Immerhin hatten sie in einer Festungsanlage gelebt, umgeben von hohen Wällen und mächtigen Stadttoren. Aber *ihre* Feinde hatten diese Mauern gar nicht erst überwinden müssen.

Henriette überlegte: wenn ihr Weg unmittelbar über die alte Bastion verlaufen würde, dann müsste er direkt auf dem großen Marktplatz enden. Rechts davon hatte das Schlossviertel mit der Marienkirche gelegen und links, sie schluckte, links käme sie in die …

Scharmstraße 1, *Tuchhandel und Dekoration, E. Ahrenfelss.*

Henriette wurde der Bilder, die über sie hinwegströmten, nicht mehr Herr. Alles drehte sich um sie, ein fortreißender Strudel, der sie erbarmungslos mit sich riss: die Eltern, Küstrin, Familie, Freundinnen und Freunde, *Das Kleeblatt*. Und wieder knallten Stiefel über das Pflaster, klirrten Scheiben. Menschen mit Fackeln schrien Parolen und spuckten auf sie. Sie hatte die Truppen gesehen, da hatten sie schon diese schrecklichen Sterne tragen müssen, hatte sich an die Hauswand gedrückt und gehofft, dass sie niemand entdecken würde. Nur nicht entdeckt werden, bleiben dürfen! Henriette wurde übel, dann sackte sie zusammen.

»Oma! Oma! – Gott sei Dank, sie kommt wieder zu sich.«

Als Henriette die Augen aufschlug, sah sie Rachel über sich

gebeugt. Und dann war da noch ein weiteres Paar Augen, es gehörte ihrem spanischen Fahrer.

»Kommen Sie, Señora«, Er legte seinen Arm um sie, »ich helfe Ihnen auf und dann setzen wir uns erst mal dort in den Schatten.« Er zeigte zu einem großen Stein unter einem Baum. »Hier, trinken Sie.«

Mit dem kühlen Nass, das ihre Kehle herunterrann, kehrten auch Henriettes Lebensgeister zurück.

»Vielen Dank!«, sagte sie verlegen und reichte ihm die Wasserflasche zurück. »War doch wohl ein bisschen viel.« Sie lächelte entschuldigend.

»Oma, ich lasse dich jetzt nicht mehr allein, hörst du! Das geht so doch nicht, du musst an dein Herz denken!«

»Ist schon gut, Kleines, das war nicht das Herz, das war lediglich die Sonne, ich hätte mich besser schützen sollen.« Sie tätschelte den Arm ihrer Urenkelin.

»Trotzdem, Oma, ab jetzt nur noch in Begleitung.«

Henriette lächelte sie dankbar an, während sie sich bemühte, möglichst sicher aufzustehen.

»Entschuldige, meine Kleine, was mache ich dir nur für einen Kummer. Wie schrecklich. Dabei sollte es doch der schönste Urlaub für dich werden, stattdessen musst du dich jetzt um deine alte Urgroßmutter kümmern.«

»Nun mach dir mal keine Sorgen, Oma. Ich könnte mir nichts Spannenderes vorstellen, als genau das, was wir jetzt tun werden, und zwar gemeinsam: du zeigst mir deine Stadt.«

»Ach«, seufzte Henriette und schaute sich um, »was soll ich dir denn zeigen? Hier sind doch nur noch Erdhaufen und ein paar alte Steine.«

»Das stimmt nicht. Schau doch nur!«, Rachel deutete auf

den Stein, auf dem sie Henriette platziert hatten. »Schau mal, Oma, das hier ist zum Beispiel ein alter Haussockel.«

»Du hast recht, Rachel, tatsächlich.« Henriettes Hand befühlte den kalten Stein, auf dem sie saß. Erst jetzt nahm sie wahr, wie viel die Schutthaufen noch preisgaben. Die Enttäuschung hatte sie zuvor blind gemacht. Das alte Straßenpflaster war samt Trottoir noch erhalten. Die Kopfsteine waren zwar unter fest getrocknetem Schlamm und Gras verschwunden, aber hier oder da konnte man sie noch erkennen. Entlang der Straßen ließen sich die Grundmauern ausmachen, manchmal unterbrochen von Resten einer Türschwelle, an einigen Stellen ragten Bögen gemauerter Kellerfenster aus dem Erdreich.

Henriette kannte die Straße, unzählige Male war sie selbst über dieses Pflaster gegangen. Es war die Schulstraße, an der einst sowohl die Volksschule als auch das Gymnasium gestanden hatten.. Wie oft hatten sie sich hier getroffen.

»Schau mal, Oma!« Rachel deutete auf eine Straßenecke. Man hatte dort Straßenschilder, die jeweils in Richtung der alten Häuserfluchten zeigten, in die Erde gerammt. Die Straßennamen waren auf Deutsch und Polnisch geschrieben.

»Wie absurd, unsere Straßen hatten doch niemals etwas anderes als deutsche Namen.« Henriette schüttelte den Kopf. »Ach, Rachel, es ist gut, dass du da bist. Ich brauche deine Hilfe, Kind, das nächste Stück Weg schaffe ich nicht mehr allein.«

»Sollen wir lieber umdrehen?«

»Bist du verrückt? Auf gar keinen Fall.«

Mit allem Schwung, den sie aufzubringen vermochte, richtete sich Henriette auf, stützte sich fest auf ihren Stock und wies mit dem Kopf in Richtung des Viertels, in dem das Stadtschloss gestanden hatte. »Ja, ich zeige dir nun meine Stadt.«

Während ihre Enkelin jedoch ein Trümmerfeld durchschritt, über Reste von Bürgersteigen ging, deren große Quader unebene Stolperkanten bildeten, und Schutthaufen passierte, die sich unter dem Gestrüpp der Natur längst ergeben hatten, wandelte Henriette nun auf den altbekannten Pfaden ihrer Kindheit. Vor ihrem inneren Auge erstanden die Häuser wieder auf, die alten Fassaden füllten sich mit Leben, Bettzeug wurde ausgeschüttelt, Einzelhändler boten ihre Waren feil, die Schulglocke mahnte zur Eile, und Nachbarinnen tratschten über Stockwerke hinweg und winkten ihnen fröhlich zu.

»Henriette, wie schön, dich mal wieder zu sehen. Warst lange fort. Wie geht es dir? Was machen der Herr Papa und die Frau Mama? Sind sie wohlauf?«

»Oh, das ist schön.« Rachel riss sie aus den Gedanken.

»Bitte?«

»Schau nur, da vorne!«

Vor ihnen lag ein aus Backsteinen sauber gemauertes Stadttor. Ohne es zu bemerken, hatte Henriette die alte Schulstraße verlassen, und sie zwei waren die letzten Meter auf der Berliner Straße, der ehemaligen Haupteinfahrtsstraße, gegangen. Nun standen sie am Rand der alten Festungsanlage.

»Das war einmal das Berliner Tor, Liebes.«

»Sie haben es wieder aufgebaut. Es sieht toll aus!«

Das Berliner Tor erinnerte an ein kleines Viadukt aus roten Ziegeln. Zwei Türme markierten seine Seiten, dazwischen ein Doppelbogen, dessen Mitte von einer mächtigen Säule gebildet wurde.

»Das da? Ach Rachel, das ist nicht viel mehr als der fahle Schatten einer Erinnerung von dem, was es einst war. Auf der anderen Seite, da, wo jetzt nichts als Ödnis und Leere herrschen, standen seinerzeit prächtige Häuser entlang des Flusses. Hier durch das Tor ratterte mit lautem Klingeln die Elektrische, zwei Linien. In der Straßenmitte verliefen die Bahnschienen. Die Schaffner drohten uns mit dem Zeigefinger, wenn wir nicht schnell genug von der Straße sprangen. Von hier führte die Berliner Straße bis zum großen Marktplatz in die Altstadt hinein. Auf dem Trottoir flanierten am Sonntag die Küstriner auf dem Weg zur Kirche oder im Sommer zu einem Spaziergang an der Oder. Es war eine schöne Straße mit guten Häusern und viel Leben. Und jetzt, was ist davon geblieben? Ein staubiger Pfad, ein paar Quader des Gehweges, hier und da ein Hausabsatz, das Eisen der Schienen ist wohl irgendwo in Russland verbaut. Und das Tor selbst? Schau doch nur, eine Werbung haben sie drübergezogen.«

Ein Plakat spannte sich über die gesamte Länge des Berliner Tores: *Punkt Informacji Turystycznej*, der Hinweis auf die Touristeninformation.

»Aber immerhin haben sie es rekonstruiert, Oma.«

»Ach, Schatz, du bist ein Engel.« Henriette tätschelte Rachels Arm.

»Wollen wir zur Touristeninformation, Oma?«

»Später, Kind, ich möchte erst noch mehr von der Stadt sehen. Weißt du was? Wir zwei gehen jetzt zum Schloss.«

Ein eisernes Kreuz, das in die Reste eines gemauerten Simses gesteckt worden war, dominierte eine Rasenfläche.

»Aber das ist ja entsetzlich«, hauchte Henriette schwach. Hatte sie schon akzeptieren müssen, dass ihre Heimat zu einer Ansammlung knöchelhoher Grundmauern und verwilderter Trümmerteile verkommen war, raubte ihr der Anblick des Platzes zwischen ehemaliger Stadtkommandantur, Marienkirche und Schloss den Atem.

Rachel schaute sich um. Sie standen auf einem riesigen Platz. Überall ragten Gebäudereste und Schutthügel aus dem Gras. Birken wuchsen daraus in den Himmel. Auf einer Seite trugen Stümpfe eines mächtigen roten Ziegelfundamentes dieses Kreuz aus Eisen, auf der anderen Seite bildeten Mauerteile ein großes, abgegrenztes Terrain mit Treppenstufen an mehreren Stellen. Es konnte sich bei den Stufen um breite, wenn nicht gar prunkvolle Aufgänge gehandelt haben, andere waren schmal und unscheinbar, von vielen war nichts weiter als die unterste Schwelle übrig geblieben. In einer Ecke drehte sich eine Wendeltreppe fünf bis sechs sinnlose Stufen ins Nichts. Überall verschwanden Bögen alter Kellerlöcher im Erdreich. So ähnlich mussten römische Ruinen aussehen, dachte Rachel.

Henriette zeichnete mit zittriger Hand Umrisse in die Luft: »Rachel, das hier war mal unser Stadtschloss und dieses Rund sein Innenhof. Der Vater meiner Freundin Charlotte arbeitete im Schloss. Ich habe unzählige Male hier im Innenhof mit ihr gespielt, zusammen mit den anderen. Da drüben«, sie deutete in Richtung der Wendeltreppenreste, »hatten wir ein kleines Versteck. Unter der Treppe gab es einen Durchgang in den Keller, eine schmale Tür, die nicht genutzt wurde, sie war viel zu eng. Wir wollten als Kinder dort so gerne hinein, aber die vielen Jahrzehnte hatten Angeln und

Türschloss hoffnungslos verrosten lassen, keine Chance, sie zu öffnen. Doch wenigstens war einer der Steine des Türbogens locker, man konnte ihn herausziehen, und er gab einen kleinen Hohlraum dahinter preis. Der wurde zum Versteck unserer Schätze.«

»Schätze?«

»Billiger Tand: Stoffreste, Schmetterlingsflügel, bunte Glasscherben. Alles verpackt in einer alten Zigarrenkiste. Nun schau doch bloß, was davon übrig geblieben ist. Die Treppe hat nur noch einige Stufen, und der schmale Kellereingang ist ganz verschüttet. Man kann kaum noch etwas vom Türrahmen sehen.«

Henriette seufzte, dann blickte sie zu Rachel hinüber. Es tat ihr gut, ihre Urenkelin an der Seite zu haben.

»Und das da«, Henriette deutete in Richtung des Eisenkreuzes, »das war die Marienkirche. Ist es nicht grausam, dass davon nichts weiter übrig blieb als ein Haufen roter Ziegel?«

»Wurdest du in der Marienkirche getauft?«

Henriette durchfuhr es. Was sollte sie auf diese Frage antworten?

»Was?«

»Die Marienkirche, wurdest du dort getauft?«

»Nein, nein, die Kirche gehörte zur *evangelischen* Gemeinde.«

»Die *M-a-r-i-e-n*-kirche war evangelisch?«

»Ja, ursprünglich war sie katholisch. Wohl während Luthers Reformation wurde sie evangelisch und büßte ihren Namen ein. Sie hieß von da an eigentlich Pfarrkirche, aber dieser Name konnte sich nie wirklich durchsetzen, und so sprachen alle immer von der Marienkirche.«

»Seit Martin Luther, du meinst seit damals, Mittelalter und so, hat sich der Name gehalten? Ist ja irre.«

»Tja …« Henriette war froh, um die Beantwortung von Rachels Frage herumgekommen zu sein, wenn auch ihre Urenkelin das Thema nicht ganz fallenließ:

»Ich finde es toll, dass du so locker mit dem Glauben umgehst, Oma. Alle anderen in deinem Alter sind so schrecklich katholisch, du nie, du warst immer schon modern.«

»Ach, Liebes«, tat Henriette die Bemerkung mit einer Handbewegung ab. Es hätte so vieles zu erklären gegeben, das sie aber auf keinen Fall preisgeben wollte. Nach dem folgenschweren Entschluss, jegliche Verbindung zum jüdischen Glauben aufzugeben, hatte sie viele Male schwer gelitten. Schlaflose Nächte hatte sie mit Selbstzweifeln und Vorwürfen verbracht. Nicht nur, dass sie sich wie eine Verräterin fühlte, sie hatte vor allem das Gefühl vermisst, Teil einer Gemeinschaft zu sein. Ihr Ehemann, Roberto, mit seinen spanischen Wurzeln und den vielen Verwandten hatte ihr dieses Gefühl zwar zurückzugegeben versucht, aber er konnte nie den Verlust der eigenen Identität ausgleichen.

Rachel wollte mehr erfahren:

»War Küstrin denn evangelisch?«

»Ja, zum allergrößten Teil jedenfalls.«

»Aber du bist katholisch.«

»Was? Ja, genau, und nun frag nicht weiter!«

Rachel schaute verwundert, aber Henriette hatte sich energisch von ihr abgewandt und ging den Weg weiter. Ihre Urenkelin folgte ihr grübelnd.

Die zwei hatten den Festungswall erreicht. Die Mauern zur Uferseite waren restauriert, ein befestigter Weg verlief auf ihrem Kamm. Eine der ehemaligen Bastionen ragte mit ihrer Spitze ein Stück aus dem schnurrgeraden Verlauf des Walles in die Auen hinein. Von ihrer Spitze aus hatte man einen fantastischen Blick über die Oder.

Die beiden Frauen stützten sich auf die Mauer und schauten in die Weite der Oderwiesen. Henriettes Gedanken gingen in die Vergangenheit. Sie hatte diesen Platz geliebt. Hier hatte sie in der guten Zeit sonntägliche Ausflüge mit ihren Eltern gemacht, hier hatte sie einst mit Gerda gesessen, und hier war auch der Platz, an dem sie ihm nahe gewesen war. Nein, unterbrach sie sich selbst, es war besser, nicht an ihn zu denken. Vor allem nicht bei dem, was sie jetzt vorhatte. Sie war so weit. Henriette holte tief Luft:

»So, Rachel, es ist Zeit für den letzten Schritt unseres Ausflugs.«

Ohne eine Reaktion abzuwarten, kramte sie eine alte Schwarz-Weiß-Aufnahme aus ihrer Handtasche. Sie schaute kurz mit wehmütigem Blick auf das Foto, bevor sie es an ihre Urenkelin weiterreichte.

»Das war unser Laden, Liebes. Das ist mein Elternhaus.«

Rachels Herz klopfte vor Aufregung. Sie versuchte, jedes Detail der kleinen Aufnahme zu erfassen.

Drei Menschen standen vor einem kleinen Geschäft. Ein groß gewachsener Mann schaute ernst dem Betrachter entgegen, daneben eine Frau in langem Rock und streng geschnittener Bluse, vor ihnen ein Mädchen in hellem Spitzenkleid. Die Gesichter waren kaum zu erkennen. Der Laden bestand aus zwei Schaufenstern, die von einer Tür mit einigen Treppenstufen unterbrochen wurden. Die Auslagen verschwanden in der dunklen Unschärfe. Über dem Eingang war ein

Schild angebracht, dessen Schriftzug sich fast über die gesamte Fassadenbreite erstreckte.

»Das Foto hast du ja noch nie gezeigt.«

»Ich weiß, Kleines. Ich selbst habe selten gewagt, es hervorzuholen.«

»Weiß Oma Elsa …?«

»Nein, sie kennt es nicht.«

Rachel schüttelte nachdenklich den Kopf. Wieder flogen ihre Augen über die Aufnahme. Sie schaute auf, ihre Uroma hatte Tränen in den Augen. Sie drehte das Bild um, so dass diese die Vorderseite sah.

»Das bist du, oder?«

Henriette nickte.

»Und das sind deine Eltern?«

Wieder ein Nicken.

»Danke, Oma!« Rachel schlang die Arme um sie. Als sich die zwei voneinander gelöst hatten, kramte Henriette ein Taschentuch hervor.

»Ich wollte nicht, dass du mich weinen siehst und nun ist es doch geschehen. Verzeih, Kleines!«

Rachel überhörte die Entschuldigung. Ihr Finger zeigte auf das Schild über dem Ladeneingang.

»Was steht dort? Wie spricht man das aus?«

»Tuchhandel und Dekoration, E. Ahrenfelss, der Laden meiner Eltern.«

»Und was bedeutet das?«

Henriette übersetzte.

»Wofür steht denn das *E*?«

Henriette zögerte einen Moment:

»Emil. Ja, genau, Emil Ahrenfelss.«

Rachel hatte das Zögern bemerkt. Sie forschte im Gesicht ihrer Urgroßmutter nach dem Grund, wurde aber nicht schlau.

»Rachel, Liebes, ich brauche jetzt deine Hilfe. Ich möchte, dass wir genau dort hingehen, zu meinem Elternhaus, oder zumindest zu der Stelle, an der es einst gestanden hat. Warum sollte davon mehr erhalten sein als von dem Rest der Stadt?« Sie schluckte die aufsteigende Wehmut herunter.

Nicht mehr als die Türschwelle war noch geblieben von der Scharmstraße Nummer 1. Henriette bemühte sich um Haltung, ihre Knöchel traten weiß hervor, so sehr umklammerte sie ihren Gehstock, der andere Arm lag schwer auf Rachel.

Das Pflaster aus kleinen Kopfsteinen des Bürgersteigs vor dem Haus war noch gut erhalten. Drei Stufen führt hinauf, flankiert von aufrecht stehenden massiven Graniten. Es war bizarr. Selbst die Verzierung der Stufen, eine leichte Wölbung, zeigte sich ohne jede Beschädigung. Doch dort, wo die Eingangstür hätte sein sollen, endete diese Ahnung von einer versunkenen Welt in einem chaotischen Haufen aus Erde, Backsteinen und zertrümmerten Dachziegeln, die von Gras und Büschen überwuchert und von Baumwurzeln zusammengehalten wurden.

An beiden Seiten des ehemaligen Eingangs, wo das alte Foto Schaufenster ausgewiesen hatte, waren noch kniehohe Reste der Hauswand sichtbar, vom Putz war nichts mehr übrig geblieben, Ziegel schauten hervor und ergaben sich dem überall präsenten Schutt.

Rachel spürte, wie heftig ihre Urgroßmutter zitterte.

»Oma, lass uns lieber gehen.«

»Meine Vergangenheit ist nichts weiter als ein großer Klumpen aus Steinen und Schmutz.« Die Worte klangen bitter.

»Bitte, Oma, lass uns gehen. Ich glaube, das ist besser.«

Henriette schüttelte sich kurz, dann straffte sie ihren Rücken: »Ja, du hast recht. Vielleicht war es überhaupt ein Fehler, herzukommen.«

»Nicht für mich, Oma.«

Henriette schaute Rachel dankbar an.

»Ich glaube, ein wenig Ablenkung täte uns ganz gut. Wollen wir etwas trinken?«

»Gerne.«

»Da drüben war doch dieser Hinweis auf die Touristeninformation, vielleicht gibt es da schon etwas, dann brauchen wir nicht bis zu den Restaurants zurück.«

»So machen wir es. Lass uns rübergehen, und danach rufen wir unseren Fahrer. Du hast doch seine Nummer?«

»Natürlich, Oma.«

Die beiden wandten sich ab. Ohne zurückzuschauen, stapfte Henriette bemüht festen Schrittes los.

»Was für ein Ende«, murmelte sie leise, »was für ein Ende.«

Kapitel 20

»Henriette!«, rief ihre Mutter aus der Küche. »Komm mal
her, hier ist ein Brief für dich.«

»Ein Brief?« Wer würde ihr denn schreiben? Henriette
stand von ihrem Bett auf. Seit vor rund zwei Monaten das
Schulverbot für Juden erlassen wurde, wusste sie nichts mehr
mit sich anzufangen.

Das Verbot war kurz nach der furchtbaren Novembernacht
letzten Jahres ergangen, jener Nacht, in der Hitlers Horden
über sie alle hergefallen waren, in der die Synagoge in Flam-
men aufgegangen war, große Steine ins Schaufenster flogen
und Plünderer ihren Laden und ihre Wohnung verwüstet hatten. Jener Nacht, in der ihre Welt untergegangen war.

An dem Abend hatten sie drei lange beieinander gesessen
und über die seltsame Begegnung mit Frau Doktor Hehn an
Großvaters Grab gesprochen. Kurz darauf hatten sie sich alle
eine gute Nacht gewünscht und waren ins Bett gegangen.
Nur kurze Zeit später wurden sie von Sirenengeheule und
Schreien auf der Straße aus dem Schlaf gerissen. In Richtung
der Küstriner Neustadt konnten sie einen feuerroten Wider-
schein am nächtlichen Himmel erahnen. Sie hatten zunächst
geglaubt, eine der Fabriken brenne. Gerade noch hatte ihre
Mutter gute Wünsche ausgesprochen, auf dass niemand der
Nachtschicht-Arbeiter zu Schaden käme, als ihr eigenes Le-

ben mit einem Schlag für immer in Trümmer gelegt werden sollte.

Von der Straße war der Lärm bis zu ihnen in die hinteren Zimmer gedrungen.

»Was ist da los?«

Die drei gingen den Flur entlang zum Laden.

»Lass das Licht aus!«, flüsterte die Mutter, als Henriette gerade den Lichtschalter drehen wollte, und schob die Tür vorsichtig einen Spalt auf.

Vor dem Laden waren Männer mit Schlagstöcken und Pflastersteinen versammelt. Sie hielten Plakate, auf denen *Deutsche-wehrt-Euch* stand, und grölten schmierige Parolen. Schließlich hatte sich das Gebrüll zu einem skandierenden Chor gewandelt:

»Juden raus! Juden raus! Juden raus!«

»Bleib hier, Ephraim!«, hatte Herta Ahrenfelss ihren Mann angefleht, als der sich gerade anschicken wollte, die Ladentür aufzustoßen. »Bitte, geh nicht raus!«

»Aber wir können uns das doch nicht einfach so gefallen lassen!«

»Denk an Henriette!«

Erst jetzt schien Ephraim zu realisieren, zu was der Mob da draußen fähig sein könnte. Gerade noch wollte er eine Antwort geben, da zerbarst die Schaufensterscheibe unter ohrenbetäubendem Knall, Glasscherben flogen durch die Luft, Pflastersteine landeten krachend auf dem Tresen, Henriette schrie, Mutter heulte.

»Rettet euch in den Garten! In den Garten mit euch! Schnell, lauft!«, rief Ephraim über das Getöse hinweg und drückte die beiden in Richtung des Hinterausgangs.

315

Die drei versteckten sich im Schatten ihrer kleinen Werkstatt. Sie kauerten aneinander gedrückt auf dem Boden, Henriette begann zu schluchzen, aber die Mutter presste ihr die Hand vor den Mund.

»Pscht! Sei still, Henriette!«

»Mutter, ich mache mir in die Hose!«, jammerte Henriette. Es lärmte, und sie drei mussten ohnmächtig zusehen, wie sich die Männer erst über den Laden hermachten und sich anschließend in ihre Wohnung ergossen. Möbel zersplitterten, Porzellan zerschellte, in der Küche schlugen Töpfe scheppernd auf den Boden. Endlich war die Meute weitergezogen, und der Lärm auf der Straße hatte sich entfernt.

Henriette, Herta und Ephraim hatten noch lange in ihrem Versteck ausgeharrt. Als sie in ihre Wohnung zurückgeschlichen waren, hatte diese einem Trümmerfeld geglichen.

»Das ist das Ende!«, hatte Henriettes Mutter gesagt, aber es hatte gerade erst begonnen.

Nur kurze Zeit später hatte Henriette ihr nächstes Inferno erleben müssen. Das Wochenende hatte vor der Tür gestanden und Henriettes Klasse sehnsüchtig auf die Schulglocke gewartet.

Plötzlich war die Tür aufgestoßen worden. Gefolgt von zwei Männern in Uniform war der Direktor ins Klassenzimmer getreten. Die Kinder waren aufgesprungen. Der Schulleiter schritt schnurstracks zum Lehrer ans Podium und wechselte leise mit ihm einige Worte. Der Angesprochene hatte kurz genickt, dann waren die beiden auf die letzte Reihe zugegangen. Die zwei Uniformierten hatten sich derweil rechts und links von der Tür aufgebaut und das Geschehen mit scharfem Blick beobachtet.

Schließlich waren Lehrer und Direktor vor Sarah Eisenbloom und Henriette stehen geblieben und wiesen die beiden an mitzukommen. Die zwei wollten gerade unsicher hinter ihrer Schulbank hervortreten, da hatte der Lehrer sie angezischt, dass sie ihre Sachen mitnehmen sollten.

»Und zwar alles.«

Die beiden Mädchen hatten vor Angst gezittert. Auf dem Korridor vor den Klassenzimmern wurden sie vom Direktor an die beiden Uniformierten übergeben.

»Die zwei Männer werden euch jetzt aus dem Schulgebäude begleiten. Das hier …«, der Direktor hatte jedem der beiden Mädchen einen Briefumschlag überreicht, seine schweißnassen Finger hatten Abdrücke darauf hinterlassen, »… übergebt ihr euren Eltern. Abmarsch jetzt!«, hatte er mit brüchiger Stimme gesagt und versucht, ein Zittern zu unterdrücken. Im selben Augenblick spürten Sarah und Henriette jede eine feste Hand im Rücken, die sie unsanft voran stießen.

Völlig verstört hatten sich die zwei Schulmädchen auf der Straße wiedergefunden. Sarah hatte sich als Erste ein Herz gefasst und mit einem entschlossenen Ruck den versiegelten Brief aufgerissen.

»Das darfst du nicht! Der ist doch für unsere Eltern.«

»Ist mir doch …« *Egal* hatte sie sagen wollen, aber es hatte ihr die Sprache verschlagen. Wortlos reichte sie das Schreiben der Schulbehörde an Henriette weiter, die, nachdem sie den Text überflogen hatte, mutlos zur Erde sank.

Ihnen war fortan und mit sofortiger Wirkung der Besuch öffentlicher Schulen verboten, da …

»… es *keinem deutschen Lehrer mehr zugemutet werden kann, an jüdische Schulkinder Unterricht zu erteilen. Auch*

versteht es sich von selbst, dass es für deutsche Schüler uner-
träglich ist, mit Juden in einem Klassenraum zu sitzen.«

Zwei Monate waren seitdem vergangen. Henriette langweilte sich mit jedem Tag mehr. Was sollte sie mit der ganzen Zeit bloß anfangen? Zunächst hatte sie ihren Eltern geholfen, die eingeschlagenen Scheiben und zertretenen Möbel zu reparieren. Sie hatten die Reste vom Porzellan zusammengesucht und beruhigt festgestellt, dass sie gerade noch ausreichend Teller und Tassen zusammenbekamen. So verharrten sie in der Ruine ihres Lebens, ängstlich wartend auf den nächsten Schlag.

»Ein Brief?« In Henriettes Frage schwang Unsicherheit mit. Man wusste ja nie.

»Ja, von Gerda.«

»Gerda? Ihr meint *die* Gerda, Tochter von Onkel Otto und Tante Clara? Gerda aus Wesermünde?«

»Wie viele Gerdas kennst du denn sonst noch?« Herta verdrehte genervt die Augen und reichte den Brief mit den Worten »*Es geht ihr gut*« an Henriette weiter.

Die Verwandten von der Nordsee hatten seit langer Zeit nichts mehr von sich hören lassen. Überrascht nahm Henriette den geöffneten Umschlag entgegen.

Gerda musste scheinbar Überschwang loswerden, anders konnte sich Henriette nicht erklären, dass ausgerechnet sie einen Brief von ihr bekam. Gerda schrieb voller Zuversicht. Bald sei ja die Schule aus, sie freue sich schon darauf, zu arbeiten und sie habe sogar bereits eine Anstellung in Aussicht.

»Die Glückliche!«, raunte Henriette neidisch und las weiter.

Gerda werde gleich nach dem Schulende im April als Schreibkraft in der Marineschule beginnen. Wesermünde hatte sich zu einem wichtigen Stützpunkt der Armee entwickelt.

»Onkel Otto hat uns das alles damals gezeigt. Weißt du noch?«, sagte ihre Mutter.

»Nein.« Henriette erinnerte sich nur noch vage an den Besuch bei Onkel Otto und Tante Clara vor vielen Jahren. Sie las weiter. Ihre Cousine schrieb von Mädchenträumen, von jungen Soldaten in schmucken Uniformen und von allerlei sonstigen Spinnereien.

Henriette ließ den Brief erneut sinken und schaute an die Küchendecke. Sie musste an sich halten, nicht zu weinen, so sehr beneidete sie Gerda. Es war alles so ungerecht, so himmelschreiend ungerecht. Seufzend nahm sie das Papier wieder auf, der Text kam zum Ende.

»Mutter, warum kann ich nicht auch ein ganz normales Leben haben, so wie Gerda.«

»Ach, Henriette …«

Lärm aus dem Laden unterbrach die beiden. Sie hörten schwere Schritte auf den Bodendielen, das Brüllen des Vaters, dann Männer mit lauten Stimmen.

»Was ist da los?« Hektisch streifte Herta ihre Küchenschürze ab und eilte den Flur entlang zum Laden. Henriette folgte ihr.

»Herr Rieger?!« Erstaunt blieben die beiden in der Ladentür stehen.

Zusammen mit anderen stand Karls Vater in voller Montur im Laden. Die Männer blickten grimmig drein. Ephraim Ahrenfelss ihm gegenüber hatte sich an der Kante des Ladentresens festgekrallt, sein Atem flog.

»Herr Rieger!«, wiederholte Herta und stellte sich an die Seite ihres Mannes, sie spürte ihn beben, »was für ein ungewöhnlicher Besuch. Was führt Sie zu uns?« Sie versuchte einen möglichst freundlichen Ton aufzusetzen.

»Was Herrn Rieger zu uns führt?« Henriettes Vater kam dessen Antwort zuvor. Seine Stimme zitterte. »Herr Rieger hat mir gerade erklärt, dass wir unseren Laden schließen müssen.«

»Was?!«

»Ja, stell dir vor, unser Herr Rieger hier kann neuerdings entscheiden, ob wir einen Laden führen dürfen oder nicht. Und offensichtlich dürfen wir nicht.« Mit jedem Wort wurde Ephraim lauter, seine Stimme überschlug sich, er zitterte am ganzen Körper.

»Ahrenfelss, mäßigen Sie sich! Und für Sie bin ich immer noch *Ortsgruppenführer* Rieger, besonders für Leute wie Sie. Ich führe nur den Befehl des Führers aus«, erwiderte Karls Vater und knallte einen Erlass auf den Tresen.

»*Mit sofortiger Wirkung wird Juden das Betreiben von Einzelhandelsgeschäften und Handwerksbetrieben sowie das Anbieten von Waren und Dienstleistungen untersagt!*«

»Aber Herr Rieger, das können Sie doch nicht tun.« Herta Ahrenfelss hatte Mühe, sich zu beherrschen. »Denken Sie doch an Ihren Sohn, der Junge hat hier bei uns im Garten gespielt, und als es Ihnen und Ihrer Familie noch nicht so gut ging ... na ja, Sie wissen schon. Das ist noch gar nicht so lange her.«

»Fürs Gewesene gibt der Jude nichts. Das müssten Sie doch am besten wissen.«

Rieger wollte gerade loswettern, da entdeckte er Henriette, die ängstlich hinter ihren Eltern erschien. Karls Vater hielt an sich:

»Jetzt hören Sie mir mal gut zu. Ich habe Sie im Dezember schon verschont, also machen Sie hier keine Szene!«

»Im Dezember verschont?«

Rieger trat dicht an den Tresen und packte sein Gegenüber am Kragen. Er beugte sich über die Tischplatte und zischte Ephraim ins Ohr:

»Haben Sie denn keine Augen im Kopf? Seit Anfang Dezember stehen Sie auf der Liste. Sie können von Glück sagen, dass wir Ihren Betrieb noch nicht enteignet haben. Fast vier Monate schiebe ich das jetzt schon raus. Aber jetzt ist es vorbei. Wenn Sie sich nicht kooperativ zeigen wollen, dann ich auch nicht.«

»Kooperativ? Machen Sie Witze? Sie wollen uns bestehlen!«

»Von Stehlen kann überhaupt keine Rede sein!« Der Ortsgruppenführer lockerte seinen Griff. »Wir werden Ihren Besitz jetzt konfiszieren.«

»Was wollen Sie denn konfiszieren? Schauen Sie sich doch mal um, wie es hier aussieht. Sie und Ihresgleichen haben im November doch alles kurz und klein geschlagen, es ist nichts mehr da, was sie noch nehmen könnten. Verstehen Sie, Rieger, wir sind mittellos!«

»Sie sind ja nicht ganz bei Trost, Ahrenfelss. Mäßigen Sie sich! Sie wissen so gut wie ich, dass die Geschichte Anfang November die Reaktion des Volkes auf die Ermordung des deutschen Diplomaten durch einen von Ihnen war. Die Entladung des spontanen Volkszorns! Es ist Ihre eigene Schuld!

Wenn die Juden nicht so unverschämt und gierig gewesen wären, müssten Sie jetzt nicht ...« Karls Vater redete sich immer mehr in Rage. Ängstlich verfolgten Herta und Henriette das Geschehen.

Henriettes Vater zitterte vor unbändiger Wut. Er hob den Arm, Herta schrie auf, Henriette schlug sich die Hand vor den Mund.

»Ahrenfelss, seien Sie kein Narr, das würde Sie den Hals kosten.« Ohne eine weitere Reaktion abzuwarten, trat Rieger zu seinen Schergen, die mit erstaunter Miene die Szene verfolgt hatten.

»Kameraden!«, bellte der Ortsgruppenführer, »wir gehen! Bringt das Schild an!«

Seine Begleiter verließen den Ladenraum, sie rollten ein Transparent aus und klebten dieses quer über Ahrenfelss' gerade erst reparierte Schaufenster: Geschlossen!

Hertas Knie gaben nach, für einen Moment wollte sie das Bewusstsein verlieren, glitt an der Wand entlang und verlor sich als ein Haufen Elend auf dem Boden. Henriette versuchte sie zu halten und sackte zusammen mit ihrer Mutter auf die Erde. Und auch in Ephraim schien der Funke des Lebens erloschen, mutlos und ohne Kraft folgte er den beiden. Sie hielten einander umschlungen. Fassungslosigkeit hatte sie erstarren lassen.

»Frau Hehn?« Herta hatte als Erste die Silhouette am Tresen ausgemacht. Sie wischte sich das Gesicht trocken und starrte ungläubig diese Gestalt aus einer anderen Welt an. Nur mit Mühe rappelte sie sich auf, klopfte den Rockschoß sauber und reichte ihre Hand über die Holzplatte. Tatsächlich, die Frau des Doktors stand im Laden und neben ihr ...

»Hans!«, rief Henriette freudig aus. Auch sie mühte sich wieder auf die Füße, ihr Vater ebenfalls.

»Frau Ahrenfelss, was ist denn bloß geschehen? Wir sind gerade am Schaufenster vorbeigekommen und haben das da gesehen.« Der Blick der Arztfrau wanderte zum großen Plakat.

Die Anteilnahme brach in Henriettes Mutter alle Selbstbeherrschung. Frau Hehn kam um den Tresen und nahm die schluchzende Herta in die Arme. Ephraim und Henriette standen hilflos daneben, Hans verharrte mit großen Augen. Eine bizarre Situation: ein Hitlerjunge in einem jüdischen Laden, der gerade von den Nationalsozialisten geschlossen worden war, eine Adeligen-Tochter, die arischer kaum sein konnte, und eine zerstörte ehemals geachtete Familie, die nichts weiter verbrochen hatte, als einem anderen Glauben anzugehören, den sie noch nicht einmal zelebrierten.

»Frau Doktor, wovon sollen wir denn jetzt bloß leben? Die haben uns hier dichtgemacht. Wie soll es denn weitergehen?«

»Wir finden eine Lösung, Frau Ahrenfelss. Es gibt immer einen Weg, immer. Hans, Henriette, wollt ihr nicht spielen gehen?« Frau Hehn hielt es für besser, die Kinder aus der Sache herauszuhalten.

»Ja, das ist eine gute Idee.« Auch Ephraim endlich wieder zu sich gefunden. »Geht in den Garten, aber passt auf, dass euch die Nachbarn nicht sehen. Am besten, ihr huscht in die Werkstatt.«

Schon ließen die zwei die Erwachsenen im Laden zurück. Sie drückten sich auf die kleine Bank in der Werkstatt, der einzige Sitzplatz, der dort noch verblieben war. Die alten

323

Stühle hatten Ahrenfelss nach der schrecklichen Novembernacht wieder in die Wohnung geschafft.

»Sieht gut aus, die HJ-Uniform«, begann Henriette zögerlich das Gespräch.

»Ja, bin kein Pimpf mehr.« Hans zuckte verlegen mit den
Schultern. »Ganz schöner Mist, was?«

»Wie?«

»Na ja, das da.« Mit dem Kopf nickte er in Richtung Vor-
derhaus und Laden.

»Ja.« Henriette hatte keine Worte für das, was gerade eben
passiert war.

Hans fasste sich ein Herz. Mit einem Ruck wandte er sich
um und schaute ihr in die Augen:

»Henriette, was auch passiert, ich werde immer für dich
da sein und dir helfen.«

Die beiden blickten sich an. So unzählige Male hatte Henriette dieses Gesicht vor sich gesehen, hatte seine Veränderungen erlebt, vom Kind zum jungen Mann, aber noch nie
war es ihr so schön erschienen wie in diesem Moment.

Ihre Gefühle purzelten übereinander, überströmten sie
und schlugen über ihrem Kopf zusammen. Sie war überwältigt von diesem Moment, der für einen Augenblick die brutale Kälte verdrängte, die sie täglich frieren ließ. Ohne zu
überlegen, führte sie ihre Hände an die Wangen von Hans,
ihre Finger fühlten seine weiche Haut, und sie spürten sein
Beben, sein Zittern, sein jugendliches Verlangen, dem noch
die Worte fehlten, um sich selbst zu benennen und dem die
Erfahrung fehlte, um zu wissen, was jetzt folgte. Jeder Schritt
wurde zum ersten Mal gegangen, jede Bewegung zum ersten
Mal vollführt und jede Berührung zum ersten Mal gefühlt.

Eine Leidenschaft war entfacht, aus dem sanften Kuss, dem zaghaften Berühren wurde ein Ineinandergreifen, ein Umschlingen, ein Sich-Verschlingen. Immer heftiger atmete Hans in ihrer Umarmung, immer wilder wurden seine Bewegungen. Sie spürte seinen Körper, spürte seine Kraft, die Kraft eines Jungen, der mit jeder Faser seines Körpers zum Mann werden wollte. Und sie spürte etwas in seinen Lenden, dessen Nähe sie nie zuvor erfahren hatte. Sie ließ es zu, dass er sie dort streifte, wo ein Mädchen sich schützte, dass er sie küsste, wie sich nur Liebespaare küssten, und dass er seine Hände zu dem Wertvollsten gleiten ließ, das ein junges Mädchen einem Mann schenken konnte.

Sie wusste von alldem, und wusste doch nichts. Sie wollte all das und wollte doch nichts. Sie dachte daran und dachte an nichts. Sie war Hans und Hans war sie.

Schon spürte sie seine Finger auf ihrem Geheimnis, aufregend und verstörend zu gleich. Ihr Körper bebte, sie zitterte bei jeder Berührung, seufzte voll kindlicher Neugier, jugendlichem Verlangen und noch längst nicht erwachsener Angst. Sie tanzten auf einem Vulkan, waren Lavaströme, die durch die Wucht einer im Tiefen der Natur wartenden Explosion gerade erst befreit wurden.

»Hans?«

Der Ruf der Mutter durchschnitt ihren Flug. Mit einem Ruck löste sich Hans von Henriette. Verstört schauten sich die beiden an, dann, ohne ein weiteres Wort, sprang Hans auf, bedeckte mühsam die abstehende Scham und lief aus der Werkstatt zurück zum Laden.

Henriette blieb auf dem Schemel zurück. Verwirrt, befreit, verschämt, beglückt. Es hätte nichts Unpassenderes geben können, als den ersten Kuss, die erste Liebe so zu erleben, und doch war es das Beste, was Henriette bis dahin in ihrem Leben geschehen war. Es war falsch, vollkommen falsch, sie zwei standen an zwei Ufern eines Flusses, ohne Brücke, ohne Fährmann, und doch fühlte es sich so richtig an. Aber Henriette wusste auch: es war verboten, war gegen das Gesetz, durfte nicht geschehen, würde nie wieder geschehen.

* * *

Das Ende der Kleeblattbande war nicht mehr aufzuhalten. Der Kuss zwischen Henriette und Hans hatte eine kindliche Unschuld zerstört und die Reste der letzten träumerisch verklärten Vergangenheit hinweggefegt. Es hatte ihnen die Augen geöffnet und sie sehen lassen, was sie waren: vier junge Menschen, die jeder auf einem Blatt ihres Klees hockten und nun weit auseinander getrieben worden waren. Der Kuss hatte aus vieren zwei gemacht, die Geschichte machte sie zu Einzelgängern.

Als Hans und Henriette das erste Mal danach im Herbst wieder aufeinander trafen, wussten sie kaum, wie miteinander umzugehen. Sie hatten als Erste den vereinbarten Treffpunkt erreicht, beinahe gleichzeitig. Nun standen die zwei sich unsicher gegenüber.

Peinliche Stille, Augen hefteten sich betreten auf Schuhspitzen.

»Hans, das da im Garten ...«

»Ja?« Hoffnung, Aufgeregtheit und Angst vorm nächsten Wort mischten sich in seinem Gesicht.

»... also, das, was da bei uns im Hof passiert ist ...« Hen-

riette fürchtete sich vor sich selbst. Sie wusste, sie durch-
schnitte ihnen beiden das Herz. »... das hat nichts zu bedeuten. Es war die Situation, der Schreck, Rieger, der Laden und
so. Und dann wart ihr da, und dieses Durcheinander. Du verstehst schon.«

»Genau«, bestätigte Hans und widersprach so sehr seinem
Innern, wie es mehr kaum sein konnte. »Genau, der Schreck.«

»Das darf nie wieder passieren, Hans, das weißt du doch.
Wenn die uns erwischt hätten, nicht auszumalen, was dann
geschehen wäre.«

»Unsere Eltern hätten bestimmt Ärger gemacht«, versuchte
Hans möglichst locker zu parieren.

»Oh ja, stell dir das mal vor.« Beide lachten übertrieben
laut. Dann trat wieder Stille ein. Endlich wagten sich die beiden, in die Augen zu sehen, und sie konnten darin lesen, was
jeder von ihnen fühlte.

Die zwei standen verloren auf einem Rest einer für immer
versunkenen Vergangenheit inmitten einer ungewissen Zukunft. Tränen liefen ihnen über die Wangen. Sie wischten sie
nicht weg.

»Ich wünschte, es wäre alles anders«, flüsterte Henriette.
Hans schluckte und nickte schwach.

»Was ist denn hier los?« Charlottes fröhliche Stimme zerriss
die Zweisamkeit. »Hallo ihr zwei.«

Karl folgte ihr unmittelbar, vielleicht waren die zwei sogar
zusammen gekommen. Charlotte schaute von einem zum
andern.

»Was ist denn mit euch los?«

Henriette konnte Karl kaum ins Gesicht sehen, solch eine

Wut hatte sie auf ihn und seinen Vater. Karl wich ihrem Blick aus, er sagte kein Wort. Natürlich hatte er mitbekommen, was passiert war, sein Vater hatte darüber bei Tisch gesprochen.

»Wollen wir nicht einen Spaziergang machen?« Charlotte versuchte betont leicht über Missstimmung, die zwischen den Freunden herrschte, hinwegzugehen. Ohne Erfolg. »Es geht nicht mehr!«, stieß Karl nach einem kurzen Schweigen hervor und rannte davon. Die anderen schauten ihm entsetzt hinterher.

»Was ist denn bloß passiert?« Charlotte blickte zu Henriette, doch die schüttelte nur schweigend den Kopf. Erneut stiegen ihr Tränen in die Augen.

Betreten schaute Charlotte zu Boden.

»Ich verstehe. Wie schade.« Mehr Worte waren nicht drin, mehr Worte waren nicht nötig.

»Ich gehe nach Hause«, sagte Hans mit belegter Stimme und drehte sich ohne ein Wort des Abschieds um. Charlotte und Henriette setzten sich auf einen Stein und lehnten Schulter an Schulter.

»Warum muss das alles bloß so sein?«

»Charlotte …« Henriette konnte nicht weitersprechen. Charlotte legte den Arm um ihre Freundin und nun weinten sie beide; beweinten das Ende ihrer Kindheit.

Nach einer Weile lösten sie sich voneinander, schauten in die tränenverschmierten Gesichter und lächelten sich kopfschüttelnd an: »Was sind wir doch für Heulsusen.«

Charlotte schniefte und wischte sich das Gesicht mit dem Handrücken trocken. »Ach, habe ich ganz vergessen«, sagte sie. »Vater wollte heute noch zu euch.«

»Zu uns? Weshalb?«

»Ich weiß es nicht, er meinte beim Frühstück, dass er nachmittags noch bei euch zu tun hätte. War er schon da?«

»Ich laufe lieber mal heim, wer weiß, was das bedeutet.«

»Aber dann bin ich ja ganz allein.«

»Warte hier, wenn es nicht zu lange dauert, komme ich wieder und sage dir, was los war.«

»Mach das!«

Als Henriette zu Hause ankam, verließ Charlottes Vater mit einer Ledermappe unter dem Arm gerade das Geschäft.

»Guten Tag, Herr Drüske!«

»Guten Tag, Henriette!«

Kurz zuvor war Drüske in den Laden gekommen. Sein Blick hatte das *Geschlossen*-Schild auf dem Schaufenster gestreift, dann trat er ein und rief in die leere Stille nach Herrn Ahrenfelss. Der kam aus dem hinteren Teil der Wohnung. Er sah miserabel aus.

»Guten Tag, Herr Ahrenfelss.« Drüske wusste nicht so recht, wie er anfangen sollte. »Wie geht es Ihnen?«

»Soll das ein Witz sein? Wie geht es einem wohl, wenn einem das Geschäft erst zerstört, geplündert und dann geschlossen wurde?!«

»Was soll ich dazu sagen, Herr Ahrenfelss. Wir tun alle schließlich nur unsere Pflicht«, entgegnete Drüske, wagte es jedoch nicht, den Angesprochenen dabei anzuschauen

Ephraim fuhr auf, gerade wollte er seinem Gegenüber eine deftige Antwort geben, da trat Herta an die Seite ihres Mannes. Sie legte ihm beruhigend die Hand auf die Schulter.

»Herr Drüske, was für ein seltener Besuch.«

»Ja, da haben Sie wohl recht, Frau Ahrenfelss, wirklich selten.«

»Wie geht es Charlotte? Ich habe Ihre Tochter schon lange nicht mehr gesehen.«

»Danke, Frau Ahrenfelss, Charlottchen geht es gut. Nun, Sie wissen ja, wie das so ist. Aus Kinder werden Leute, unsere beiden sind ja lange schon keine kleinen Mädchen mehr.«

Man spürte, wie peinlich es ihm war, darauf angesprochen zu werden. Er hatte seiner Tochter verboten, Henriette weiter zu treffen. Immerhin stand seine berufliche Existenz auf dem Spiel, er konnte sich einfach nicht leisten, dass seine Familie mit Juden verkehrte. Das was er jetzt vorhatte, war schon gefährlich genug.

»Was führt Sie zu uns, Herr Drüske?«, versuchte Herta die unangenehme Situation aufzulösen.

»Nun ... äh «, stammelte er und öffnete den messingfarbenen Schnappverschluss seiner schmalen Aktentasche. »Ich habe hier ein Papier erhalten«, er holte ein Schreiben mit Adler und Hakenkreuz auf dem Briefkopf heraus, »aus Berlin! Ich habe die Anweisung, also nicht ich persönlich, vielmehr wir, also die Verwaltung von Küstrin ...«, Drüske räusperte sich, »... also, hier steht, dass den noch in Deutschland lebenden Juden die Mietrechte entzogen werden und sie nach und nach in sogenannte Judenhäuser umgesiedelt werden sollen.«

»Was?«, stießen Herta und Ephraim entsetzt hervor.

»Nun, es ist so, dass wir nun die Anweisung haben, ein Judenhaus zu gründen und alle ...« Charlottes Vater schwitzte, er wagte kaum, den Satz zu Ende zu bringen. Er konnte es vor sich selbst ja kaum rechtfertigen. Wie dann vor den beiden?

330

»Also Sie und die anderen, Sie sollen in ein sogenanntes Judenhaus umziehen.«

»Drüske, sind Sie noch ganz bei Trost?« Ephraim polterte los. »Das kann doch wohl nicht Ihr Ernst sein.«

Der Angeklagte zeigte entschuldigend auf das Stück Papier, das nun zwischen ihm und Ahrenfelss auf dem Tresen lag.

»Ach, vergessen Sie doch diesen Wisch.« Henriettes Vater fegte das Blatt zu Boden. »Ich kann sowieso nicht verstehen, dass Sie mit denen zusammenarbeiten.«

»Herr Ahrenfelss, mäßigen Sie sich!« Es war mehr Flehen denn Zurechtweisung.

»Ephraim, bitte!«, bat auch Herta.

»Ist doch wahr!« Ihr Mann ließ sich nicht beruhigen. »Ausgerechnet Sie, Drüske. Sie müssten es doch eigentlich besser wissen.«

»Was wollen Sie damit sagen?«

»Wir wissen von Ihrem Schwager, dem KPDler, der in Sonnenburg eingesessen hat«

Charlottes Vater wurde bleich vor Schreck:

»Mensch, Ahrenfelss, halten Sie den Mund, Sie sind ja verrückt. Was reden Sie da?«

»Sie haben ihn damals versteckt, unten im Keller im Schloss, wir wissen es. Und wir wissen auch, dass er vorher misshandelt wurde. Und zwar genau von denen, für die Sie arbeiten.«

»Ahrenfelss, bitte!«, wimmerte Herr Drüske.

»Der Bruder Ihrer verstorbenen Frau! Haben Sie denn überhaupt kein Ehrgefühl! Ihr Schwager! Und nun werden Sie zum Handlanger für die?«

»Was soll ich denn tun? Ich habe eine Tochter zu ernähren, und mein Salär ist weiß Gott nicht so, dass ich mir irgendeinen Fehler leisten könnte. Ich kann doch auch nichts dafür. Ist es meine Schuld, dass die Juden die Regierung so gegen sich aufgebracht haben?«

»Wir haben die Regierung aufgebracht? Ach ja? Und Ihr Schwager etwa auch? Nur weil er Kommunist ist?«

»Ephraim, beruhige dich doch. Herr Drüske kann doch nun wirklich nichts dafür. Und dass er seinem Schwager damals geholfen hat, war doch eine gute Tat.«

Drüske schaute sie erleichtert an.

»Hören Sie!« Er schaute sich nach allen Seiten um, »ich bin doch auf Ihrer Seite. Schon unserer Töchter wegen. Charlottchen würde es mir nie verzeihen, wenn Ihnen etwas geschieht. Ich will Ihnen doch helfen.«

»Ach, was können Sie schon tun? Himmler hat die Entjudung gefordert. Ist das hier der Anfang?«

»Was soll ich denn machen? Gesetz ist nun einmal Gesetz. Ich habe mir das schließlich alles nicht ausgedacht. Aber ich habe da eine Idee.«

»Eine Idee?« Hoffnung keimte in Herta Ahrenfelss auf.

»Ja, ich habe mich mit dem Ortsgruppenführer abgestimmt«

»Mit Rieger?«

»Ja, Rieger.«

»Ausgerechnet!« Ephraim verdrehte verächtlich die Augen. »Der hat uns das alles hier doch überhaupt erst eingebrockt.«

»Hören Sie mir doch erst mal zu. Ich habe mir Folgendes überlegt: Sie verkaufen ihr Haus an die Stadt, ich regele das.«

»Aber …«

»Warten Sie, lassen Sie mich ausreden. Schauen Sie, Sie verlieren Ihr Miet- und Wohnrecht sowieso. Sie verkaufen also an die Stadt, leider kann ich Ihnen keinen guten Kaufpreis in Aussicht stellen. Aber darum geht es mir auch nicht. Wenn die Stadt Eigentümer ist, dann werden wir Haus und Laden als Judenhaus deklarieren. Dafür haben wir nämlich noch keines ausgewählt.«

»Als Judenhaus?«

»Hören Sie mir doch endlich mal zu, dann werden Sie sehen, dass es für Sie gar nicht so furchtbar werden wird. Ihr Haus und der Laden werden also zum Judenhaus, und Sie brauchen nicht umzuziehen, Sie bleiben einfach hier wohnen, es ändert sich nichts.«

»Aber wenn alle Juden zusammenwohnen sollen, dann ziehen doch alle anderen hier auch ein. Von wegen, da ändert sich nichts.«

»Wohin sollen die anderen denn ziehen? Etwa in einen leergeräumten Laden im Rohbau, der so zerstört ist, dass er erst einmal saniert werden müsste und bei dem die Sanierung sich hinzieht, weil die Stadt dafür keinen Etat hat?«

»Im Rohbau? Sanierung? Keinen Etat?«

»Das sagt zumindest meine Akte. Und da ich mit der ganzen Sache betraut wurde, wird sich an der Aktenlage auch vorerst nichts ändern.« Charlottes Vater klappte zufrieden seine Tasche wieder zu.

»Judenhäuser?! Mutter, ich bin kein kleines Kind mehr. Ich bin vierzehn Jahre alt. Erzähle mir doch nicht, dass es gar nicht so schlecht sei, dass sie Judenhäuser einrichten, dass wir uns darin besser schützten könnten. Sie pferchen uns wie die Karnickel in Ställe zusammen, das ist die Wahrheit. Und was macht man mit Karnickeln?«

»Henriette!«

»Ist doch wahr!« Henriette schmiss die Ladentür hinter sich zu und rannte zurück zu Charlotte. Vielleicht war die ja noch da. Sie hatten schließlich verabredet, dass Henriette berichtete, was Charlottes Vater bei ihnen zu schaffen hatte.

Charlotte heulte. Henriette hatte ihr bittere Vorwürfe gemacht. Nach einiger Zeit hatten sich beide wieder beruhigt.

»Ach, Charlotte, tut mir leid, es ist ja alles nicht deine Schuld.«

Henriettes Freundin schniefte.

»Gehst du jetzt auch weg?«

»Wie meinst du?«

»Na, nach England. So wie Sarah Eisenbloom, die ist doch weggegangen. Weißt du das gar nicht?«

Henriette hielt sich lieber bedeckt. Sie schickten jüdische Kinder über den Kanal in fremde Familien. Das wurde von deutschen Juden mit Hilfe von Gemeinden in England und den Niederlanden organisiert. Sie nahmen nur die Kinder, nicht die Eltern. Dass jemand aus Küstrin dabei sein würde, das war ihr neu. Sie hatte gedacht, dass sei eher etwas für die Großstädter, Berlin, Hamburg, München und so. Henriette schwieg. Sie wollte außerhalb ihrer Familie nicht über jüdische Angelegenheiten sprechen, nicht mehr. Es war zu gefährlich geworden. Bei aller Freundschaft wusste man heutzutage nie, was irgendwer irgendwo an irgendwen mal ausplaudern könnte oder müsste.

»Habt ihr von Sarah Eisenbloom gehört?«

Herta und Henriette saßen am Abendbrottisch. Henriette hatte sich für ihr Verhalten entschuldigt und ihre Mutter geweint. Sie weinten oft in der letzten Zeit, viel zu oft.

»Was ist denn mit Sarah?«

»England.«

»Was?«

»Ja, sie ist mit diesen Transporten nach England. Du weißt schon, was ich meine.«

Natürlich wusste Herta. Seit vergangenem November gab es die Kindertransporte. Sie sollten dort in Pflegefamilien kommen, später, so versprach man den Eltern, würden die Familien in Palästina wieder zusammengeführt. Sie selbst hatte noch keinen Fall persönlich miterlebt, hatte aber gehört, dass es den Eltern hier nicht einmal mitgeteilt würde, in welche Familie die Kinder drüben kämen.

Schon allein der Gedanke daran brach Herta das Herz. Wer machte denn so etwas? Zumindest müsste man doch erfahren dürfen, an wen man sich in England dann später einmal wenden könnte, um sein Kind zurückzuholen. Die Zeiten würden doch sicherlich eines Tages wieder besser werden, da musste man doch wissen, wo Tochter oder Sohn geblieben waren. Dass die Eisenblooms ihr Kind dieser Gefahr aussetzten … Oder machten die vielleicht doch das Richtige und lagen Ephraim und sie selbst stattdessen falsch? Ihr Mann kam zu ihnen in die Küche.

»Ephraim, hör mal. Henriette erzählt gerade, dass die Eisenblooms ihre Tochter nach England gegeben haben.«

»Was? Das ist ja furchtbar. Hoffentlich kommt das Kind noch heil an.«

»Wie meinst du das?«

»Kommt mal her, ihr beiden.«

Unsicher standen Herta und Henriette auf, Ephraim fasste ihre Hände.

»Ich habe es gerade erfahren: Es ist wieder Krieg!«

Kapitel 21

Die Küstriner Touristeninfo war weit mehr als der sonst übliche Kiosk für kitschige Postkarten und anderem Ramsch. Sie war das Entree zu einem Ort voller Erinnerungen. Man verkaufte die Eintrittskarten für ein Museum, das, so wörtlich, eine *Zusammenstellung alles Wissenswertens über die Festungsanlage* war.

Rachel und Henriette standen im ersten Ausstellungsraum. Eine Treppe führte tief ins Untergeschoss.

»Das geht ja ganz schön tief in die Erde«, stellte Rachel fest.

»Das sind die ehemaligen Kasematten der Bastion.«

»Was bedeutet *Kasematten*?«

»Das waren Gewölbe, die unter den alten Festungswällen lagen. In meiner Kinderzeit waren die meisten schon nicht mehr zugänglich, unsere Eltern warnten uns davor, sie zu betreten. Angeblich war ein Mädchen darin bereits verloren gegangen, und sein Geist spukte nachts durch die dunklen Gänge.«

»Wie gruselig. Habt ihr euch an das Verbot gehalten?«

»Natürlich nicht!«, grinste Henriette.

»Wollen wir wirklich runtergehen, Oma?«

»Hast du etwa Angst vor Gespenstern?«

»Quatsch! Aber die Stufen sind sehr steil.«

Vorsichtig stiegen sie hinab. Die Ausstellung war chronologisch geordnet. Repliken alter Kupferstiche zeigten das Schloss, umgeben von wenigen Häusern. Unterhalb mäandrierte die Oder durch saftige Wiesen. Fischerboote und grasende Kühe rundeten die Idylle ab.

»Das war aber wirklich schön hier«, stellte Rachel fest.

»Ja, das war es.«

Auf großen Tafeln datierte das Museum in penibler Aufzählung die Meilensteine der Küstriner Vergangenheit:

Vor- und Frühgeschichte, die Tempelritter, Johanniter und Kreuzritter, die Entstehung einer Festung, Küstrin während des Dreißigjährigen Krieges, die Katte-Tragödie und der Aufenthalt des Kronprinzen Friedrich, Küstrin während des Siebenjährigen Krieges ...

Henriette war damit beschäftigt, ihrer Urenkelin alle Zeittafeln zu übersetzen.

Schließlich hatten sie die grauen Vorzeiten hinter sich gelassen und waren im zwanzigsten Jahrhundert angekommen. Die Anzahl an Fotos und Originaltexten nahm zu. Ein Bildschirm erlaubte sogar einen virtuellen Rundgang durch das Küstrin der Jahrhundertwende.

»Was man heute alles so machen kann«, sagte Henriette bewundernd. An der einen oder anderen Stelle schmunzelte sie, hier hatte die Phantasie der Hersteller die Realität nicht ganz getroffen, aber das war letztlich nicht von Belang.

»Sah es wirklich so aus, Oma?«

Henriette ließ die Frage unbeantwortet. Sie war abgelenkt und hörte kaum noch zu, ihre Aufmerksamkeit war bereits vom nächsten Ausstellungsraum gefangen. In die Mitte hatte man ein Geschoss zwischen Trümmerreste platziert. Es war eine Flugabwehrkanone, eine Flak. Unschwer zu erahnen, welche dunklen Zeiten sie dort erwarteten. Dieser Epoche hatte das Museum den gesamten nächsten Kellerabschnitt gewidmet:

Der Kampf um Küstrin 1945, Geschichte einer Zerstörung

Henriette wollte das nicht sehen müssen, aber Rachel war schon hineingegangen und blickte sich um. Eine ganze Reihe von Fotos zeigte die zerstörte Altstadt. Leere Fenster offenbarten den Blick in ausgebrannte Gebäude. Schroffe Mauerreste ragten aus Bergen von Schutt.

»Kind, lass uns rausgehen, es fröstelt mich, es ist doch wirklich kühl hier unten.«

»Aber Oma, es ist doch gerade so spannend.« Rachels Augen leuchteten. Henriette wusste, es hatte keinen Zweck, Rachel würde sich jetzt nicht so leicht wieder ans Tageslicht locken lassen. Gerade wollte sie etwas wie *Aber nur noch ganz kurz* erwidern, da unterbrach ihre Urenkelin aufgeregt:

»Aber schau mal, Oma, das ist doch euer Laden, das Haus deiner Familie!«

»Was?« Henriette zuckte zusammen.

Rachel hatte recht. Das Bild zeigte Henriettes Elternhaus. Auch wenn das Ladenschild mit ihrem Familiennamen auf der Aufnahme nicht zu sehen war, erkannte sie es sofort wieder. Sie wusste genau, wann dieses Bild entstanden war: *Kauft nicht bei Juden!*

Es kostete Henriette allergrößte Anstrengung, nicht die Fassung zu verlieren. Noch immer deutete Rachel aufgeregt mit dem Finger auf das alte Foto hinter der Vitrinen-Scheibe.

»Nein, das ist ein anderes Haus. Du irrst dich, Kleines.«

»Aber Oma, doch ganz bestimmt, das ist doch euer Laden. Was ist denn da bloß passiert, warum die Hakenkreuze und der Judenstern? Und was ist da auf die Scheibe geschrieben?«

»Lass uns jetzt wieder rausgehen, mir ist kalt, Rachel.«

»Bitte, Oma, zeig mir noch mal das alte Foto aus deiner Handtasche. Ich bin mir so sicher, dass …«

Ohne ein weiteres Wort zu verlieren, ließ Henriette sie zurück und folgte zielstrebig den Ausgangsschildern. Treppenstufen führten sie aus dem Keller hinauf in den letzten Ausstellungsraum, einen lichtdurchfluteten Glaspavillon. Nur wenige Augenblicke danach war Rachel an ihrer Seite.

»Schau mal, hier ist eine Sonderausstellung ausschließlich über das Schloss. Die möchte ich mir unbedingt noch anschauen.«

Mehrere Modelle zeigten das Schloss in den unterschiedlichen Epochen. Während Rachel jedes Detail mit ihrem Handy aufnahm, ließ Henriette gedankenverloren ihren Blick über die Fotogalerie *Schloss Küstrin und seine Menschen* schweifen. Plötzlich zuckte sie zusammen. Sie war vor einer alten Aufnahme stehen geblieben, die die Unterschrift *Verwaltungsmitarbeiter der Kaserne im Innenhof des Schlosses* trug. Die Ablichtung zeigte eine Gruppe von Menschen, Männer und Frauen. Die Kleider der Frauen reichten weit über die Knie, die Männer trugen steife Anzüge. Vor ihnen einige Kinder. Eines davon, ein Mädchen, hatte blonde Locken, die zu Schnecken an beiden Seiten des Kopfes aufgedreht waren. Henriette brachte noch immer kein Wort heraus. Ihr Zeigfinger näherte sich zitternd dem Glas des Bilderrahmens. Zärtlich strich sie die Konturen dieses Mädchens nach.

»Oma, bitte, was ist denn los? Sag doch etwas!«

»Charlotte!«

Rachel hatte ein Glas Wasser besorgt. Ihre Uroma saß auf einem Hocker gegenüber der Aufnahme.

»Danke, Kind, danke! Das war gut.«

»Mann oh Mann, Oma, mit dir macht man was mit! Was war denn los, wer ist dieses Mädchen?«

»Sie heißt Charlotte, unser Charlottchen, eine von uns vier Kinderfreunden. Dass ich sie hier wiedersehe. Sie war ein so hübsches Mädchen. Ihr Vater arbeitete in der Verwaltung des Schlosses. Ich weiß nicht mal genau, was er tat. Ihr hatten wir es jedenfalls zu verdanken, dass wir immer wieder mal dort im Innenhof spielen durften. Es war eine schöne Zeit damals. Ich glaube, der Vater steht dahinten in letzter Reihe auf dem Foto.«

»Den man nicht erkennen kann?«

»Ja, wahrscheinlich ist er es. Die Charlotte …« Immer noch schüttelte sie ungläubig den Kopf.

»Sag einmal, Oma, wenn das Bild hier hängt, dann muss es doch irgendwie hier hineingekommen sein.«

»Wie meinst du?«

»Nun, ich meine, irgendjemand muss das Bild doch gestiftet haben. Und wenn es jemanden gibt, der das Bild gestiftet hat, na ja, dann gibt es doch vielleicht auch die Möglichkeit …«

»Du denkst …« Langsam begann Henriette zu verstehen.

»Na, fragen kostet ja nichts.«

»Aber ja, natürlich«, antwortete die Dame an der Rezeption in einer Mischung aus Deutsch mit polnischem Akzent und unbeholfenem Englisch. »Es ist gut möglich, dass unsere Verwaltung die Spender unseres Museums kennt. Wissen Sie, diese Historiker die sind so pingelig, da geht nichts verloren.«

Rachel hatte ihr mit viel Mühe und Unterstützung ihrer Urgroßmutter erklärt, um was es ging. Als die Dame hinter dem Tresen schließlich begriff, dass vor ihr eine echte Bewohnerin der alten Festung stand, erstarrte sie vor Ehrfurcht. Es dauerte eine Weile, bis sie sich wieder gefangen hatte, und dann wurde sie emsig wie ein Wiesel. Flugs verschwand sie durch eine Tür, die den Blick in ein Büro zuließ. Henriette und Rachel hörten von drinnen einen erregten Wortwechsel auf Polnisch. Es dauerte nur einen Moment, da öffnete sich die Tür wieder, und die beiden wurden hineingebeten.

»Der Herr Direktor freut sich.«

Ein Mann kam mit ausgestreckter Hand auf die beiden Damen zu.

»Das ist ja …, also wirklich, ich weiß ja gar nicht, was ich sagen soll. Herzlich willkommen zurück in Ihrer Heimat!«

Der Museumsleiter sprach Deutsch. Nachdem er sich vorgestellt hatte, überschüttete er Henriette mit Fragen. Diese hatte Mühe, zwischen ihrer Urenkelin und ihm zu vermitteln.

»Und nun müssen Sie mir aber endlich sagen, wer ihre Familie hier in Küstrin war. Immerhin haben wir die historischen Einwohnermelderegister kopiert, ich habe alle hier in meinen Schränken.« Stolz zeigte er auf die Regale hinter sich.

Henriette zögerte. Was für Listen hatte er wohl darüber hinaus noch in den vergilbten Akten abgeheftet?

»Ahrenfelss, mein Name ist oder besser *war* Ahrenfelss.«

Der Direktor ging zu seinem Aktenschrank. Nach der Nachfrage, bis wann sie denn in Küstrin gelebt habe, zog er gezielt einen Ordner heraus und platzierte ihn aufgeschlagen auf seinem Schreibtisch. Sein Finger strich über Kopien alter Listen. Die Buchstaben waren uneben, das typische Bild mechanischer Schreibmaschinen. Henriette erklärte Rachel kurz, was er tat, sie konnte der Unterhaltung schließlich nicht folgen.

Er hatte den gesuchten Eintrag gefunden. Seine Augen überflogen die Zeile hinter *Ahrenfelss*, und seine Miene verfinsterte sich.

»Oh, oh je, jetzt erinnere ich mich. Ich habe vor langer Zeit über Sie gelesen. Wissen Sie, dass Sie vermutlich die Einzige …«

Henriette unterbrach ihn schroff:

»Hören Sie, ich möchte darüber nicht sprechen, und ich möchte auch nicht, dass meine Urenkelin davon erfährt.« Unwillkürlich fielen ihrer beider Blicke auf Rachel, die sie stirnrunzelnd ansah.

»Was gibt's denn? Was ist los?«

»Aber meinen Sie nicht, sie hätte ein Recht darauf?«

»Was Recht oder Unrecht, richtig oder falsch ist, das überlassen Sie bitte ausschließlich mir.«

Rachel war die Veränderung im Tonfall ihrer Urgroßmutter nicht entgangen: «Oma, nun sag schon! Was ist los?«

»Alles in Ordnung, Kind. Mach dir keine Sorgen.«

Henriette holte tief Luft und sprach nun wieder freundlich zu dem Mann.

»Hören Sie, nehmen Sie es mir nicht übel, ich habe Jahrzehnte gebraucht, das alles zu verarbeiten. Ich möchte das nicht noch einmal durchleben müssen, und ich möchte auch nicht, dass sich meine Urenkelin damit auseinandersetzen muss.«

»Aber natürlich, es tut mir leid. Sie werden verstehen, es ist nicht nur mein Interesse als Historiker, ich bin auch Mensch, Mitmensch, und was man Ihnen angetan hat ...«

»Ich weiß das zu schätzen, glauben Sie mir. Lassen Sie uns jetzt bitte zu unserem wirklichen Anliegen kommen und tun wir so, als hätte dieser Teil unseres Gesprächs nie stattgefunden.«

»Gut, einverstanden.« Er nickte langsam, dann sprach er in bemüht munterem Plauderton weiter: »Um was geht es denn eigentlich?«

Danach hatte es nicht mehr lange gedauert: das Foto, das kleine Mädchen darauf, die Stifter des Bildes, die Adresse und Telefonnummer dazu und der Anruf des Direktors bei diesen ursprünglichen Eigentümern der Aufnahme. Sie hatten Glück. Nicht nur, dass der Direktor überhaupt jemanden unter der angegebenen Nummer tagsüber erreichte, es handelte sich sogar ausgerechnet um eine entfernte Verwandte von Charlotte.

Der Museumsleiter brachte die beiden Frauen schließlich zur Tür. Als er sich verabschiedete, drückte er Henriette lange die Hand. »Es gäbe noch so viel zu sagen. Ihr Besuch wird mich noch lange beschäftigen.«

»Vielen Dank, für alles!«

»Rachel, ruf doch bitte unseren Fahrer an, wir haben eine Verabredung.«

Kapitel 22

»Wir haben unsere Seele an den Teufel verkauft«, hatte Ephraim Ahrenfelss resigniert zu seiner Familie gesagt und den unterschriebenen Kaufvertrag auf den Küchentisch gelegt.

Charlottes Vater hatte sein Versprechen gehalten. Während seit einigen Wochen überall im Land Juden in enge Häuser zusammengepfercht wurden, konnten die Ahrenfelss tatsächlich in ihrer Wohnung bleiben.

Das Deutsche Reich feierte seine Triumphe. Menschen brüllten sich mit hochgereckten Armen begeistert Heil Hitler! entgegen, Jungs übten sich in militärischem Gehabe, und Mädchen wuschen sich die Haare mit Zitronensaft, um blond wie ihre Filmidole zu sein. Und alle marschierten sie in Reih und Glied als Jungvolk, Hitlerjunge oder Wehrmachtssoldat, die Fahne voran, den Blick nach vorn, entschlossen, tapfer, mutig.

In der Scharmstraße 1 dagegen, in deren ausgeräumten Zimmern der Klang der Stiefel widerhallte, wurde das Leben für Henriettes Familie von Tag zu Tag schwerer. Ihr Ladenschild *Tuchhandel und Dekoration, E. Ahrenfelss* lehnte an der Wand. Die Schaufenster waren mit Packpapier zugeklebt. Es war besser, sich vor Blicken zu schützen. Die Welt draußen hinterließ nicht mehr als flüchtige Schattenrisse. Blieb einer stehen, hielten sie verängstigt den Atem an.

345

Ohne die Hilfe von Karls Vater hätte man sie vermutlich schon weggebracht. Viele waren verschwunden, gegangen oder geholt? Niemand wagte danach zu fragen.

Seit einigen Wochen befand sich das Deutsche Reich im freudentaumelnden Kriegsrausch. Zeitungen und *UFA-Wochenschau* verkündeten die Erfolge der Wehrmacht, unaufhaltsam wälzte sich die Front voran. Nachdem vor gut einem halben Jahr, noch vor Kriegsbeginn, mit der Besetzung von Prag die Tschechoslowakei annektiert wurde und kurz darauf das litauische Memelland gefolgt war, hatten Russland und Deutschland gerade die Auflösung Polens herbeigeführt. *Deutsche zurück ins Reich!* bescherte dem Führer einen Erfolg nach dem nächsten.

Die Alten beobachteten mit sorgenvoller Miene ihre Kinder und Enkel, die mit glänzenden Augen und geradem Rücken von Front, Feind und Ehre träumten, während die gepanzerte Lawine weiterrollte.

»Was wollen die denn noch alles von uns?«, fragte Ephraim Ahrenfelss verzweifelt.

Es war schon spät in der Nacht. Wie jeden Abend saßen Henriette und ihre Eltern in der Küche. Sie hatten Hunger. Fett, Fleisch, Butter, Milch, Käse, Zucker und Marmelade waren seit Kriegsbeginn nur noch gegen Lebensmittelkarten erhältlich. Vor Kurzem wurden die Karten auch auf Brot und Eier und jetzt sogar auf Textilien ausgeweitet. Die Rationen waren ohnehin nicht großzügig bemessen, und für Juden hatte man sogar einen geringeren Kalorienverbrauch kalkuliert. Demütigungen und immer neue Drangsal wollten einfach kein Ende nehmen.

Dazu war es auch noch ungewöhnlich kalt und nass. Einen so schlechten Oktober hatten sie selten erlebt. Es regnete ohne Unterlass, die Temperaturen erreichten selbst tagsüber kaum noch die zehn Grad. In Decken gehüllt, saßen sie unter der nackten Küchenlampe, die die armseligen Reste der Einrichtung beleuchtete.

Der feuchte Geruch kalter Lauge zog durch die Wohnung. Versteckt vor Polizei und Nachbarn wusch Herta Ahrenfelss heimlich die Wäsche von Menschen, denen sie früher einmal edle Stoffe verkauft hatte.

Henriette half ihr beim Bügeln. Sie konnten ihre Kunden an einer Hand abzählen, nicht mehr lange, und sie hätte auch den letzten Auftrag verloren. Wer traute sich heutzutage schon noch, Juden zu unterstützen? Herta konnte es ihnen nicht einmal übel nehmen. Nicht auszudenken, was geschehen würde, wenn jemand etwas mitbekäme. Zudem wurde es immer schwieriger, die nasse Wäsche überhaupt noch rechtzeitig trocken zu bekommen. Wenn der Oktober so bliebe, würden sie bald auch noch auf diesen Zuverdienst verzichten müssen.

Aber wenigstens Henriettes Vater hatte eine Arbeit. Hans' Mutter hatte nicht lockergelassen und ihren Vater dazu bewegen können, Ephraim Ahrenfelss unter falschem Namen auf dem Gut arbeiten zu lassen. Der alte Gutsherr war dabei nicht ohne Eigennutz gewesen: Der Krieg zog ihm seine Arbeitskräfte vom Feld.

Ab und an brachte Henriettes Vater etwas zu essen mit.

Gerade hatten sie die Kartoffelernte abgeschlossen. Das Kartoffelroden war eine Knochenarbeit. Die abgestumpften Zinken der breiten Forke fanden nur mühsam ihren Weg in ein Erdreich, das sich einen ganzen Sommer Zeit genommen hatte, hart wie Stein zu werden. Einige der Kartoffeln waren angefault, die durfte Ahrenfelss behalten.

Er sah furchtbar aus. Seine Wangen waren hohl und eingefallen, die Augen glanzlos. Für Ephraim war die Arbeit auf dem Feld eine Tortur. Dazu die ständige Angst, entdeckt zu werden. Er hielt sich abseits von den anderen, mied Gespräche, vermied überhaupt jeden Kontakt. Es hatte ihm bald schon den Anschein des Sonderlings eingebracht, es war besser so, auf die Art verstrickte er sich nicht in seinen Lügen. Er hoffte, dass ihn der Altgeselle bald im Stall arbeiten lassen würde; Ausmisten oder die Tröge reinigen, da wäre er dann allein und auf sich gestellt, außerdem wäre es warm.

Der lange Fußmarsch von Küstrin zum Gut hinaus wurde mit zunehmender Kälte immer beschwerlicher. Fast fünfzehn Kilometer hatte Ahrenfelss zu bewältigen, das waren dreißig am Tag. In aller Frühe verließ er das Haus und kam erst lange nach Einbruch der Dunkelheit wieder zurück. Er mochte nicht darüber nachdenken, wie sie den Winter überstehen sollten. Hoffentlich würde der nicht zu hart werden. Es würde ihm unmöglich sein, bei Schnee und Eis das elterliche Gut der Frau Doktor Hehn zu erreichen. Sie alle wussten das, und doch wagten sie nicht, darüber zu sprechen.

»Was wollen die denn noch alles von uns? Hat ihnen denn das rote J noch nicht gereicht?«, wiederholte Ephraim seine Frage und starrte mutlos auf ein Stück Papier vor sich auf dem Küchentisch. Bereits vor rund einem Jahr hatten sie ein Schreiben der Passbehörde erhalten, in dem sie aufgefordert wurden, innerhalb von zwei Wochen ihre Pässe abzugeben.

Zuvor waren die Reisepässe von Juden offiziell für ungültig erklärt worden. Gültig wurden Pässe nur wieder, wenn sie gleich auf der Vorderseite mit dem Großbuchstaben *J* gestempelt wurden. Ein rotes *J* für *Jude*, um den Passinhaber schnell und für alle ersichtlich zu kennzeichnen. Im jetzigen Schreiben teilte die Verwaltung mit, dass die Lebensmittelkarten berufsständisch organisiert würden. Mehr Brot für harte Arbeit, hieß es darin. Juden erhielten aber per se die geringste Ration.

»Ach Ephraim, reg dich doch nicht auf«, entgegnete Herta müde. »Wir müssen dankbar sein, dass wir überhaupt noch so leben können, wie wir es tun, in unserer Wohnung und mit Arbeit.«

»Dankbar?« Ephraims Stimme zitterte. »Wie sollen wir für das hier dankbar sein? Sie haben uns alles genommen, es ist kalt, wir haben Hunger, und wir müssen uns verstecken. Jetzt soll es noch weniger werden. Und wenn ich auf meinen Pass schaue, dann wird mir übel. Nein, Herta, dafür kann ich nicht dankbar sein, niemals.« Kopfschüttelnd erhob er sich und verließ die Küche.

Henriette und Herta wussten, was er jetzt tat. Er würde sich in den dunklen Laden hinter den Tresen stellen und stundenlang mit Kunden Gespräche führen, die nur er sah.

Meist fanden die beiden ihn dann am nächsten Tag schlafend über den Tresen gebeugt. An solchen Morgen ging er dann nicht mehr hinaus auf das Landgut, an solchen Tagen schafften sie ihn mit Mühe ins Bett und hofften, dass er bald wieder Herr seiner Sinne wäre. Sie erklärten es sich mit der harten Arbeit und der Kälte, die der Vater täglich auszuhalten hatte. Eine andere Erklärung wollten sie gar nicht erst zulassen, zu groß war die Angst, dass sie alle noch den Verstand verlieren könnten.

»Mutter, aber wenn wir nichts mehr zu essen haben und dann die Geschichte mit den Pässen – das bedeutet doch, dass wir hier nicht mehr herauskommen? Müssen wir jetzt verhungern?«, fragte Henriette ängstlich.

»Geh ins Bett, Kind, es ist schon spät, und morgen wird wieder ein harter Tag.«

»Ja, Mutter.«

Die alten Decken vermochten kaum, der Kälte etwas entgegenzusetzen. Henriette spürte die harte Matratze durch ihre Haut. Sie fror und fühlte sich elend. Seit dem Erlebnis vor einigen Wochen in der Werkstatt kreisten ihre Gedanken fast ständig um Hans. Sie wünschte sich, dass er genauso fühlen möge, und hoffte gleichzeitig für ihn, dass er es nicht tat.

Hans und Henriette hatten sich lange nicht mehr gesehen. Zwar war Frau Hehn noch zwei- oder dreimal heimlich bei ihnen, um die Sache mit Ephraim und dem Landgut einzufädeln, aber Hans hatte seine Mutter dabei nicht mehr begleitet. Einmal hatte er ihr einen Schmetterling aus der Sammlung seines Großvaters zukommen lassen. Einen Schmetterling mit blauen Flügeln, gerade so wie der, den er vor Ewigkeiten für den Schatz der Kleeblattbande gegeben hatte.

»Was für ein Tand!«, sagte Henriettes Vater, als Frau Doktor Hehn sie wieder verlassen hatte. Er konnte ja nicht ahnen, wie viel Henriette dieses Geschenk von Hans bedeutete.

Sie vermisste ihn. Immer wieder rief sie sich jenen kurzen Moment in Erinnerung: seine Hände, die Lippen, der Kuss, die Leidenschaft. Ein Verlangen, das sie bis dahin nicht gekannt hatte. Sie erschauerte noch jetzt bei der Erinnerung an das Gefühl, das seine fordernden Finger in ihr ausgelöst hatten. Ihre Augen versuchten das vertraute Gesicht in die Schwärze der Nacht zu zaubern.

»Ich liebe dich, Hans«, flüsterte sie in die Stille hinein und wünschte sich nichts sehnlicher, als dass er die Kälte um sie herum vergessen machen würde.

Der nasskalte Oktober sollte nur ein schwacher Vorbote von dem sein, was sie noch zu erleiden hatten. Der Winter, der die Welt in das neue Jahrzehnt führte, war der längste und kälteste, den sie alle je erlebt hatten. Kurz nach Neujahr unterschritt das Thermometer die zwanzig Grad Marke und wollte sie nicht wieder verlassen. Eine dicke Eisschicht bedeckte die Oder von Frankfurt bis hoch nach Stettin.

Die Stadt hatte Armenstuben eingerichtet, in denen sich diejenigen aufwärmen konnten, die nicht mehr genug Geld aufbringen konnten, um das hart umkämpfte Heizmaterial zu ergattern. Auch das Winterhilfswerk sammelte eifrig Spenden und gab Heizgut aus. Juden waren jedoch von aller Unterstützung ausgeschlossen.

War es für alle Küstriner schwer, Heizmaterial zu ergattern, war es für Ahrenfelss unmöglich. Sie waren auf die milden Gaben ihrer wenigen heimlichen Unterstützer angewiesen. Holz-Klau wurde zur Überlebensstrategie. Die Wälder des Oderbruchs waren wie leer gefegt, kein Ast, kein Strauch mehr. Uniformierte patrouillierten und sicherten den Bestand. Ephraim war eines Nachts nur knapp den Wachen entgangen. Er hatte schon den heißen Atem ihrer Hunde an seinen

Fersen gespürt und sich mit einem beherzten Sprung aufs Eis gerettet.

Herta, Henriette und Ephraim hausten gemeinsam in der Küche, dem einzigen Raum, den sie zumindest über die Tagesstunden mit dem Feuer im Herd etwas heizten. Nachts wärmten sie sich gegenseitig, eng aneinandergedrückt unter allen Decken, die sie noch im Hause hatten.

Insbesondere die Frau des Doktors half ihnen. Zum Bedauern von Henriette hatte sich Hans über all die langen Monate mehr sehen lassen. Gelegentlich ließ Frau Hehn Grüße ausrichten. Die reichten bereits aus, Henriette zu elektrisieren. Herta betrachtete ihre Tochter mit Sorge, doch bevor sie etwas sagen konnte, drehte die sich weg und verließ den Raum.

* * *

Endlich war der Winter vorüber. Bis in den späten März hinein hatte es gedauert, bis das Land von der Kälte erlöst wurde. Mit jedem neuen Tag zerbrach die Eisschicht auf der Oder in weitere Schollen, und auch die rieben sich schließlich auf, um im Nichts zu verschwinden. Die Natur erwachte aus dem bösen Fluch der dreizehnten Fee, Ephraim konnte wieder auf dem elterlichen Gutshof von Frau Hehn arbeiten, und sogar zwei Wäschekunden waren zu Herta zurückgekehrt. Alles schien wieder geordnet zu sein. Bei allem Druck kehrte so etwas wie Heiterkeit in das Haus Ahrenfelss zurück.

Nur Henriette konnte kaum noch fröhlich sein. Mehr als ein halbes Jahr war bereits vergangen, ohne ein Zeichen von Hans. Wenigstens würde sie Charlotte demnächst endlich wiedersehen. Der Frühling ermöglichte Treffen an ihren geheimen Orten in den Flusswiesen.

* * *

»Haben Sie etwas von Ihrer Sarah gehört?«

Hertas Frage traf ihr Gegenüber ins Herz. Wie von einem Hieb getroffen, sackte Frau Eisenbloom in sich zusammen und schluchzte laut auf.

»Liebes, beherrsche dich doch!« Herrn Eisenbloom war es peinlich, seine Frau so unkontrolliert zu sehen.

»Beherrschen? Wie sollte ich mich wohl beherrschen?«, brachte sie unter Tränen hervor. »Unsere Tochter ist seit einem Jahr fort und wir haben noch nichts von ihr gehört. Und niemand in der Stadt weiß etwas über sie. Wen wir auch fragen, alle sind nur noch mit sich selbst beschäftigt. Und wer ist auch überhaupt noch da. Schau dich doch nur um!«

»Frau Eisenbloom, Ihr Mann hat es doch sicher nicht so gemeint.« Herta Ahrenfelss war von ihrem Küchenstuhl aufgestanden und stellte sich hinter ihre Besucherin.

Herta und Ephraim hatten schon lange keine Gäste mehr. Dass jetzt ausgerechnet Eisenblooms bei ihnen saßen, war wirklich ungewöhnlich. Als die beiden unvermittelt vor der Tür standen, Angst ins Gesicht geschrieben, wurden sich Herta und Ephraim erst gewahr, dass sie die zwei seit Kriegsbeginn nicht mehr gesehen hatten.

Eisenblooms waren in der Hoffnung nach Küstrin gekommen, irgendjemand wüsste etwas über die Kindertransporte. Sie selbst hatten sich aufs Land in einen Feldstall im Nirgendwo des Oderbruchs verzogen. Ihr Haus in Küstrin war, so wie die Wohnung von Ahrenfelss, Anfang letzten Jahres beschlagnahmt worden. Eisenblooms hatten jedoch früh genug davon Wind bekommen und waren aus der Stadt geflohen.

Dort, wo sie jetzt lebten, gab es keine Nachbarn, die Hütte gehörte einem Bauern aus dem nächsten Dorf, er hatte sie früher als Schafstall genutzt. Der Bauer schuldete Eisenbloom noch einen Gefallen und hatte diese Schuld zum Glück trotz der widrigen Umstände nicht vergessen.

»Was für ein Segen, dass Ihnen die Bauersleute helfen«, hatte Herta gemeint.

»Es handelt sich durchaus um einen versilberten Segen, Frau Ahrenfelss«, hatte Frau Eisenbloom darauf bitter bemerkt und an ihr wertvolles Tafelbesteck gedacht, das jetzt in den Schubladen der Bäuerin lag.

»Es ist nicht leicht für uns«, hatte sie weiter ausgeführt. »Wir haben schließlich keine Ahnung von Gartenarbeit. Und der Winter war so entsetzlich lang, unsere Vorräte hätten beinahe nicht mehr gereicht, von der Kälte ganz zu schweigen. Mein Mann hat sogar beim Bauern ausgeholfen, für ein paar lausige Kartoffeln.«

»Ich weiß, wovon Sie reden«, hatte sich Ephraim ins Gespräch gemischt und an seinen täglichen Dreißig-Kilometer-Marsch gedacht.

»Aber wir leben noch, das ist doch die Hauptsache«, hatte Frau Eisenbloom das Thema beendet und war auf ihre Tochter umgeschwenkt. »Wenn wir doch nur wüssten, was aus unserer Sarah geworden ist.«

»Wissen Sie denn irgendetwas über den Transport?«

»Nun, der Zug hat zumindest die niederländische Grenze

erreicht, dessen sind wir sicher. Über alles Weitere haben wir nichts mehr in Erfahrung bringen können. Der Krieg brach dann ja aus«, sagte Eisenbloom.

»Aber wir hoffen natürlich, dass sie die Kinder auch über die Grenze gelassen haben. Und wenn dem so ist, dann ist Sarah bestimmt sicher nach England gekommen.«

»Bestimmt! Bestimmt ist alles gut gegangen. Ihrer Tochter geht es ganz sicher gut.«

»Ja, ganz bestimmt«, pflichtete Frau Eisenbloom ihrer Gastgeberin bei.

»Es ist eine Schande, was die mit uns machen. Wir zwei mussten uns heute wie Ratten in unsere Heimatstadt schleichen. Sie, liebe Familie Ahrenfelss, Sie verkümmern hier in ihrem eigenen Laden hinter zugeklebten Scheiben. Anstatt, dass wir alle einfach nur unserem Beruf nachgehen, müssen wir auf den Feldern schuften wie ein Stück Vieh.«

»Beruhige dich doch!«, beruhigte Frau Eisenbloom ihren Mann. Er schnaubte, dann schwiegen sie alle.

»Vielleicht haben Sie es richtig gemacht«, unterbrach Herta nach einer geraumen Zeit die Stille.

»Bitte?« Beinahe gleichzeitig fragten die anderen.

»Ich meine mit Sarah. Vielleicht sollten wir endlich alle gehen. Was haben wir hier denn noch zu erwarten? Was hat uns unser Heimatland denn mehr zu bieten als Verfolgung und Unterdrückung?«

»Aber, Herta.« Ephraim schaute seine Frau verblüfft an. »Wohin sollen wir denn gehen?«

Bevor sie antworten konnte, meldete sich Eisenbloom zu Wort:

»Es ist zu spät, Frau Ahrenfelss. Heutzutage könnten wir

nur noch über den Hafen von Barcelona fliehen, die sonstigen Häfen sind durch die Besetzung unerreichbar. Seit dem Westfeldzug sind wir von der rettenden Welt abgeschnitten.«

»Mich werden keine zehn Pferde von hier wegbekommen. Wie soll Sarah uns denn sonst jemals wiederfinden?« Frau Eisenbloom zitterte vor Erregung.

»Nun, reg dich doch nicht auf. Es kommt ja ohnehin nicht mehr in Frage. Wie ich schon sagte, es ist zu spät, wir sind eingekesselt.«

Deutschland hatte in gerade mal sieben Wochen die Nachbarländer in einem Blitzkrieg überrollt. Die Niederlande, Belgien und Luxemburg waren deutsch. Sogar in Paris regierte seit Mitte Juni die Wehrmacht.

»Wer jetzt noch fort will, müsste sich bis zur Grenze zwischen Frankreich und Spanien unentdeckt durchschlagen. Das geht aber nicht mit einem dicken J auf dem Pass.«

»Und in Spanien wäre das dann anders?« Herta horchte interessiert auf.

»General Franco scheint sich raushalten zu wollen. Soviel ich weiß, verhält er sich einigermaßen neutral. In Barcelona leben einige Tausend Juden, wenn man es bis dahin geschafft hat, ist man fort. Zumindest, wenn man ein Visum bekommen hat. Leider auch nicht so leicht, es ist ein verdammt bitterer Hohn: Nicht nur, dass wir von hier nicht rausgelassen werden, man lässt uns auch ohne Visum in andere Länder nicht mehr rein. Aber es ist fast unmöglich, so ein Visum zu bekommen. Argentinien geht wohl noch, aber das kostet, man muss schmieren. Und wer kann das schon noch? Die haben doch alles genommen. Oder man muss irgendwie noch gute Beziehungen haben, aber auch das ist ja heute …«

»Hören Sie auf, Eisenbloom!«, unterbrach ihn Ephraim. »Setzen Sie meiner Frau nicht solche Flausen in den Kopf. Herta, bitte, wir können hier nicht fort. Und wir müssen es auch nicht. Wir schaffen das schon. Hörst du? Wir schaffen das. Wir werden das alle schaffen. Wir alle, oder ist jemand da anderer Meinung?« Ephraim schaute mit entschlossener Miene in die Runde.

»Natürlich, wir schaffen das schon«, nickten sich die vier halbherzig zu.

»Ja, stell dir vor, die Eisenblooms. Na, was meinst du! Wir waren mindestens genauso überrascht wie du. Früher haben Sie uns kaum mit dem … na ja, du weißt schon, angeschaut, und nun stehen Sie hier und fragen uns, ob wir etwas über ihre Tochter wüssten.«

Als Henriette zurückgekommen war, waren Eisenblooms schon wieder fort. Ihre Mutter versuchte möglichst ungezwungen, von dem ungewöhnlichen Besuch zu erzählen, aber es fiel ihr nicht leicht, denn die Einsicht ihrer aller Hilflosigkeit machte ihr schwer zu schaffen.

»Ich bin froh, dass ich sie nicht getroffen habe. Sarah war eine arrogante Ziege und ihre Eltern nicht viel besser.«

»Henriette, mäßige dich.«, Ephraim legte einen strengen Ton an.

»Der Brief! Ephraim, wie konnten wir das nur vergessen. Über all die Aufregung mit den Eisenblooms habe ich daran doch tatsächlich nicht mehr gedacht. Deine Cousine Gerda hat wieder mal geschrieben.«

»Sie ist nicht meine Cousine!«

»Nun sei nicht so kleinlich, sie ist es fast. Freu dich doch lieber, dass sie dir immer noch schreibt. Onkel Otto und Tante Clara dagegen …« Herta mochte nicht weitersprechen. Sie hatten seit Langem nichts mehr von ihren Verwandten von der Nordsee gehört. Lediglich ihre Töchter schrieben sich hin und wieder. Henriette vermied es dabei, ihren Absender auf das Kuvert zu schreiben, damit der Postbote drüben nicht redete. Herta reichte den Briefbogen an Henriette weiter. Den Umschlag hatte sie schon an sich genommen und vorsichtig gewendet, so konnten sie ihn wiederverwenden.

Henriette nahm den Brief mit auf ihr Zimmer. Ihre Mutter hatte eine kurze Zusammenfassung gegeben und gesagt, dass Henriette ihr nachher noch etwas zu erklären hätte, weil es da eine Passage gäbe, die sie nicht verstände. Henriette hatte lustlos mit den Schultern gezuckt und war ohne weitere Antwort verschwunden. Kurz darauf verstand sie sehr wohl und wusste auch, dass sie nie und nimmer ihre Mutter darüber ins Licht setzten würde.

Nach ein paar Eingangsfloskeln und, dass es ihr leid tue, dass es Henriette und ihrer Familie so schlecht gehe, schrieb Gerda aufgeregt von dem, was ihr widerfahren war.

Stell Dir vor, Henriette, jetzt arbeite ich gerade mal ein Jahr hier in der Militärakademie, und schon bin ich verliebt. Ach, wenn du ihn doch nur sehen könntest. Er ist Funker, na ja, also er wird *Funker. Er hat sich freiwillig gemeldet, er ist achtzehn, die anderen Neuen sind ja mindestens schon neunzehn oder noch viel älter. Aber er nicht. Er heißt Jürgen. Groß ist er und blond und hat breite Schultern. Und diese Augen. Du kannst es dir nicht vorstellen. Wenn er mich ansieht, dann wird mir ganz flau im Magen. Ich sage dir, das war Liebe auf den ersten Blick. Wir haben uns getroffen, heimlich natürlich. Ach, Henriette, wenn du doch hier wärest, dann könnte ich dir alles erzählen. Aber im Brief geht das leider nicht. Nur so viel: erinnerst du dich noch an damals, als ich als kleines Mädchen bei euch in Küstrin war? Dann erinnere dich auch, worüber wir gesprochen haben, also was ich dir erzählt habe … Na, fällt der Groschen?*

Allerdings fiel der Groschen, und Henriette musste trotz der eigenen Traurigkeit lachen. *Wie geht das mit den Sauen und dem Eber?* hieß damals die Frage, die Gerda zu ihrer beider Kinderzeiten bereits zu beantworten wusste.

Die Quasi-Cousine von der Nordsee war schon immer in allem ein bisschen forscher und flotter gewesen als sie selbst. Henriette schmunzelte noch immer, als sie weiterlas. Der nächste Satz sollte sie jedoch wieder hart auf den Boden der Tatsachen zurückholen.

Oh, Henriette, Du hast zwar in Deinem letzten Brief nichts davon geschrieben, aber ich hoffe, Du hast auch einen Freund, ich bin so glücklich.

Jürgen wird im nächsten Jahr als Funker nach Frankreich gehen. Er wäre gerne in Paris stationiert worden, aber das hat nicht geklappt. Stattdessen stecken sie ihn in einen Ort ganz unten im Süd-Westen Frankreichs unmittelbar an der Küste. Zumindest wird er so das Meer nicht vermissen müssen. Er wird an den Atlantik gehen, in eine Stadt, die Bor-

deaux heißt. Ich habe erst einmal auf der Karte nachschauen müssen, wo das eigentlich liegt.

Na, kannst Du Dir vorstellen, wie ich geweint habe, als ich erfuhr, dass er mich verlassen würde? Aber dann hat er um meine Hand angehalten, natürlich musste er Vater und Mutter fragen. Du kannst dir vorstellen, wie die geguckt haben, Du und ich wir sind ja gerade mal fünfzehn, aber ich habe ihnen gesagt, dass ich Jürgen will und keinen anderen. Mutter meinte, dass ich mir das aus den Kopf schlagen sollte, aber das werde ich nicht. Und Jürgen auch nicht. So bin ich jetzt also verlobt, ist das nicht großartig? Auch wenn es natürlich nicht offiziell sein kann, aber er hat mir sein Versprechen gegeben.

Ich bin so unendlich glücklich. Und nun, halte Dich fest, hat er sogar eine Idee, wie wir trotz seiner Versetzung im nächsten Jahr zusammenbleiben können. Ich werde mit ihm gehen. Nicht als Schreibkraft natürlich, das geht nicht, das machen die Soldaten auf den Schreibstuben dort selbst. Aber als Krankenschwesterhelferin. Ich habe mich schon für die Ausbildung angemeldet, dann bin ich nächstes Jahr bereits fertig. Gleich wenn ich sechzehn bin, darf ich loslegen, und dann gehe ich als Lazaretthelferin nach, zusammen mit Jürgen. Es ist so herrlich, wir können überall hin auf dieser Welt, Deutschland ist so wunderbar groß geworden …

Henriette mochte nicht mehr weiterlesen. Traurig ließ sie den Brief sinken. Sie ließ sich zur Seite aufs Bett kippen und weinte. Unbemerkt von ihr war ihre Mutter ins Zimmer gekommen. Sie hatte schon befürchtet, dass ihr dieser Brief nicht guttun würde.

Behutsam setzte sich Herta auf die Bettkante und streichelte sanft die Schulter ihres für sie immer noch kleinen Mädchens. Henriette schrak kurz auf und ließ dann die Liebkosung gerne zu. Schließlich richtete sie sich auf und schloss die Arme um ihre Mutter. Die Tränen wollten einfach nicht enden.

»Ich weiß, Kleines, ich weiß«, flüsterte Herta, und immer wieder, »ich weiß.«

* * *

Hatten sie nach dem vergangenen Winter noch geglaubt, so schlimm könnte es nicht wieder werden, so wurden sie jetzt eines Schlechteren belehrt. Das neue Jahrzehnt hatte nun schon das erste Jahr hinter sich, der Jahreswechsel auf 1941 stand an. Wieder fielen die Temperaturen, die nasse Kälte fraß sich durch Wände, kroch unter Türen, pfiff durch Fensterritzen und nistete sich in Kleidung und Decken ein.

Reichlich nasser Schnee machte das Leben schwer. Wieder hatten Ahrenfelss nur noch das eine Ziel: zu überleben. Als es im März des neuen Jahres schien, dass das Schlimmste überstanden war, sollte die Hoffnung trügen. Es wollte einfach nicht warm werden. Regenverhangene Kälte knapp über null ließ die Menschen zittern. Küstrin erstarrte in kaltem Grau.

Anfang April entschied die Verwaltung, die Freiwilligen vom Winterhilfswerk wieder zu aktivieren. Sie hatten in der Zeit zwischen Oktober und Weihnachten eifrig Spenden gesammelt, mit denen die Vorratskammern gefüllt wurden. Jetzt waren die Vorräte verbraucht, aber die Temperaturen noch zu niedrig, um die Armen sich selbst zu überlassen.

So standen die Jungs der HJ und die Mädels des BDM wieder auf dem Küstriner Marktplatz und klimperten mit den Spendenbüchsen. Die Jungs machten regelrecht Jagd auf die Fußgänger. Sie machten sich einen Spaß aus der Sache. Am Abend würde der beste Geldeintreiber gekürt werden.

Henriette war so in Gedanken gewesen, dass sie bereits an der Ecke des Marktplatzes stand, als sie erkannte, was vor sich ging. Trotz der Kälte war sie auf dem Weg zum heimlichen Treffen mit Charlotte. Einige der Sammler hatten sie bereits entdeckt und steuerten auf sie zu. Sie stammten nicht aus Küstrin, sie hatte die Jungs noch nie gesehen. Vom Wagen löste sich ein weiterer junger Mann, auch er trug die HJ-Uniform. Die anderen drehten bei und nahmen lohnendere Ziele ins Visier, die nicht so zerlumpt daherkamen, nur der Junge vom Wagen ging weiter in Henriettes Richtung.

Sie hatte ihn sofort erkannt: Hans! Das Herz wollte ihr stehen bleiben. Fast zwei Jahre hatten sie sich nicht mehr gesehen. Fast zwei Jahre, in denen sie sich flüchtige Grüße über seine Mutter zukommen ließen, zwei Jahre, in denen das Leben weitergegangen war.

Henriette schämte sich, ihre Kleidung verkam zu Lumpen, Kälte und Hunger hatten ihre Wangen einfallen lassen, dunkle Ringe unter den Augen erzählten von Mangel und Leid. Sie schlang sich das grobe Tuch noch enger um den Kopf und zog es wie ihren Schal hoch über Mund und Nase, so blieben nur noch die Augen frei, sie hoffte, er würde sie nicht erkennen.

Hans war groß geworden. Mit seinen gut sechzehn Jahren war er fast schon ein Mann. Er sah gut aus. In seinem Gesicht fand sie nach dem ersten Erkennen die alte Vertrautheit wieder, die geliebten Züge des Jungen, mit dem sie ihre gesamte Kindheit verbracht hatte und der seit jenem leidenschaftlichen Moment in der elterlichen Werkstatt ihre große Liebe war.

Nur noch wenige Schritte, dann stünde er vor ihr, würde ihr die Blechbüchse hinhalten und eine Spende fordern. Henriette schluckte schwer. Sollte sie sich zu erkennen geben? Lieber nicht. Zwei Jahre waren eine lange Zeit. Vielleicht hatte er ja längst ein anderes Mädchen, vielleicht ja sogar eine von den BDMlerinnen, die mit ihm zusammen hier auf dem Marktplatz sammelten.

»Eine Spende für die Bedürftigen!«

Wie gelähmt schaute sie in sein Gesicht. Ihr Inneres verlange nach Berührung, nach Umarmung, nach Alles-wird-wieder-gut, nach Auflösung der unendlich währenden Schrecklichkeit.

Hans setzte an, seine Aufforderung zu wiederholen, da sah er das Augenpaar, das ihn aus dem frei gelassenen Spalt entgegenstarrte, und es verschlug ihm die Sprache.

Henriette drehte auf dem Absatz um, kurz schaute sie noch einmal zurück, ihr Schal verrutschte und offenbarte ihr sehnsuchtsvolles Leiden.

»Hans …«, flüsterte sie. Schon zogen Tränen glitzernde Bahnen über dunkle Augenschatten. Sie setzte sich in Bewegung. Erst langsam Fuß vor Fuß, dann wurde sie schneller. Hans ging neben ihr, folgte ihr, als sie fast schon zu rennen begann, ließ er sich zurückfallen. Fast hatte sie das Ende des Marktplatzes erreicht, da hörte sie ihn rufen:

»Unter der Treppe, Henriette. Ich warte auf dich.«

»Mensch, da bist du ja endlich. Ich habe mir schon Sorgen gemacht.« Charlotte fror und war froh, dass ihre Freundin endlich am vereinbarten Treffpunkt erschien.

»Aber was ist denn mit dir los?« Henriette war vollkommen durcheinander, wirrer Blick, heftiger Atem, flatternde Lider.

»Um Gottes willen, Henriette, komm zu dir. Was ist denn bloß geschehen? Was hat man dir getan? Oh, nein, ist etwa, bitte nicht, oder haben sie etwa …?«

»Nein, nein, nicht doch, Charlotte. Es ist nichts passiert, alles in Ordnung.« Henriette hatte sich wieder gefangen.

»Papperlapapp, du kannst mir nichts vormachen.«

Henriette lächelte sie an. Sie kannten sich nun schon so lange. Charlotte war ihre beste Freundin, und die Einzige, die ihr überhaupt noch geblieben war. Sie konnte sie wirklich nicht täuschen.

»Hans«, sagte sie schließlich.

»Hans? Was ist mit ihm?«

»Ich habe ihn getroffen.«

»Ihr habt euch getroffen?«

»Nein, nein, nicht *wir* haben uns getroffen. *Ich* habe ihn getroffen, gerade eben auf dem Marktplatz, Winterhilfswerk.«

Charlotte nickte. Natürlich wusste sie, was Hans für Henriette bedeutete, auch wenn sie zwei kaum darüber sprachen. Es gab Themen, die waren in der jetzigen Zeit so undenkbar, dass man sie besser aussparte, selbst zwischen Freundinnen.

»Habt ihr geredet?«

»Nein, nicht so richtig. Na ja, doch, ein bisschen. *Eine Spende für das Winterhilfswerk!* hat er gesagt.«

Charlotte lachte, Henriette lächelte matt.

»Und, was hast du gemacht?«

»Ich hatte doch keine Spende.«

»Ach, nun spann mich doch nicht so auf die Folter.«

»Nichts habe ich gemacht, ich habe den Schal noch weiter zugezogen und bin weitergegangen. Das war alles. Er hat mich nicht erkannt«, log Henriette.

»Dafür bist du aber ganz schön durcheinander.«

»Na ja, die gute alte Zeit, du verstehst schon. All die Erinnerungen …«

»Ja, ich weiß …«

Erst jetzt bemerkte Henriette, dass Charlotte bedrückt wirkte.

»Aber du hast doch auch etwas, Charlotte, irgendetwas stimmt nicht mit dir. Wo ist meine fröhliche Freundin?«

Die seufzte.

»Ja, hast ja recht.«

»Also, schieß los.«

»Karl ist fort. So viel zum Thema Gute-alte-Zeit.«

»Karl?«

»Ja, er ist fort. Habt ihr es denn nicht mitbekommen? Sein Vater wurde nach Berlin berufen, irgendeine wichtige Position beim *Göring*.«

»Beim Göring? Das ist doch das Innenministerium.«

»Ja, Herr Rieger hat einen Posten bei der Reichszentrale für jüdische Auswanderung bekommen, mein Vater hat es mir erklärt. Ich habe es mir aufgeschrieben, um es mir zu merken. Ich dachte, dass gerade ihr das doch eigentlich längst wissen müsstet, betrifft ja schließlich euch, jüdische Auswanderung und so.«

»Und Karl?«

»Der ist natürlich mit und wird wohl zum Militär gehen. Na ja, er ist schließlich ein Jahr älter als wir, er wird bald achtzehn, will sich freiwillig ein Jahr früher melden, machen ja viele zurzeit. Bestimmt hat er eine große Karriere vor sich. So, wie sein Vater.«

Rieger war nicht mehr in Küstrin. Das war eine schlechte Nachricht, Henriette wusste, dass sie und ihre Familie von der Gunst der Ortsgruppenführung abhängig waren. Karls Vater war bei allem Hass gegen Juden gegenüber ihr und ihren Eltern einigermaßen milde gewesen.

»Lass uns lieber nicht über Karl sprechen.« Henriette machte der Gedanke Angst.

»Doch, bitte, lass uns über ihn sprechen, Henriette. Ich muss mit irgendjemandem darüber sprechen. Ich will nicht, dass Karl fort ist.«

»Was sagst du da?«

Charlotte sah auf.

»Ich will es einfach nicht«, flüsterte sie tonlos.

»Charlottchen, du bist ja verliebt.«

Henriette hatte ins Schwarze getroffen. Ihre Freundin sank an Henriettes Brust und schluchzte. Es dauerte eine Weile, bis sie sich wieder beruhigte. Henriette kramte nach einem Taschentuch, fand aber keins. Charlotte winkte ab und wischte sich mit dem Ärmel das Gesicht trocken.

»Vielleicht ist es doch besser, nicht über Karl zu sprechen«, lächelte sie entschuldigend.

»Ach, hör mal, dafür sind Freundinnen doch da. Na, komm mal her.« Henriette legte den Arm wieder um Charlottes Schulter.

»Da sitzen wir nun beieinander. Dein Schwarm verlässt dich und mein …«, Henriette schluckte die Worte herunter.

»Und dein Verehrer sammelt Spenden und erkennt dich nicht.«, Charlotte knuffte ihr in die Schulter.

»Was willst du damit sagen?«

»Nun hör mal, meinst du, ich bin blöd. Du mit deinem Hans …«

»Ich mit *meinem* Hans?«

»Na, das sieht doch ein Blinder, dass ihr zwei ineinander verliebt seid.«

»Wir …«, sie zögerte, »… zwei? Meinst du denn, dass Hans, also ich meine, glaubst du, dass er …«

»Henriette, was denkst denn du: natürlich ist er in dich verliebt. Du solltest mal sehen, wie seine Ohren rot werden, wenn nur dein Name fällt. Ich sage dir, er ist total verschossen in dich.«

»Ehrlich?«

»Vertrau mir. Er vermisst dich, sehr sogar. Und es ist mehr als nur ein Vermissen, ich glaube, es ist wahre, echte …«

Henriette war aufgesprungen und hatte die verdutzte Charlotte allein zurückgelassen. Sie wusste, wo sie jetzt sein sollte. Ihre Beine fegten über die Straßen, sie hatte nur ein Ziel.

Schon hatte sie die alte Festung wieder erreicht. Kurz vor dem großen Tor wurde sie langsamer. Sie legte den Schal um, zog das Kopftuch fester ins Gesicht. Ein Glück, das Schlosstor stand offen, so wie früher. Einmal durchatmen, dann den Schritt wagen, hinein. Alles war wie immer. Hinter einigen Fenstern konnte man das Licht der Schreibtischlampen erahnen, irgendwo dort saß auch Charlottes Vater, so wie schon seit Jahren.

Sie musste einen guten Moment erwischen, um den Hof zu durchqueren, Mut nehmen, wagen, schnell sein. Und wenn er gar nicht da wäre?

»Hans!«

»Henriette, da bist du. Ich hatte schon befürchtet …«

Henriettes Lippen schluckten seine Worte, sie schmeckten ihn, seine Begierde, seine Lust und seine Liebe. Die zwei Jahre zwischen dem ersten Kuss und heute waren fortgefegt. Die beiden ließen sich in die Unmöglichkeit des Augenblicks fallen, und sie tanzten wieder auf dem Vulkan.

Kapitel 23

Eine Frau mit sehr blonden Haaren öffnete die Tür und
schaute ihre zwei Besucherinnen erwartungsvoll an. Sie musste
die Stifterin des alten Fotos sein, eine Nachfahrin von Charlotte.

»Oh, hello, there are you«, begrüßte sie in holprigem Englisch.

»Hello! I am …« Henriette war unsicher. »Sprechen Sie
vielleicht auch Deutsch?«

»Aber ja, tue ich.«

»Ach, was für ein Glück. Ich bin Henriette …«, ein kurzes
Zögern, »… Ahrenfelss.« Ihr Mädchenname klang vertraut
und fremd, gerade so schön wie schmerzhaft. Henriette deutete zu ihrer Seite:

»Und das ist meine Urenkelin.«

Diese begriff, auch ohne zu verstehen.

»Hello, my name is Rachel.«

»I am Blanka.«

Sie standen einen Moment verlegen voreinander, dann bat
Blanka Henriette und Rachel ins Haus. Kurz darauf versan-
ken die beiden in einer großvolumigen Couchgarnitur.

Ein Kaffee überwand die anfängliche Unsicherheit. Das
Gespräch begann in einem unbeholfenen Durcheinander aus
Englisch, Deutsch, polnischen Einschüben und spanischen

Verständigungen. Henriette entschied schließlich, dass sie sich auf Deutsch mit ihrer Gastgeberin unterhalten und das Wesentliche für Rachel übersetzten würde.

»Sie sprechen wirklich gut Deutsch, Blanka«, lobte Henriette. Ihr gefiel der polnische Akzent der Frau.

»Ach, vielen Dank. Das ist hier an der Grenze aber nichts Ungewöhnliches. Ganz im Gegenteil. Wir alle arbeiten viel in Deutschland: Spargelernte, Putzkolonnen – alles, worauf die Deutschen keine Lust haben. Ich habe drüben einen alten Mann gepflegt, auf dem Land, fast zwei Jahre lang. Ich habe bei ihm im Gästezimmer gewohnt, seinen Haushalt gemacht und ihn versorgt. Er war wirklich schon sehr alt. War nicht einfach, rund um die Uhr für einen Fremden da zu sein und das bis zum Schluss, wenn Sie verstehen. Meine Kinder waren damals noch klein und blieben bei der Oma. Ich habe sie nur alle paar Wochen gesehen.«

»Aber das war doch sicherlich schrecklich für Sie und ihre Familie, oder?«

»Natürlich war es das. Aber was sollte ich tun? Wir brauchten das Geld für unser Haus.«

Mit Stolz schaute sie sich in ihrem Heim um. Dieses lag etwas außerhalb der Stadt. Der spanische Fahrer hatte seine beiden Fahrgäste zunächst verzweifelt angesehen, als sie ihm den Adresszettel gereicht hatten, aber dank Rachels Handy fanden sie schließlich den Weg. An der Tür angekommen, hatte er ihnen viel Glück gewünscht und sich dann zu einem Spaziergang abgesetzt.

»Pflege und so, das machen viele Frauen hier. Es gibt Agenturen in Deutschland, polnische Agenturen, die Frauen für Pflege suchen und dann an Familien vermitteln. Eine Nachbarin hat das auch gemacht, sie hat mich bei der Agentur empfohlen. War gutes Geld, aber harte Zeit.«

Rachel meldete sich zu Wort, Henriette kam ihrer Anforderung nach und übersetzte.

Nach einigem Geplänkel über die Pflegeversorgung in Polen, Deutschland und die Großfamilien in Uruguay kam ihr Gespräch auf die Geschichte Küstrins. Henriette wiederholte zunächst, was ihre Gastgeberin bereits vom Museumsdirektort erfahren hatte, nämlich dass sie einst in Küstrin aufgewachsen war und sie jetzt in ihrem hohen Alter nochmals in ihre Heimat reiste, dann kam sie zum Punkt:

»Blanka, habe ich das richtig verstanden: Charlotte, meine Freundin aus alten Kindertagen, ist Ihre Tante? Der Museumsleiter sagte so etwas.«

»Nicht ganz. Wir nannten sie zwar Tante, aber in Wirklichkeit war sie eine entfernte Verwandte. Ich weiß es nicht so genau, zumindest gehörte sie zum deutschen Strang unserer Familie. Alle sprachen immer nur vom *Tantchen*, sie gehörte einfach dazu. Als die aus dem Museum vorhin anriefen und nach einer *Charlotte* fragten, musste ich erst einmal überlegen, wen die wohl meinten. Den Vornamen haben wir nämlich nie benutzt.«

»Hatte sie denn keine Kinder?«

»Nein, sie war unverheiratet. Lebte wohl lieber allein, ach was weiß ich. Vielleicht auch gut so, immerhin konnte sie hierbleiben.«

»Was meinen Sie mit *hierbleiben*?«

»Na ja, damals nach dem Krieg mussten alle Deutschen Küstrin verlassen. Die Russen und Polen wollten hier reinen Tisch machen. Wussten Sie das nicht?«

Henriette schüttelte den Kopf.

»Aber Tantchen hatte Glück: ihre Mutter war schließlich Polin und der Onkel Sozi gewesen, das hat den Russen gefallen. Verrückt, bei den Nazis wurde er dafür verfolgt. Und wenn man sich dann noch überlegt, dass Tantchens Vater wiederum sogar in der Verwaltung hier gearbeitet hat, also der hätte ja eigentlich …« Sie ließ den Satz unvollendet und hob stattdessen den Finger.

»Aber er war kein Nazi. Das hat sie immer wieder betont. Sie machte mal so Andeutungen, dass der sogar seinen Schwager, also den Sozi, letztlich gerettet hätte. Er hat ihn wohl irgendwie in der Festung versteckt, da hat er ja gearbeitet. Na ja, ist ja auch letztlich egal, ist Geschichte, lange her und sind ja eh alle schon tot. Oh, entschuldigen Sie!« Vor Schreck über ihren Fauxpas schlug sie die Hand vor den Mund.

Rachel konnte sich nur mit Mühe ein Grinsen verkneifen, als ihre Urgroßmutter übersetzte.

»Wollen Sie Fotos von ihr sehen? Ich schau mal, wir haben noch unsere alten Alben.«

»Aber ja, natürlich.«

Schon war Blanka verschwunden. Minuten später kam sie mit einigen Fotoalben zurück. Die Fotos waren mit kurzen Titeln beschriftet. Ohne aufzuschauen, sprach sie weiter.

»Eigentlich schade, dass es heute keine richtigen Fotos mehr gibt, nur noch alles digital. Ich habe es gemocht, die Bilder einzukleben und immer wieder mal durchzublättern.« Ein Lächeln huschte über Blankas Gesicht.

»Da ist sie, schauen Sie, das ist Tantchen und das kleine Mädchen davor, das bin ich.« Ihr Finger zeigte auf ein Foto, auf dem eine Gruppe von Menschen in einem Garten stand.

Henriettes Hände zitterten vor Aufregung, als sie das aufgeschlagene Album entgegennahm. Sie musste vorsichtig sein, dass nichts herausfiel, die Fotoecken hielten kaum noch.

Die Aufnahme war sicherlich vierzig Jahre alt. Eine Frau stand am Rand der kleinen Gruppe. Sie trug einen hellen Kurzmantel. Ein Rock schaute darunter hervor. Fest umfasste sie mit beiden Händen eine Handtasche, einer ihrer Füße war etwas nach innen gedreht. Ihr Gesicht war kaum zu erkennen, das Foto war nicht gerade groß und die Farben verblichen. Henriette erkannte ihre alte Freundin kaum wieder. Sie war rund, geradezu pummelig.

»Darf ich?«, Sie blickte zu Blanka auf und hatte schon die dicke Pappseite zum Umblättern in der Hand: Menschen auf Sofas neben geschmückten Weihnachtsbäumen, Blanka als kleines Mädchen inmitten von Geschenken, Einschulung, Kaffeetafeln, Schiffsausflüge, der Ostseestrand und vieles mehr. Charlotte war auf nur wenigen Bildern abgelichtet.

»Ach, Tantchen wollte niemandem zur Last fallen. Wir hätten sie gern viel öfter dabei gehabt, aber sie meinte immer nur *Fahrt Ihr mal, ich bewache das Haus*. Aber schauen Sie, da ist sie noch mal. Das muss kurz vor ihrem Tod gewesen sein.«

»Tatsächlich?« Henriette schaute auf. »Dann ist sie aber nicht alt geworden.«

»Nein, leider nicht. Die Arme.« Blanka bekreuzigte sich. »Schlaganfall, ganz plötzlich, aus heiterem Himmel. Selbst im Tod wollte sie wohl niemandem zur Last fallen.« Sie schwieg.

Rachel spürte die Beklemmung und fragte ihre Urgroßmutter, was denn los sei. Die erläuterte. Das Übersetzen tat

Henriette gut, es zwang sie, sich zu konzentrieren und vertrieb die aufkommenden Gedanken. Sie wandte sich schließlich wieder ihrer Gastgeberin zu:

»Ich bin so froh, dass Sie dem Museum das Foto gegeben habe. Wir hätten sonst nie zueinander gefunden. Vielen Dank nochmals dafür und vielen Dank auch, dass wir einfach hier so bei Ihnen einfallen durften.«

»Das habe ich doch gerne gemacht. Wissen Sie, Tantchen war ein guter Mensch. Als die damals das Museum planten und ich mitbekam, dass es ein Museum zur Festung und zum Schloss werden sollte, habe ich mich sofort an Tantchens Schatzkiste erinnert und danach gesucht. Ha, war ich stolz, als ich das Kästchen schließlich in den Händen hielt, denn ich hatte mich nicht getäuscht, tatsächlich hatte es noch einige alte Fotos darin gegeben und eben auch diese eine Aufnahme im Schlosshof.«

»Schatzkiste?«

»Tantchen sprach immer von ihrem *Schatzkästchen*, es war eines der wertvollsten Dinge für sie, obwohl es doch nur eine alte Zigarrenkiste war. Aber man hängt doch an Erinnerungen und vor allem, wo die uns hier doch alles zerstört hatten. Die schöne Altstadt, ich habe das ja nicht mehr erlebt, aber wenn Tantchen erzählte, das klang schon alles sehr prächtig.«

»Oh, liebe Blanka, das war es tatsächlich. Unser Küstrin war eine Perle.« Henriette überlegte für einen Moment.

»Haben Sie dieses Kästchen noch?«

»Natürlich! Tantchen hatte mir einst erzählt, dass sie es von irgendwo gerettet hatte, bevor die Russen kamen. Wie hätte ich das wegwerfen können?«

Schon war Blanka wieder aufgesprungen und in den Flur verschwunden. Die zwei Zurückbleibenden hörten sie die Kellertreppe hinuntergehen. Es dauerte nicht lange, da war sie wieder zurück.

Henriette klappte die Hände ineinander und presste sie vor den Mund. Eine Welle von Emotionen schüttelte ihren Körper. Sie streckte die Finger der alten Zigarrenkiste entgegen, nahm sie an sich und strich zärtlich darüber.

»Ich hab es geahnt«, hauchte sie.

Ihre Finger fühlten das trockene Holz, das blätternde Papier der Banderole, die rostigen kleinen Angeln, die den Deckel hielten.

»Es ist *unsere* Schatzkiste.«

Es bedurfte einige Zeit, bis sie den beiden die Bedeutung dieser Schachtel erläutert hatte. Sie wies Rachel auf ihr Gespräch in der Schlossruine hin. Dort, wo früher die Freitreppe war, dort hatten sie genau dieses Holzkästchen hinter einem losen Stein verborgen. Rachel erinnerte sich, für Blanka war die Geschichte neu.

»Tantchen hat das nie erzählt, erstaunlich eigentlich. Henriette, schauen Sie doch hinein! Die Dinge, von denen sie sprachen, waren allerdings nie darin.«

Der Deckel öffnete sich ganz leicht, gerade wie früher. Die Kiste war voller alter Schwarz-Weiß-Fotos. Henriette nahm jedes einzeln aus der kleinen Kiste, betrachtete sie lange und gab sie dann behutsam an Rachel, die mittlerweile nahe an ihre Urgroßmutter herangerutscht war. Mal musste Henriette Tränen wegwischen, mal huschte ein Lächeln über ihr Gesicht. Manchmal schaute sie kurz auf, dann vertiefte sie sich wieder in ihr Tun. Die Art, wie sie die Bilder behandelte, hatte etwas Sakrales. Die letzte Aufnahme legte sie auf den Couchtisch vor sich:

»Die Kleeblattbande!«

»Wie bitte?«

»Das sind wir vier, wir Kinder, Charlotte, Hans, Karl und ich. *Das Kleeblatt*, wie uns einst unsere Eltern getauft hatten und wie wir uns irgendwann auch selbst nannten. Das Mädchen ganz am Rand bin ich.«

Rachel griff danach. Das Foto war winzig und die vier Kinder darauf noch kleiner, man konnte so gut wie nichts von ihnen erkennen.

»Blanka, das war unglaublich für mich. Ich bin zutiefst bewegt, bitte verzeihen Sie, dass ich so schweigsam bin.« Henriette gab die Zigarrenkiste zurück. Blanka wollte den Stapel Fotos hineinlegen, da stockte sie. Ihr Blick fiel auf ein zusammengefaltetes vergilbtes Stück Papier. Mit spitzen Fingern nahm sie es heraus und faltete es auseinander.

»Mensch, hatte ich schon ganz vergessen, dabei habe ich die Liste damals nach Tantchens Tod selbst hineingetan. Wie man so vergesslich sein kann. Sie war wirklich gut organisiert, bis zum Schluss.« Schon hatte Blanka das alte Stück Papier herübergereicht. Es handelte sich um eine Adressliste, einige waren durchgestrichen. Blanka erklärte weiter:

»Es sind die Adressen derer, die zu Tantchens Beerdigung eine Traueranzeige erhalten sollten. Das sah ihr ähnlich, bloß nichts dem Zufall überlassen, wobei es für uns natürlich ein Segen war, dass alles geregelt war. Die durchgestrichenen Adressen gehören zu Menschen, die in der Zwischenzeit bereits verstorben waren.« Ein Aufschrei Henriettes ließ sie verstummen.

»Schauen Sie nur, hier, genau da, wo ich meinen Finger habe!«

Die Liste war nach Vornamen geordnet. Blanka las vor: »Hans Herrmann Hehn … ach tatsächlich, *Henriette Ahrenfelss*, das sind Sie, Henriette, oder? *Henriette Ahrenfelss*, aber natürlich! Da können Sie mal sehen, Tantchen hatte Sie nicht vergessen. Aber Ihre Adresse hatte sie wohl nicht, sehen Sie, da steht nur Ihr Name.«

»Hans …« Henriette kramte nach einem Taschentuch. Sie wollte nicht noch mehr weinen, sicherlich nicht vor dieser Fremden und auch nicht vor ihrer Urenkelin. Die Gefühle überrollten sie. Seinen Namen geschrieben zu sehen brachte all die mühsam aufrecht gehaltene Kontrolle ins Wanken. Ein ganzes Leben Selbstbeherrschung, und hier nun standen ihre zwei Namen unmittelbar untereinander, als wäre es das Normalste der Welt. Es war ja auch das Normalste der Welt, es hätte es zumindest sein können.

»Hier, Oma …«, Rachel reichte ein Papiertaschentuch.

»Danke, Liebes. Das ist alles ein bisschen viel auf einmal heute.« Sie schnäuzte sich. Es dauerte eine Weile, bis sie sich so weit gefangen hatte, dass sie Rachel einbeziehen konnte. Diese nahm interessiert den Zettel.

»Schau doch, Oma, bei diesem Hans steht eine Adresse.«

»Ja, er hat offenbar in Herne gelebt.

»Nun ja, wäre es nicht möglich …?«

»Du meinst …?« In Henriettes Kopf rotierten die Gedanken. Schließlich schüttelte sie energisch den Kopf.

»Nein, Liebens, es macht keinen Sinn. Es ist unwahrscheinlich, dass Hans noch lebt. Und außerdem ist die Liste ja schon alt. Die Adresse stimmt sicher nicht mehr.«

»Aber vielleicht hatte er Kinder, nach denen könnte man mal suchen.«

Henriette krampfte sich kurz der Magen zusammen.

»Wie sollen wir das denn anstellen, Rachel? Das ist doch alles gar nicht möglich.«

»Na ja, wir könnten zumindest mal versuchen, die Telefonnummer herauszufinden. Könnte doch sein. Ein Anruf würde immerhin Klarheit bringen. Rachel wedelte mit ihrem Handy. »Alles hier drin. Lass mal sehen …« Den deutschen Namen und die Adresse einzutippen, machte ihr Mühe.

»Aber Hans kann wirklich nicht mehr leben. Er war älter als ich. Da wäre er ja …«. Sie begann zu rechnen und wurde von Rachel unterbrochen:

»Bingo! Unter der Adresse gibt es noch einen Eintrag mit demselben Nachnamen.«

Henriette war sprachlos.

»Oma, wollen wir anrufen?«

»Ich weiß nicht, Kleines. Ja, oder – nein, besser nicht, was erwarte ich dort? Irgendwelche Kinder oder Enkel, wenn ich Glück habe. Ich fürchte mich davor.«

»Oma, du wirst doch nicht vor einem einfachen Anruf zurückschrecken?«

Schon ließ sie die Nummer wählen, sie horchte kurz auf das Klingeln, dann gab sie an ihre Uroma weiter. Rachel hörte eine Frauenstimme aus dem Telefon am Ohr ihrer Uroma.

Henriette hatte den Apparat mit zitternden Fingern entgegengenommen. Die Frau am anderen Ende meldete sich mit Hans' Nachnamen: Hehn. Sie nutzte seinen Namen mit einer Selbstverständlichkeit, dass es Henriette schmerzte. *Hehn*, ein Relikt aus einer anderen Welt, an der einst so viel Hoffnung gehangen hatte. Eine jugendliche Zuversicht, die mit Gewalt aus Henriettes Leben gerissen wurde, aber die Erinnerung daran war niemals verblasst.

Ohne dass die Person am anderen Ende sich weiter vorstellte, wusste Henriette intuitiv, um wen es sich handelte. Es war die Frau, mit der Hans sein Leben verbracht hatte, der er seinen Namen gegeben und – sie musste schlucken – seine Liebe geschenkt hatte.

Wie mochte diese Frau aussehen? Wie würde sie sein? Hätten sie zwei Ähnlichkeit miteinander? Wünschte sich Henriette nicht sogar, dass die ihr ähnlich wäre? Ein Abbild des Mädchens, das sich vor vielen Jahren in den Ruinen der Geschichte verloren hatte und das zusammen mit Küstrin für immer zur Vergangenheit geworden war.

Eine Vergangenheit, die Henriette auf der anderen Seite des Atlantiks zurückgelassen hatte. Eine Trennung, die sie einst selbst herbeiführte und für die sie doch nichts konnte. Auf der neuen Seite des Meeres hatte es für die alten Zeiten keinen Platz mehr geben dürfen. Das vergossene Blut sollte ihren Strand nicht färben. Und nun war sie doch wieder da. Aber trotz ihrer Reise zurück, befand sich Henriette erneut auf der anderen Seite, am anderen Ende der Telefonleitung.

Henriette straffte sich und begann zu sprechen. Erst zögerlich, dann immer bestimmter tat sie Schritt für Schritt auf diesem letzten Stück ihres Weges über den Ozean der Geschichte.

Das Gespräch war beendet und Henriette reichte Rachel mit festem Blick das Gerät zum Auflegen zurück. Ihre Stimme klang trocken:

»Stell dir vor, es war seine Ehefrau, seine *zweite* Frau. Hans lebt schon viele Jahre nicht mehr, aber sie ist seine Frau, also Witwe, um korrekt zu sein. Und Sie wusste, wer ich bin, sie kannte meinen Namen. Ist das nicht ungeheuerlich? Hans hat über mich gesprochen.«

Rachel schaute ihre Uroma lange an, beide hatten längst vergessen, wo sie waren.

»Du willst hinfahren, oder?«

Henriette nickte.

»Ist es weit?«

»Einige hundert Kilometer werden es wohl sein.«

»Hast du seiner Witwe deinen Plan schon mitgeteilt?«

Wieder nickte Henriette.

»Oh, na, ok. Und wann?«

»Übermorgen.«

Rachel verdrehte die Augen, dann grinste sie.

»Na, da wird sich unser spanischer Freund mit seinem Auto ja freuen.«

Dankbar schloss Henriette die Arme um ihre Urenkelin. Dann endlich fiel den beiden auf, dass sie ja Blanka vollkommen außen vor gelassen hatten. Henriette entschuldigte sich und erläuterte, was gerade geschehen war.

»Na, Sie sind ja wirklich unternehmungslustig, Henriette! Und das in Ihrem Alter, Respekt!«, lachte die Polin. Sie redeten noch eine Weile, dann war es Zeit, sich zu verabschieden. Rachel rief den Fahrer an, der nur wenige Minuten später vor der Haustür stand.

»Ich weiß gar nicht, wie ich mich bedanken soll, Blanka! Sie können sich nicht vorstellen, was mir dieses Treffen mit Ihnen heute bedeutet.« Statt einer Antwort nahm Blanka die alte Frau in den Arm und drückte sie fest.

Sie schaute dem davonfahrenden Wagen noch nach, als dieser schon lange nicht mehr zu sehen war. Mit einem Kopfschütteln ging sie wieder ins Haus und schloss die Tür.

Henriette lehnte den Kopf an die kühle Autoscheibe. Der Wagen fuhr ruhig und gleichmäßig. Schließlich schlief sie ein.

Am Hotel half ihr der Fahrer aus dem Wagen. Sergio erwartete Rachel bereits an der Rezeption.

»Rachel«, sagte Henriette, »ich ziehe mich zurück. Das war sehr anstrengend heute, und ich bin entsetzlich müde.«

»Willst du nicht noch etwas essen, Oma?«

»Mir liegt das Brot unseres Fahrers noch im Magen, und nicht nur das ...«, lächelte Henriette schwach. »Du brauchst mich nicht zu begleiten, bleib doch ein bisschen hier unten bei Sergio. Du kannst ja schon alles für unsere Reise nach Herne organisieren. Gute Nacht, Kleines. Auf Wiedersehen, Sergio.«

Wenige Minuten später schloss Henriette ihre Zimmertür hinter sich und durfte endlich weinen.

Kapitel 24

Ahrenfelss' Knie zitterten, als er die schwere Eingangstür des Behördenbaus aufdrückte. Drinnen in der Eingangshalle listete eine Wandtafel Abteilungen, Stockwerke und Zimmernummern in verwirrender Anzahl auf.

»Was wollen Sie denn hier?« Eiskalte Augen sahen angewidert auf ihn herab. Ahrenfelss zuckte zusammen, geduckt drehte er sich zu dem Mann in Uniform.

Zur gleichen Zeit stand Karls Vater einige Stockwerke höher in seinem Büro. Rieger hatte die Fensterflügel geöffnet. Mit der Septemberluft wehten die Geräusche des Berliner Verkehrs in sein Büro. Wie konnte sich die Welt nur einfach so weiterdrehen? Zeitungsverkäufer schrien ihre Schlagzeilen heraus, Pferdekutschen ratterten über Kopfsteinpflaster, und Automobile hupten sich ihren Weg. Alles war wie immer und doch war alles anders.

Karl war tot. Er hatte seinen Sohn verloren, auf den er so stolz war. Dieser Prachtbursche, gerade gewachsen, stark, mutig und sportlich. Der Behördenleiter selbst war bei ihm vorbeigekommen und hatte ihm sein Beileid ausgesprochen. Und auch ein Schreiben vom Oberkommando hatten sie ihm überreicht.

Fürs Vaterland! Ja, sein Karl war für die gute Sache gefallen. Rieger kämpfte gegen die Träne. Weinen? Unmöglich! Er stand hier in Uniform. Er stellte sich noch näher ans offene Fenster.

Karl hatte gerade erst seine Grundausbildung beendet, als er an die Front ging. Dort war er einer der Jüngsten gewesen. Die Männer wurden zwar eigentlich erst im Jahr ihres neunzehnten Geburtstages eingezogen, doch wenn einer wollte, so konnte er auch schon eher zum Militär. Und Karl hatte gewollt.

Rieger wusste, sein Sohn hatte das für ihn getan, er sollte stolz auf ihn sein. Verdammt noch mal, das war er auch!

Er hatte Mühe, sich zu beherrschen. Diese Russenschweine! Rieger drehte sich vom Fenster weg und ließ die Faust auf seinen Schreibtisch krachen. Das Deutsche Reich hatte die Schlacht um Kiew gewonnen. Aber was hatte das für einen Wert, wenn er dafür sein eigen Fleisch und Blut hatte opfern müssen? Nein, so durfte er nicht denken. Gerade er durfte das nicht.

Knapp ein Jahr war Rieger nun schon in Berlin. In Küstrin, da war er wer gewesen, Ortsgruppenführer, das war etwas, aber hier in dieser Behörde, in einer kleinen Abteilung einer Unterabteilung, und dann auch noch etwas mit Juden, die Reichszentrale für jüdische Auswanderung, ausgerechnet. Hier war er doch nur eine Nummer, ein Niemand. Noch nicht einmal einen vernünftigen Dienstgrad konnte er sein Eigen nennen.

Wir haben es geschafft, Vater! hatte seine Frau voller Stolz gemeint, als der Berufungsbefehl auf seinem Tisch landete. Sie hatte das Ganze nicht durchschaut. Weggelobt hatten sie ihn. Und er musste seinen Parteigenossen für diesen Aufstieg auch noch dankbar sein. Ob er seine Sache als Ortsgruppenführer denn nicht gut mache, hatte er seinen Kreisleiter gefragt. »Aber sicher doch!«, hatte der geantwortet, und Rieger wusste, dass es gelogen war.

Und dann diese Kreaturen mit ihren widerlichen Bittbriefen und flehenden Auswanderungsanträgen. Sein Tisch quoll über davon. Warum waren die überhaupt noch da? Die Juden sollten doch schon längst aus dem Reich getrieben worden sein. Entmutigt ließ er sich in seinen Schreibtischsessel fallen. Ein Klopfen an der Tür riss ihn aus seinen finsteren Gedanken.

»Herein!«, kroch es zunächst nur kläglich aus seiner Kehle. Er räusperte sich und rief erneut, diesmal laut und herrisch:

»Herein!«

Ein Amtsdiener trat ein:

»Herr Rieger, hier ist jemand, der zu ihnen will. Ein Jude.«

»Ein Jude? Was erdreistet sich das Schwein? Kommt das Gesindel jetzt schon bis hierher. Abführen und am besten gleich weg mit ihm. Wer hat ihn überhaupt reingelassen?«

»Er sagt, Sie seien mal Nachbarn gewesen. Er sei aus Küstrin.«

»Nachbarn? Was für ein Gewäsch. Hat er seinen Namen gesagt?«

»Ahrenfelss.«

»Ahrenfelss?« Rieger stutzte. »Schicken Sie ihn rein!«

Nachdem der Amtsdiener ihn in Riegers Büro geschoben hatte, wurde die Tür leise hinter Henriettes Vater geschlossen.

»Der Jude Ahrenfelss, na, Sie trauen sich was. Kommen einfach so hierher.« Rieger verschränkte die Arme hinterm Kopf und lehnte sich in seinem Sessel weit zurück. Er ließ den Blick über den ungebetenen Gast gleiten: abgemagert, filziges Haar, in einen lumpigen Mantel gekleidet, mit Schuhen, an denen die Schnürsenkel fehlten. Und auf seiner Brust leuchtete der gelbe Stern.

»Herr Rieger …«, sagte Ahrenfelss zögerlich.

»Wenigstens haben Sie den Stern ordentlich angebracht. Vorbildlich. Aber na ja, nähen konnten Sie ja schon immer, was?« Er lachte dreckig. »Dabei sind Sie meines Wissens doch Mischling, Halbjude, oder? Sie müssten den Stern gar nicht tragen. Aber es kann durchaus nicht schaden, dass Sie ein bisschen Respekt zeigen, dass Ihr alle mal ein bisschen Respekt zeigt!«

Rieger hatte sich hinter seinem Schreibtisch erhoben und war laut geworden. Ephraim Ahrenfelss starrte auf den Boden. Seit Anfang September war es nun auch für die deutschen Juden zur Pflicht geworden, einen gelben Stern auf der Kleidung zu tragen. Das Verdecken des Judensterns durch Kragen, Taschen oder Aktenmappen war strafbar.

»Tja, Ahrenfelss, so ändern sich die Zeiten. Jetzt sind Sie mal unten und ich oben. Das hätten Sie auch nicht gedacht, oder?«

»Wir waren niemals oben, Herr Rieger, niemals.«

»Ach nein? Und was sollte dieses ganze mitleidige Getue damals, als es uns so verdammt dreckig ging. Keine Arbeit hatten wir, nichts zu fressen, aber Sie saßen in Ihrem Laden und boten feine Stoffe an. Wenn Sie Ihre Blicke hätten sehen können. Ich habe darin lesen können. Gespuckt haben Sie auf uns, aber jetzt, Ahrenfelss, jetzt spucken wir auf Sie. So ist es nun mal: wie man in den Wald hineinruft, so schallt es auch wieder heraus.«

»Herr Rieger, Sie wissen so gut wie ich, dass das nicht wahr ist. Wir haben Sie immer mit Respekt behandelt. Wir haben Sie nie gedrängt, haben Sie anschreiben lassen und sogar die ein oder andere Rechnung unter den Tisch fallen lassen. Da können Sie doch nicht sagen, dass wir auf Sie gespuckt hätten.«

»Ahrenfelss, wie ich diese mildtätige Scheinheiligkeit hasse! Genau das ist es, was Ihr Juden könnt. Ehrlichen Menschen Schulden aufdrücken, zusehen, wie sie im Sumpf versinken, und dann aber selbst als das mildtätige Opfer aus der Sache rausgehen. Aber das ist jetzt vorbei, ein für alle Mal.«

Rieger hatte sich in Rage geredet. Die Tür öffnete sich, und der Kopf des Amtsdieners erschien:

»Alles in Ordnung?«

»Ja, ja, lassen Sie uns allein.«

Die Tür wurde wieder geschlossen.

»Ahrenfelss, Sie müssen wirklich den Verstand verloren haben, hier zu erscheinen.«

»Sie können sich sicher sein, dass ich nicht zu meinem Vergnügen hier bin.«

»Ist mir schon klar.«

Die beiden Männer schwiegen.

»Herr Rieger, was haben Sie bloß aus diesem Land gemacht?«

»Wie bitte?«

»Sie haben mich schon verstanden. Da stehen wir uns hier gegenüber als Feinde. Und warum? Nur weil wir nicht die gleiche Religion teilen? Sie wissen doch so gut wie ich, dass ausgerechnet meine Familie so wenig jüdisch lebte wie nur irgendwer. Und dennoch nehmen Sie uns alles.«

»Ahrenfelss, Sie sind ja nicht ganz bei Trost.«

»Nicht ganz bei Trost? Wir leben in einem dunklen Loch, die Scheiben mit Packpapier verklebt, wir hungern, haben den Winter kaum überleben können. Wie wird es werden? Jetzt hat gerade der Herbst begonnen, aber es wird nicht mehr lange dauern, dann fällt wieder der erste Schnee. Und wenn dieser Winter dann genauso hart wird wie die letzten zwei, was wird aus uns?«

»Ich will Ihnen mal was sagen, Ahrenfelss. Wer hat uns gefragt, ob wir hungerten, ob wir froren? Haben Sie und Ihresgleichen sich jemals in der Küstriner Neustadt sehen lassen und geholfen? Haben Sie sich jemals genau das gefragt, was Sie uns hier gerade vorwerfen? Ich sage Ihnen, Ahrenfelss, auch wir wussten nicht, wie wir den nächsten Tag überstehen, geschweige denn die nächste Woche oder gar das nächste Jahr. Meine Söhne wurden ausgelacht, weil sie in Lumpen liefen. Gute Männer standen Schlange vor den Armenstuben, um ein bisschen dünne Suppe für ihre Frauen und Kinder heimzubringen. Und nun werfen Sie, ausgerechnet Sie aus der feinen Altstadt mit den schönen Boulevards und gefüllten Schaufensterscheiben uns vor, dass wir nichts für Sie täten? Wir waren es doch, die dieses Land wieder aus dem Dreck geholt haben. Kommen Sie her! Stellen Sie sich ans Fenster und schauen raus! Nun, kommen Sie schon!« Rieger zog Ahrenfelss unsanft am Ärmel.

»Sehen Sie noch irgendjemanden herumlungern oder betteln? Wir haben dem Pack gegeben, was es verdient, und Sie, Ahrenfelss, Sie gehören mit dazu. Also wagen Sie es nicht, mir vorzuwerfen, dass Sie nicht wissen, wie Sie Ihre Stube schön mollig bekommen sollen. Glauben Sie mal sicher, auch hier in Berlin ist der Winter hart, auch wir müssen alle schauen, wie wir über die Runden kommen.«

»Aber Ihnen lässt man zumindest eine Chance, über die Runden zu kommen, Herr Rieger.«

»Ja, und das ist auch richtig so. Die Juden haben selbst schuld.«

»Was meinen Sie damit?«

»Hätten wir seinerzeit den Krieg gewonnen, sähe die Welt ganz anders aus. Aber das internationale Judentum musste sich ja zusammentun und Deutschland den Dolch in den Rücken stoßen. Wie sollte unsere Armee siegen, wenn der Feind im eigenen Vaterland saß? Und das darf uns heute nicht noch einmal passieren. Wir haben aus der Vergangenheit gelernt. Der Jude lügt, das wissen wir doch alle. Wer hat Christus verraten, hinterhältig und feige? Judas! Sogar die Bibel kannte bereits den wahren Charakter der Juden.«

»Aber, Herr Rieger …«

»Nichts da. Ihr ward es doch, die uns das Versailler Joch aufgezwungen habt. Ihr habt doch noch davon profitiert. Geld verliehen habt ihr und Wucherzinsen eingestrichen. Versailles war doch in eurem Sinne!«, polterte Rieger. »Wäre der Vertrag nicht gewesen, müssten wir jetzt nicht Krieg führen. So einfach ist das.«

»Aber Herr Rieger, das können Sie doch nicht wirklich glauben.«

»Schreiben Sie mir nicht vor, was ich zu glauben habe.«

»Aber, das ist reine Propaganda, das wissen wir doch alle.«

»Wir? Wer ist *wir*? Da haben Sie es doch wieder. Mäßigen Sie sich, Ahrenfelss. Das Reich befindet sich seit zwei Jahren im Krieg. Für das, was Sie da sagen, könnte ich Sie auf der Stelle hängen lassen.«

Ahrenfelss schwieg.

»Juden wurden schon immer verfolgt. Haben Sie darüber mal nachgedacht? Warum ist das wohl so, dass sich überall auf der Welt die Völker einig sind, dass man Sie besser nicht unter sich hat?«

»Das ist doch nicht wahr.«

»Ach so? Dann sage ich Ihnen mal was. Hier in meinem Posten erfahre ich ja das ein oder andere. Wissen Sie, dass Sie kein Land auf der Welt noch haben will?«

»Bitte?«

»Ich sage nur: Evian.«

Ahrenfelss verstand kein Wort.

»Tun Sie doch nicht so. 1938, also schon vor drei Jahren, hat der Präsident der Vereinigten Staaten die Länder nach Evian an den Genfer See zusammengerufen, weil sie etwas gegen das Judenproblem tun wollten. Von außen lässt sich ja so schön zuschauen und schimpfen, aber als Sie und Ihresgleichen dann an der Tür der anderen Staaten anklopften, weil Sie keine Lust mehr aufs Reich hatten, weil es dort ja plötzlich etwas unbequemer für Sie wurde, da haben die anderen dann doch lieber dichtgemacht. Zweiunddreißig Staaten, Herr Ahrenfelss, zweiunddreißig waren sich einig, dass man Juden nicht einwandern lassen wollte. Sogar unsere ach so neutralen Nachbarn, die Schweiz. Wissen Sie, vor was man dort warnte: vor einer Überfremdung im Allgemeinen und besonders vor der Überjudung des Landes. Überjudung! Und Sie wollen nun nicht nachvollziehen können, dass wir Deutschen auch keine Juden mehr haben wollen?«

»Aber wir sind auch Deutsche, Herr Rieger.«

»Sie? Was maßen Sie sich an! Sie sind nicht Deutsch. Schauen Sie in Ihren Pass oder auf Ihre Kennkarte! Steht da das rote J? Ja oder nein? – Na, also!«

Rieger war nicht mehr zu stoppen.

»Und noch etwas, Jude. Wäre Hitler nicht gekommen, wären wir Familien aus den dunklen Hinterhöfen vor die Hunde gegangen, einfach verreckt. Aber Sie, Sie würden immer noch feine Tücher verkaufen und edle Gardinen in den Stadtvillen der Küstriner Festung aufhängen. Und nun ist es halt umgekehrt. Ja, Ahrenfelss, so fühlt es sich an, arm zu sein.«

»Herr Rieger, ich bitte Sie. Ich bin doch nicht hier, weil ich Geld will, ich bin hier, weil wir es nicht mehr aushalten, wir wollen fort.«

»Ha! Und da haben Sie jetzt erwartet, dass ich Sie anflehe, Deutschland auch weiterhin mit ihrer ehrenwerten Anwesenheit zu beglücken?«

»Sie wissen genau, warum ich hier bin. Herr Rieger, wir wollen gehen, wir müssen gehen. Bitte helfen Sie uns. Wir hatten doch auch gute Zeiten miteinander, denken Sie doch an unsere Kinder, an Henriette und an Ihren Karl.«

Rieger kam seinem ungebetenen Gast gefährlich nahe, seine Augen bohrten sich in die seines Gegenübers:

»Wagen Sie es nicht, den Namen meines Sohnes zu beschmutzen. Karl ist tot.«

»Was?«

»Gefallen fürs Vaterland. Erschossen von einem dieser russischen Schweine. Seit vorgestern wissen wir es.«

»Oh, Herr Rieger, das tut mir …, wie furchtbar für Sie und Ihre Frau. Das ist so schrecklich, es tut mir wirklich leid.«

»Ach ja, es tut Ihnen leid? Mein Sohn war ein Held, er hat sich geopfert fürs Vaterland, in einem Krieg, der ohne Ihresgleichen nicht nötig gewesen wäre.«

»Wirklich, Herr Rieger, glauben Sie mir, Sie haben mein ehrliches und tiefes Beileid.«

»Das brauche ich nicht, davon wird Karl nicht wieder lebendig. Mein Sohn hielt große Stücke auf Ihre Tochter, fragen Sie mich nicht, warum. Er hat sich mit ihr getroffen. Wussten Sie das? Mit ihr und dem Sohn dieses unsäglichen Doktors und der Tochter von Drüske, dem aus der Verwaltung. Heimlich! Karl glaubte, ich wüsste das nicht, aber ich habe ihn beobachten lassen.«

»Sie haben Ihren Sohn beobachten lassen?«

»Natürlich, und nicht nur den. Ich wusste alles, was in Küstrin vor sich ging. Ich wusste auch, dass Sie sich jeden Morgen in aller Herrgottsfrühe aus dem Haus schleichen, um zum Schwiegervater vom Doktor aufs Landgut zu gehen. Und ich wusste auch von der heimlichen Wäscherei, die Ihre Frau widergesetzlich in Ihrem Laden betreibt.«

Ahrenfelss stand der Mund offen.

»Ahrenfelss, wer, glauben Sie, hat all die Zeit die Hand über Sie gehalten? Meinen Sie denn wirklich, Sie hätten sonst noch Ihr Haus, Ihre Wohnung und Ihr Leben? Sie wären doch allesamt schon längst im Lager.«

»Lager?«

»Unwichtig! Aber glauben Sie nur nicht, dass ich das Ihnen zuliebe getan habe, sondern nur, weil Karl diese seltsame Freundschaft zu Ihrer Tochter pflegte. Aber jetzt ist Karl tot, und außerdem sind wir nicht mehr in Küstrin. Es gibt keinen Grund mehr, für Sie noch etwas zu tun.«

»Bitte schützen Sie uns. Bitte, helfen Sie uns noch einmal, nur dieses eine letzte Mal.«

»Ich kann Ihnen nicht mehr helfen, Ahrenfelss. Seien Sie froh, dass ich Sie nicht verhaften lasse, ein Fingerschnipp von mir, und Sie sähen Ihre Frau und Ihre Tochter nie wieder.«

Ephraim war verzweifelt. Er sank zu Boden und fing an zu weinen. Seine ganze Hoffnung auf ein letztlich doch noch mildes Schicksal, das Herrn Rieger ausgerechnet in die Auswanderungsbehörde hatte gehen lassen, dieser letzte Strohhalm, nach dem er hatte greifen wollen, machte in diesem Moment einer unaufhaltsamen Ausweglosigkeit Platz.

»Hören Sie auf zu flennen, Ahrenfelss, das ist ja widerlich, und stehen Sie auf! Gehen Sie Ahrenfelss, gehen Sie zurück nach Küstrin!«

Mühsam richtete sich Ephraim wieder auf. Er nickte schwach, nahm seinen abgegriffenen Hut und schlich zum Ausgang. Er hatte den Türknauf schon in der Hand, da pfiff Rieger ihn zurück.

»Hören Sie zu, Ahrenfelss, es gibt nur einen Weg, und der heißt: verlassen Sie jetzt das Land. In drei Wochen machen wir die Grenzen dicht, für alle und für Juden ganz besonders. Aber Sie haben jetzt schon kaum noch eine Chance.«

»Aber Herr Rieger …« Hoffnung keimte in Henriettes Vater auf. »Heißt das etwa, Sie helfen uns?«

»Hören Sie, ich tue das nur für Karl, nicht für Ihre Tochter und ganz sicher nicht für Sie. Ich tue das als letzten Respekt, den ich meinem toten Sohn noch erweisen kann. Ich weiß, er hätte das so gewollt.«

»Oh, Herr Rieger …« Ephraim hatte schon die Arme ausgebreitet.

»Unterstehen Sie sich!«, wehrte ihn dieser ab. »Sie bekommen ein Visum für Argentinien von mir. Amerika ist lange dicht, die europäischen Länder sowieso, mit China haben wir nichts zu schaffen. Buenos Aires können Juden noch anlaufen. Das ist das einzige Ziel, das jetzt noch machbar ist.«

»Oh, Herr Rieger, Sie machen mich zum glücklichsten Menschen auf der ganzen Welt. Wie können wir das bloß je wieder gutmachen. Seien Sie sich sicher, ich werde Ihnen das nie vergessen, niemals …«

»Freuen Sie sich nicht zu früh, Ahrenfelss.« Rieger schaute spöttisch auf die lumpige Kreatur vor ihm.

»Es wird nicht ganz so sein, wie Sie das wollen.«

»Wie meinen?«, fragte Ephraim unsicher.

»Nun, Ahrenfelss, auch Sie sollen spüren, wie es sich anfühlt, wenn man sein Kind verliert.«

»Was? Aber Sie sagten doch gerade, Sie geben uns ein Visum für Argentinien. Das ist doch alles, was wir wollten. Ein Visum, damit wir irgendwie auf ein Schiff kommen können und …«

»Ganz genau, das sagte ich«, unterbrach ihn Rieger süffisant. »Ein Visum, sagte ich: *Ein* Visum. Nur für Ihre Tochter, nicht für Sie und nicht für Ihre Frau.«

»Aber, Herr Rieger, das meinen Sie doch nicht ernst? Das können Sie doch nicht tun!«

»Wollen Sie mir vorschreiben, was ich zu tun und zu lassen habe? Sie haben schon richtig verstanden. Ich habe meinen Sohn verloren, und ich sehe nicht ein, warum es Ihnen mit Ihrer Tochter besser gehen sollte. Mit dem Unterschied, dass ich Ihnen sogar die Chance gebe, Ihr Kind damit zu retten. Aber Sie bleiben zurück. Warum sollten Juden davonkommen, während Deutsche in den Krieg ziehen und kämpfen?«

»Aber, Herr Rieger, was wird denn dann aus uns? Wenn wir hierbleiben, dann ...« Henriettes Vater wagte nicht, den begonnenen Satz weiterzusprechen.

»Sie haben die Wahl.«

Das Formular war schnell unterschrieben und gestempelt, Rieger verdiente sich mit diesen gefälschten Papieren schon eine geraume Weile ein Zubrot. Als alles ausgefüllt war, reichte er das Visum über den Tisch und stand wieder auf.

»Ahrenfelss, damit eins klar ist: Sie waren nie bei mir, und Sie haben auch nie um ein Visum vorgesprochen. Sollte ich davon Wind bekommen, dass Sie etwas anderes erzählen, sind Sie und ihre ganze Familie tot.«

Rieger hatte sich wieder zum Fenster gedreht und wartete auf das zaghafte Klicken der Tür, das ihm bedeutete, dass auch dieses Kapitel seines Lebens bald abgeschlossen sein würde.

Kapitel 25

Sergio hatte Rachel und Henriette überreden können, statt des spanischen Fahrers und dessen Autos mit der Bahn in dieses Herne zu reisen.

»205 km – der Zug rast mit zweihundertfünf Kilometern pro Stunde. Ist das zu fassen?«

»Lenk nicht ab, Oma. Ich habe gefragt, wie es dir jetzt geht, nach all dem. Ist wirklich alles gut?«

»Alles in Ordnung, Kleines. Kein Grund, sich Sorgen zu machen. Immerhin hatte ich gestern doch einen ganzen Tag frei, da konnte ich mich wunderbar erholen.«

Henriette gab sich betont heiter. Es fiel ihr nicht leicht, die Unbeschwerte zu mimen. Sie befanden sich auf dem Weg zur Witwe von Hans, zu seiner Frau.

»Wie hast du denn eigentlich den gestrigen Tag verbracht?«

»Sergio konnte seinen Dienst mit einem Kollegen tauschen, und so hatte er Zeit für mich.«

»Und was habt ihr gemacht?« Henriettes Frage war nicht ohne sorgenvolle Hintergedanken.

»Wir sind in die Museen gegangen: Pergamon, Kunstgalerie und so. Es war toll. Was sollte man bei dem schlechten Wetter auch schon machen.«

Ihrer Urgroßmutter fielen einige Dinge ein, die diese zwei

395

Frischverliebten hätten tun können, *insbesondere* bei dem Wetter. Museumsbesuch war ihr dabei eine der liebsten Varianten.

In der Tat war am Vortag das bisher schöne Wetter durch einen nicht aufhörenden Nieselregen unterbrochen worden. Jetzt war es wieder aufgeklart, die Sonne schien von einem blauen Himmel durch die Scheiben in ihr Bahnabteil.

Rachel sprach weiter.

»Wir waren auch im jüdischen Museum.«

Henriette verschluckte sich vor Schreck. Ihre Urenkelin schaute sie forschend an.

»Und, wie ist es dort?«, brachte sie heraus.

»Beeindruckend, wirklich beeindruckend. Es ist schon ein Unterschied, ob man ein bisschen über die Judenverfolgung im Geschichtsunterricht lernt oder die Schicksale der Menschen direkt vor Augen geführt bekommt.«

Henriette wollte dieses Thema nicht weiter verfolgen müssen, wusste aber keinen Ausweg. Schon sprach Rachel weiter.

»Es ist schrecklich, so viele sind für ihren Glauben gestorben.«

»Nein, das stimmt nicht. Nicht *für*, sondern *wegen* des Glaubens sind …«, beinahe hätte sie *wir* gesagt, sie räusperte sich, »… sie gestorben.«

»Dann sind die Kirchen schuld. Sergio hat ohnehin gemeint, Kirchen seien die Wurzel allen Übels.«

»Was ist das denn für ein Gedankengut? Nein, das ist mir viel zu pauschal, es sind nicht die Kirchen, es sind immer die Menschen in ihnen.«

»Ich meinte doch nicht die Gebäude …«

»Ach, Kind, ich doch auch nicht. Es geht um Familie, das ist es, was uns Menschen in Kirchen zusammenkommen lässt. Das Streben nach Gemeinsamkeit, Geborgenheit, Zugehörigkeitsgefühl.«

»Aber wie kann es sich dann zu so etwas Grausamen entwickeln, wie unter Hitler?«

»Das hatte nichts mit Kirche zu tun, aber leider viel mit Zugehörigkeit und Gemeinsamkeit.«

»Wusstet ihr von der Judenverfolgung? Warum habt ihr nichts dagegen getan?«

Henriette blieb das Herz beinahe stehen. Was für eine entsetzliche Frage, so unschuldig herausgesprudelt. Sie rang nach Atem, der Puls raste. Angestrengt versuchte sie nach Luft zu schnappen.

»Meine Tabletten, in der Tasche, schnell, die Tasche!«, presste sie hervor.

Rachel war bleich vor Schreck. In Sekunden war der gesamte Tascheninhalt auf dem Tisch ausgeschüttet. Ihre Uroma deutete schwach auf eine der Packungen, Rachel griff panisch danach und holte einen kleinen Inhalator hervor. Benachbarte Fahrgäste schauten besorgt zu den beiden.

Drei Sprühstöße in den Mund holten Henriette in die Welt zurück. Sie schnaufte ermattet:

»Alles wieder gut, Liebes, alles wieder gut.«

Rachels Panik legte sich nur langsam, auch Henriette war völlig erledigt.

»Oh Mann, Oma«, sagte sie und lachte gequält.

Die Aufmerksamkeit der Nachbarn ließ nach, das ganze Abteil kehrte zur Normalität zurück.

»Es wird besser, ich versuche ein wenig zu ruhen.« Henriette zwang sich, die Lider zu schließen. Dahinter rumorten die Gedanken. Das arme Kind, es konnte ja nicht ahnen, was es mit seiner Frage angestellt hatte. Warum hat niemand etwas dagegen unternommen?

Der Geruch von gebratener Wurst und altem Fett zog durch die Bahnhofshalle von Herne. Neben dem Haupteingang bot ein Asiate Blumen an.

»Wir sollten ein paar mitbringen.«, Henriette deutete auf einen der fertig gebundenen Sträuße, dann winkte sie ein Taxi herbei.

»Oh, die sind aber schön, vielen Dank für die Blumen.«

Zwischen den beiden Frauen, die sich im Eingang des Reihenhauses gegenüberstanden, lagen Jahrzehnte. Henriette hatte sich die Witwe von Hans anders vorgestellt. Ihr Gegenüber musterte sie gleichermaßen.

»Bitte, kommen Sie doch herein. Spricht sie auch Deutsch?«, fragte die Frau und deutete auf Rachel.

»Meine Urenkelin«, erläuterte Henriette und fuhr fort, »nein, Englisch und natürlich Spanisch. Aber es wird kein Problem sein, ich werde übersetzen.«

Wieder einmal saßen Henriette und Rachel in einem fremden Wohnzimmer auf einer Couch auf der Suche nach der Vergangenheit. Unvermittelt setzte Hans' Ehefrau zu sprechen an:

»Es ist seltsam, Sie zu treffen, Henriette. Hans hat häufig von Ihnen gesprochen.« Sie seufzte bei der Erwähnung des verstorbenen Ehemannes. »Sie waren so gegenwärtig.«

»Ich? Ich war gegenwärtig?«

»Er erwähnte Sie oft. Als sie gestern anriefen und sich ankündigten, war mein erster Gedanke: da ist sie nun, jetzt hat sie seine Nachricht also doch noch erreicht. Es ist verrückt, aber ich bin eifersüchtig auf Sie.«

»Eifersüchtig auf mich? Aber hören Sie, das ist totaler Blödsinn.«

»Natürlich ist es das, aber dennoch. Hans hat sein ganzes Leben genau auf diesen Tag gewartet, auf Ihre Rückkehr. Er hat nie einen Hehl daraus gemacht. Können Sie sich ausmalen, wie sich das für mich anfühlte?«

Henriette konnte ihre Freude darüber nur schwer unterdrücken:

»Nein, ich habe nie eine Nachricht von Hans erhalten. Wie auch? Niemand hatte eine Ahnung, wo ich lebte. Ich war auf der Flucht, als ich Deutschland verließ, es ging um mein Leben. Aber ich möchte nicht darüber sprechen, insbesondere nicht vor meiner Urenkelin. Einverstanden?«

Ihr Gegenüber stimmte schulterzuckend zu.

Dann erklärte Henriette ihr, wie sie überhaupt hier nach Herne gefunden hatten: das Museum, das Foto, ihre Kinderfreundin Charlotte, die Adressliste für die Beerdigungskarten und schließlich der Eintrag im Telefonbuch.

»Ja, diese verdammte Todesanzeige. Sie werden staunen, ich erinnere mich sogar daran. Den Namen Charlotte hätte ich zwar nicht mehr gewusst, aber ich weiß noch, dass Hans, als uns der schwarz umrandete Umschlag erreichte, sehr traurig war. Übermäßig traurig, wie ich fand, für einen Menschen, der in seinem Leben doch gar keine Rolle mehr spielte. Und das sagte ich ihm seinerzeit auch. Ich hatte noch nie von dieser Charlotte gehört, und wir waren schon lange verheiratet gewesen, auch wenn ich nur seine zweite Frau bin. Ich weiß noch, dass wir danach einen unserer ersten Streite hatten. Er raunzte mich an, dass ich das nicht verstehen könne, tja, und bei dieser Gelegenheit, Henriette, hat er auch wieder einmal von Ihnen gesprochen. Ich hatte es weiß Gott nicht immer einfach mit ihm.«

Sie hatte Mühe, sich zu beherrschen, erfolglos suchte sie nach einem Taschentuch. Schließlich musste der Handrücken herhalten, um die Augen zu trocknen. Sie schniefte. »Entschuldigen Sie, wie lächerlich von mir.«

»Aber ich bitte Sie, das ist doch verständlich. Da platzen wir hier einfach so, ohne Vorwarnung in Ihr Leben und reißen alte Wunden auf. Ich bin es, die sich entschuldigen sollte.« Henriette hatte mittlerweile eine Packung Taschentücher herübergereicht.

»Danke!« Hans' Frau schnäuzte sich. »Es ist wirklich verrückt. Ich habe Hans über alles geliebt, ich habe ihn vergöttert. Wir lernten uns auf der Arbeit kennen, und obwohl er ja wesentlich älter war als ich, fing ich sofort Flamme. Er war da gerade geschieden und litt noch unter der Trennung.«

»Wo haben Sie sich kennengelernt, was hat Hans denn gemacht?«

»Metallbau, wir haben in einem Metallbaubetrieb gearbeitet. Er war Ingenieur und ich arbeitete in der Verwaltung. Nach seinem Ruhestand wusste Hans zunächst nichts mit sich anzufangen. Sein Traum war es immer, zu reisen. Aber ich hatte ja noch viele Jahre Arbeit vor mir. Ich arbeitete gern, das gibt man ja nicht einfach so auf, außerdem ging es schließlich auch um meine Rente. Na ja, die ersten Monate nach seiner Pensionierung brachte er mich zum Betrieb, kam zur Mittagspause vorbei, und abends holte er mich wieder ab. Ha, ich sage ihnen, das wurde mir lästig und ihm zum Glück auch.«

Sie hatte ihre Traurigkeit überwunden. Mit einem Lächeln hing sie kurz ihren Gedanken nach. Henriette nutzte die Erzählpause, um Rachel endlich zu übersetzen. Dann erfuhren die beiden weitere Einzelheiten aus Hans' Leben: Arbeit, Urlaube, Hobbies, Anekdoten; geteilte Erinnerungen, mit denen er seine Witwe allein zurückgelassen hatte.

Schließlich hatten sie einen Haufen bunt durcheinander gewürfelter Fotos vor sich liegen. Schwarz-Weiß mischte sich mit Farbe, Jahrzehnte gaben sich die Hand. Die Bilder zeigten Hans in dessen erstem Auto, Wirtschaftswunder, Aufschwung, helle Anzughosen, die im Nordseewind plusterten, Feuerzangenbowle zu Weihnachten, Käse-Igel und Schnittchen-Platten. Der Mann auf den Fotos war Henriette fremd. Die schönen dichten Haare waren einer Glatze gewichen, das schmale Gesicht mit zunehmendem Alter rund geworden. Aber die Augen, die waren noch wie früher. Die Augen, in die sie schon immer so gerne geschaut hatte. Ein vertrauter Fremder.

Die Frau auf dem Sofa gegenüber räusperte sich. Henriette war so versunken, dass sie gar nicht bemerkt hatte, dass die Erzählungen längst geendet hatten.

»Es sind schöne Aufnahmen«, sagte sie schließlich. »Kinder? Haben Sie Kinder?«

»Nein, leider nicht, das war uns nie vergönnt. Mit der ersten Frau hat Hans einen Sohn, selbst schon nicht mehr der Jüngste. Aber wir hatten kaum Kontakt zu ihm. Wie gesagt, das Verhältnis zu seiner Ex-Frau war nicht besonders gut. Nach dem Tod von Hans hat der Sohn sich gemeldet, da erinnerte er sich plötzlich an seinen Vater. Das Erbe, Sie verstehen. Es war so ungerecht, so ungerecht.«

»Es tut mir leid, ich habe Sie an viele Dinge erinnert. Es ist sehr freundlich von Ihnen, uns so in Ihr Leben hinein zu lassen. Das ist wirklich nicht selbstverständlich. Die ganze Situation ist ja eher ungewöhnlich.«

»Das kann man wohl sagen.« Plötzlich straffte sich die Frau und schaute ihre beiden Gäste auffordernd an.

»Ich bräuchte ein bisschen Frischluft, ich will aber nicht unhöflich sein ...«

»Oh, wir sollen gehen, verstehe ich Sie richtig?«

»Nein, ich habe eine bessere Idee. Was halten Sie von einem gemeinsamen Besuch auf dem Friedhof? Ich zeige Ihnen das Grab von Hans. Vielleicht ist es ganz gut, ein paar Schritte zu machen.«

»Einverstanden!«

Das Auto war schnell aus der Garage geholt und wenige Augenblicke später befanden sich die drei Frauen auf dem Weg Richtung Friedhof.

Ein Metallbügel verschloss das Tor mit dem Kreuz in der Mitte. Die Gräber waren gepflegt, in den Parzellen wuchsen Lebensbäume und Rhododendron-Sträucher, auf einigen Gräbern blühten Schnittblumen in Plastikvasen, eines war frisch aufgeschüttet.

»Hans sagte immer, wenn die Freunde gehen, müssen Erinnerungen an ihre Stelle treten. Da ist es.«

Das war es nun, was von Hans übrig geblieben war: dunkelroter Marmor, in den ein Steinmetz den geliebten Freund zu Namen und zwei Daten degradiert hatte.

»Ich würde gerne eine Weile hier alleine sein. Darf ich?«, bat Henriette.

»Ja, natürlich.«

Man konnte es der Witwe ansehen, dass es ihr nicht recht war, aber sie zog sich dennoch ohne ein weiteres Wort zurück. Auch Rachel ließ ihre Urgroßmutter, nachdem diese sie kurz auf Spanisch gebeten hatte, allein.

Henriette wartete, bis die zwei außer Sichtweite waren. Sie schaute noch mal in deren Richtung. Durch eine Lücke in den Büschen meinte sie Rachel erkennen zu können, als ob diese sie beobachtete. Das vermeintliche Gesicht war jedoch sofort wieder verschwunden und tauchte nicht noch einmal auf. Henriette hatte sich wohl nur getäuscht. Sie kniete sich an das Grab. Hier lagen ihrer beider Jugendjahre. Sonnige Stunden, angefüllt mit Lachen und Narreteien, erste verschämte Blicke, klopfende junge Herzen, Fingerspitzen, die sich auf Stadtmauern im Halbdunkeln suchten, heimliche Küsse, erste große Liebe. Ihre Stirn lehnte gegen den kalten Stein.

»Schalom, mein lieber Hans, Schalom«, flüsterte Henriette fast tonlos. Ohne weiter darüber nachzudenken, griff sie nach einem Kiesel und legte ihn auf den Grabstein.

Ein ganzes Leben war vergangen, in dem sie sich fern jeglicher jüdischer Bräuche gehalten hatte. Das war wie weggewischt. Hier war sie wieder ganz sie selbst, Henriette, geborene Ahrenfelss, das Mädchen aus Küstrin, das *jüdische* Mädchen aus Küstrin, und dicht bei ihr befand sich ihre große Jugendliebe, Hans – tot.

»Ach Hans, wie sehr habe ich mich mein Leben lang nach einem Lebenszeichen von dir, einem Wort, einer Zeile verzehrt.«

Sie blickte zu Boden. Gerade noch sah sie ein Feldmäuschen in ein Erdloch huschen. Sie lächelte. Die Natur kannte keine Trauer. Plötzlich durchfuhr sie eine Idee. Henriette dachte einen Moment nach, dann richtete sich auf und ging schnellen Schrittes dorthin, wo sie Rachel und die Frau erwarteten.

»Sagten Sie vorhin: *da ist sie nun?*«

»Wenn ich Sie beleidigt habe, tut mir das leid.«

»Nein, nein, darum geht es gar nicht. Sie sprachen von einer Nachricht. Sie sagten, seine Nachricht habe mich wohl erreicht, und da sei ich nun. Was für eine Nachricht?«

»Keine Ahnung. Hans sagte mir, dass er für Sie eine Nachricht hinterlassen habe. Er war davon überzeugt, sollten Sie zurückkehren, würden Sie diese Nachricht finden und dann kämen Sie zu ihm. Mehr weiß ich darüber nicht. Aber es war das Damoklesschwert, das Zeit meines Ehelebens über mir schwebte.«

Henriette grübelte. Eine Ahnung glomm in ihr, und je mehr sie ihren Einfall eben am Grab weiterspann, desto klarer formte sich aus der Vermutung eine klare Idee.

»Aber natürlich!«, sagte sie laut. »Rachel, wir müssen zurück, so schnell wie möglich.«

»Unser Zug nach Berlin geht in gut zwei Stunden, Oma. Wir fahren ja gleich.«

»Nein, nein, nicht Berlin, wir fahren wieder an die Oder.«

Rachel starrte sie fassungslos an. Aber ihre Urgroßmutter hatte sich schon der Frau neben sich zugewandt:

»Nehmen Sie es mir nicht übel, aber ich glaube, ich habe es eilig. Ich wünsche Ihnen alles Gute. Ich bin froh, dass ich Sie getroffen habe, auch wenn es für uns beide sicherlich nicht einfach war. Aber jetzt müssen meine Urenkelin und ich gehen, wir haben noch einiges zu erledigen. Sie kommen ja alleine nach Hause, wir nehmen uns da vorne am Haupteingang ein Taxi. Rachel, ruf sofort im Hotel an und sag deinem Sergio Bescheid: er soll uns für morgen seinen spanischen Freund mit Auto organisieren. Wir fahren nach Küstrin!«

Kapitel 26

»Niemals gehe ich allein, Mutter, niemals!« Henriette war von ihrem Schemel aufgesprungen und lief in der Küche auf und ab. Hilfesuchend wandte sie sich an ihren Vater:

»Sag du doch bitte auch etwas dazu. Ihr könnt mich doch nicht wegschicken. Was soll denn aus mir werden, und was wird aus euch?«

»Wir kommen später nach, Henriette. Wir finden schon noch eine Lösung. Das da …«, Ephraim wies auf den kleinen Stapel Papiere, den sie aus dem voluminösen Briefumschlag herausgeschält hatten, »… das ist ein Wink des Schicksals. Das können wir nicht ignorieren.«

»Ich reise doch nicht unter dem Namen einer Toten, und dann auch noch ausgerechnet Gerda.«

Als Ephraim von seinem Besuch bei Herrn Rieger aus Berlin zurückgekommen war, hatte er sich in die Wohnstube zurückgezogen. Herta hatte ihrer Tochter geheißen, in der Küche zu warten, und war ihm gefolgt.

Als er ans Ende seines Berichtes gekommen war und das Visum aus der Innentasche seines mottenzerfressenen Jacketts geholt hatte, hatte Herta Hoffnung geschöpft. Sollten Sie gerettet sein? Hatte das Schicksal ein Erbarmen mit ihnen? Doch dann hatte er wortlos auf die Namenszeile des

Visums gedeutet. Immer wieder war er mit dem Finger über den Eintrag gefahren: *Henriette Ahrenfelss.*

Herta hatte zunächst nicht verstanden und ihren Mann fragend angeschaut. Wo denn die anderen Papiere seien, hatte sie wissen wollen. Der hatte tonlos mit dem Kopf geschüttelt.

»Es gibt keine anderen Papiere?«, hatte sie stockend gefragt, und seine geschlossenen Augen bestätigten Hertas schlimmste Befürchtung.

»Wir müssen irgendwie weitermachen.«, Herta hatte schließlich ihren Schock überwunden. »Was könnten wir bloß tun?«

Eisenblooms hatten gesagt, dass man es bis an die Grenze zwischen Frankreich und Spanien schaffen müsse. Durch Spanien könne man dann einigermaßen unbehelligt ziehen, in Barcelona sei man gerettet.

»Dann gehen wir eben alle nach Barcelona und leben dort weiter. Wir müssen ja nicht bis nach Argentinien«, erklärte Herta entschlossen.

»Wie denn, Liebes? Wie sollen wir denn bis dahin kommen? Und wenn wir dort sind, dann ist es doch nur eine Frage der Zeit, bis wir wieder ausgeliefert werden. Ohne gültige Papiere und ohne Visum für Spanien. Und bevor du fragst, Spanien lässt uns Juden nur passieren, aber nimmt niemanden mehr auf. Und wer weiß, wenn Hitler so weitermacht, wird er Spanien vielleicht auch überrollen und dann? Was wäre dann mit uns? Nein, nein, es gibt nur eine Chance, man muss Europa verlassen. Aber auf ein Schiff kommst du nur mit einem Visum. Es ist zum Verzweifeln, Rieger hat uns mit seiner Hilfe eine Falle gestellt. Und nun sitzen wir hier und schieben eine Zwickmühle hin und her: *alle bleiben* oder das *Kind alleine fortschicken.* Was wir auch tun werden, es wird falsch sein.«

»Dieser Teufel!«

»Seien wir froh, dass er mich überhaupt wieder gehen ließ.«

»Aber das Visum da, das ist für uns dann doch vollkommen nutzlos. Was sollen wir damit anfangen? Wir können uns doch nicht von unserem einzigen Kind trennen. Wenn wir das wollten, dann hätten wir sie schließlich auch mit den Kindertransporten bereits nach England schicken können. Ach, warum haben wir das damals bloß nicht gemacht?«

»Weil es damals noch nicht ganz so schlimm war wie jetzt. Da waren die Zeiten einfach noch ein bisschen besser für uns. Außerdem hätten wir die notwendige Summe gar nicht aufbringen können.«

»Ach, Ephraim.« Herta war verzweifelt. »Wie sollte sich Henriette denn allein bis an die Grenze Spaniens durchschlagen? Das ist doch unmöglich. Denk an all die Gefahren! Stell dir vor, sie stößt auf einen Trupp Wehrmachtssoldaten. Sie, das junge Mädchen mit dem gelben Stern auf der Jacke, da braucht man doch nicht viel Fantasie, um sich auszumalen, was die mit ihr machen würden.«

»Herta, ja, du hast recht. Aber andererseits: können wir es wirklich verantworten, sie nicht zu schicken? Schau dich doch mal um! Wie viele von uns sind denn überhaupt noch in Küstrin? Fünfzehn, zwanzig? Unsere Gemeinde hat sich aufgelöst. Und seitdem Rieger nicht mehr Ortsgruppenführer ist, haben wir keinen Schutz mehr zu erwarten. Bei allem Schlechten, was man über ihn sagen kann, hat er uns letztlich unser Leben und unser Haus gelassen.«

408

»Ich weigere mich, irgendetwas Gutes über einen Mann zu sagen, der imstande ist, uns so etwas anzutun«, hatte Herta gesagt und auf das Visum gezeigt. Ihr Gespräch war von der eintretenden Henriette unterbrochen worden.

Sie alle hatten sich da noch etwas Bedenkzeit gegeben, hatten eine Entscheidung vertagt und heimlich auf irgendeine Besserung gehofft, von denen sie selbst nicht wussten, wie die hätte aussehen können. Und nun erreichte sie mit der heutigen Post jener dicke Umschlag, dessen Inhalt ausgebreitet auf dem Küchentisch lag.

Der Brief kam mit Sicherheit von Clara und Otto aus Wesermünde. Ihre Verwandten hatten aber kein Schreiben dazugelegt, nur diese Sammlung verschiedener Papiere hatten sie auf den Weg nach Küstrin geschickt.

»Aber warum haben sie uns keinen Brief geschrieben? Wenigstens ein paar Zeilen. Sie haben sich all die Jahre nicht gemeldet, außer Gerda natürlich. Wie können die zwei so abweisend sein? Was für ein seltsames Spiel, uns alles selbst zusammenreimen zu lassen. Einige persönliche Worte wären doch wohl das Mindeste, was man erwarten könnte, allein schon Gerdas wegen. Wie furchtbar, das arme Kind.«

»Abweisend? Aber Herta, verstehst du denn nicht? Otto und Clara retten Henriette gerade das Leben. Was die beiden hier tun, ist Hochverrat. Kein Wunder, das sie den nicht auch noch dokumentiert wissen wollen.«

»Onkel Otto und Tante Clara haben sich doch alle die Jahre nicht um uns geschert.«

»Tochter, mäßige dich.«

»Ich will mich aber nicht mäßigen. Was soll das alles? Ich kann das nicht tun, und ich werde es nicht tun. Was erwarten die Wesermünder da von mir? Soll ich dafür vielleicht auch noch dankbar sein?«

»Ja, Henriette, genau das. Du solltest dafür dankbar sein. Wir alle sollten dafür dankbar sein. Was Vetter Otto hier für uns tut, ist viel mehr, als wir uns alle vorstellen können. Denkt doch mal nach! Die beiden haben Gerda verloren, und so wie es aussieht, gibt es noch nicht einmal einen Ort, an dem sie trauern könnten, oder jemanden, den sie …« Ephraim schluckte. Es war ungeheuerlich, sich vorzustellen, was die beiden durchmachen mussten, »… niemanden, den sie bestatten könnten.«

Die beiden anderen schwiegen betreten.

»Ja, Ephraim, vermutlich hast du recht.« Herta klang nicht überzeugt. Zu gewaltig war das, was sie sich vorzustellen hatte. Sie griff erneut nach dem Stapel Papieren, um sie eins nach dem anderen durchzusehen.

Zuoberst lag dieser Artikel aus der *Nordsee-Zeitung*. Er war nur wenige Tage alt. Es war der Aufmacher auf dem Titelblatt: Die Wesermünder Werft war bombardiert und empfindlich getroffen worden. Der Hafen war schon zu Kriegsbeginn vor zwei Jahren Ziel von Luftangriffen gewesen, im vergangenen Jahr, im Oktober vierzig, hatten sie sogar Wohngebiete getroffen, aber diesmal waren die Engländer massiv geflogen und hatten die Werften und die sonstigen Einrichtungen des Militärs treffen wollen. Und sie hatten getroffen. Dort im Artikel stand es gleich als Überschrift: *Marineschule der Wehrmacht in Wesermünde dem Erdboden gleich!*

»Aber dort hat Gerda doch gearbeitet!«, hatte Henriette erschrocken ausgerufen und sich die Hände vors Gesicht gehalten.

Die drei hatten den Artikel überflogen und die schlimmsten Befürchtungen wurden bestätigt. Das Verwaltungsgebäude war in sich zusammengestürzt. Die Engländer hatten nicht nur Sprengbomben eingesetzt, sondern auch Phosphor. Unmenschlich! hieß es in dem Artikel, und weiter, dass man leider mit vielen Toten rechnen müsse, vermutlich sei keiner lebend der Feuerhölle entkommen.

»Wie entsetzlich!« Die Ahrenfelss hatten sich erschüttert angestarrt.

»Was liegt denn da noch drin?«, hatte Henriette dann wissen wollen und auf den Umschlag gezeigt. Ephraim hatte die Papiere studiert:

»Es ist ein Marschbefehl, für Gerda.«

»Ein Marschbefehl?« Herta war überrascht gewesen. »Aber so etwas bekommen doch nur Soldaten!«

»Sie soll nach Frankreich, und zwar nach Bordeaux!«

»Ach!« Henriette dämmerte es. »Jürgen!«

»Was?«, hatten ihre Eltern beinahe gleichzeitig gefragt. Und Henriette hatte erklärt: Gerdas Brief, die große Liebe, Ausbildung zur Krankenschwesterhelferin, Lazaretthelferin im besetzten Frankreich und die geplante Hochzeit. Nun erinnerte sich auch Herta.

»Aber ja, natürlich, Gerdas letzter Brief an dich. Wie konnte ich das vergessen.«

»Aber warum schicken die Wesermünder uns das alles? Sie hätten uns doch auch einfach einen Totenbrief senden können, wenn sie uns schon, warum auch immer, keine persönlichen Zeilen schreiben wollen.«

»Wartet, hier ist noch mehr im Umschlag«, hatte Ephraim eingeworfen und die letzten drei Papier herausgezogen: es waren Gerdas Pass, ihre Kennkarte und ein abgerissener Kalenderspruch: *Blut ist dicker als Wasser.*

Die drei begriffen gleichzeitig: Gerdas Ausweispapiere, der Marschbefehl, der Artikel und der Hinweis auf die Familienzugehörigkeit; niemand in Wesermünde konnte mit Sicherheit sagen, ob es Gerda getroffen hatte oder nicht, mit Ausnahme ihrer eigenen Familie.

»Schlagen sie uns das wirklich vor?«, hatte Ephraim gefragt. Wussten Otto und Clara von dem Leid, dass Ahrenfelss zu ertragen hatten? Natürlich wussten sie! Sie wussten es aus Henriettes Briefen an Gerda.

»Ja, Ephraim, es scheint so. Sie schlagen uns das wirklich vor.«

»Was für eine Größe beweisen die beiden gerade. Was für eine unglaubliche Größe!«

»Größe? Das ist doch keine Größe. Das ist abscheulich. Gerda ist tot! Und ich soll mich an ihre Stelle setzen? Ich kann doch nicht das Leben von Gerda weiterführen, außerdem würde dieser *Jürgen*, Gerdas große Liebe, mich ohnehin sofort auffliegen lassen.«

»Henriette, ich glaube, die Wesermünder wissen viel mehr, als wir ihnen zugetraut hätten. Natürlich sollst du nicht an Gerdas Stelle treten, aber bis dahin, bis Bordeaux, sollst du ihren Platz einnehmen. Vermutlich warten sie noch mit der Vermisstenmeldung bis zum Zeitpunkt Gerdas geplanter Ankunft dort unten in Frankreich. Versteht ihr denn nicht? Sie bieten uns hier gerade Deine Fahrkarte in die Freiheit an.«

»Ich kann es nicht glauben.«, Herta schüttelte den Kopf.

»Was steht denn genau in diesem Marschbefehl, Vater?« Henriette versuchte irgendwie einen kühlen Kopf zu bewahren. Sie hoffte insgeheim, dass der Befehl vielleicht schon überholt war oder dass irgendetwas daran das ganze Vorhaben unmöglich machte.

Ihr Vater nahm sich das Behördenschreiben nochmals vor:

»Gerda soll sich am Freitag in Hamburg melden.«

»Am Freitag? Aber das ist ja schon in drei Tagen!«, rief Herta entsetzt aus. Henriette wurde übel.

»Hört mir doch weiter zu.« Auch Ephraim hatte Mühe, nicht die Fassung zu verlieren. »Von Hamburg aus geht es mit einem Kriegsschiff die niederländische Küste entlang bis nach Calais, das liegt im Norden an der Grenze zu den Niederlanden, und dann weiter mit dem Zug bis runter nach Bordeaux.«

Ephraim ließ das Papier sinken.

»Nur noch drei Tage!«

Noch nie hatten die drei eine so grausame Endlichkeit ertragen müssen wie in den wenigen letzten Tagen, die ihnen noch blieben.

Auch wenn sich Henriette zunächst gewehrt hatte, fügte sie sich schließlich dem Beschluss ihrer Eltern. Sie würde gehen, und sie würde als Gerda gehen. Bis zur Grenze nach Spanien würde sie also ein arisches deutsches Mädchen sein. Bis zu dieser Grenze war ihr Weg klar. Doch was danach kam, das stand in den Sternen.

Von Bordeaux bis zum sicheren Hafen im spanischen Barcelona waren es weit über siebenhundert Kilometer. Wie sollte sie das bloß schaffen? Ihr schwindelte, wenn sie sich vorstellte, was ihr bevorstand. Zudem blieb überhaupt keine Zeit mehr für Vorbereitung. An den Abschied von den Eltern mochte sie gar nicht erst denken. Alle drei versuchten sie, der

Realität zu entkommen und flüchteten sich in betriebsame Geschäftigkeit.

Wir müssen so normal wie nur möglich weitermachen, hatte Ephraim entschieden. So war er schweren Herzens am nächsten Tag zum Gutshof gegangen. Jeden Augenblick hätte er mit seiner Tochter jetzt verbringen wollen, jede Sekunde war kostbar.

Der Abschied rückte unaufhaltsam näher. Taten sie wirklich das Richtige? Sie alle hatten keine Ahnung, wie es Henriette über die Grenze und dann weiter durch Spanien schaffen sollte. *Irgendwie wird es gehen!*

Der deutsche Pass würde Sicherheit garantieren, erst in Barcelona müsste sie dann ihre wahre Identität wieder annehmen, schließlich lautete das Visum auf ihren echten Namen. Henriettes Kennkarte und der Ausweis mit dem roten *J* darauf wurden in den Saum vom Mantel und vom Kleid genäht. Das Visum im Unterkleid. Alle Papier getrennt voneinander, falls das eine oder andere Kleidungsstück … Nein, bloß nicht diesen Gedanken weiterdenken.

»In Barcelona meldest du dich dann in der jüdischen Gemeinde. Eisenblooms haben gesagt, dort sei man sicher. Die Gemeinde wird dir helfen!« Herta und Ephraim redeten auf ihre Tochter ein und suchten mindestens genau so sehr, sich selbst zu überzeugen.

»Und die Sprache?«

»Hände und Füße, es wird schon gehen, Kind!« Ephraim ließ keine Zweifel mehr zu.

Die letzte Nacht war angebrochen.

»Ich schaffe das nicht. Ich kann das nicht aushalten. Wir

schicken unser einziges Kind ins Ungewisse«, sagte Herta in die Dunkelheit des Schlafzimmers hinein.

»Herta, ich weiß es doch. Mir geht es ja nicht anders.« Ihr Mann konnte kaum sprechen.

»Ephraim, es ist so grausam, morgen schon. Wenn wir wenigstens einen Ansprechpartner dort in Spanien hätten, oder wenn wir zumindest noch einmal mit den Eisenblooms hätten reden können.«

»Komm her, Liebes.« Ephraim hatte keine Worte. Es gab keinen Trost, nur Schmerz, Abschied, Leid. Sie schlangen die Arme umeinander und weinten.

Ihre Eltern hatten Henriette verboten, mit irgendjemandem über ihren Plan zu sprechen. Zu gefährlich! Henriette lag mit aufgerissenen Augen auf ihrem Bett, unmöglich, das vorzudenken, was morgen geschehen sollte. Sie hatte üble Magenschmerzen.

Ohne weiter darüber nachzudenken, sprang sie auf. Vorsichtig schob sie ihre Tür auf und horchte in den dunklen Flur. Sie hörte die Eltern miteinander sprechen. Nicht nachdenken!

Leise schlich sie sich auf Zehenspitzen aus dem Zimmer. Sie hatte keine Ahnung, wie sie es anstellen sollte, aber es war ihr in diesem Augenblick egal. Das was vor ihr lag, rechtfertigte alle Mittel.

Wie ein Schatten huschte sie durch die nächtlichen Gassen der Altstadt. Ratten kreuzten ihren Weg, andere Gestalten der Nacht passierten die Straßen. Sie drückte sich mit angehaltenem Atem an die dunklen Hauswände.

Schließlich erreichte sie ihr Ziel: *Praxis Doktor Hehn* stand auf dem geputzten Metallschild am Haupteingang. Daneben führte eine niedrige Tür in den Keller. Wenn die Hehns nichts geändert hätten … Henriettes Finger suchten in dem schmalen Schlitz zwischen Türrahmen und Mauer. Tatsächlich! Alles war wie früher, als sie sich als Kinder einen Spaß machten und in den unheimlichen Keller krochen. Kurz darauf fand sie sich im Innenhof des Hauses wieder.

Alles war still, die Fenster dunkel. Sie kannte die Wohnung der Arztfamilie genau. Henriette pickte kleine Steinchen aus den Beeten auf und warf sie gegen das Fenster von Hans' Zimmer. Es dauerte eine Weile, dann wurde die Gardine zur Seite geschoben. Henriette versteckte sich hinter einem Strauch und wartete ab. Ein Kopf erschien. Er war es, welch ein Glück. Schon glitt sie zurück in den Hof, das fahle Mondlicht beleuchtete ihre Silhouette.

»Hans!« Sie winkte ihm zu.

Er schaute verwirrt ins Dunkle.

»Hans, hier bin ich!«

Endlich hatte er sie ausgemacht. Behutsam öffnete er das Fenster.

»Henriette! Was machst du denn hier?« Erstaunen und Freude hielten sich die Waage.

»Frag nicht, komm raus!«

»Warte!« Er schob einen Stuhl ans Fenster und rutschte über den Fenstersims nach draußen.

»Henriette, was ist los? Ist was passiert?«

Sie konnte ihm nicht antworten. Was hätte sie sagen können? Was, das sie nicht verriet und ihr dennoch einen Abschied ermöglichte. Zudem war sie selbst so durcheinander, dass sie kein klares Wort hervorbringen konnte.

»Henriette, du weinst ja?« Vorsichtig strich er ihr über die

Wange. Henriette versenkte ihren Kopf an seiner Brust, sie konnte ihre Gefühle nicht mehr zurückhalten.

»Pscht!« Hans streichelte zärtlich über ihr Haar. »Ist doch alles gut, alles wird wieder gut.«

Es dauerte lange, bis sich Henriette einigermaßen wieder gefangen hatte. Sie löste sich aus ihrer Umklammerung und schaute in das geliebte Gesicht:

»Nein, Hans, es wird nicht wieder gut. Nie wieder.« Dann drückte sie ihm einen langen Kuss auf die Lippen und lief davon. Hans blieb in der Dunkelheit zurück.

Schweigend hatten Herta und Ephraim ihre Tochter bis in die Nähe des Bahnhofs begleitet. Dort, in einer dunklen Ecke, tauschten sie deren Mantel mit dem gelben Stern darauf gegen die präparierten Kleidungsstücke. Eine letzte Umarmung, ein letzter Blick. Das Signal des Schaffners tönte herüber. Er pfiff zur Abfahrt. Es blieb ihnen keine Sekunde mehr.

Mit einem Ruck löste sich Henriette und huschte zum Bahnsteig. Sie meinte ihre Mutter noch aufstöhnen zu hören. Es war zu spät. Nicht weinen, bloß nicht weinen. Sie durfte nicht auffallen. Henriette hatte sich ein Tuch umgeschlungen. Sie hoffte, dass sie niemand erkennen würde. Den Nachtzug nahmen nur wenige Reisende.

Dampfstoß für Dampfstoß ruckte der Zug an. Henriette sah ihre Eltern versteckt im Gebüsch neben den Gleisen, sie klammerten sich aneinander, Mutter presste eine Hand vor den Mund, Vater winkte matt, dann lösten sich ihre Silhouetten im dunklen Wasserdampf auf.

Kapitel 27

—

Auf der Rückfahrt von Herne nach Berlin war Henriette ungeduldig auf ihrem Sitz hin und her gerutscht. Es hätte Rachel nicht gewundert, wenn ihre Urgroßmutter noch in der gleichen Nacht nach Küstrin hätte weiterfahren wollen. Schon auf der Zugfahrt hatte sie Sergio anrufen müssen, damit dieser alles für den folgenden Tag organisiere.

Nun standen sie mit dem Fahrer in den Resten des einstigen Schlosshofes. Beherzten Schrittes war Henriette durch die einstigen Straßen gestapft, ihre Urenkelin und den spanischen Fahrer im Gefolge. Der hatte von der alten Dame über Sergio den Auftrag erhalten, Schaufel und Spitzhacke mitzunehmen, was auf die Schnelle gar nicht so einfach zu organisieren gewesen war.

»Da ist es!« Henriette zeigte auf den Rest der ehemaligen Freitreppe.

»Oma, kannst du mir jetzt bitte endlich sagen, was wir hier tun?« Rachel war genervt. Sie hasste es, so ausgeschlossen zu sein. Die letzten Tage mit den vielen deutschen Gesprächen waren schon schwer genug gewesen, und jetzt neben ihrer Urgroßmutter zu stehen, ohne eine Ahnung zu haben, was das alles zu bedeuten hatte, machte ihre Stimmung nicht gerade besser.

»Kleines, erinnerst du dich noch an das Versteck, von dem

ich dir erzählte? Ich habe dir doch gesagt, dass hier unter der Treppe ein schmaler Kellereingang mit einem losen Ziegel im Türbogen war.«

»Klar, diese alte Zigarrenkiste. Und?«

»Verstehst du denn nicht? Es war *unser* Versteck, das Versteck der Kleeblatt-Bande. Denk doch mal nach: die Kleeblatt-Bande, das waren außer mir selbst Charlotte, Karl und Hans. Na?!«

Rachel schwante etwas. Aber das, was sie gerade zu verstehen meinte, war zu unglaublich.

»Oma, ich habe zwar eine Ahnung, was du denkst, aber das ist doch total unrealistisch.«

»Für dich vielleicht, Liebes, nicht aber, wenn man hier zusammen aufgewachsen ist. Ich bin mir fast sicher. Lass uns keine Zeit verlieren. Könnten Sie bitte hier graben!« Henriette hatte sich dem Fahrer zugewandt, der, auf die Schaufel aufgestützt, ein Stückchen entfernt stand. Die Anweisung überraschte ihn.

»Graben?«

»Ja, oder hacken. Was hatten Sie denn gedacht, wofür wir das Werkzeug mitgenommen haben?«, lachte Henriette voller glücklichen Übermuts.

»Wo denn genau?« Der Blick des Fahrers hatte etwas von Verzweiflung angesichts der dicken Mauerbrocken und der festen Erde, die sich vor ihm ausbreiteten.

»Warten Sie …«, Henriette stellte sich unmittelbar neben die Reste der Treppe. Mit Blicken maß sie die Stufen.

»Ich glaube, es wird gar nicht so schlimm werden. Schauen Sie, der erste Treppenabsatz ist ja ganz freigelegt. Der müsste sich ungefähr auf dem gleichen Niveau bewegen wie der

Türbogen. Die Tür lag unmittelbar unter der Treppe, bitte versuchen sie es hier entlang der Mauerreste unter den Stufen und entfernen die Erde.«

Natürlich war es nicht nur Erde, die weggeschafft werden musste. Rachel half dem armen Fahrer, der schwitzend und leise fluchend vor sich hin arbeitete. Gemeinsam ruckten die zwei an Steinen, bis diese nachgaben, und räumten zerbrochene Ziegel beiseite.

»Autsch!« Rachel hatte sich den Daumen aufgeschnitten und fluchte lautstark. Endlich war der Rand eines Halbrunds aus roten Backsteinen fast vollständig zu erkennen.

»Das muss es sein, das ist der obere Teil des Türbogens. Wir haben es gleich geschafft. Macht weiter!«

»Ja, doch …!« Hoffentlich war ihre Oma nicht allzu enttäuscht, wenn sie nichts fanden.

»Da, da ist es. Es ist der Stein genau in der Mitte. Versuchen Sie, ihn herauszuziehen!«

Der Fahrer gab sich alle Mühe, aber Zeit, Erde und Schutt hatten den Bogen fest ineinander gepresst, die Steine waren an keiner Stelle locker.

»Aber er hatte doch keinen Mörtel, er muss locker sein, er war doch immer locker.«

Je mehr sich der Fahrer bemühte, desto größer wurde Henriettes Verzweiflung.

»Bitte, geben Sie nicht auf.«

»Sie haben gut reden!« Mit einem Mal fiel er hinten über.

»Oh Gott. Haben Sie sich verletzt?«

Statt einer Antwort streckte er beide Hände in die Höhe und präsentierte seinen Siegerpokal: einen roten Ziegelstein.

»Bravo!« Henriette klatschte vor Aufregung in die Hände, und auch Rachel war erleichtert.

»Bitte, lasst mich es tun!« Henriette strich mit ihrer alten Hand über die Steine bis zur Lücke. »Ja, das ist es, genau hier. Es ist wie früher, ich erinnere mich genau.« Schon verschwanden ihre Finger in dem Hohlraum.

»Oma, pass auf, verletze dich nicht!« Rachel leckte die Wunde an ihrem Daumen.

Während Henriettes Finger vorsichtig das Dunkel abtasteten, war ihr Blick in die Ferne gerichtet. Ein freudiger Aufschrei entfuhr ihr. Wenn es eines Gesichtes für überschäumendes Glück bedurft hätte, sie hatte es zu bieten. Statt einer alten Frau stand dort ein junges Mädchen, dessen Ärmchen zwischen Dreck und Trümmern das gefunden hatten, nach dem es gesucht hatte. Vorsichtig und langsam griffen Henriettes Finger nach dem weichen Gegenstand, den sie ertastet hatten, und zogen ihn langsam ans Tageslicht.

»Ich wusste es doch!«

Rachel war baff. Zusammen mit dem Fahrer starrte sie auf das, was ihre Urgroßmutter in ihren Händen hielt. Es war ein kleines, flaches, in Leder und Wachspapier eingeschlagenes Paket. Alles war zwar verdreckt, voll verkrustetem Schlamm und einiger Steinsplitter, aber insgesamt wirkte es unversehrt.

»Ich wusste es doch«, wiederholte Henriette und setzte sich erschöpft auf einen der großen Steinblöcke.

»Du meinst …«

»Nein, ich meine nicht nur, ich bin mir vollkommen sicher: das hier ist die Nachricht von Hans!«

Die drei hatten sich in die Ecke eines der Restaurants gesetzt. Große Gläser mit Mineralwasser standen vor ihnen.

»Ich muss mich waschen!«Der Fahrer zog sich zurück. Auch wenn er vor Neugier brannte, spürte er doch, dass er beim Öffnen dieses Geheimnisses fehl am Platze war.

»Kleines, du kannst dir nicht ausmalen, was dieser Moment für mich bedeutet.«

»Oma, sag mir, wer war dieser *Hans*?«

»Ich habe es dir doch gesagt, er war einer von uns vieren, einer des Kleeblattes.«

»Einer? Wenn ich an das denke, was du mir von der Frau in Herne übersetzt hast, und wenn ich dich jetzt sehe ... also, da habe ich das Gefühl ...«

»Ja, Liebes, du hast ja recht.« Henriette legte ihre Hand auf Rachels Arm. Die spürte ihre Uroma vor Aufregung beben. »Er war meine erste große Liebe, eine Liebe, die mich bis ins Innerste ergriffen hatte, eine Liebe, die ich Zeit meines Lebens nicht vergessen konnte. Kannst du dir das vorstellen?«

Rachel nickte lächelnd.

»Es ist so weit. Öffne du bitte das Bündel, Rachel, ich bin so nervös, dass ich befürchte, etwas kaputt zu machen.«

Mit spitzen Fingern zog Rachel an den Lederriemen. Der Knoten der Schleife war zu fest, er ließ sich unmöglich lösen. Ein kurzer Blick zu ihrer Urgroßmutter gab ihr die Absolution, und beherzt durchtrennte sie das Bändchen mit einem Besteckmesser, das vor ihr auf dem Tisch lag.

»Sei vorsichtig!«

Die Rolle gab nach. Fein säuberlich waren mehrere Schichten Wachspapier und Leder übereinandergelegt worden, die in ihrem Inneren schließlich einige Seiten Papier bewahrten. Diese waren in verblüffend gutem Zustand. Rachel drehte die Rolle ganz auf. In sauberer, enger Schrift waren die Seiten beschrieben, es war ein Brief. Er war auf Deutsch. Das Mädchen konnte nicht mehr als die Anrede lesen: eindeutig stand dort der Name ihrer Urgroßmutter, *Henriette*, und sie erkannte den Namen des Unterzeichners, *Hans*.

»Oma, ich glaube ich lass dich mal einen Moment allein.«

Henriettes Stimme war tränenerstickt. Statt zu antworten, nickte sie dankbar.

»Aber ich bleibe in deiner Nähe, ich setze mich darüber in die Ecke, wenn was ist …«

Unmöglich zu beschreiben, welche Achterbahn der Gefühle Henriette gerade passierte: ihr Herz schlug bis hoch in den Hals, sie wollte schlucken, doch die Kehle war wie zugeschnürt. Die Hände zitterten, ihr ganzer Körper vibrierte.

Hans, ihr Hans hatte ihr geschrieben. All die Jahre der Ungewissheit, all die Jahre des Vermissens. Sie atmete tief ein. Sie musste ihren Körper in den Griff bekommen. Es dauerte eine Weile, bis Henriette in der Lage war, den alten Brief zu lesen.

Henriette, geliebte Henriette,

es bleibt mir nicht mehr viel Zeit. Sie werfen uns aus der Stadt. Wir Deutschen dürfen nicht mehr bleiben und müssen unsere Heimat verlassen. Was ist bloß aus unserer Welt geworden? Die Stadt ist schon so gut wie leer. Nur noch wenige sind geblieben, wir hausen in Hütten und haben die Ruinen unseres Lebens vor Augen, die sich wie hohle Zähne mahnend gegen einen schwarzen Himmel abzeichnen.

Henriette, ich habe Bomben und Granaten überlebt, habe Kameraden an meiner Seite sterben gesehen, gehungert und gefroren. In all diesem Schrecken waren meine Gedanken immer bei dir: du warst es, die mich hat überleben lassen wollen, die mir half, wieder aufzustehen, weiterzulaufen, durchzuhalten. Immer wieder befand ich mich in meinen Träumen im nächtlichen Hof meines Elternhauses und schmeckte deinen Kuss auf den Lippen.

Nun bin ich aus dem Krieg zurück, aber die Welt, in der wir großwurden, gibt es nicht mehr. Wie grausam! Ich bin durch die Ruinen unserer Kindheit gegangen, alles ist Schutt und Asche. Aber das Schlimmste ist, ich habe keine Ahnung, wo ich dich suchen kann und ob du überhaupt noch lebst.

Was haben wir bloß getan, Henriette? Wir haben uns versündigt: an dir, deiner Familie, an der ganzen Welt und sogar auch an uns selbst.

Wir haben die Welt in Brand gesetzt für nichts und wieder nichts. Niemals werden wir von dieser Schuld freigesprochen werden, nicht diejenigen, die all das getan haben und auch nicht diejenigen, die die anderen haben tun lassen, so wie ich.

Als Kinder waren wir alle Freunde, mit dem Erwachsenwerden mussten wir uns auf eine Seite schlagen. Warum dürfen wir Menschen nicht einfach Kinder bleiben?

Auch ich bin der Fahne hinterhermarschiert. Heute ist es zu spät, um noch irgendetwas wiedergutzumachen, es ist nicht mehr zu heilen.

Als ich in den vergangenen Tagen ohne Ziel durch unsere Straßen streifte, fand ich mich plötzlich, ohne zu wissen, wie, im alten Schlosshof wieder.

Unter all dem Schutt lugte wie ein Wunder der obere Rand

der Tür unter unserer Treppe mit seinem locker sitzenden Stein noch hervor. Ich nahm dieses als Zeichen, und mein Entschluss stand fest. Ich war mir sicher, dass, wenn du jemals zurückkehren würdest, wäre dies die Stelle, an der du nach uns suchen würdest. Die Stelle unseres Kusses, der heimliche Backstein, das Schatzkästchen. Und wenn du diesen Brief liest, werde ich recht behalten haben.

Als junger Mann wurde ich in den Krieg gezogen, heute, nur wenige Jahre später, verlasse ich als Greis unser Küstrin, voll Bitterkeit, Enttäuschung und Scham.

Henriette, ich werde dich immer lieben. So gern ich es würde, so sehr weiß ich doch, dass mein sehnlichster Wunsch eine Größe von dir einfordert, die übermenschlich wäre und deren ich weder würdig bin, noch dass ich sie verdiente. Und doch bitte ich dich: verzeih mir.

Dein Hans.

Henriette stand inmitten einer blühenden Wiese. Das Sommerkleid umspielte ihren Körper, und sie spürte den warmen Boden unter den blanken Füßen. Die Sonne blendete sie. Eine Gestalt zeichnete sich gegen das Licht ab:

»Henriette! Ich bin es!«

Jetzt erkannte sie ihn: »Hans! Oh, wie schön, wie wunderschön!«

Jauchzend fielen sich die zwei in die Arme und wirbelten umher. Endlich kamen sie zum Stillstand. Henriette schaute in sein Gesicht, die wohlbekannten Züge, das geliebte Lächeln, die strahlenden Augen.

»Ich kann es nicht glauben, bist du es wirklich?«

»Henriette, Liebe, natürlich bin ich es.«

»Ach, Hans, hat es denn nun ein ganzes Leben dauern müssen? All die vielen Jahre, ich habe dich so sehr vermisst.«

Sie schauten sich tief in die Augen, dann fanden ihre Lippen zueinander. Sie spürte seine Wärme, schmeckte seinen Mund. Seine Hände suchten ihren Weg und fanden ihn. Er schien überall gleichzeitig zu sein, seine Finger streichelten ihre schönsten Stellen, sie spürte seinen Atem auf der Haut, hörte sein Flüstern im Ohr:

»Für immer, Henriette, das wird jetzt nie wieder enden, für immer dein.«

»Oma? Oma, bist du wach.«

Rachel schob leise die Verbindungstür ihrer Hotelzimmer auf. Ihre Uroma lag ganz ruhig, sie hatte die Hände über der Bettdecke gefaltet, die Augen waren geschlossen. Rachel konnte sich nicht erinnern, sie je so glücklich gesehen zu haben.

»Oma?!«, fragte sie nochmals, diesmal etwas lauter. In dem sie näher kam, verstand sie.

»Oh nein, Oma, bitte nicht, bitte tu mir das nicht an.«

Rachel setzte sich vorsichtig auf die Kante des Bettes.

»Ach, Oma …«

Mehrere Minuten saß sie so da. Sie konnte den Blick nicht vom Gesicht ihrer toten Uroma abwenden. Zu ihrem eigenem Erstaunen ergriff sie keine Furcht oder gar Panik. Gerade das Gegenteil trat ein: die friedliche Ruhe Henriettes strahlte auch auf sie. Schließlich lächelte sie und nickte der alten Dame zu:

»Etwas wartete noch auf dich, und nun hast du es gefunden.«

Auf dem Nachttisch lag der ausgerollte Brief. Daneben trieb im Wasserglas noch immer das kleine, unscheinbare Pflänzchen, das ihre Uroma vor nur wenigen Tagen aus der Grünanlage aufs Zimmer mitgenommen hatte: das vierblättrige Kleeblatt.

EPILOG

—

Diesmal fuhr Sergio selbst. Er hatte das Auto seines Freundes geliehen und die beiden Frauen an die polnische Grenze gebracht. Es war bereits tiefe Nacht, als sie schließlich vor den Resten der Treppe des Küstriner Schlosses standen. Der Vollmond tauchte die ohnehin schon gespenstisch anmutende Szenerie in ein noch mystischeres Licht.

Sergio musste sich anstrengen, ein einigermaßen tiefes Loch unter der Treppe freizuschaufeln.

»Ich glaube, jetzt ist es ausreichend«, beendete Oma Elsa sein Tun. Rachel hatte lange mit ihr telefoniert, es hatte viel zu erklären gegeben, und Elsa hatte keinen Augenblick gezögert. Nur gut zwei Tage später war sie schon bei ihrer Enkelin in Berlin angekommen.

Ohne ein weiteres Wort zu verlieren, öffnete Rachel die Urne und ließ deren Inhalt vorsichtig unter die Treppe gleiten.

»Alles Gute, Oma«, flüsterte sie leise, als das tönerne Gefäß schließlich leer war.

Nachdem Sergio die ausgehobene Erde wieder gleichmäßig verteilt hatte, verharrten die drei noch eine Weile. Elsa und Rachel hielten sich fest im Arm.

»Lasst uns gehen«, Elsa gab sich schließlich einen Ruck, »und sucht ein bisschen Staub für die Urne. Sonst gibt es zu viele Fragen am Flughafen.« Sergio meinte im fahlen Licht ein Augenzwinkern zu entdecken.

Die drei hatten die ehemalige Festungsmauer schon hinter sich gelassen, als sich Rachel noch einmal aus der kleinen Gruppe löste.

»Geht schon mal vor, ich bin gleich wieder da«, sagte sie leise und verschwand in Richtung des ehemaligen Schlosses. Elsa sah ihr verwundert nach, setzte dann aber ihren Weg fort.

Als Rachel wieder vor den Treppenstufen stand, prüften ihre Augen den Boden. Nicht lange, da hatte sie gefunden, was sie suchte. Mit einem milden Lächeln nahm sie einen Kiesel auf und platzierte ihn auf der obersten der noch verbliebenen Stufen.

»Schalom, Oma, Schalom!«

DANK

—

Die Geschichte des Romans haben mein Partner, Juan Carlos Risso, und ich gemeinsam entwickelt. Ich danke ihm für die vielen guten Ideen, Ratschläge und Wendungen, die in diesem Buch verarbeitet sind.

Was wäre ein Manuskript ohne Probeleser, in diesem Fall, Probeleserinnen, die wohlmeinend und konstruktiv in liebevoller Art mit Anmerkungen und Hinweisen ein Buch reifen ließen? Ein Dank daher an meine beiden Schwestern, Susanne und Jutta, sowie Paula Kock und Bea Bachnik. Bea hat mich vor einigen Fettnäpfchen bewahrt. Meiner Nichte Cara danke ich für die guten Ideen zu den Gesprächen zwischen Henriette und Rachel.

Ein Dankeschön meiner Agentin Anoukh Foerg, die das Manuskript zum Verlag brachte. Was für ein Geschenk, von einer solchen Agentur betreut zu werden.

Vielen Dank an Reinhard Rohn vom Aufbau Verlag für sein Ja zum Manuskript. Ich freue mich über diese vertrauensvolle Zusammenarbeit. Ein großer Dank gilt auch Anne Sudmann, deren Lektorat dem Buch den Schliff gab.

Auch danke ich Doktor Juliane Wetzel vom Berliner Zentrum für Antisemitismusforschung für ihre Literaturempfehlungen und dafür, dass sie sich die Zeit für unser interessantes und hilfreiches Gespräch nahm.

Im Lauf von zwei Jahren Recherche passierte ich viele Quellen, Texte und Veröffentlichungen. Insbesondere die von mir aufgerufenen Seiten im Internet kann ich nicht alle benennen, nicht nur ob ihrer Zahl, sondern auch ob meines Vergessens. Herausheben möchte ich jedoch die Arbeit des Vereins für die Geschichte Küstrins, dessen Internetpräsenz mich mit Anekdoten, geschichtlichen Hintergründen, historischen Stadtplänen und Fotos inspirierte.

Mit dem »Königsberger Kreiskalender« konnte ich einer Sammlung von Geschichten habhaft werden, die das Küstriner Alltagsleben inklusive der Eisdiele am Kanu-Club lebendig werden ließen. Auch wesentliche Fakten zum jüdischen Leben der Stadt erhielt ich von dort.

Darüber hinaus durfte ich diverse Biographien jüdischer Familien lesen, die mir von Martina Bergmann zur Verfügung gestellt wurden.

Auch die Kindheitserinnerungen von August Wehrenbrecht, die er unter dem stimmigen Titel »Wir gebrannten Kinder« veröffentlichte, erschlossen mir Einblicke in eine Welt, die dankenswerterweise lange vor meiner Geburt lag. Gleiches gilt für die Erzählungen meines Vaters, dem ich dieses Buch gerne noch überreicht hätte.

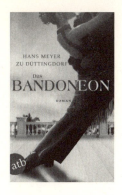

Hans Meyer zu Düttingdorf
Das Bandoneon
Roman
432 Seiten
ISBN 978-3-7466-3154-7
Auch als E-Book erhältlich

Der Tango und die Liebe

Als ihre Mutter stirbt, findet Christina, eine Berliner Journalistin, versteckt in einem Schrank eine alte Postkarte aus Buenos Aires, auf der vier Musiker abgebildet sind – und der Satz: »Das Bandoneon trägt mein ganzes Leben. – E«. Christina ist wie elektrisiert. Ihre Mutter ist in einem Waisenhaus groß geworden. Hat sie endlich etwas in der Hand, um mehr über ihre Familie herauszufinden? Ihre Suche führt sie nach Argentinien und in eine Zeit der nicht ganz so goldenen Zwanziger Jahre, als sich eine Frau aus Berlin – ihre Urgroßmutter Emma – an der Seite ihres Bräutigams nach Südamerika aufmachte. Emma erlebte den Aufstieg und Fall ihrer Familie – und sie verliebte sich in einen Bandoneonspieler, was nicht nur Emmas Leben von Grund auf veränderte.

Ein großer Roman – und ein Stück deutscher Geschichte, verwoben in eine Familiensaga.

»Ein Buch, das beinahe so unter die Haut geht, wie ein unvergesslicher Tango.« Lausitzer Rundschau

Regelmäßige Informationen erhalten Sie über unseren Newsletter. Jetzt anmelden unter: www.aufbau-verlag.de/newsletter

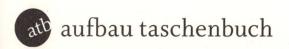

LESEPROBE

507 Seiten. Broschur. ISBN 978-3-7466-3246-9.
12,99 € (D). Auch als E-Book erhältlich

TEIL EINS

Ostpreußen, Gut Fennhusen, 1920

Kapitel 1

In der Nacht, in der Frederikes Stiefvater starb, hatte das Wolfsrudel auf dem Nachbargut geheult. An diese Nacht erinnerte sie sich auch jetzt noch – sechs Jahre später.

Hektor hatte mit gesträubtem Nackenfell an der Tür gelauert und geknurrt. Sie hatte den jungen Hund zu sich ins Bett genommen, ihn an sich gedrückt. Hektor hatte sich augenblicklich beruhigt und damit auch sie. Damals waren sie nur zu Besuch auf dem Gut der Familie ihres Stiefvaters gewesen. Ab heute sollte das Gut der von Fennhusens offiziell ihr Zuhause werden.

Hektor lag in der Sonne auf dem Hof und schien das hektische Treiben um sich herum nicht wahrzunehmen. Ob es die Wölfe auf dem Nachbargut noch gab? Und lebte das Rudel immer noch in dem großen Gehege im Wald?, dachte Frederike, während sie sich auf der Eingangstreppe in die Sonne setzte.

»Träumst du, Freddy?« Leni, die Dienstmagd, die einen Korb voll frischer Tischwäsche trug, stupste sie an. »Du kannst helfen, es gibt alle Hände voll zu tun.«

Langsam stand Frederike auf, strich den Rock glatt und ging ins Haus. Hektor sprang auf und folgte ihr. Ihre Mutter flatterte wie ein aufgeregter Kanarienvogel, vor dessen Käfig eine Katze hockt, durch die Diele, in die immer mehr Koffer und Kisten gebracht wurden.

»Vorsicht«, rief die Mutter. »Das ist mein gutes Porzellan, die Aussteuer meiner ersten Ehe.«

»Ja, Gnädigste«, brummte der Knecht und stellte die Kiste unsanft zu Boden. Die Mutter seufzte auf. »Wo sind deine Geschwister, Freddy?« Frederike zuckte mit den Achseln. »Geh sie suchen und pass auf sie auf. Die Mädchen haben genug zu tun und können sich nicht auch noch um euch kümmern. Und der Hund hat im Haus nichts verloren.« Mit einer ungeduldigen Handbewegung scheuchte sie ihre älteste Tochter davon.

Ich bin doch kein Huhn, dachte Frederike empört und schaute sich suchend um. Wo mochten Fritz und Gerta sein? Dicht gefolgt von Hektor, ging sie durch das Gartenzimmer auf den Hof.

Sie, Frederike, stammte, genau wie das Porzellan, aus der ersten Ehe ihrer Mutter. Ihren leiblichen Vater hatte sie nie kennengelernt. Als junges Mädchen hatte ihre Mutter Fred von Weidenfels geehelicht und erwartete schon bald ein Kind. Drei Monate vor Frederikes Geburt war ihr Vater auf die Jagd geritten, verfolgte mit erhobenem Kopf den Flug der Falken, statt auf den Weg zu achten. So brach sich nicht nur sein Pferd, sondern auch er den Hals.

Ihre Mutter tröstete sich schon bald in den Armen Egberts von Fennhusen, heiratete ihn nach einer angemessenen, aber sehr kurzen Trauerzeit und gebar zwei weitere Kinder, Fritz und Gerta. Doch Egbert starb in den ersten Tagen des großen Krieges, der ganz Europa verwüstete.

Jetzt, drei Jahre nach Kriegsende, hatte die Mutter schließlich den dritten Versuch gewagt. Ihr Name änderte sich indes nicht, sie blieb eine von Fennhusen, denn ihr dritter Mann war der Vetter ihres zweiten Gatten. Ihm gehörte das Gut der Familie, das so weit im Osten lag, dass es fast einer Weltreise gleichkam, hierherzureisen. Mit dem Zug von Berlin, zweimal umsteigen und schließlich mit Kutschen und Karren über holperige Wege, die im Frühjahr zu Schlammbahnen wurden.

Es ist eine Strafe, dachte die elfjährige Frederike, hier wohnen zu müssen, wo sich Fuchs und Hase gute Nacht sagen.

Ihr Halbbruder Fritz, der gerade neun geworden war, schien das anders zu sehen. Er hatte sich Schuhe und Strümpfe ausgezogen und stand bis zu den Knien im Teich hinter dem Haus.

»Freddy, schau mal«, rief er begeistert. »Hier gibt es Fische. Und einen Salamander habe ich auch schon gesehen. Und in den Wiesen klappern die Störche.«

»Bei dir klappert wohl auch was. Du wirst dich schmutzig machen.« Frederike rümpfte die Nase. »Und wenn du nicht aufpasst, fällst du in die Brühe, dann setzt es bestimmt was.«

»Und wenn schon. Mutter wird es nicht bemerken, sie ist viel zu beschäftigt mit ihren Kisten.« Fritz grinste. »Der Hauslehrer kommt auch erst in ein paar Tagen.«

Frederike sah sich um. »Wo ist Gerta?«

Fritz zuckte nur mit den Achseln und stocherte mit einem Ast im Schlamm. Hinter dem Haus befand sich der Ziergarten mit der Terrasse, dem sanft abfallenden Rasen bis hin zum Teich, der von großen Weiden überschattet wurde. Dahinter schloss sich der Nutzgarten an, neben dem die Stallungen waren. Die Türen standen weit auf, Schwärme von Mücken hoben und senkten sich wie eine Wolke im Sonnenlicht. Frederike ging zum Stall, schaute in den ersten Gang. Es roch süßlich nach Pferden und es duftete nach Heu. Gerta saß auf einem Strohballen und hielt ein Kätzchen in den Armen.

»Schau mal«, sagte sie zu ihrer Schwester. »Da sind noch welche, dort in der Ecke. Sie sind so weich. Ob Onkel Erik mich eins haben lässt?«

»Willst du es etwa mit ins Haus nehmen?« Frederike lachte und setzte sich zu ihr auf den Strohballen.

Gerta nickte. »Du hast doch Hektor und Fritz hat seinen Arco. Warum sollte ich nicht auch ein Tier haben?«

»Aber eine Katze? Die gehören in die Stallungen oder den Keller, im Haus fühlen sie sich nicht wohl.«

»Gräfin zu Steinfels hat zwei Katzen in ihrer Wohnung in Berlin.« Gerta streckte trotzig das Kinn nach vorne.

»Das sind aber Zuchtkatzen. Und diese hier sollen Mäuse fangen.« Frederike seufzte. »Davon wird es hier genügend geben.«

»Ich will aber ein Kätzchen. Ob Onkel Erik es mir erlaubt?«

»Er bestimmt, aber die Mamsell wird es nicht zulassen. Willst du es etwa an der Leine führen?« Frederike kicherte leise bei der Vorstellung, dann beugte sie sich vor und nahm auch eins der Katzenkinder in den Arm. Es schnurrte und ließ sich von ihr kraulen.

»Welches würdest du nehmen? Das Getigerte oder das Helle dort vorne?«

»Ich würde gar keins haben wollen.« Frederike schnaufte. Der Staub kitzelte in ihrer Nase, das Stroh stach ihr in die Unterschenkel, dennoch hatte sie keine Lust, wieder zurück in das hektische Haus zu gehen. In den Boxen stampften zwei Pferde, streckten die Köpfe neugierig zu ihnen. Hier am Haus waren nur die Reit- und Kutschpferde untergebracht. Das Gestüt war ein Stück weit die Straße herunter. Onkel Erik, den die Kinder schon seit jeher kannten, züchtete Pferde für die Armee, das wusste Frederike. Außerdem betrieb er Landwirtschaft, hatte sie gehört. Was man sich genau darunter vorzustellen hatte, wusste sie jedoch nicht. Schon öfters war die Familie hier zu Besuch gewesen. Auch zu Beginn des Krieges waren sie aufs Land gezogen. Damals, als alles noch anders war, und der Papa, der zwar nicht ihr leiblicher war, aber der Einzige, den sie kannte, noch lebte. Hier hatte die Mutter von seinem Tod erfahren, fast zwei Tage nachdem die Wölfe geheult hatten, denn solange brauchte der Bote bis hierher, trotz Telegramm.

»Fritz!«, rief plötzlich die empörte Leni. »Was machst du denn da? Bist du des Wahnsinns?«

Frederike beugte sich nach rechts, schaute durch die Stalltür zum Teich. Ihr Bruder drehte sich erschrocken um, verlor auf dem schlammigen Grund den Halt, fiel mit fuchtelnden Armen nach hinten und klatschte mit dem Rücken aufs Wasser.

Frederike lachte laut auf, Leni schrie und Fritz kreischte.

»Komm, wir müssen ihm helfen.« Frederike sprang auf, lief zum Teich. Prustend saß ihr Bruder im Wasser, von Schlamm und Entengrütze bedeckt. Er grinste breit.

»Du holst dir den Tod. Komm sofort heraus«, rief Leni. »Wenn das deine Mutter sieht.«

»Das Wasser ist gar nicht so kalt. Wird es dort hinten tiefer? Dann könnte man glatt schwimmen.« Fritz drehte sich auf den Bauch und paddelte ein wenig. »Herrlich ist es. Ganz erfrischend, Leni. Magst du nicht auch reinkommen?«

»Komm sofort da raus, Junge.« Leni stand am Ufer und schaute zu ihm, raffte die Röcke und schien zu überlegen, ob sie hineinwaten solle. »Ich ziehe dir die Ohren lang.«

»Dafür musst du mich erst einmal kriegen.« Fritz lachte.

»Komm jetzt raus.« Die Stimme des Mädchens klang auf einmal flehentlich, sie schaute sich unsicher zum Haus um. »Deine Mutter … die gnädige Frau …«

»Nun komm schon«, sagte Frederike und verkniff sich das Lachen. »Mach es Leni nicht noch schwerer. Raus mit dir.«

Fritz stand langsam auf, der Schlamm und das Wasser liefen ihm über den Körper und aus den Beinen der kurzen Hose. Er zuckte zusammen, als ein kleiner Fisch sich zappelnd den Weg nach unten und zurück ins Wasser suchte. Dann stapfte er ans Ufer.

»Mutter wird schimpfen«, sagte Gerta, die sich neben Frederike gestellt hatte. Sie hielt immer noch das Kätzchen im Arm.

»Mit dir auch, wenn du weiterhin den Flohteppich festhältst«, sagte Fritz. Gerta sah ihn entsetzt an, dann ließ sie das Kätzchen fallen. Es miaute erschrocken auf, tapste dann zurück zur Scheune.

Aus der Ferne hörte man den schrillen Ton einer Hupe, gefolgt vom Knattern eines Motors.

»Onkel Erik!« Fritz lief zum Haus. »Schnell, Leni, lass mir ein Bad ein, wir müssen ihn begrüßen.«

»Kannst dich am Brunnen waschen«, rief Leni ihm kopfschüttelnd hinterher.

Gerta strich sich wieder und wieder über das Kleid, kratzte sich am Kopf. »Flöhe?«, murmelte sie entsetzt.

Frederike seufzte. »Flöhe hast du im Kopf, mehr nicht. Komm, lass uns Mutter suchen.«

Die nächsten Tage herrschte Hektik und Chaos im Gutshaus, aber seit Erik da war, beruhigte sich zumindest die Mutter. Frederike dagegen konnte sich nicht so schnell eingewöhnen. Sie teilte kein Zimmer mehr mit Gerta. Zuerst hatte ihr der Gedanke sehr gefallen, ein eigenes Zimmer zu haben. Aber hier, auf dem riesigen Gutshof, fühlte sie sich verloren und einsam. Vorletzte Nacht hatte sich ihre kleine Schwester heimlich zu ihr geschlichen. Kuschelig und warm war es unter dem großen Plumeau, sie hatten geflüstert und gekichert und waren dann Arm in Arm eingeschlafen.

Aber am Morgen danach war nicht Leni zum Wecken gekommen, sondern die Mamsell. Missbilligend hatte sie die Mädchen angesehen. Nach dem Frühstück dann hatte Onkel Erik sie zu sich gerufen.

»Freddy, Gerta, ich hoffe, ihr habt euch schon an das neue Zuhause gewöhnt«, sagte er freundlich.

»Ja, Onkel Erik«, sagte Gerta. Frederike schwieg.

»Nun, die Mamsell hat mir gesagt, dass ihr zusammen in einem Bett geschlafen habt. Stimmt das?«

Die beiden Mädchen sahen sich verwirrt an und dann nickten sie.

»Seht ihr, wir haben ein großes Haus, das viel zu lange leer gestanden hat. Und nun soll das anders werden, meine Täubchen. Hier wird jetzt die Familie leben, wir alle zusammen. Aber es müssen gewisse Regeln eingehalten werden. Dazu gehört auch, dass ihr nicht wie die Bauerskinder in einem Bett schlaft. Ich weiß«, er nickte, »ihr hattet bis jetzt ein turbulentes Leben. Der Tod eures Vaters, der Krieg und so weiter und so weiter. Aber nun ist es anders. Nun leben wir hier als eine Familie und können zur Ruhe kommen. Aber es gibt bestimmte Regeln zu beachten.« Er lächelte ihnen zu, trank einen Schluck aus seiner Kaffeetasse. »Ich möchte, dass ihr euch fügt und euch wie Gutsherrenkinder benehmt und nicht wie Leute.« Er sah sie voller Erwartungen an.

Frederike und Gerta nickten, obwohl sie nicht wirklich verstanden, was er von ihnen wollte.

»Ich sehe, ihr versteht mich«, sagte er zufrieden. »Gut, dann bitte verhaltet euch entsprechend. Und jetzt dürft ihr gehen.«

Am nächsten Abend schlich Frederike, die nicht schlafen konnte, die Treppen hinunter, hockte sich in der Diele auf einen der Sessel vor dem Salon und lauschte Mutter und Stiefvater. Hektor war ihr gefolgt und legte sich zu ihren Füßen.

»Wir müssen eine Gesellschaft geben, Erik«, sagte die Mutter. »Schon alleine, um unsere Hochzeit nachzufeiern.«

»Liegt dir viel daran?« Er klang amüsiert.

»Nein. Nicht so, wie du es jetzt meinst. Aber wir müssen die Nachbarn einladen, es offiziell machen, das verstehst du doch?«

»Vermutlich hast du recht«, sagte er nachdenklich. »Jedoch … nun, du wirst das mit der Mamsell besprechen müssen.« Er räusperte sich.

»Mit der Mamsell, natürlich.« Mutters Stimme klang auf einmal gar nicht mehr vergnügt. »Ich glaube, die Mamsell und ich werden keine engen Freunde werden.«

Wieder räusperte sich Onkel Erik. »Sie steht dem Haushalt schon lange vor. Seit dem Tod meiner Mutter hat sie alles alleine bewältigt, denn Edeltraut mag sich ja nicht mit solchen Sachen befassen.«

Tante Edeltraut war Onkel Eriks unverheiratete Schwester, die mit auf dem Gut lebte. Ihr Verlobter war im Krieg gefallen, seitdem trug sie Trauer. Meistens saß sie auf der Veranda und strickte, stickte oder versah andere Tätigkeiten.

»Ich weiß, Erik. Aber nun bin ich da. Und ich werde diesen Haushalt auf meine Weise führen«, antwortete die Mutter fest.

»Es ist wirklich schwer, vernünftiges Personal zu bekommen.« Onkel Erik klang etwas mürrisch.

»Was genau möchtest du mir damit sagen?«

»Nun, ich möchte, dass du versuchst, mit der Mamsell auszukommen. Sie hat sich bei mir auch über die Kinder beklagt. Freddy und Gerta haben zusammen in einem Bett geschlafen, das gehört sich nicht.«

Frederike zuckte zusammen. Würden sie jetzt Ärger bekommen?

»Papperlapapp. Und wenn schon? Sie haben sich in Potsdam ein Zimmer geteilt. Hier ist alles neu für sie, sie brauchen Zeit, um sich einzugewöhnen.« Die Mutter stockte, dann fuhr sie langsamer fort: »Aber was meinst du mit ›auch‹? Worüber hat die Mamsell noch mit dir gesprochen?«

Wieder räusperte sich Onkel Erik. »Ich weiß, ihr seid erst ein paar Tage hier und vieles ist neu für euch …«

»Ja?«

»Wir haben gewisse Regeln, einen Tagesablauf, den die Leute so kennen und auch so weiterführen möchten.«

»Ja?« Frederike konnte die Anspannung in der Stimme ihrer Mutter hören.

»Zum Beispiel stehen wir immer um halb sieben auf. Ich halte um sieben vor dem Hauspersonal, der Familie und eventuellen Besuchern eine kleine Andacht, jeden Morgen. Danach gibt es das erste Frühstück.«

»Ist das so? Und alle haben teilzunehmen?«

»Genau, Liebes. Es wäre schön, auch für das Personal – unsere Leute, wenn wir das weiterhin so halten könnten.«

»Nun gut. Was gibt es sonst noch?«

»Der Hauslehrer hat sich für morgen angekündigt. Er ist ein gebildeter Mann, allerdings ein Kriegsveteran.«

»Das ist gut, dann haben die Kinder auch endlich wieder Struktur in ihrem Tagesablauf.«

»Und zu der Gesellschaft – das musst du mit der Mamsell besprechen, genauso wie die tägliche Haushaltsführung. Am besten nach dem ersten Frühstück, wenn ich mich mit dem Inspektor treffe.«

»Erik, ich weiß, wie man einen Haushalt führt.«

»Sicher, sicher, Liebes, aber ein Gut ist doch etwas anderes als dein kleiner Stadthaushalt in Potsdam. Die Mamsell meint es sicher nur gut und wird dir helfen, dich besser zurechtzufinden.«

»Wie du meinst …«

»Freddy?«, zischte es plötzlich hinter ihr in der Diele. »Was zum Kuckuck machst du denn hier?«, fragte Leni. »Du gehst sofort nach oben und in dein Bett. Das ist ja ungehörig, hier im Dunkeln den Erwachsenen zu lauschen, wo hat man so etwas schon gesehen?«

Frederike raffte ihr Nachhemd und lief, so leise es ging, die Treppe hoch in ihr Zimmer. Hatten Mama und Onkel Erik Streit wegen der Mamsell, fragte sie sich, bevor sie einschlief. Und was würde aus der Gesellschaft werden? Sie hoffte, dass die Mutter sich durchsetzen würde. Eine Gesellschaft – wie traumhaft und aufregend.

Einfach mobil weiterlesen!
So geht's

1. **Kostenlose** App installieren

2. Buchseite **scannen**

3. Einfach **mobil weiterlesen**

4. Bequem **zurück zum Buch**

Hier geht es zur **kostenlosen App:**

Jederzeit bequem zwischen Buch und digitalem Lesen wechseln! Mehr erfahren Sie unter:

www.papego.de